FIGHT FOR LOVE

Von

Amelia Gates & Cassie Love

Fine Line
Publishing

Über die Autorinnen:

Cassie Love

Als gebürtiges Großstadtmädel aus den USA, hat es Cassie Love in das kühle und doch eher ländliche Norddeutschland verschlagen, wo sie mit ihrem Mann und ihrem Sohn von besserem Wetter träumt. Morgens ist sie zumeist, mit einer Tasse Latte Macchiato, in einem ihrer vielen kleinen Lieblings-Stammcafes zu finden und lässt ihre Finger über die Tastatur ihres Notebooks schweben.

Amelia Gates

Amelia Gates ist eine in Norddeutschland lebende Autorin in ihren Zwanzigern, mit Vorliebe für Romantik und erotische Liebesromane. Mit 'Entrüstung Teil I', aus der 'Miami Nights Reihe' hat sie ihre ersten deutschsprachigen Erfolge bei Amazon gefeiert.

Für mehr Information bezüglich Cassie Loves & Amelia Gates' Neuerscheinungen besuchen Sie gerne Ihre Facebook-Seiten oder die Facebook-Seite des Fine Line Verlags.

Sie können Cassie & Amelia ebenfalls bei Amazon folgen, indem Sie auf die gelbe Schaltfläche, mit der Aufschrift „+ Folgen" klicken, die unter dem Foto der Autorinnen, auf ihrer Autorenseite befindlich ist.

ISBN: 9781521360736

Prolog

K.O.

Das Tosen der Menge ist ohrenbetäubend, aber ich höre es kaum. Wenn ich im Ring stehe, höre und sehe ich nichts anderes als den Scheißkerl vor mir. Ich balle die Fäuste und mache mich bereit für das, was nun kommt. Ich mache das hier schon so lange, dass mein Körper ganz genau weiß, was passiert, ohne dass mein Kopf es ihm sagen muss. Ich kämpfe schon so lange ich denken kann. Meine Mutter sagte immer, ich wäre schon um mich tretend auf die Welt gekommen – schreiend und bereit für den Kampf.

Nicht an sie denken – nicht jetzt!

Ich kann es mir nicht leisten, unkonzentriert zu sein – eine Niederlage zu kassieren. Nicht, weil mich das ärgern würde, und nicht, weil ich denke, dieser Typ könne mir auch nur im Geringsten das Wasser reichen. Sondern einfach, weil es für mich keine Niederlagen gibt. Weder bei Nacht in diesem provisorischen Ring, noch am Tage in meiner Firma. Dieser Kampf, das Blut und die tosenden Schreie sind meine Medizin. Andere machen Yoga, um nachdenken zu können. Für mich ist das hier Meditation. Die Tatsache, dass meine Art der Entspannung eine geballte Faust repräsentiert mag irgendwie krank sein, aber was zur Hölle sagt das schon über mich aus?

Es sagt aus, dass du dafür gemacht bist; dass du dafür geboren wurdest, dass du dafür von deinem Vater trainiert wurdest.

Dad.

Nein, verdammt! Nein, nicht jetzt!

Ich weiche leichtfüßig aus, und der Schlag von diesem Idioten trifft in die Leere. Wer ist dieser Kerl gleich noch mal? Es waren schon so viele. Zu viele Gesichter, um sich an alle erinnern zu können, zu viele Namen.

Randale, genau. Mal ehrlich: wer zur Hölle denkt sich so einen beschissenen Namen aus?

Mein Gegner gibt einen frustrierten Laut von sich, als er versucht, mich mit einem linken Haken zu überraschen. Aber ich bin zu schnell für ihn. Dieser Kampf ist nichts, als ein verfluchter Witz! Er hätte in fünf Sekunden vorbei sein können. Aber ich muss ihn lange genug hinauszögern, damit Wetten abgeschlossen werden können, und es so erscheinen lassen, als könne Randale das hier noch irgendwie für sich entscheiden. Je mehr Geld dieses Russenarschloch verliert, wenn ich dem Typen mit dem idiotischen Namen das Lichtlein ausblase, desto besser.

„Was bist du? Eine verfickte Ballerina?" Randales tätowiertes Gesicht sieht aus, als wäre er gegen eine Backsteinwand gelaufen. Seine Lippen kräuseln sich, als er auf den Betonfußboden spuckt, der als Ring dient. In einem Underground-Fight-Club gibt man nicht unbedingt viel auf Sicherheit und Gesundheitsschutz. „Wirst du weiterhin wie eine Schwuchtel rumtänzeln oder was, Mann?"

Ich seufze. Wenn Randale oder sein Team auch nur ein wenig nachgeforscht hätten, wüssten sie, dass ich genau so kämpfe. Nein, streich das, genauso *gewinne* ich Kämpfe. Und das nicht erst seit gestern. Der Typ kommt nicht aus dieser Stadt, aber es zahlt sich aus, vorbereitet zu sein. Vor allem, wenn du gegen jemanden kämpfst, der nicht verliert. Niemals.

Ich beobachte mit einem Auge meinen ästhetisch unterbemittelten Gegner und sehe aus dem Augenwinkel, wie mein Freund, mein Kollege, mir zunickt. Das ist das Signal. Endlich darf auch ich in den Kampf einsteigen.

„Was denn, hast du Angst, du Pussy?" Randale lacht wie eine Hyäne. Der Typ täte mir ehrlich leid – mit diesem Gesicht und diesem Lachen ist er nicht gerade ein Gewinnertyp – wenn er mich nicht gerade so genannt hätte.

Ich bemühe mich gar nicht erst um eine verbale Antwort. Ich trete zwei Schritte auf ihn zu und ducke mich, als er mit einem trägen Schlag auf mein Gesicht zielt. Ich packe sein Handgelenk und verdrehe es. Er schreit wie ein Kleinkind und hört nicht auf, bis ich das befriedigende Knacken seines brechenden Arms höre.

Ich drücke Randales Handgelenk und sehe zu, wie sich sein Gesicht in heftigem Schmerz verzerrt. Seine Beine knicken ein, bis er vor mir auf dem Boden kniet.

Jeder in der Arena wird von Blutgier ergriffen, und das Getöse der Zuschauer zerreißt mir beinahe das Gehör. Ich sehe mich um, und die drei Buchmacher, die die Show hier veranstalten, blicken mich finster an. Ich kenne diesen Blick: Sie wollen sehen, wie Randale zu Boden geht. Wenn der Kerl verliert, soll es auch gut aussehen.

In Randales Gesicht zeichnen sich abwechselnd heftiger Schmerz und Wut ab, und seine Augen bekommen diesen glasigen Blick, den ich schon hundert Mal gesehen habe. Der Typ sieht aus, als würde er jeden Moment das Bewusstsein verlieren. Ich schüttle den Kopf. Wenn du Schmerz nicht ertragen kannst, was zur Hölle tust du dann in diesem Ring? In diesem Ring geht es *nur* um Schmerz! Deshalb liebe ich ihn ja so. Deshalb brauche ich ihn auch.

„Fick dich!" Randale spuckt wieder auf den Boden. Dieses Mal knapp neben meinen Fuß. Das lässt meinen letzten Geduldsfaden reißen.

Ich lasse meine Schultern kreisen und ziehe meinen linken Arm zurück. Ich teile so schnell eine Gerade aus, dass Randale sie wahrscheinlich gar nicht kommen sieht. Die Wucht des Schlags lässt seinen Kopf zurückschnellen. Trotzdem lasse ich seinen geschundenen Arm nicht los, bis seine Augen nach hinten rollen; bis ich weiß, dass er ausgezählt ist.

Ich löse meinen Griff von seinem gebrochenen Arm und sehe zu, wie Randales Körper auf dem Boden zusammensackt wie Marmelade auf einer labberigen Scheibe Toast. Die Menge gerät völlig außer sich und schreit meinen Namen. Aber ich zucke nicht einmal mit der Wimper. Ich gebe einen Scheiß auf ihre Bewunderung. Ich bin nicht für sie hier. Ich bin meinetwegen hier, meinetwegen und für *ihn*.

Wenn das hier ein echter Kampf wäre, ein sauberer Kampf, wäre dies der Zeitpunkt, an dem die Ärzte eintreffen würden. Aber es ist kein sauberer Kampf, und es wird kein Arzt gerufen. Die Menge ist viel mehr daran interessiert, ihre Kohle von den Buchmachern einzusammeln, als zu überprüfen, ob Randale noch atmet. Nur ein Mann bleibt an Ort und Stelle stehen; ein Mann, der den ganzen verfickten Abend lang seinen Blick nicht von mir abgewandt hat.

„Sucht mir für das nächste Mal einen richtigen Gegner aus, gegen den ich kämpfen kann!“ Ich hebe meine Stimme nicht an. Das muss ich auch nicht. Ich weiß, dass er mich hört. Ich sehe es daran, wie seine Krötenaugen verärgert zucken. Er wird bei diesem Kampf Tausende verloren haben, vielleicht sogar Hunderttausende. Dieser Gedanke sollte mir eigentlich ein wenig Trost spenden. Er sollte etwas von dem Hunger stillen, der täglich an mir nagt; dem Hunger, diesen Mann für das bezahlen zu sehen, was er getan hat. Aber er tut es nicht. Er reicht nicht mehr aus, und ich frage mich langsam, ob er das jemals tun wird.

„Der unbestrittene, ungeschlagene K.O.,“ brüllt der Ansager in das Mikrofon. Die Menge jubelt so verdammt laut, dass mir fast die Ohren bluten.

Aber das ist mir egal. Es bedeutet mir nichts. Nichts davon bedeutet irgendetwas, bis ich mein Versprechen eingelöst habe.

Ich trete aus dem Ring heraus. Der Klang meines Namens hallt in meinen Ohren wider. Ich habe keinen Blick für den Typen übrig, den ich hinter mir auf dem Boden zurückgelassen habe; den Typen, dessen Blut an meinen Knöcheln zu trocknen beginnt.

Bald werde ich es richtig machen. Ich werde ihn leiden lassen, das verspreche ich.

Bald, Dad, bald.

Fight for Love Teil I

Kapitel Eins

Tiffany

Ich nippe an dem warmen Champagner, an dem ich mich schon seit einer gefühlten Ewigkeit festhalte, und frage mich, wie lange ich hier noch bleiben muss. Ich versuche, nicht daran zu denken, wie sehr meine Füße in diesen unfassbar hohen Stöckelschuhen schmerzen, lächle und tue so, als würde ich dem hundertsten Kollegen meines Vaters, mit dem ich mich heute unterhalte, aufmerksam zuhören.

„Deine Augen sind ganz glasig, Tiff." Eine leise Stimme an meinem Ohr holt mich zurück in die Gegenwart und mir wird bewusst, dass ich in Gedanken aus diesem luxuriösen Ballsaal davongeschwebt bin.

Joseph kichert neben mir, aber sonst scheint niemand dieses Missgeschick bemerkt zu haben. Ich nutze die Gelegenheit und stoße ihm meinen Ellbogen in die Magengrube.

Er atmet hörbar aus, aber ich weiß, dass ihm das nicht wehgetan hat. Der Mann ist gebaut wie ein Fels. Mein schmerzender Ellbogen kann das bezeugen.

„Das könnte glatt als Angriff auf einen Polizisten durchgehen." Seine blauen Augen blicken mich streng an. Ich muss lachen. Ich verkneife es mir mit Mühe und kämpfe es mit einem Schluck warmen Champagners hinunter. Ich bereue es sofort.

„Sieht so aus, als bräuchtest du ein frisches Glas." Er nickt demonstrativ in Richtung des Glases und dreht seinen Kopf ruckartig zur Bar. Als mir klar wird, was er vorhat, muss ich mich davon abhalten, dankbar meine Arme um ihn zu werfen. Ich bringe ein gewinnendes Lächeln fertig, entschuldige mich von der Gruppe und folge Joseph zur Bar.

„Danke, Joe, ich schulde dir was." Ich drücke seinen Arm und versuche, nicht in meinen Stöckelschuhen umzukippen.

„Kein Problem. Ich schreib's auf die Liste." Er zwinkert mir verschwörerisch zu und versetzt mich damit auf der Stelle in die Zeit zurück, als wir noch kleine Kinder waren und gemeinsam in Schwierigkeiten gerieten – Schwierigkeiten, die für gewöhnlich er verursachte. Damals war alles so viel einfacher.

„Er spricht mit dem Kommissar." Joseph nickt in Richtung des Mannes, nach dem ich unbewusst in der Menge suche. Er steht kerzengerade da, groß und imposant in seiner Uniform. Unter seiner Mütze lugt das graue Haar hervor. Mein Dad.

„Er wird dir schon bald Gesellschaft leisten," versichert mir Joseph zum wiederholten Male. Aber er war noch nie gut im Lügen. Zumindest nicht mir gegenüber. Er ist viel zu anständig; sein Kontingent an Regelverstößen hat er schon in unserer Kindheit aufgebraucht. Mittlerweile würde er nicht mal mehr lange genug im Parkverbot anhalten, um etwas aus dem Kofferraum zu holen. Deswegen habe ich ihn schon mehr als einmal aufgezogen. Und obwohl mir der Gedanke an unsere Kindheit – an eine tröstlichere Zeit – ein kleines Lächeln auf das Gesicht zaubert, stimmt er mich trotzdem traurig.

„Wir wissen beide, dass mein Vater sich nur dann daran erinnern wird, dass ich überhaupt hier bin, wenn er jemanden braucht, dem er mich vorstellen kann, um das Eis zu brechen." In meiner Stimme liegt keine Bosheit, nur Bedauern darüber, dass die Dinge zwischen uns so sind, wie sie sind. Ich stelle mich jedes Jahr aufs Neue darauf ein, dass mein Vater mich aus einem anderen Grund auf dem Ball haben will, als aus dem, mich hier und da vorzuführen, wie einen dressierten Pudel. Und jedes Jahr werde ich enttäuscht. Mittlerweile sollte ich es besser wissen, aber das kommt wohl dabei heraus, wenn man ein unverbesserlicher Optimist ist.

Ich habe diese Veranstaltungen noch nie gemocht. Wenigstens sind sie ein Vorwand für meinen Vater und mich, um ein wenig Zeit im gleichen Gebäude zu verbringen. So sehe ich das zumindest. Als ich älter geworden bin, habe ich erkannt, dass der alljährliche Polizeiball in seiner Welt eine große Sache und es politisch für meinen Vater von Bedeutung ist, mich dort bei sich zu haben.

Er ist schon immer ein verdammt guter Cop gewesen. Man könnte jeden fragen: alle würden das Gleiche antworten. Aber in gesellschaftlichen Situationen wie dieser, braucht er jemanden zum Weichwerden – und hier komme ich ins Spiel: Ein schlechter Ersatz für die Frau, die er durch einen sinnlosen Verkehrsunfall verloren hat.

„Mom konnte das hier immer so gut." Ich schüttle den Kopf und staune darüber, wie sie das nur fertiggebracht hat.

„Du kannst das hier auch gut, Tiff. Alle lieben dich." Er gestikuliert durch den üppigen Ballsaal in Richtung der vielen Cops und ihrer Begleitungen, die sich in dieser einen Nacht austoben. „Du behandelst sie wie alte Freunde, obwohl du die meisten von ihnen nur einmal im Jahr triffst. Du kannst dich sogar an die Namen ihrer Kinder und Ehefrauen erinnern." Er blickt mich ernst an. „Du haust sie um mit deinem Charme, ohne dich auch nur groß anzustrengen. Ich kapier nicht, wie du das nicht sehen kannst!"

Diesmal halte ich mich nicht zurück. Ich schlinge meine Arme um Joseph und drücke ihn. Zuerst steht er nur stocksteif da, dann erwidert er meine Umarmung. Nach zwanzig Jahren Freundschaft ist er daran gewöhnt, wie gefühlsduselig ich bin.

„Du bist ein echter Charmeur, Joseph Tanner," sage ich zu ihm, als ich mich von ihm löse. „Du wirst irgendwann ein Mädchen sehr glücklich machen."

Einen Moment lang trübt ein Stirnrunzeln seine jungenhaften, All-American Gesichtszüge. Jedoch ist es so schnell wieder verschwunden, dass ich denke, ich hätte es mir nur eingebildet. „Na klar!“ Sein Lächeln sieht erzwungen aus.

Joseph schnappt mir ein frisches Glas Champagner vom Tresen. Ich mag den fruchtigen Geschmack noch nicht einmal, aber immerhin bekommen meine Hände etwas zu tun. Ich trinke selten großartig Alkohol und obwohl Champagner nicht dafür bekannt ist, besonders viele Umdrehungen zu haben, wäre mir etwas anderes lieber.

„Mach dir keine Gedanken darüber, Joe. Dass du sie bisher noch nicht gefunden hast, heißt noch lange nicht, dass sie nicht irgendwo da draußen ist.“

Dass mein Freund noch nicht in festen Händen ist, ist für mich eines dieser großen Mysterien des Lebens. Der Typ ist ein guter Fang, ein großartiger sogar, egal von welcher Seite man es betrachtet. „Vielleicht triffst du ja sogar noch heute Nacht das Mädchen deiner Träume.“ Ich lasse meinen Blick durch den Raum schweifen und suche nach einer geeigneten Kandidatin.

„Tiff, die Frauen hier sind entweder vergeben oder Cops. Und mit Cops gehe ich nicht aus.“ Joseph nimmt kopfschüttelnd einen weiteren Schluck Bier.

„Warum nicht?“ Ich sehe ihn stirnrunzelnd an. Joe wollte immer ein Cop sein, schon von Kindheit an. Ich bin mir ziemlich sicher, dass er der Sohn ist, den mein Vater gerne gehabt hätte. Stattdessen hat er diese neuzeitliche, Yoga unterrichtende Tochter bekommen.

Joseph stößt einen tiefen Seufzer aus uns sieht plötzlich viel älter aus als 27. „In diesem Job geht es nur um die dunkle Seite des Lebens: Verbrecher fangen, Dinge sehen, von denen gute, anständige Leute nie wissen sollten. Wenn ich mit einer Polizistin zusammen wäre, würde ich 24 Stunden am Tag mit dem Job essen, schlafen und atmen. Wenn ich zu jemandem nach Hause komme, will ich das alles hinter mir lassen. Ich will Frieden.“ Er zuckt mit den Schultern, als hätte er mich gerade nicht damit erschüttert, dass er mir eine sensible Seite von sich gezeigt hat, die er für gewöhnlich so gut es geht verbirgt.

„Alles in Ordnung, Joe?“ Ich werfe einen gespielt argwöhnischen Blick auf seine Bierflasche.

„Wie viel genau hast du getrunken?“

„Tiffany! Sergeant Tanner!“ Der rundgesichtige Captain aus Central steuert geradewegs auf uns zu.

„Nicht annähernd genug, um hier noch weitere Stunden Rumstehen durchzuhalten, glaub mir.“ Joe zieht zwinkernd eine Grimasse, und schon ist der lebenslustige Kerl zurück, den ich schon mein ganzes Leben lang kenne.

Ich weiß zwar den Namen des Captains nicht mehr, aber ich erinnere mich sehr wohl daran, dass er gerne mit allem flirtet, was einen Rock trägt. Und daran, dass er mir im letzten Jahr nach etwas zu viel Alkohol ein bisschen zu sehr auf die Pelle gerückt ist.

„Ich glaub ich seh mal nach, was mein Dad so macht…“ Ich trete ein Stück zur Seite und versuche, einer neuen Runde Höflichkeitsfloskeln zu entkommen, aber Joe ist schneller als ich. Seine Hand schnellt nach vorne, greift mich am Ellbogen und nagelt mich an Ort und Stelle fest.

„Oh nein, das wirst du nicht. Wenn ich mich mit Captain Lustmolch abgeben muss, dann musst du das auch.“

Er spricht leise und ich widerstehe dem Drang, aus vollem Halse loszuprusten. Passender geht es kaum.

„Sergeant!“ Der rotgesichtige Captain nickt Joseph in Anerkennung seines Dienstgrades zu. „Tiffany, du siehst bezaubernd aus!“ Seine Knopfaugen wandern über mein himmelblaues Seidenkleid. Issy hat darauf bestanden, dass ich es anziehe, da es angeblich meine Augenfarbe so gut betont. Aber im Moment fühle ich mich in diesem Trägerkleid viel zu nackt. Ich sehne mich nach meinen bequemen Yogasachen.

„Schön, Sie wiederzusehen, Captain … Wright.“ Gerade im rechten

Moment fällt mir sein Name wieder ein und ich zwinge mich dazu, ein Lächeln über meinen zusammengebissenen Zähnen zustande zu bringen, während er mich weiter anzüglich mustert. „Und wie geht es Ihrer liebreizenden Gattin?"

Das Rot im Gesicht des Captains wird noch dunkler.

„Theresa geht's prächtig. Sie konnte heute Abend leider nicht kommen – mit drei Kleinen zu Hause und einem weiteren auf dem Weg hat sie alle Hände voll zu tun." Dabei spricht er die ganze Zeit zu meinem Dekolleté.

„Das kann ich mir vorstellen." Ich verlagere mein Gewicht auf meinen Füßen und hoffe, dass das seine Aufmerksamkeit von meinen Brüsten ablenkt, aber ich habe kein Glück. Ich werfe Joseph einen Blick zu, der ihm bedeutet, dass er langsam mal eingreifen sollte.

„Und wie geht es Ihren Jungs drüben in Central? Wie ich höre, gibt es viel zu tun?" Er zieht Wrights Aufmerksamkeit auf sich und ich seufze erleichtert darüber, dass meine Oberweite nicht länger der Mittelpunkt seines Interesses ist.

Der Captain atmet lange und schwer atmend aus. „Wir haben die letzten Monate eigentlich nur unseren eigenen Schwänzen hinterhergejagt und versucht, mit ‚Bliss' mitzuhalten. So wie all die anderen Reviere auch." Er blickt Joseph bedeutungsvoll an. In der Luft zwischen ihnen knistert die Spannung.

„Wer ist Bliss?", frage ich, um etwas von der Anspannung zu zerstreuen, die wie aus dem Nichts entstanden ist.

Wrights Gesichtsausdruck wird sanfter, als er von Joseph zu mir blickt. „Nicht *wer*, Süße, *was*. Das ist eine neue Partydroge, die gerade in allen Schickimicki-Clubs die Runde macht. Sie ist arschteuer und die Kids würden ihre Großmutter verkaufen, nur um sie mal ausprobieren zu können."

Ich erinnere mich vage daran, vor Wochen etwas darüber gelesen zu haben, aber der Onlineartikel hatte nur wenige Details offenbart.

„Wo kommt das Zeug her?“

„Das, meine Liebe, ist die Frage, die dir die Million einbringen würde.“ Captain Wright sieht Joseph wieder vielsagend an. „Solltet ihr Jungs nicht an der Sache dran sein?“

„Wir sind tatsächlich an der Sache dran, Captain. Genauso, wie AC Burns jedem bei der letzten Versammlung erzählt hat. Wir haben eine Sonderkommission zusammengestellt und nähern uns der Sache an. “ Ich spüre, wie Joseph sich neben mir versteift, also lege ich beruhigend meine Hand auf seinen Arm.

„Wolff hat erzählt, er hätte eine Verbindung zu diesem ‚K.O.‘-Typen gefunden? Wo steckt er denn?“

Wright sieht sich um, als würde er erwarten, dass die fragliche Person plötzlich vor ihm auftauchen könnte.

Der Captain schwankt ein wenig auf seinen Füßen. Das wundert mich nicht. Er muss betrunken sein, wenn er Joseph über einen Fall befragt, den mein Vater leitet – vor allem, während ich direkt vor ihm stehe.

Joseph scheint etwas sagen zu wollen, das ihm ernsthafte Schwierigkeiten bereiten könnte. Wright mag ein Arschloch sein, aber er ist trotzdem der, mit dem höheren Dienstgrad.

„Captain, darf ich Ihnen vielleicht noch einen Drink holen?“ Ich hoffe, dass mein Versuch Früchte tragen wird und blende ihn mit dem schönsten Lächeln, das ich aufbringen kann. Es reicht, um ihn innehalten zu lassen. *Mentale Notiz: Übe zu lächeln.*

„Wissen Sie, was ich glaube, Tanner?“

Wright tritt näher an Joseph heran und einen furchtbaren Moment lang frage ich mich, ob er ihm eine verpassen wird. Es wäre nicht die erste Prügelei auf dem Polizeiball, aber ich finde, dass sie gerne außerhalb meiner Sichtweite stattfinden darf. Aber Wright blickt sich nur um, als würde er sicherstellen wollen, dass niemand hören kann, was er gleich sagen wird. Ich rücke instinktiv und von meiner eigenen Neugier überwältigt, ein Stück näher.

„Ich glaube dieser K.O.-Typ ist ein Märchen. Er ist eine Gutenachtgeschichte, die die Kanalratten ihren Kindern erzählen, damit sie ihren Broccoli essen und ihre verdammten Hausaufgaben erledigen. Keiner hat ihn bisher gesehen; keines der Gangmitglieder, die wir gefasst haben, kann ihn identifizieren. Oder vielleicht haben sie auch einfach Angst, ich weiß es nicht. Aber eines steht fest. Der Typ ist ein Gespenst.“ Wright gestikuliert mit seinen Händen, als würde er einen Zaubertrick vollführen.

Joseph öffnet seinen Mund, um etwas zu sagen, aber er wird von einem Polizisten mittleren Alters unterbrochen, der neben uns steht. „Sprecht ihr auch gerade von K.O.?“ Er schüttelt betrübt den Kopf. „Scheint so, als würden hier heute alle von nichts Anderem sprechen. Wissen Sie, was ich gehört habe?“

Und so vergehen die nächsten Minuten – ein Cop nach dem anderen schließt sich der Unterhaltung an und versucht, den anderen mit den Geschichten, die er über den legendären K.O. gehört hat, zu überbieten. Ich bin es gewohnt. Es ist, wie Joseph gesagt hat: Die Arbeit eines Polizisten ist sein Leben; sie essen, schlafen und atmen mit ihr.

Ich habe immerhin beinahe 20 Jahren mit einem zusammengelebt - ich muss es ja wissen. Sie werden so von den Fällen eingenommen, an denen sie arbeiten, dass alles andere an zweiter Stelle steht. So zumindest hat sich das schon immer in dem Haus angefühlt, in dem ich aufgewachsen bin.

Joseph ist mittlerweile in die Unterhaltung mit einem hübschen Mädchen vertieft, der Schwester von einem der Männer in der Gruppe, glaube ich. Ich schenke ihm ein ermunterndes Lächeln und er verdreht die Augen. Ich lasse die Unterhaltung über mich hinweg spülen und meinen Blick durch den Ballsaal schweifen. Überall wo das Auge hinreicht, wimmelt es von festlichen Polizeiuniformen.

Zugegeben, ist es wenig überraschend, auf einem Polizeiball und trotzdem spüre ich wie ein kleines Grinsen meinen Mundwinkel verzieht. Wie es wohl einem Taschendieb oder einem anderen Kriminellen auf dieser Veranstaltung ergehen würde? Würde er sich vor Angst in die Hosen machen, oder sich in der Gegenwart all dieser Polizisten wohlfühlen?

In meinem Kopf spielt sich inzwischen ein kleiner Action-Streifen ab. In der Hauptrolle ein geschickter Taschendieb, der die Meute an angeheiterten Cops um ihre Habseligkeiten erleichtert. Ich blicke mich um, stelle mir vor, wie mein diebischer Hauptdarsteller sich seinen Weg zum Ausgang bahnt. Doch bevor ich die mächtigen Säulen, die den Ein- Ausgang säumen erblicke, bleiben meine Augen plötzlich wie erstarrt auf der Silhouette einer Person, in der Nähe des Ausgangs liegen.

Mein Mund wird trocken, als ich auf mich wirken lasse, was ich sehe. Er ist nicht einfach nur ein Typ; er ist *kein* Cop, nein, er ist ein Traumtyp. Zumindest, wenn man seinem Aussehen Vertrauen schenken mag. Seine Körpersprache ist die eines Models, wie aus einer der alten Pepsi Werbungen, in denen sie, als Gladiatoren verkleidet, eiskalte Pepsi getrunken haben. Sein dunkles Haar und sein olivfarbener Teint verleihen ihm einen exotischen, mysteriösen Touch. Selbst aus der Entfernung kann ich seinen gemeißelten Kiefer sehen, der von einem Hauch von Bartstoppeln beschattet ist und in starkem Kontrast zu den glattrasierten Cops im Raum steht. Er ist groß, mindestens einen Kopf größer als meine knapp 1,60 Meter und steckt in einem Smoking, der wahrscheinlich mehr gekostet hat, als mein Auto. Seine vollen Lippen kräuseln sich in einem Grinsen über das, was er zu der schönen, asiatisch aussehenden Frau an seinem Arm sagt. Ich erwische mich bei der Frage, wie sich diese Lippen wohl auf meinen anfühlen würden. Als ich es endlich schaffe, meinen Blick von seinem Mund abzuwenden, wünschte ich, es nicht getan zu haben. Mein Blick schweift hinauf zu seinen Augen. Sie sind so dunkel, dass sie beinahe schwarz sind, und sie haben sich auf meine gerichtet.

Mist! Verdammter Alkohol!

Ich reiße meinen Blick fort von ihm. Meine Wangen fühlen sich mit einem Mal viel zu heiß an. Ich werde rot, und ich weiß aus Erfahrung, dass sich diese Gesichtsröte furchtbar mit meinen roten Haaren beißt. Ich kaue auf meiner Unterlippe, eine Angewohnheit, die ich mir bereits seit der Highschool-Zeit vergeblich abzugewöhnen versuche. Es ist mir so peinlich, beim Gaffen erwischt worden zu sein, dass ich mir wünsche, der Boden unter meinen Füßen würde sich auftun und mich einfach mitsamt meines Trägerkleids verschlingen.

Ich tue das Einzige, wozu ich in einer solchen Situation in der Lage bin: Ich frage mich, was Isabelle tun würde. Issy würde einfach weiter hinstarren, dem Typen anzüglich zuzwinkern und es mit einem Lachen abtun. Ich bezweifle, dass ich ein aufreizendes Zwinkern zustande bringe – blonde Amazonen sind wahrscheinlich von Natur aus gut darin – aber ich kann immerhin meine Schultern zurückwerfen und dazu stehen.

Als ich wieder zu ihm hinsehe, bleibt mir die Luft im Halse stecken und mein Puls dröhnt in meinen Ohren. Er hat sich komplett von dem Mädchen an seinem Arm weggedreht und starrt mich an. Unter der Hitze seines Blickes sickert das Bewusstsein durch mich hindurch, und jede Zelle meines Körpers fühlt sich so an, als würde sie nach einem langen Nickerchen wieder zu sich kommen. Er hebt grüßend sein Glas in die Luft – ein Zeichen dafür, dass er bemerkt hat, wie ich ihn gemustert habe. Ich werde wieder rot.

„Von dem solltest du dich lieber fernhalten, Tiff." Josephs Stimme, dicht neben mir, lässt mich erschrocken zusammenfahren und bricht den beinahe Trance-artigen Zustand, in den Mr. Pepsiwerbung mich versetzt hat. Ich sehe hinauf zu Joseph: Seine Gesichtszüge haben sich verhärtet und in jemanden verwandelt, den ich so nicht wiedererkenne.

„Wer ist das?" Meine Augen ziehen mich zurück zu dem Mann am anderen Ende des Raumes.

Er hat sich umdreht und unterhält wieder seine hübsche Verabredung. Ich spüre einen unerwarteten Stich in der Brust, den ich wahrscheinlich als Eifersucht interpretieren würde, wenn das in irgendeiner Weise Sinn ergäbe. Aber das tut es nicht. Wieso sollte ich eifersüchtig auf die heiße Asiatin sein, die sich genüsslich vom unfraglich bestaussehendsten Mann im Gebäude, mit Komplimenten schauern lässt?

Okay, wenn ich es so in Worte fasse, dann macht das schon irgendwie Sinn.

„Caerus Wolff." Joseph spuckt die Worte förmlich durch seine zusammengebissenen Zähne und ich frage mich, was er gegen den Typen hat.

„So wie das Unternehmen Wolff?" Selbst ich habe von der Firma gehört.

Joseph nickt grimmig, ohne seinen Blick von Caerus' Rücken abzuwenden. „Jap, genau das ist er: Ein Immobilienhai, Playboy und Riesenarschloch."

„Du kennst ihn?" Der Zorn, von dem Joseph geschüttelt wird, scheint persönlicher Natur zu sein.

„Nur vom Hörensagen. Er glaubt, er sei ein hohes Tier, das sich aus jeder Sache rauskaufen kann. Gerade vor kurzem erst, ist er einer Gefängnisstrafe wegen Körperverletzung entgangen, indem er den einzigen Zeugen bestochen hat. Und das ist nur die Spitze des Eisbergs. Arschlöcher wie er machen mich krank." Josephs Wut ergibt allmählich Sinn für mich. Wenn man in der Mittelschicht in einer Arbeiterfamilie aufgewachsen ist, ist es schwer, Respekt vor Männern wie Caerus zu entwickeln, die mit ihrem Wohlstand um sich werfen und mit allem davonkommen, nur weil sie genug Geld in der Tasche haben. „Der ist kein Typ, den du in deinem Leben haben willst."

In Joseph Stimme liegt eine Endgültigkeit, die andeutet, dass das Gespräch damit für ihn beendet ist. Genau diesen Ton hat er auch angeschlagen, als wir Kinder waren und er mir zu sagen versuchte, dass er mit allem recht hatte und ich mich irrte - ganz ähnlich, wie mein Vater. Vielleicht liegt es ja daran, dass, wenn ich diesen Ton höre, ich automatisch das Gegenteil von dem tun will, was er mir sagt. Egal, ob er recht haben könnte, oder nicht.

„Was ist so interessant an Caerus Wolff, Tiffany?“ Die Stimme meines Vaters schiebt einen Riegel vor die scharfzüngige Antwort, die ich Joseph eigentlich geben will, und ich zucke innerlich zusammen. Von all den Unterhaltungen, die mein Vater hätte unterbrechen können, ist das hier die schlimmste des Abends.

„Dad!“ Ich bringe mühsam ein Lächeln auf.

Es ist nicht schwer, zu erkennen, warum Assistant Chief Martin Burns als Streifenpolizist und später als Kriminalbeamter so beeindruckend viele Leute hinter Gitter gebracht hat. Er hat sowieso schon eine imposante Erscheinung, aber sobald er einem den Burns-Blick verpasst, hat man das Gefühl, sich aus irgendeiner Sache herauswinden zu müssen. Selbst, wenn man eigentlich gar nichts getan hat. Glücklicherweise hatte ich schon genügend Gelegenheiten, zu üben.

„Hast du einen schönen Abend?“ Ich strahle den Mann an, der finster auf mich herunterblickt.

„Weiche nicht meiner Frage aus, Tiffany.“ Er sieht mich missbilligend an. Mit diesem Blick bin ich mehr als vertraut.

„Ich hab Tiffany nur gerade ein paar Namen der Gäste verraten, die sie nicht kennt, Sir,“ schreitet Joseph sanft ein, um etwas von dem Beschuss abzuwenden. Und obwohl ich ihm dankbar bin, wäre es schön, wenn er nur einmal daran glauben würde, dass ich stark genug bin, um ohne Hilfe auf meinen eigenen Beinen zu stehen.

Bei Josephs Worten werden die Züge meines Vaters augenblicklich weich und er klopft ihm freundschaftlich auf die Schulter. Der Neid versetzt mir einen Stich, und ich muss schlucken.

Mein Vater umarmt mich nur dann, wenn wir in aller Öffentlichkeit sind und er es nicht verhindern kann. Bei Joseph allerdings scheint ihm die Zuneigung leichtzufallen.

„Wir sind hier nicht auf dem Revier, Joe. Heute Nacht bin ich Martin.“ Das sagt er Joe seit Jahren, aber es ändert nichts. Für Joseph wird mein Vater immer ‚Sir‘ sein. Und ich glaube – insgeheim – dass mein Vater das großartig findet. Disziplin und Respekt bedeuten ihm alles. Meiner Mutter kam die Rolle der Sanften, der Warmherzigen zu, der, die alle liebten. „Und ich weiß, dass du nur helfen willst, aber Tiffany muss langsam die Verantwortung für ihre eigenen Taten übernehmen. Wie soll sie es sonst lernen?“

Ich koche innerlich, während mein Vater von mir redet, als sei ich gar nicht anwesend.

„Und für welche Taten sollte ich im Moment die Verantwortung übernehmen, Daddy?“ Ich bemühe mich, mein Gesicht ausdruckslos erscheinen und meinen Ärger nicht in der Stimme durchklingen zu lassen. Ich bin bekannt dafür, ein unverbesserlicher Optimist zu sein, der positiv über alles und jeden denkt. Dieses Talent verlässt mich allerdings immer dann, wenn mein Vater ins Spiel kommt.

„Ich würde sagen, deine Erfolgsgeschichte in Sachen Männer spricht für sich.“ Assistant Chief Martin Burns wirft Joseph einen wissenden Blick zu. Und der Mann, mit dem mich eine lebenslange Freundschaft verbindet, besitzt auch noch die Frechheit, zustimmend zu nicken.

D*anke für die Unterstützung, Joe.*

„Was hat denn bitte meine Männerhistorie mit Caerus Wolff zu tun?“ Meine Stimme klettert ein paar Oktaven in die Höhe, während ich immer wütender werde. Ein paar Köpfe drehen sich um, um zu sehen, worüber wir sprechen.

Mein Vater scharrt betreten mit den Füßen. Wenn es etwas gibt, das er noch mehr hasst, als eine Tochter zu haben, die keine Polizistin ist, dann ist es eine zu haben, die ihm eine Szene macht.

„Zum Teufel nochmal, Tiffany, halte deine Stimme im Zaum! Du machst dich noch zum Gespött der Leute!" Er stößt die Worte kaum hörbar hervor und sieht dabei in jede Richtung, außer in meine. Es ist mir peinlich und ich werde rot. Ein kleines Kind wird wieder einmal von seinem Vater zusammengestaucht. „Und ich habe sehr wohl gesehen, wie du Wolff schöne Augen gemacht hast! Meinst du nicht, es wird allmählich Zeit, dass du ein wenig Zurückhaltung zeigst und dich nicht jedem nächstbesten Mann an den Hals wirfst?"

Ich trete einen Schritt zurück. Ich hätte mich kaum getroffener fühlen können, wenn er mich geschlagen hätte.

„Ist es das, was du von mir denkst? Hältst du mich für ein Flittchen?" Die Worte formen sich um den Kloß in meinem Hals und fließen in einem Flüstern aus meinem Mund.

„Tiff, das hat er nicht gemeint..." Josephs Versuch, die Wogen zu glätten, wird durch die Hand meines Vaters unterbunden, die er in die Luft hebt, um ihm jedes weitere Wort abzuschneiden. Als gehorsamer Mensch, der er nun einmal ist, schließt Joseph seinen Mund wieder und entscheidet sich dafür, sich meinem Vater nicht zu widersetzen.

Mein Vater richtet seine Aufmerksamkeit auf mich und blickt mich nachsichtig wie ein kleines Kind an, das eine dumme Frage gestellt hat. „Ich kann dich nur nach deinen Taten beurteilen, Tiffany. Wenn du möchtest, dass ich dich anders einschätze, dann solltest du dich auch anders *verhalten*."

Seine Worte überrollen mich wie eine Dampfwalze. Ich wusste schon immer, dass er von den wenigen Typen, die ich mit nach Hause gebracht habe, nicht begeistert war. Aber ich hätte nie gedacht, dass er eine so schlechte Meinung von mir hat. Wer hätte gedacht, dass zwei ernsthafte Beziehungen und ein Leben im Zölibat in den vergangenen neun Monaten bedeutet, dass ich eine Schlampe bin?

„Ich brauch frische Luft." Ich ermahne mich dazu, nicht zu

weinen. Nicht jetzt - noch nicht. Ich warte ihre Antwort nicht ab. Ich muss hier raus.

Ich laufe schnell nach draußen und werfe bekannten Gesichtern in der Nähe im Vorbeigehen das breiteste Lächeln zu, das ich in diesem Moment aufbringen kann. Als sich Tränen in meinen Augen bilden, beschleunige ich meine Schritte und verfluche die verdammten Absätze an meinen Füßen, die es mir unmöglich machen, zu rennen.

Als ich durch die Türen stürme, strömt mir frische Luft entgegen. Ich eile zu einer dunklen Ecke auf dem Balkon, ein Stück entfernt von einer Handvoll Leuten, die den Ball ebenfalls für eine Verschnaufpause verlassen haben. Ich starre auf den Swimmingpool unter mir, atme tief durch und versuche, die Tränen in Schach zu halten.

Ich frage mich zum wiederholten Male, ob meine Beziehung zu meinem Vater anders wäre, wenn ich als Junge geboren worden oder zumindest Polizistin geworden wäre. Aber das wäre einfach nicht ich! Selbst nach so vielen Jahren tut es immer noch weh, zu wissen, dass das, was ich bin, nicht gut genug für ihn ist. Ich frage mich, ob ich das je sein werde.

Gott, Mom, ich vermisse dich so sehr!

Kapitel Zwei

Caerus

Jesus, ich habe ganz vergessen, wie langweilig solche Veranstaltungen sind. Aber wenigstens ist es gut fürs Geschäft – oder, besser gesagt: für ein ganz bestimmtes Geschäft.

„Schön, Sie wiederzusehen, Herr Bürgermeister." Ich schüttle die sonnengegerbte Hand des Mannes. „Ich hoffe, Sie und Ihre Frau haben Ihren Jahrestag am Wochenende genießen können?"

„Oh ja, Mr. Wolff, meine Frau hört gar nicht auf, darüber zu reden. Ihr Personal hat sich wirklich gut um uns gekümmert." Der unnatürlich gelbhäutige Mann strahlt von einem Ohr zum anderen. Vielleicht denkt er gerade an die Nutte, die ihm der Concierge besorgt hat, während seine Frau sich einen Tag im Wellnessbereich gegönnt hat.

„Ich bin froh, das zu hören. Mein Personal weiß, dass es sich um meine Freunde kümmern soll." Ich werfe ihm einen vielsagenden Blick zu und er überschlägt sich beinahe vor Dankbarkeit.

Als ich davongehe und an der Bar nach einem weiteren Whisky verlange, lächle ich zufrieden. Den Bürgermeister von Los Angeles in der Tasche zu haben, bringt viel Gutes mit sich. Das nächste Mal, wenn ich ein Immobilienproblem habe, wissen wir beide, dass er nicht in der Lage sein wird, nein zu mir zu sagen – nicht, wenn er nicht will, dass seine schmutzige Wäsche in aller Öffentlichkeit gewaschen wird.

Ich sehe mich im Ballsaal um. *Wo ist sie?* Das Mädchen mit den feuerroten Haaren und diesem unwiderstehlichen Körper unter dem Seidenkleid?

Ich habe sie dabei erwischt, wie sie mich gemustert hat, und sie ist so herrlich rot geworden, dass es mich bis ins Mark getroffen hat.

Sie scheint ziemlich eng mit den Cops befreundet zu sein. Vor allem mit einem bestimmten, der mir einen bösen Blick zugeworfen hat, während er neben ihr gestanden hat, wie ein gottverdammter Bodyguard. Es wäre ziemlich einschüchternd gewesen, wenn ich mir nicht absolut sicher gewesen wäre, dass ich ihn in weniger als fünf Sekunden unschädlich machen könnte.

„Wen suchst du, Baby?“ Ariels weinerliche Stimme reißt mich aus meinen Gedanken und ich verkneife mir ein Knurren.

Sie ist eine Augenweide, aber sobald sie ihren Mund öffnet, wird dieser Eindruck sofort zunichtegemacht. Als Gott Intelligenz verteilt hat, stand Ariel ganz hinten in der Schlange. Und wenn sie mich noch ein einziges Mal ‚Baby‘ nennt, dann schwöre ich …

„Niemanden.“ Ich greife nach einem Glas Champagner auf dem Tablett einer vorbeilaufenden Kellnerin und reiche es meiner Verabredung. Ich lasse meinen Blick ein letztes Mal durch den Raum schweifen – die mysteriöse Frau ist nirgendwo zu sehen. Sie ist doch nicht etwa schon gegangen, oder? Es ist noch früh am Abend. Und warum zum Teufel kümmert mich das überhaupt?

Phillip würde sagen, das liegt daran, dass gutaussehende Frauen meine Schwäche sind. Und er hätte recht. Ich mag schöne Dinge. Ich habe lange und hart dafür gearbeitet, sie mir leisten zu können. Ich frage mich, ob er immer noch sauer wegen unseres Gesprächs vorhin ist.

„Du gehst wo *hin?“ Er wird nicht oft wütend, aber wenn, dann explodiert er förmlich.*

„Ins Palm Royale Spa-Hotel, Phil. Das ist eines meiner Anwesen, erinnerst du dich?“ Ich habe ihn absichtlich falsch verstanden.

„Cae, bist du verrückt geworden, verdammt nochmal?“ Seine Augen haben gedroht, jeden Moment aus seinem Kopf zu springen.

„Ich gehe ständig zu so einer Scheiße." Ich bin ruhig geblieben – ausnahmsweise haben wir mal die Rollen getauscht.

„Du gehst auf gesellschaftliche Anlässe, ja, aber du gehst nicht auf den verdammten LAPD-Polizeiball!" Phillips Haut hat dunkelrote Flecken bekommen, als würde er ersticken.

„Das ist die beste Gelegenheit, um herauszufinden, was die Bullen schon über uns wissen! Die werden völlig besoffen von den Freigetränken sein und das ein oder andere Wort fallenlassen!" Das ist ein Grund – und zwar ein guter. Aber nicht der einzige. „Es ist rein geschäftlich, Mann!"

„Bullshit!" Phillip hat sich sichtbar zusammenreißen müssen. „Hier geht's nicht ums Geschäft. Hier geht's bloß um dein verfluchtes Ego!"

„Vorsicht, Phil. Du bist mein Kollege, aber das macht dich nicht unantastbar." Ich habe ihm einen warnenden Blick zugeworfen, der nur halb im Scherz gemeint gewesen ist. Phil ist nicht einfach nur mein Kollege, er ist wie ein Bruder für mich. Aber das wird mich nicht davon abhalten, ihm die Scheiße aus dem Leib zu prügeln, wenn er vergisst, wer das Sagen hat.

Er hat kapitulierend die Hände hochgeworfen und sich in den Ledersessel mir gegenüber fallenlassen. Er sah erschöpft aus.

„Ich mache mir Sorgen um dich, Cae." Seine Schultern sind zusammengesackt und seine Stimme klang besorgt. Ich habe mich wie ein absolutes Arschloch gefühlt.

Ich habe einen Blick auf die Zahlen geworfen. Die hat er mir zugesteckt, bevor das Thema meiner Abendplanung ihn ins Schleudern gebracht hat. „Ich hab alles unter Kontrolle, Phil. Das Geschäft blüht! Bliss verkauft sich, als gäb's kein morgen mehr. Wir machen mehr Kohle, als wir ausgeben können, Phil. Alles ist gut, Mann."

„Ich spreche nicht vom Geld, Cae. Ich weiß, dass die Geschäfte gut laufen, ich mache schließlich die verdammte Buchführung!" Er schüttelte den Kopf, als würde er mir damit sagen wollen, dass ich es

einfach nicht begreife. „Ich mache mir Sorgen um dich. Du gehst zu viele Risiken ein – zum Beispiel diesen Ball heute Abend. Du solltest dich so fern von einem Raum voller Cops aufhalten, wie nur irgend möglich, und stattdessen rennst du dort rein, als würdest du es nur darauf anlegen, geschnappt zu werden!"

Ich blinzelte meinen besten Freund an. Er ist groß und schlank wie ein Läufer und hat ein Gesicht, das ihn mit Modeljobs mühelos durch das College gebracht hat. „Wann bist du das letzte Mal flachgelegt worden, Mann?"

„Scheiße, Cae, es geht nicht immer alles nur um Sex!" Er hat enttäuscht geschnaubt. Trotzdem habe ich ihn einfach nur weiter angestarrt. Wir kennen uns schon viel zu lange, um die Körpersprache des anderen nicht zu kennen. Schließlich ist er seufzend im Sessel zusammengesackt und hat seine langen Beine vor sich ausgestreckt. „Vor ein paar Monaten."

Ich habe beinahe meinen Kaffee über mein neues MacBook gespuckt. „Vor ein paar Monaten? Scheiße, Mann! Das ist eine Ewigkeit in Sexjahren! Kein Wunder, dass du so überdreht bist, wie der Duracell-Hase. Scheiße, Mann, wir müssen dir einen Fick besorgen!"

Ich zog mein Handy aus der Tasche und wählte die Nummer meiner persönlichen Assistentin. „Natalie, bitte keine Anrufe in nächster Zeit durchstellen."

„Aber sicher, Cousin." Dann hat sie aufgelegt.

„Die beste Personalentscheidung, die je getroffen wurde," sagte ich und deutete mit dem Finger in Richtung von Natalies Schreibtisch auf der anderen Seite der schalldichten Glastür.

„Danke." Phil musterte mich eingehend, während ich die Kontakte auf meinem iPhone durchging.

„Ich hab mir gerade selbst gratuliert. Sie ist meine Cousine." Ich habe nicht einmal aufgesehen. „Was ist mit Roma, der Schauspielerin von der Oscars-Party, auf der wir waren? Die ist heiß."

„Natalie ist zwar deine Cousine, aber ich habe sie eingestellt, du Trottel. Nicht jede gute Entscheidung hier geht nur auf dein Konto. Und hast du Roma in der Nacht nicht geknallt?“ Der Mann kann sich nach Jahren immer noch nicht merken, ob sein Auto mit Diesel oder Benzin betankt werden muss, aber wenn es darum geht, mit wem ich wann im Bett war, hat er ein Gedächtnis wie ein Elefant.

„Na und?“

„Ich bin noch lange nicht so verzweifelt, dass ich deine gebrauchten Weiber brauche, Cae!“ Philipp sah mich kopfschüttelnd an, wie ein Lehrer, der einen seiner Schüler ausschimpft. „Und versuch ja nicht, mich mit dieser Scheiße vom eigentlichen Problem abzulenken – wir haben gerade noch vom Polizeiball gesprochen und davon, dass du da nicht hingehen wirst.“

„Phil, entspann dich, verdammt nochmal! Und ob ich hingehen werde! Die Cops sind der Frage, woher das Bliss kommt, immer noch nicht weiter auf der Spur, als noch vor sechs Monaten. Die meisten von ihnen würden noch nicht mal ihr Arschloch finden, auch wenn sie zwei Hände und eine Landkarte zur Verfügung hätten.“ Ich atmete tief durch, um etwas von der Strenge aus meiner Stimme zu bekommen. „Ich weiß, du willst uns nur sichergehen, dass wir in Sicherheit sind, aber du solltest dir nicht die ganze Zeit Sorgen um alles machen. Genieß das Leben ein bisschen, Phil.“

„Wenn ich mir keine Sorgen mache, wer dann, Cae? Du?“ Phillip schob sich aus dem Sessel hoch und beugte sich über den Tisch.

„Ich werde mir Sorgen machen, sobald es etwas gibt, worüber man sich Sorgen machen sollte. Und in der Zwischenzeit werde ich einfach ein wenig das Leben genießen.“ Ich erwiderte Phils unnachgiebigen Blick, während er versuchte nach Zweifeln in meinen Augen zu suchen.

„Dein Ego ist im Geschäft ein Vermögen wert, aber eines Tages wird es dich noch umbringen, Cae.“ Das war nicht das erste Mal, dass Phil diese Meinung geäußert hat, und ich bin mir sicher, dass es auch

nicht das letzte Mal gewesen sein wird. „Aber ich weiß, dass ich gar nicht erst versuchen brauche, dich dazu zu überreden, es zu lassen, wenn du dich schon so darauf versteift hast. Je mehr ich versuche, dich umzustimmen, umso mehr willst du es. So eigenwillig bist du alter Hurensohn nun mal." Er schüttelte resignierend den Kopf. „Alles, was ich dazu sagen kann, ist: Hab 'nen schönen Abend und mach keine Dummheiten." Er machte auf dem Absatz kehrt und lief schnurstracks aus dem Büro hinaus.

„Ich denke immer noch, dass du Roma anrufen solltest," rief ich lachend hinter ihm her.

Die einzige Antwort die ich bekam, war sein Mittelfinger.

„Was ist so lustig, Baby?" Ariels Stimme ist an meinem Ohr, mein Körper von ihrem umschlungen wie von einem billigen Anzug.

„Nichts." Ich verlagere meine Position, als Ariels umherwandernde Hände meinem Gehänge gefährlich nahekommen. Es ist nichts verkehrt an einem Mädchen, das nur zu gerne gefällig ist, aber ich habe keine Lust, Zuschauer dabei zu haben. „Langsam, langsam, Mädchen!" Ich lasse meinen Zeigefinger über ihren nackten Arm fahren, erhalte ihre Aufmerksamkeit und grinse, als ihr der Atem stockt. Vielleicht ist sie ja besser im Bett, als ich gedacht hätte.

„Aber mir ist so langweilig, Baby," schmollt sie und klimpert mit den Wimpern; ein Gesichtsausdruck, von dem ihr wahrscheinlich mal jemand gesagt hat, er sei hinreißend. Aber mich macht er nur stinkwütend. Das Engelsgesicht der Rothaarigen taucht vor meinem inneren Auge auf und schickt eine Hitzewelle in meine Leistengegend. Diese Reaktion hat nichts mit der Frau zu tun, die versucht, mich durch meine Hose zu befummeln.

„Was ist K.O. überhaupt für ein Name?"

Die Unterhaltung hinter uns weckt meine Aufmerksamkeit.

Zur Antwort ertönt ein tiefes Kichern. „Ich wette, er ist einfach nur ein Teenager mit einem kleinen Schwanz, der versucht, wie ein harter Bursche zu klingen."

Ich verkneife mir den Drang, seiner Wette nachzukommen und dem fettärschigen Cop zu zeigen, wie hart K.O. wirklich ist.

„Baby, können wir endlich gehen?" Das hartnäckige Geheule meines Dates wird immer schlimmer.

„Ich bin hier noch nicht fertig, Ariel. Ich habe hier immer noch was zu erledigen."

Und wenn ich nur eine Minute länger deinem Gejammer zuhören muss, dann muss ich irgendjemanden erschießen. Ich ziehe den Schlüssel zur Präsidentensuite des Hotels aus meiner Tasche und reiche ihn ihr. „Warum gehst du nicht schon aufs Zimmer und wartest auf mich?"

Ihre dunklen Augen fangen an zu strahlen wie ein Leuchtfeuer. „Kann ich mir Champagner bestellen?"

Frauen wie sie gibt es wie Sand am Meer – und alle sind sie gleich. „Die Suite ist vollgestopft mit Crystal, aber bestell dir, was du willst." Um ehrlich zu sein: Es ist mir völlig egal.

„Danke, Baby. Bis später. Mach nicht mehr so lang." Sie schenkt mir ihren verführerischsten Blick, aber er lässt mich völlig kalt. Ich werde trotzdem mit ihr schlafen. Scheiße, vielleicht sollte ich es nicht, aber trotzdem tue ich es immer.

Sex ist einfach nur – Sex. Da geht es nicht um Liebe – was auch immer zur Hölle das sein soll. Ich werde noch das ein oder andere Glas trinken, meine Runden drehen, nach oben gehen, es ihr besorgen und nach Hause fahren. Sie wird die Zeit genießen, ich werde die Zeit genießen, und am Morgen wird draußen ein Wagen auf sie warten, um sie dorthin zu fahren, wohin sie will, und sie wird nie wieder von mir hören. Ein perfektes – ich nenne es einfach mal - Geschäftsmodell. Alle ziehen einen Vorteil daraus und am Ende des Tages gehen alle zufrieden nach Hause. Eine Partei vielleicht ein wenig o-beinig, aber damit wird sie schon zurechtkommen.

Trotzdem verlässt mich das Gefühl einfach nicht, dass es langsam langweilig wird, immer wieder das gleiche Spiel zu spielen. In einem Punkt hat Phillip recht: Ich mag es, Risiken einzugehen, Grenzen zu überschreiten. Eigentlich sollte es reichen das Immobiliengeschäft am Laufen zu halten und ‚*Bliss*' erfolgreich zu vertreiben, um die Dinge frisch und das Leben interessant zu machen. Trotzdem fehlt etwas; etwas, das mich rastloser als sonst fühlen lässt. Ein leuchtendes, blaues Augenpaar unter rotem Haar kommt mir in den Sinn und ich schüttle das Bild aus meinem Kopf. Es ist nichts weiter als ein schönes Gesicht, Cae. Vergiss es.

Verdammt, aber ich brauche eine Zigarette.

Kapitel Drei

Tiffany

Es ist Zeit, wieder rein zu gehen, bevor Joseph – oder schlimmer noch: mein Vater – nach mir sieht. Die Tränen auf meinen Wangen sind getrocknet. Ich brauche nur noch eine Minute, um die Scherben meines Stolzes wieder zusammenzusetzen, bevor ich wieder unter Menschen kann.

„Scheint so, als wäre ich nicht der Einzige, der ein bisschen frische Luft braucht."

Ich wirbele so schnell herum, dass ich direkt auf meine Nase gefallen wäre, wenn mich nicht zwei starke Hände am Ellbogen gepackt und nun aufrecht halten würden.

„Immer mit der Ruhe. Nicht, dass ich es nicht gernhätte, wenn mir schöne Frauen zu Füßen liegen, aber ..."

Seine vollen Lippen kräuseln sich zu einem amüsierten Grinsen.

„Du hast mich erschreckt." Meine Stimme klingt belegt, und innerlich verdrehe ich die Augen. Der Mann vor mir löst einen Kurzschluss in meinem Hirn aus. Ist es möglich, einen Hirnschaden zu erleiden, nur weil man jemand Umwerfendes ansieht?

Zuerst erwischt er dich dabei, wie du ihn anstarrst, und dann fällst du buchstäblich auf ihn drauf.

Geschmeidig, Tiffany, wirklich geschmeidig!

„Das sehe ich." Er hält mich immer noch an den Armen fest. Die Wärme seiner Berührung schickt einen Stromstoß durch meinen Körper. Trotz der warmen kalifornischen Frühlingsluft erschauere ich. „Dir ist kalt." Das klingt mehr nach einem Vorwurf, als nach einer Feststellung.

„Nein, mir geht's gut." Ich atme tief durch und winde mich

vorsichtig aus seinem Griff. Ich versuche, zu ignorieren, dass mir die Berührung sofort fehlt.

Unsere Blicke treffen sich, und ich versinke in seinen dunklen Augen. Es ist wirklich unmöglich, diesen schönen Mann nicht einfach nur anzustarren. Wo werden Männer wie er überhaupt gemacht?

„Ich bin Caerus Wolff." Er bietet mir seine Hand gar nicht erst an, sondern lässt seinen Namen einfach fallen, als würde er sich mir nicht vorstellen, sondern mich herausfordern.

„Ich weiß." Ich zucke bei meinen eigenen Worten zusammen. Sie sind mir über die Lippen gehüpft, bevor ich auch nur versuchen konnte, sie aufzuhalten. Sein Mund nimmt wieder diesen amüsierten Ausdruck an. „Du bist ziemlich bekannt," erkläre ich und ermahne mich, dass ich normalerweise eine ziemlich redegewandte Person bin. Ich bin etwas erschüttert, wie sehr ich mich von diesem Mann angezogen fühle und gleichzeitig kaum ein gescheites Wort mehr herausbringe.

Wenn es eine Person auf diesem Ball gibt, von der ich mich fernhalten sollte, dann wäre es *er*. Wieso fühle ich mich dann so hingezogen zu seinen durchdringen Augen?

Er sieht mich erwartungsvoll an, bevor seine Lippen sich wieder belustigt kräuseln. „Und du bist ..."

„Tiffany." Ich verrate ihm nicht meinen Nachnamen. Eine Angewohnheit, die nicht alle verstehen können, und trotzdem ergibt sie für *mich* Sinn – der Ruf meines Vaters eilt ihm voraus und ich wollte immer meinen eigenen Weg gehen, ohne dass sein Name über mir schwebt. Ganz zu schweigen von der Presse, die gerne auf der Suche nach einem saftigen Leckerbissen über den Assistant Chief von L.A. herumschnüffelt. Und da ich den Fehler, einem Journalisten zu vertrauen, bereits gemacht habe, bin ich jetzt schlauer. Noch einmal wird mir so etwas nicht passieren.

Caerus lehnt sich mit dem Rücken an die Balkonbrüstung und

sieht mich abschätzend an. Seine Augen fokussieren mein Gesicht.

„Sie sind grau." Er legt seinen Kopf schief.

„Wie bitte?" Ich schüttle verwirrt den Kopf.

„Deine Augen – sie sind grau. Ich dachte, sie wären blau." Er lächelt sanft, als hätte er gerade eine Erklärung für ein Mysterium gefunden.

„Ähm... je nach Stimmung wechseln sie die Farbe. Wenn ich aufgeregt oder glücklich bin, sind sie normalerweise blau." Ich zucke mit den Schultern.

„Jetzt sind sie grau. Was bedeutet das?" Er wirkt abwesend bei dieser Frage und spielt mit der Zigarette, die er noch nicht angezündet hat und jetzt in seinen starken Fingern herumwirbelt. Aber ich habe den Eindruck, dass dieser Mann nichts Unbedachtes tut.

„Das ist nicht wirklich eine Wissenschaft." Ich senke meinen Kopf und hoffe, dass die Tränen keine verräterischen Spuren auf meinem Gesicht hinterlassen haben. Er muss nicht unbedingt wissen, dass grau normalerweise kein gutes Zeichen ist.

Ich fühle, wie sich sein Blick in meinen Kopf bohrt und warte darauf, dass er mich zur Rede stellt, weil ich seiner Frage ausgewichen bin.

„Hast du Feuer?" Von diesem plötzlichen Themenwechsel überrascht, sehe ich ihn fragend an. Er hält er mir seine Zigarette vors Gesicht.

„Nein, tut mir leid, ich rauche nicht." Ich beobachte ihn argwöhnisch. Er hat etwas Gefährliches an sich, das mich darüber nachdenken lässt, wie passend sein Nachname sein mag. Etwas Raubtierhaftes, etwas Wölfisches, das meinen Körper viel stärker reizt, als es mir lieb ist.

Ist das, wie sich Rehe fühlen, bevor sie zum Abendessen des Wolfsrudels mutieren?

„Ich auch nicht. Ich habe letzten Monat aufgehört… mal wieder." Er zieht eine Grimasse und steckt seine Zigarette weg.

„Und das funktioniert offensichtlich?" Ich ziehe eine Augenbraue hoch und lächle ihn an. Ich kann mich einfach nicht zurückhalten.

Seine dunklen Augen funkeln, als er mich schief angrinst. „Nicht wirklich. Aber wenigstens hab ich dadurch eine Ausrede, um hier raus zu kommen und mit dir zu reden."

Bei diesen Worten werde ich schon wieder rot. Wieso fühle ich mich nur sofort von ihm angezogen, wenn sich unsere Blicke treffen?

„Du bist nicht gerade schüchtern, was? Ich kann nicht glauben, dass du Ausreden brauchst, um Frauen abzuschleppen." Mein Mund fällt zu spät wieder zu.

„Tiffany, glaub mir: wenn ich dich gerade abschleppen würde, würdest du das merken. Und ich müsste es gar nicht erst versuchen." Seine Stimme ist zu einem heiseren Flüstern geworden. Es ist voller Verheißungen, die mich winden lassen.

Dieser Typ lässt mich zu einer Pfütze dahinschmelzen. Aber Angriff ist die beste Verteidigung: „Wow, musst du erschöpft sein, wenn du den ganzen Tag so ein Ego mit dir rumschleppen musst!"

Ein paar Sekunden lang zwinkert er mich überrascht an, dann lacht er laut auf. Die Tatsache, dass ich der Grund für diesen Klang bin, macht mich glücklicher, als es mir lieb wäre. Ich will es wieder hören, ihn wieder zum Lachen bringen.

„Umwerfend *und* lustig – eine tödliche Mischung." Wenn er mich noch weiter mit diesem forschen Schlafzimmerblick ansieht, bekomme ich auf der Stelle einen Orgasmus.

Okay, der Gedanke klingt so GAR NICHT nach mir.

„Solltest du nicht wieder zu deiner Freundin zurück, Caerus?" Ich versuche, nicht zu hart zu klingen. Es ist absolut klar, dass ich gegen dieses exotische Mädchen an seinem Arm absolut keine Chancen habe. Er flirtet nicht mit mir – er vertreibt sich nur die Zeit.

„Ich mag es, wie du meinen Namen sagst, Tiffany." Er beugt sich näher, so, dass nur noch ein Flüstern uns trennt, und ich frage mich, ob er seine seidigen Lippen jeden Moment auf meine legen wird. Ich müsste mich nur noch ein Stückchen in seine Richtung beugen. Meine Augen schließen sich wie von selbst und öffnen sich erst dann wieder, als ich bemerke, dass er sich entfernt hat.

Geschmeidig, Tiffany, überhaupt nicht armselig.

Ich richte meine Aufmerksamkeit auf die Lichter L.A.s unter uns und hoffe, dass die Dunkelheit etwas von dem Rot verbirgt, das sich auf meine Wangen gelegt hat. „Was für ein wundervoller Anblick."

„Oh, ja." Aber er blickt nicht auf die Skyline, sondern auf mich.

Meine Wangen werden wieder heiß und mir wird schwindelig von all diesen unterschiedlichen Botschaften. Was hat dieser Typ nur an sich, dass ich mich in seiner Gegenwart wie ein gefühlsduseliger Teenager fühle?

Er steht dicht bei mir. Zu dicht für einen Mann, den ich gerade erst kennengelernt habe. Aber ich habe keinerlei Neigung, wegzutreten – ich werde von ihm angezogen wie eine Motte vom Licht, und mir ist sehr wohl bewusst, dass ich wohl diejenige bin, die sich verbrennen wird. Von einem Mann wie Caerus kommt man nicht unbeschadet davon.

„Trete ich dir zu nahe, Tiffany?" Irgendetwas an der Art, wie er meinen Namen sagt, lässt meine Haut in der Dunkelheit Feuer fangen.

„Nein." Das Wort ist nicht mehr als ein Atemzug auf meinen Lippen. Ich muss ihn gar nicht erst ansehen, um zu wissen, dass er mir nicht glaubt. Ich glaube mir ja noch nicht einmal selbst.

„Du bist eine furchtbare Lügnerin. Hat dir das schon mal jemand gesagt?" Seine dunklen Augen sehen beinahe schwarz aus. Ich widerstehe dem Drang, mich an ihn zu lehnen.

„Mehr als einmal.“ Ich schaudere unwillkürlich, und das hat nichts mit der Brise zu tun.

„Dir ist *wirklich* kalt.“ Die Worte klingen wie ein wütendes Knurren.

Bevor ich auch nur die Gelegenheit habe, ihm zu widersprechen, hat er sein Jackett abgestreift und es um mich gelegt. Seine Hände ruhen ein paar Sekunden lang auf meinen Schultern. Ich schließe kurz meine Augen und sauge seine Wärme auf, bevor er mich loslässt. Das Jackett riecht nach ihm, ein holziger, rauchiger Duft, der mir die Sinne schwirren lässt. Ohne mich anzusehen, lehnt er sich an die Brüstung. Ich frage mich, womit ich ihn verärgert habe.

Stille dehnt sich zwischen uns aus. Als ich ihm sagen will, dass ich wieder zum Ball zurückkehren sollte, dreht er sein Gesicht wieder zu mir.

„Was machst du morgen Nachmittag?“

Ich brauche einen Moment, um mich daran zu erinnern, welcher Wochentag gerade ist. Diesem Mann fällt es viel zu leicht, mich selbst vergessen zu lassen. „Ähm, Sonntag – ich hab den ganzen Morgen Seminare, aber das Studio schließt zur Mittagszeit.“

Er sieht mich fragend an. „Studio?“

„Ich bin eine Yogalehrerin.“ Ich warte auf die unausweichlichen Witze darüber, wie dehnbar ich dann wahrscheinlich bin. Die Witze, die die meisten Typen machen.

„Hmmm.“ Dieser nichtssagende Ton ärgert mich aus irgendeinem Grund. „Das passt.“

„Wie meinst du das? Was passt?“ Bevor ich mich versehe, trete ich einen Schritt näher an ihn heran. Meine Wangen bekommen Farbe. Ich bin so sehr daran gewöhnt, meinem Vater gegenüber meinen Lebensstil zu verteidigen, dass es mir in Fleisch und Blut übergegangen ist, mich in die Defensive zu begeben.

„Hey, sie werden wirklich blau, wenn du sauer wirst!" Caerus grinst, als hätte er gerade ein Spiel gewonnen, von dem ich noch nicht einmal gemerkt habe, dass wir es spielen. „Ich hol dich morgen 14 Uhr am Studio ab." Er drückt sich vom Geländer ab, als sei eine Entscheidung gefallen.

Mir schwirrt der Kopf. „Hast du gerade gefragt, ob ich mit dir ausgehe?"

„Nein, ich habe dir gesagt, dass ich mit dir ausgehen werde. Wenn ich etwas sehe, das ich will, frage ich nicht, sondern nehme es mir." Seine Augen funkeln mit diesem wölfischen Ausdruck, der mich komplett entblößt. In seinem Gesicht ist keinerlei Anzeichen von Verlegenheit oder Unbehagen zu erkennen. Dieser Mann hat mehr Selbstbewusstsein als jeder andere, den ich kenne – und das ist verdammt sexy. Aber das werde ich ihm sicher nicht sagen.

Ich greife auf meine letzten Mutreserven zurück. „Das ist ja schön und gut, aber hat dir noch nie jemand gesagt, dass es ziemlich geschmacklos ist, jemanden um ein Date zu bitten, wenn du gerade ein Rendezvous mit einer anderen Frau hast?" Ich verschränke meine Arme vor der Brust. Ich brauche eine Schranke zwischen uns, ein Schutzschild.

Er scheint kurz darüber nachzudenken. „Würde es einen Unterschied machen, wenn ich dir sage, dass ich keinerlei Intentionen hege, sie je wiederzusehen und du die einzige Frau bist, die mich interessiert, seit ich heute Abend hier hereingekommen bin?" Er schließt die Lücke zwischen uns und beugt sich näher.

Und schon bin ich wieder völlig durcheinander. „Nur, wenn das wirklich stimmt." Ich kann meine eigene Stimme kaum hören. Ich greife instinktiv nach oben, um die dunklen Stoppeln zu berühren, die seinen starken Kiefer überziehen.

„Tiff, ich habe überall nach dir gesucht!"

Ich springe schuldbewusst zurück, als Joseph vor mir auftaucht, und ich könnte schwören, dass Caerus knurrt.

„Joe!“ *Warum fühle ich mich bloß schuldig?*

Ich bemerke, wie Caerus sich zu seiner vollen Größe aufrichtet und sich in einer beschützenden Stellung auf gespreizte Beine stellt. Er projiziert wirklich dieses ganze Alphamännchen-Ding. Beide Männer scheinen in einer Art Pattsituation gefangen, die ich nicht verstehe. Das Testosteron in der Luft macht mich schwindelig.

„Ich wollte gerade wieder reinkommen.“ Das ist ein schlechter Versuch, zu unterbrechen, was auch immer zwischen den beiden vor sich geht, aber es genügt.

Caerus dreht sich gerade so weit zu mir um, dass Joe noch immer in seinem Blickfeld steht; als würde er niemals einem Feind den Rücken zukehren. „Wir sehen uns morgen.“ Auch das ist keine Frage.

„Wie willst du mich denn finden?“ Mir wird schmerzlich bewusst, dass er weder meine Nummer hat, noch irgendetwas anderes über mich weiß als meinen Vornamen und dass ich Yogalehrerin bin. Das sind nicht gerade viele Informationen, und die Vorstellung, ihn nie wiederzusehen, jagt mir einen kalten Schauer über den Rücken.

Caerus lächelt, als hätte er meine Gedanken gelesen. „Ich bin ein einfallsreicher Mann, Tiffany. Wir sehen uns morgen.“

Er wartet meine Antwort nicht ab und geht zurück in den Ballsaal.

Einen Moment lang bin ich sprachlos und fühle mich seltsam enttäuscht darüber, dass er geht, bis mir bewusstwird, was ich trage. „Caerus, warte! Dein Jackett!“ Ich streife es ab.

„Behalt es.“ Er lächelt mich verwegen an. „Es steht dir sowieso viel besser.“ Und dann ist er weg.

Als ich es endlich schaffe, meine Augen von dem leeren Flecken zu lösen, an dem Caerus gerade noch gestanden hat, sehe ich, dass Joseph mir einen enttäuschten Blick zuwirft, den er sich garantiert von meinem Vater abgeguckt hat.

„Was für ein Arsch!“ Seine Stimme ist voller Abscheu.

„Was hast du für ein Problem mit Caerus? Du kennst ihn doch noch nicht mal,“ antworte ich gereizt. Ich verteidige einen Mann, den ich gerade erst kennengelernt habe, vor einem Freund, den ich schon immer geschätzt habe.

„Aber du?“ Joseph reißt die Augen so weit auf, dass es lustig wäre, wenn er nicht so angepisst wäre. Er schüttelt den Kopf, als wolle er sagen, dass ich nicht wisse, was ich da sage. „Du solltest dich von ihm fernhalten, Tiff. Er ist kein guter Mensch – keiner kommt so weit wie er, ohne mehr als ein bisschen Dreck am Stecken zu haben.“

Ich schenke viel zu schnell Vertrauen, das weiß ich, und ich bin deswegen bereits in Schwierigkeiten geraten. Aber schlechte Angewohnheiten lassen sich schwer abschütteln, und Josephs Warnung erzielt nicht die gewünschte Wirkung. Ich weiß, dass das Letzte, was ich will, ist, mich von Caerus fernzuhalten.

Kapitel Vier

Caerus

“Du weißt, was ich denke. Es wird Zeit. Cae! Hörst du mir überhaupt zu?“

Phils Stimme reißt mich aus meinen Gedanken.

„Nein, Mann, das tue ich nicht.“ Ich seufze tief und reiße meine Gedanken fort von den blauen Augen, die letzte Nacht meine Träume heimgesucht haben. „Du sagst mir immer wieder das Gleiche. Also: Nein, ich höre dir nicht zu. Stimme mal einen neuen Ton an, und du erhältst meine volle Aufmerksamkeit.“

Luda schnaubt in der Ecke. Er sieht aus wie einer dieser Typen, denen man lieber nicht in einer dunklen Ecke begegnen möchte. Er ist von Kopf bis Fuß tätowiert. Ich bin mir sicher, einige Tattoos hat er sich im Knast stechen lassen. Und seine Nase wurde mehr als einmal gebrochen und ist nie wirklich verheilt.

Phillips lässt das auf sich wirken; er kräuselt seine Lippen und Luda verlagert sein Gewicht, um sofort zuzuschlagen, sobald Phil sich bewegt.

„Was macht *der* da überhaupt hier?“ Phillip versucht gar nicht, die Abscheu in seiner Stimme zu verbergen. Die beiden werden keine Freunde mehr, und das befördert mich direkt zwischen die Fronten.

„*Luda* ist hier, weil er der Chef der Security ist und auf dem Laufenden gehalten werden muss.“ Ich reibe mir über den Nasenrücken und bereue bereits, diesem Treffen zugestimmt zu haben.

„Großartig.“ Phillip gibt einen ärgerlichen Ton von sich und richtet seine Aufmerksamkeit wieder auf mich, während er Luda den Rücken zukehrt. Das würde noch nicht einmal ich tun – und ich bin sein Boss! „Cae, du hast die Zahlen gesehen. Du weißt, wie gut wir dastehen. Aus dem Immobiliengeschäft fließt genug sauberes Geld, du brauchst die Einnahmen durch Bliss überhaupt nicht. Du hast mehr Geld, als du jemals ausgeben kannst. Es ist Zeit, aus der Sache auszusteigen, solange du noch kannst."

„Ich habe es dir schon einmal gesagt: Wenn du hiermit fertig bist, kaufe ich dich aus. Du kannst dich als reicher Mann zurückziehen, auf eine Insel oder was weiß ich. Nichts für ungut. Aber ich bin noch nicht bereit dazu."

„Scheiße nochmal, Cae! Du bist so besessen davon, die Cops an der Nase herumzuführen und ihnen immer einen Schritt voraus zu sein, dass du einfach nicht sehen kannst, dass es Zeit ist, weiterzuziehen, bevor all das hier...", Er macht eine ausladende Geste, die das stinkvornehme Büro um uns umfasst. „...verschwindet. Du bist ein zäher Hurensohn, Cae, aber niemand ist unverwundbar. Nicht einmal du." Er wirft einen vielsagenden Blick auf die Hand, mit der ich auf meinen Mahagonischreibtisch trommle.

„Es ist nur ein Kratzer, Phil." Okay, die Knöchel sind blutig und geschwollen, aber es tut nicht einmal weh. „Und das war es absolut wert." Ich lächle, als ich an den Kerl denke, den ich bei dem Kampf letzte Nacht auseinandergenommen habe. Ich war so angespannt nach dem Ball, dass ich eine verdammt große Menge Energie loswerden musste. Und es gab nur einen Weg, von dem ich wusste, wie.

„Du wirst dich niemals zufriedengeben, bis du in diesem verdammten Ring umgebracht wirst. Glaubst du, das hätte dein Vater gewollt? Dass du so stirbst wie er?" Phil sieht so aus, als würde er die Worte bereuen, sobald sie seinen Mund verlasen haben. Zu spät.

„Das reicht." Ich stehe auf meinen Füßen und beuge mich über den Tisch, bevor ich überhaupt begreife, was passiert. Ich hatte schon immer ein hitziges Gemüt, aber manchmal habe ich das Gefühl, meine Zündschnur wird jeden Tag ein wenig kürzer.

Ich nehme einen tiefen Atemzug und versuche, mich unter Kontrolle zu bringen. „Du weißt, dass ich L.A. nicht verlassen kann. Nicht, solange Bolokov ..." Der Name fühlt sich in meinem Mund an wie Asche. „... dieses Stück Scheiße, das für den Tod meines alten Herrn verantwortlich ist, noch atmet. Ich kann das nicht einfach so hinter mir lassen. Das bin ich meinem Vater schuldig." Der Schmerz, der immer dann in meine Brust fährt, wenn ich an meinen Vater denke, ist über die Jahre dumpf geworden. Aber er ist noch immer da und facht das Feuer der Wut an, das niemals verglimmen wird.

„In diesem Ring zu kämpfen, wird ihn nicht zurückbringen." Phils Stimme ist leise, aber sie schwebt im Raum, als hätte er geschrien.

„*Nichts* wird ihn zurückbringen. Ich bin kein Idiot, verflucht noch mal! Das weiß ich! Aber jedes Mal, wenn ich einen von Bolokovs Schergen schlage, tut ihm das weh, tut es seiner Geldbörse weh. Jedes Mal, wenn sich Bliss besser verkauft als das verschissene Koks, versucht er, den Verkauf anzuschieben. Es schadet seinem Geschäft. Ich werde alles zerstören, wofür er je gearbeitet hat, alles, was er je geliebt hat. Und dann werde ich ihn umbringen." Allein dieser Gedanke gibt mir ein wenig Frieden. „Dann, und erst dann, werde ich fertig sein."

„Wir haben immer gesagt, wir steigen nicht ins Drogengeschäft ein, Cae. Wir haben immer gesagt, über diese Grenze würden wir nicht gehen." Phillip lässt betroffen die Schultern hängen. An diesen Punkt gelangen wir jedes Mal, wenn wir diese Unterhaltung führen.

Ich fahre mir mit der Hand durchs Haar und wünsche mir, Phils Scheißdreck einer Mutter wäre nicht an einer Überdosis Heroin gestorben und ich könnte ihr sagen, was für eine beschissene Mutter sie war. Sie wusste, dass Phil sie finden würde; aber es war ihr völlig egal. Der Schuss war wichtiger, als alles andere. Ich laufe um den Tisch herum und lege meine Hand auf die Schulter meines besten Freundes. Das war abgefuckte Scheiße, etwas, worüber er nie hinweggekommen ist. Ich frage mich, ob er das überhaupt jemals können wird.

„Du weißt, dass Bliss anders ist," ermahne ich ihn leise. Ich will nicht, dass Luda diesen privaten Moment mitbekommt. Er ist ein Freund; aber Phillip ist Familie, mein Bruder. „Es macht nicht abhängig und hat kaum Nebenwirkungen, solange man es nicht mit irgendwelchem anderen Zeug mischt. Eine kleine Pille, und man verlebt die Zeit seines Lebens." Das war der einzige Grund, aus dem ich dem Handel damit zugestimmt hatte, als Luda die Geschäftsgelegenheit präsentiert hatte. „Es gibt keinerlei Nachteile." Zumindest nicht für uns. Wir haben das Angebot niedrig gehalten und die Nachfrage hoch, um den Preis hochzutreiben. Wir haben daraus die begehrteste und teuerste Droge auf dem Markt werden lassen, und die Leute bekommen nicht genug davon.

„Ich weiß, ich weiß." Phillip seufzt; seine Augen werden wieder klar, als er die letzte Erinnerung an seine Mutter abschüttelt. „Ich will einfach nur nicht, dass alles, wofür wir so hart gearbeitet haben, vor die Hunde geht, nur weil wir nicht zum richtigen Zeitpunkt damit aufgehört haben." Er zuckt mit den Schultern und sieht mich ernst an. „Und ich finde nicht, dass mir Knast-Orange steht." Er lächelt müde und ich weiß, dass er das nur halb als Witz meint. Phillip ist zäher, als ihm je einer zutrauen würde, der ihn nicht gut kennt. Er hat einen schwarzen Gürtel in Karate, und er wirft sich keine Scheiße ein. Aber das Gefängnis ist noch mal ein völlig anderes Kaliber, und dafür ist er einfach nicht gemacht.

„Schlappschwanz." Luda spuckt das Wort förmlich aus.

„Nur weil ich nicht dumm genug bin, mich festnehmen zu lassen, bin ich noch lange kein Schlappschwanz, Arschloch!" Phillip dreht sich noch nicht einmal zu dem anderen Mann um.

„Wen nennst du hier ein Arschloch? Willst du ein bisschen tanzen, du Pussy?" Luda tritt einen Schritt vorwärts und ich zucke zusammen. Ich weiß genau, was jetzt kommt.

„Darauf kannst du einen lassen, du verdammter, undankbarer Mensch!" Phillip hält nicht einmal zu einem Atemzug inne, bevor er aus seinem Sessel hochschnellt und kampflustig auf Luda zusteuert.

Sie stehen sich gegenüber; Luda teilt den ersten Hieb aus, dem Philipp mühelos ausweicht. Er tritt nach Luda, aber der blockt ab. Wenn das einer der nächtlichen Kämpfe im Untergrundclub von gestern gewesen wäre, würde ich zusehen und abwarten, wer gewinnt. Die beiden sind sich ziemlich ebenbürtig. Es würde eine gute Show abgeben. Aber das hier sind nicht irgendwelche Straßenkämpfer. Diese Typen sind meine Freunde, und sie sind drauf und dran, sich selbst und meinem Büro erheblichen Schaden zuzufügen.

Ich lasse meine Schultern kreisen und trete zwischen sie. Ich fange Phillips Hieb in die Magengegend und Ludas Tritt gegen das Schienbein ab. Ich grunze, als mir die Luft aus den Lungen entweicht, aber ich spüre keinen Schmerz. Mir rauscht das Adrenalin durch die Adern. Ich bin dafür gemacht, zu kämpfen, habe jahrelang mit meinem Vater trainiert. Mitten im Kampfgetümmel fühle ich mich am wohlsten. Dort gehöre ich hin. Ich handle nur aus Instinkt. Ich will sie nicht verletzen, aber ich weiß, dass ich sie unschädlich machen muss, bevor sie sich gegenseitig verstümmeln. Ich ziehe Luda die Beine weg, woraufhin er flach auf den Rücken fällt. Er blinzelt, als würde er sich fragen, was zur Hölle da gerade vor sich geht. Ich ramme Phillip meinen Ellenbogen in die Brust. Er weicht ein paar Schritte zurück und kämpft mühsam damit, stehenzubleiben.

Beide Männer atmen schwer. Ihre Brust hebt und senkt sich angestrengt und sie sehen immer noch so aus, als würden sie sich gegenseitig umbringen wollen. Eines Tages werde ich sie machen lassen müssen, damit sich das für sie ein für allemal erledigt hat. Aber nicht heute.

„Jawoll, ihr habt's euch gegenseitig so richtig gezeigt. Beide groß, beide hart. Aber jetzt ist es Zeit, dass ihr eure Schwänze wieder zurück in eure Hosen steckt.“ Ich sehe sie beide mit einem Blick an, der klarstellt, dass ich nicht in der Stimmung für irgendwelchen weiteren Scheiß bin. „Wir stehen alle auf der gleichen Seite. Denkt daran, wenn ihr euch das nächste Mal gegenseitig die Scheiße aus dem Leib prügeln wollt. Luda, lass die verdammten Steroide weg!“ Ich zeige mit dem Finger in seine Richtung. Ich muss nicht einmal hinsehen, um zu wissen, dass er davon angepisst ist, dass ich ihn herausfordere. Aber bei dem Cocktail von all dem Scheiß, den der Kerl sich einschmeißt, machen ihn die Steroide noch unbeständiger als so schon. „Und du, Phil, verärgere ihn nicht!“

Wann zum Teufel hab ich die Rolle eines Kindergärtners aufgebürdet bekommen?

Ein Klopfen an die Glastür unterbricht die Spannung. „Komm rein!“

„Stör ich euch bei irgendwas?“ Meine Cousine blickt belustigt zwischen Luda und Phillip hin und her. Der eine steht vom Boden auf, während der andere sich finster dreinblickend über die Brust reibt.

„Ja, Gott sei Dank tust du das.“ Ich bedeute ihr, hereinzukommen. „Aber du hättest nicht an einem Sonntag hierherkommen müssen, Nat.“

Sie zuckt mit den Schultern, als sei das für sie nichts Besonderes. Sie ist wirklich die beste Assistentin, die ich jemals habe. Ich muss sie nur einmal anrufen, und sie ist im Büro – egal, zu welcher Tages- oder Nachtzeit. Wahrscheinlich bieten ihr ihr Gehalt, das mehr als doppelt so hoch als üblich ist, und die Zusatzzahlungen, die keine Wünsche offenlassen, einen ziemlich guten Anreiz.

„Ich hab dir die Informationen über das Yogastudio auf dein Handy geschickt.“ Sie nickt in Richtung meines iPhones auf dem Schreibtisch. „Und Plätze direkt am Spielfeldrand für das Spiel warten an der Abendkasse auf dich.“

Ich ziehe einen Umschlag mit einer kleinen Zusatzaufwendung

hervor und reiche ihn ihr. „Dafür, dass du an deinem freien Tag hergekommen bist," erkläre ich. Ein Tausender sollte doch mehr als die Miete abdecken, die sie für ihre Mutter, meine Tante, bezahlt. Nicht schlecht für die Arbeit von ein paar Stunden. „Danke, Cousinchen, du bist die Beste!"

Sie wird rot vor Freude. „Das weißt du doch, Cae." Sie zwinkert mir zu. „Wenn du nichts weiter brauchst, …"

„Raus mit dir! Und sag deinem Freund, er soll dir langsam mal einen Ring an den Finger stecken, sonst kriegt er es mit mir zu tun!" Sie gehen seit der Mittelschule miteinander aus. Ich frag mich, worauf zum Teufel er wartet.

„Du bist zuerst dran, Boss." Sie sieht mich mit hochgezogenen Augenbrauen an.

„Ich werde erst dann sesshaft, wenn die Hölle zufriert, Cousinchen. Bin mir ziemlich sicher, dass du mich zum Altar prügeln wirst." Dieser Witz geht schon ewig zwischen uns hin und her, und ich winke sie davon. Sie schlüpft zwischen den beiden Männern hindurch, die sich immer noch gegenseitig mit ihren Blicken durchbohren.

„Hast du angefangen, Yoga zu machen?" Phil wendet seinen Blick von Luda ab und stellt klar, dass ihm nichts entgangen ist. „Wie passt denn diese ganze ‚Om'-Scheiße damit zusammen, dass du Leuten in illegalen Fight-Clubs die Scheiße aus dem Leib prügelst?"

„Manchmal muss man einfach zur Balance finden, Phil." Ich greife nach meiner Lederjacke und kralle mir mein Handy vom Schreibtisch. „Nebenbei bin ich nicht am Yoga interessiert, sondern an dem Mädchen, das das Studio leitet. Ich hab sie gestern Abend getroffen." Und seitdem nicht aufhören können, an sie zu denken, füge ich im Stillen hinzu.

Phil zieht seine Augenbrauen bis zu seinem Haaransatz. „Du hast sie gestern getroffen und gehst heute mit ihr aus?" Er stellt die Frage langsam, als würde er sie an einen Idioten richten.

„Du kannst ja Eins und Eins schon richtig schnell zusammenzählen. Junge! Lass niemals jemanden etwas Anderes behaupten!“ Ich verdrehe die Augen.

„Du hast sie gefickt und willst sie wiedersehen?“ Diesmal fragt Luda – und klingt schockiert. Einmal sind sie einer Meinung. Ich hätte es mir denken können.

„Hab ich gesagt, ich hätte mit ihr geschlafen? Nein, ich hab sie getroffen! Konzentriert euch, Jungs! Wenn ihr jetzt bitte eure Ärsche aus meinem Büro bewegen würdet – dann schaffe ich es wenigstens noch pünktlich zu meinem Date.“ Ich laufe los zur Tür.

„Du verabredest dich nicht mit Frauen. Du nagelst sie und ziehst weiter.“ Phil blickt mich immer noch so fassungslos an. „Was hat es mit diesem Mädchen auf sich?“

„Wer bist du, meine Mutter?“ Ich hätte Natalie darum bitten sollen, zu warten, bis die beiden gegangen sind, bevor ich sie ins Büro hereingebeten habe. Das hätte diesen Mist abgewendet. Nun ja, man lernt nie aus.

Phils Gesichtsausdruck wird hart. „Heilige Scheiße, Cae. Ist sie ein Cop?“

Bei diesem Gedanken muss ich laut lachen. „Nein, sie ist so wenig ein Cop, wie du es dir nur vorstellen kannst.“ Sie war viel zu süß und unschuldig, um ein Bulle zu sein. Diese Art von Aufrichtigkeit konnte man nicht spielen. Sie war nichts weiter als das Date irgendeines idiotischen Cops. „Sie ist heiß, das ist alles. Ende der Unterhaltung.“

Kapitel Fünf

Tiffany

„Also, was gibt's Neues?" Isabelle verschwendet keine Zeit mit Nettigkeiten, als sie mich anruft.

„Hi, Issy! Wie geht's dir? Die Seminare waren heute ziemlich anstrengend." Ich klemme mein Handy zwischen Schulter und Kinn, sodass ich das Studio weiter aufräumen kann, während wir miteinander reden.

„Ja, ja, das ist schön, und ich freue mich sehr für dich und so, aber dein Job ist nicht der Grund, warum ich anrufe."

„Iz, er wird wahrscheinlich noch nicht mal auftauchen." Ich versuche, zu ignorieren, wie enttäuscht mich das fühlen lässt, und stopfe die sauberen Matten zurück in die schöne Holztruhe, die ich auf einem Hinterhofflohmarkt gefunden und selbst restauriert habe. Alles in diesem Studio ist das Produkt meines Blutes, Schweißes und meiner (gelegentlichen) Tränen. Es gibt sicher einfachere Wege, seine Brötchen zu verdienen, aber ich tue das, was ich liebe. Und obwohl die Buchführung viel Arbeit macht, würde ich mit niemandem tauschen wollen. Das Schnaufen meiner besten Freundin klingt alles andere als feinfühlig, aber es holt mich wieder zurück ins Gespräch, auf das ich eigentlich überhaupt keine Lust habe.

„Also, wenn er wirklich nicht auftaucht, ist er ein kompletter Idiot. Und Männer wie Caerus Wolff kommen nicht so weit im Leben, wenn sie ein Volltrottel sind." Ich kann beinahe hören, wie Issy ihr blondes Haar schüttelt und dabei die Aufmerksamkeit aller Männer im Umkreis von 15 Kilometern auf sich zieht.

„Vielen Dank für dein Vertrauen, aber dieser Mann ist der Oberhammer. Wie direkt aus einem Magazin rausgestiegen, so sexy wie die Typen im *Gentlemen's Quarterly*!" Die Erinnerung an sein umwerfendes Lächeln reicht aus, um einen Schauer über meinen ganzen Körper zu jagen. „Ach ja, und reich ist er auch noch. Es ist also nicht so, als würde keine Horde Frauen Schlange stehen, um mit ihm ausgehen zu dürfen." Bei dem Gedanken, der mir seit gestern Abend durch den Kopf schwirrt, sacken meine Schultern in sich zusammen. Was würde ein Typ wie *er* schon mit einem Mädchen wie *mir* wollen?

„Ich schwöre bei Gott, Tiffany, wenn du so etwas noch einmal sagst, komme ich rüber und verpasse dir so lange Ohrfeigen, bis du wieder zu Verstand kommst!" Isabelle ist definitiv eine von der liebevoll strengen Sorte. „*Du* bist der Oberhammer! Lustig, clever und wirklich verdammt dehnbar. Caerus Wolff würde sich glücklich schätzen, wenn du Zeit mit ihm verbringst!" Isabelle hat ihre beschützerische Beste-Freundin-Tonlage angenommen. Wenn ich sie jetzt nicht stoppe, hört sie nicht wieder auf.

„Lass uns von was anderem reden." Ich werfe einen Blick durchs Studio. Alles ist aufgeräumt, und ich bin zufrieden. Manche würden vielleicht sagen, ich sei ein bisschen überpenibel beim Putzen. Isabelle hat das sogar schon mehr als einmal laut ausgesprochen. Vielleicht hat das ein wenig damit zu tun, dass ich mich um das Haus kümmern musste, nachdem meine Mutter gestorben war und versuchte, alles perfekt für meinen Vater zu haben – einen Mann, der sein Bett immer noch so macht, dass man es die Hälfte der Zeit am liebsten gleich selber machen würde. „Wie läuft's denn in deinem Liebesleben?"

Isabelle seufzt theatralisch. „Gar nicht." Ich frage mich, ob ich da ein bisschen Traurigkeit in ihrer Stimme gehört habe. Meine beste Freundin ist für gewöhnlich nicht traurig. Vielleicht angepisst, ja, aber nicht traurig. „Weißt du, durch die Arbeit und alles bin ich gerade viel zu beschäftigt, um auszugehen. Ganz davon abgesehen, scheinen die meisten Männer ein Problem damit zu haben, wenn ihre Freundin mehr verdient als sie." Ich kann hören, wie sie am anderen Ende der Leitung mit den Schultern zuckt.

„Nicht alle Männer sind so, Issy." Das ist etwas, was sie einem in der Schule nicht beibringen: Geh da raus, sei erfolgreich, schlage den Weg deiner Träume ein, aber sei darauf vorbereitet, dass Typen nicht damit klarkommen, wenn du nach der Rechnung greifst.

„Ich weiß. Egal. Ich muss los ins Büro, und du, meine kleine Meerjungfrau,..." Ja, Ariel war meine Lieblings-Disneyprinzessin – man hat nicht gerade die größte Auswahl, wenn man rote Haare hat, „... solltest dich langsam mal für dein Date fertigmachen."

„Stimmt." Ich sage ihr nicht, dass ich so sehr damit rechne, dass er herkommt, wie ich damit rechne, dass ich die erste Frau auf dem Mars sein werde. „Arbeite nicht zu lange."

„Ruf mich an." Sie legt auf und ich bleibe mit meinem Handy in der Hand stehen. Ich weiß nicht, warum ihre abrupten Abschiede mich immer noch überraschen. Schließlich sollte ich mich in den letzten Jahren mal daran gewöhnt haben.

Ich werfe einen Blick auf die Uhr. Noch 20 Minuten, bis er da sein sollte. Ich überlege, ob ich duschen gehen und mich umziehen sollte. Issy hat mich angewiesen, mir Sachen für mein ‚Date' einzupacken. Aber ich kam zu dem Schluss, dass das nur Zeitverschwendung wäre. Er wird auf keinen Fall kommen, und ich werde mich noch viel mehr wie ein Idiot fühlen, wenn ich aufgetakelt dastehe, obwohl ich nirgendwohin gehe. Das ist gut, sage ich mir: Den Nachmittag frei zu haben, gibt mir die Zeit, die Buchhaltung durchzugehen und mich auf die morgigen Seminare vorzubereiten. Es ist gut, wenn Caerus nicht mit mir ausgeht. Ich nicke entschieden, als würde mich das glauben lassen, was ich denke.

Mein Handy klingelt. Die Nummer kenne ich nicht, und ein Gefühl der Ahnung bündelt sich in meinem Bauch. Ich nehme ab.

„Oh, hi, bin ich da richtig bei Float Yoga?" Die Stimme der Frau lässt meine Nervosität in sich zusammenfallen und ich nehme mich zusammen, bevor ich ihr erkläre, wie es in unserem Studio läuft und was wir bieten. Sie bucht eines meiner Seminare und ich lege auf. Die Geschwindigkeit, mit der sich der Kursplan füllt, bringt mich zum Lächeln. Die Dinge laufen definitiv immer besser. Nicht, dass das irgendetwas an der Einstellung meines Vaters zu meinem Job ändern würde. Er hält es für die größte Verschwendung, die er sich vorstellen kann, dass ich das Geld, das mir Mom hinterlassen hat, in dieses Studio investiert habe. Er versteht nicht, dass die Tatsache, dass sie es war, die mir diese Möglichkeit gegeben hat, das ist, was mich noch härter arbeiten lässt, um meinem Traum näherzukommen.

Ich fahre den Computer herunter und bemerke, dass ich keine Zeit mehr habe. Caerus ist offiziell spät dran für unser fiktives Date. Auch gut, denke ich, und laufe los, um die Eingangstür abzuschließen. Mit einem Mann wie ihm habe ich absolut nichts gemeinsam. Es wären sowieso nur ziemlich unangenehme Stunden geworden.

Gut so, erzähl dir das nur weiter, Tiff.

Ich unterdrücke einen Seufzer, während ich den Türriegel schließe. Das Studio liegt nicht gerade in der besten Gegend der Stadt, und Joseph hat mir dabei geholfen, eindrucksvolle Schlösser an allen Türen zu installieren. Er hat mir bei so Vielem geholfen, dass ich es niemals werde wiedergutmachen können. Er ist wirklich der beste Freund, den ein Mädchen sich wünschen kann. Dass dieser Typ immer noch Single ist, ist mir ein Rätsel.

Ein Klopfen an der Scheibe hinter mir reißt mich aus meinen Gedanken und lässt mich ein paar Zentimeter in die Höhe springen.

„Was zum…“ Ich schließe meinen Mund schnell wieder, als mein Blick auf den Mann auf der anderen Seite der Tür fällt.

Nie im Leben!

Dunkle Augen blicken in meine, und mein Magen plumpst ein bisschen hin und her, als würde ich gerade Achterbahn fahren.

„Caerus.“

Ich rolle innerlich die Augen darüber, wie belegt meine Stimme klingt.

„Hast du jemand anderes erwartet?“ Seine Stimme klingt ein wenig gereizt, als würde ihm diese Vorstellung gar nicht gefallen.

Ich schüttle den Kopf. Meine Zunge fühlt sich plötzlich viel zu groß in meinem Mund an. Ich wette, ich wirke gerade wie ein Reh im Scheinwerferlicht, was ja ach so attraktiv ist. Ich kann gerade einfach nichts dagegen tun, irgendetwas an diesem Mann verwandelt mich in eine völlig Wahnsinnige.

„Darf ich reinkommen?“ Er zieht eine Augenbraue in die Höhe. Ein amüsierter Ausdruck liegt auf seinem kantigen Gesicht.

Sag was, Tiff!

Ich schüttle leicht meinen Kopf und erinnere mich selbst daran, dass ich in der Lage bin, zu sprechen.

„Na klar!“ Zwei ganze Silben – da geht noch was, Tiffany!

Ich fummle an den Türschlössern. Die Art, wie Caerus jede meiner Bewegungen zu beobachten scheint, bringt mich völlig aus dem Konzept. Dieser Typ macht mich allem, was ich tue, mehr als bewusst. Ich trete zurück, um ihn durch die schmale Tür einzulassen und schlucke schwer, als er mich von oben bis unten mustert. In seinen Augen liegt männliche Anerkennung.

Verflucht! Ich trage noch immer meine enganliegenden Yoga-Klamotten: kurze, schwarze Hotpants und ein passendes Tanktop. Die verdecken nicht gerade, wie ich darunter aussehe.

Meine Wangen erhitzen sich wie gestern Abend. Manche Frauen haben das Rotwerden im Griff, so dass sie einfach nur schön und weiblich aussehen. Ich allerdings sehe aus wie Rote Beete. Ich stehe unsicher auf meinen nackten Füßen – unter seinem musternden Blick fühle ich mich unwohl. Ich kann beinahe spüren, wie er all meine Mängel katalogisiert – wie klein ich bin, die Sommersprossen auf meiner Nase, den durcheinandergeratenen Zopf, in dem ich meine Haare zusammengebunden habe und der wunderbar ergänzt, dass ich aussehe wie rückwärts durch den Busch gezogen.

Ich muss das Schweigen brechen.

„Ich hab nicht gedacht, dass du wirklich kommst", platze ich heraus, ohne die Worte vorher durch meinen ‚Wie klingt man wie ein totaler Loser'-Filter laufen zu lassen.

Caerus zieht wieder seine dunklen Augenbrauen in die Höhe und geht einen weiteren Schritt auf mich zu. Er kommt mir nahe und zwingt mich, zu ihm aufzusehen. Der Typ ist groß; groß und muskulös. Neben ihm sieht eine Tasse Grüntee aus wie etwas, das gerade vom Laufsteg gestiegen ist.

„Warum solltest du so etwas denken?" Er starrt mit verengten Augen in mein Gesicht, als würde er erwarten, dort eine Antwort zu finden.

Ich zucke mit den Schultern und trete einen Schritt zurück. Ich brauche etwas Abstand von diesem Mann, damit mein Hirn wieder über dem Level eines Teenagers arbeiten kann.

„Hier arbeitest du also?" Sein Blick schweift durch den Empfangsbereich des Studios und ich frage mich, was er sieht. Wahrscheinlich etwas völlig anderes, als die gepflegten, modernen, beeindruckend teuren Fitnessstudios, die er ohne Zweifel gewohnt ist.

Ich richte mein Rückgrat auf – es ist nicht so, als wäre ich Kritik an meiner Lebensführung nicht gewohnt.

„Eigentlich bin ich die Besitzerin." Ich sehe zu ihm auf und fordere ihn beinahe dazu auf, etwas Negatives zu sagen. Worauf ich nicht vorbereitet bin, ist der Respekt, den sein Gesicht zeigt.

„Das gehört dir? Wow!" Ein Ruck geht durch ihn hindurch, als würde er das alles auf sich wirken lassen. „Wie lange bist du schon im

Geschäft?“

„Seit fast einem Jahr.“ Und ich bin schon fast beim Break-Even angelangt. Aber, wie Isabelle nicht müde wird, mir im Gedächtnis zu halten: Die meisten Geschäfte scheitern im ersten Jahr, und das habe ich noch nicht hinter mir. „Vorher hab ich Kurse in anderen Studios geleitet, bis ich genug zusammengespart und diese Immobilie gefunden habe.“ Ich lächle bei der Erinnerung daran, wie ich zum ersten Mal die Straße heruntergefahren bin und die leere Ladenfront gesehen habe. „Die Bude war in katastrophalem Zustand. Ich glaub der Immobilienmakler hat mich für verrückt gehalten.“ Zur Hölle, ich hatte mich selbst für verrückt gehalten. Ich habe einen Mordshaufen Arbeit hier reingesteckt, um den Laden in Schuss zu bringen. Aber das ist es wert gewesen – zumindest für mich.

„Man braucht ganz schön viel Knowhow, um Potenzial in etwas zu sehen, das andere Leute übersehen würden.“ Die Andeutung von Anerkennung in seiner Stimme bringt mich zum Lächeln, aber die Intensität in seinem Gesichtsausdruck lässt mich fragen, ob er von meinem Studio oder irgendetwas anderem spricht. „Wie läuft das Geschäft?“

„Ganz gut.“ Ich sehe ihm nicht direkt in die Augen – nicht, weil ich lüge, sondern weil er dann all die Dinge sieht, die ich ihm nicht sage. Zum Beispiel, dass ich an meinem letzten Ersparten kratze, oder dass ich bestimmt noch eine ganze Woche davon entfernt bin, die Miete aufzubringen.

Caerus nickt verständnisvoll. „Ein Geschäft zu gründen, ist immer schwer.“

Ich halte mich davon zurück, zu sagen, dass er wahrscheinlich keine Ahnung davon hat, wie es ist, Geldsorgen zu haben und dass es hilft, eine Million auf der hohen Kante liegen zu haben. Ich unterdrücke den Ärger, der in mir aufwallt. Er ist genauso wenig daran Schuld, dass er reich ist, wie ich daran, dass ich es nicht bin.

Caerus umrundet den kleinen Empfangsbereich und betrachtet die Fotos vom Meer und von Yoga am Strand, die ich aufgehängt habe. Alles Fotos sind schwarzweiß und wurden von einem talentierten Freund aufgenommen, den ich mit persönlichen Yogastunden bezahlt habe. Das Meer hat mich schon immer beruhigt und glücklich gemacht. Aus diesem Grund hat sich Isabelle an ihrem Spitznamen „Meerjungfrau" für mich festgebissen.

Caerus blickt lange auf die Aufnahmen, länger als jeder andere bisher, analysiert sie. Er schaut zwischen den Bildern und mir hin und her und nickt dann, als hätte er die Antwort gefunden, die er gesucht hat.

„Das bist alles du." Er nickt in Richtung der Bilder, die nur den Rücken einer Frau zeigen.

Ich nicke und werde wieder rot. Verdammt. Aber aus irgendeinem Grund gefällt es mir, dass er lange genug darauf geschaut hat, um mich zu erkennen. Mit all den Schatten und der Farblosigkeit hat bisher niemand diese Verbindung hergestellt.

„Musst du dich noch umziehen?" Er gestikuliert vage in Richtung meiner Klamotten – oder in Richtung meines Mangels an Klamotten – und mein Gesicht wird *schon wieder* heiß. „Nicht, dass du nicht schön wärst, so, wie du gerade aussiehst." Er hebt seine Hände abwehrend vor sich in die Luft und grinst breit. Verdammt, an dieses Lächeln könnte ich mich gewöhnen!

„Stimmt." Ich werfe ihm ein schiefes Grinsen zu. „Gerade noch die Kurve gekriegt."

„In meiner Familie gibt es eine Menge Frauen. Ich weiß genau, wie unpassend es ist, zu kommentieren, wie eine Lady aussieht." Er zuckt mit den Schultern, seine muskulösen Schultern kreisen unter seiner Kleidung. Ich lecke mir über die Lippen und frage mich, wie er wohl ohne sie aussieht.

„Tiffany?" Die Art, wie er meinen Namen ausspricht, sagt mir, dass er genau bemerkt hat, wie ich gerade in Gedanken an ihn abgeschweift bin.

Herr im Himmel, Tiff, reiß dich zusammen!

„Ähm, ich werd mich mal umziehen gehen." Ich deute in Richtung der Damenumkleide und steuere darauf zu. Ich brauche eine Auszeit von diesem Kerl, dessen Pheromone mich wahnsinnig machen. „Sieh dich ein bisschen um, wenn du magst. Ich brauche nicht lange." Ich renne beinahe vor ihm davon, schließe die Tür hinter mir und lehne mich dagegen.

Wie soll ich einen ganzen Nachmittag mit diesem Mann verbringen, wenn ich keine fünf Sekunden mit ihm reden kann, ohne mich in ein quakendes Etwas zu verwandeln? Natürlich wurde ich auch schon vorher von Männern angezogen. Aber was ich Caerus gegenüber fühle, ist anders, animalisch, vielleicht sogar gefährlich.

Ich werfe einen flüchtigen Blick auf mein Spiegelbild: Meine Wangen sind rosig, meine Augen dunkelblau und feucht. Meine Brust hebt und senkt sich, als hätte ich gerade einen 100-Meter-Sprint hinter mir. Aber die Reaktion meines Körpers hat ganz und gar nichts mit körperlicher Anstrengung zu tun.

Eine kalte Dusche und zehn rekordbrechende Minuten später betrachte ich mich ein letztes Mal kurz im Spiegel und trete hinaus. Ich trage nur wenig Make-Up; ein Strich Wimperntusche und ein bisschen Lipgloss sind das einzige, wofür mir die Zeit geblieben ist. Ich schlüpfe in mein Outfit: Skinny Jeans und ein enganliegendes, weißes T-Shirt, darüber meine geliebte Lederjacke – lässig, aber nicht zu lässig – zumindest hoffe ich das. Ich denke darüber nach, die Stöckelschuhe anzuziehen, zu denen Isabelle mich überreden wollte, steige aber stattdessen in schwarze Ballerinas. Ich bin nervös genug; das Letzte, was ich jetzt noch gebrauchen kann, ist, mir Gedanken darüber machen zu müssen, ob ich über meine Füße stolpern werde. Wie soll man planen, was man zu einem Date anziehen soll, wenn man keine Ahnung hat, wo es hingeht? Gott sei Dank ist Caerus nicht in einem Anzug aufgetaucht, sonst wäre ich wirklich am Arsch gewesen.

Ich atme tief durch.

Du schaffst das, Tiff. Es ist nur ein Date, gottverdammt noch mal, kein Heiratsantrag!

Einen Moment lang frage ich mich, ob Caerus sich vielleicht dazu entschieden hat, den Schaden zu begrenzen und abzuhauen, vielleicht erkannt hat, dass das hier eine riesige Zeitverschwendung ist. Aber da ist er und sieht absolut fehl am Platze aus, wie er da so in seiner ganzen Pracht dasteht und stirnrunzelnd auf das Handy in seiner Hand blickt.

Er sieht auf, als hätte er meine Anwesenheit gespürt, und erstarrt. Sein Blick lässt mich fühlen, als wäre ich nackt. Ich blinzle und versuche, seinen Gesichtsausdruck zu lesen.

„Du siehst…" Seine Stimme klingt heiser und er schluckt ein paar Mal, bevor er weiterspricht. „Du siehst wunderschön aus."

Dieses Lob stimmt mich glücklicher, als mir lieb ist. Er ist nur höflich, sage ich mir selbst.

„Danke", erwidere ich verlegen und ringe nach Worten, um die Anspannung zu lösen, die sich langsam zwischen uns aufbaut. „Alles in Ordnung?" Ich nicke in Richtung des Handys in seiner Hand.

Sein Griff versteift sich um das Telefon, als würde er denken, ich würde es ihm entreißen wollen. Dann steckt er es in die Tasche seiner tiefhängenden Jeans.

„Nur die Arbeit." Seine Stimme klingt scharf und ich frage mich, ob er mich für neugierig hält.

„Verstehe." Ich nicke. „Wenn man sein eigener Boss ist, gibt es nicht wirklich einen Aus-Schalter." Ich weiß nicht wohin mit meinen Händen. Ich lasse meine Daumen in die Schlaufen meiner Jeans gleiten.

„Genau." Caerus blickt mich fragend an, als wäre ich ein Puzzle, das er versucht, zusammenzufügen, wobei ihm aber ein paar Teile fehlen. „Die meisten Frauen hassen es, dass die Arbeit so einen großen Teil meines Lebens einnimmt." Er neigt seinen Kopf und lässt dann seinen Blick durch das Studio schweifen. „Aber ich glaube, du weißt, wie das ist."

Ich folge seinem Blick und schaue mich an dem Ort um, dem ich mein Herz, meine Seele und all mein Geld gewidmet habe und bitte in einem Stoßgebet darum, dass es erfolgreich sein möge. Wenn es untergeht, wird es mir das Herz brechen und beweisen, dass mein Vater die ganze Zeit über recht gehabt hat. Ich schüttle den Kopf, um ihn von all diesen negativen Gedanken zu befreien. Es sieht mir nicht ähnlich, mich länger mit dem Schlechten zu befassen, und ich werde jetzt nicht damit anfangen.

„Wo gehen wir hin?" Ich lächle ihn strahlend an.

„Stehst du auf Basketball?" Er stellt diese Frage, als hätte er gerade erst daran gedacht, dass die Antwort nein lauten könnte.

„Klar." Ich zucke mit den Schultern. Ich bin mit meinem Vater und mit Joseph aufgewachsen. Wenn ich Sport nicht gemocht hätte, wäre ich noch mehr ausgeschlossen worden als so schon.

„Großartig!" Sein Gesicht erhellt sich, und es ist keines seiner unverkennbar aufreizenden, amüsierten Grinsen, sondern ein echtes, authentisches Lächeln, das ihn sogar noch hübscher aussehen lässt. Mit einer überschwänglichen Geste zieht er zwei Tickets hervor.

„Plätze am Spielfeldrand bei den Lakers? Willst du mich auf den Arm nehmen?" Ich muss nicht vorgeben, mich zu freuen. Plätze am Spielfeldrand sind wie Goldstaub. Normalerweise sind sie für A-Promis und die unfassbar Reichen reserviert. Beim Blick auf den Ticketpreis bleibt mir der Mund offenstehen: Fast 3.000 Dollar – *jeweils*. Ich blinzle, aber die Zahlen verändern sich nicht. Diese Summe würde eine ganze Monatsmiete meines Studios abdecken!

„Was ist los?" Der Kerl klingt tatsächlich besorgt.

Ich blicke zwischen Caerus‘ ängstlichem Gesichtsausdruck und den Tickets in meiner Hand hin und her. „Die meisten Typen halten sich an die normale Vorstellung eines ersten Dates: Abendessen und Kino.“

Caerus legt sein sexy Lächeln auf und zuckt mit den Schultern. „Ich würde sagen, ich bin nicht wie die meisten Typen.“

Also, damit hat er verdammt recht.

Kapitel Sechs

Caerus

„Also, Caerus, was genau machst du so, um innerhalb von weniger als 24 Stunden an Plätze am Spielfeldrand bei den Lakers zu kommen?"

Seit sie in mein Auto gestiegen ist, hat Tiffany nichts weiter gesagt. Und obwohl ich dankbar dafür bin, dass sie das Schweigen bricht, wäre das jetzt nicht das Thema meiner Wahl gewesen.

„Verschiedenes, vor allem Immobilien." Das ist keine Lüge, zumindest nicht ganz. Meine kriminellen Machenschaften nehmen nur einen kleinen Teil dessen ein, was ich tue. Dabei geht es noch nicht mal um das Geld, was sie einbringen – nicht im Mindesten. Bei dem Gedanken an Bolokov krallen sich meine Hände automatisch noch fester um das lederne Lenkrad.

„Alles in Ordnung? Ich wollte nicht zu neugierig sein." Beim Klang von Tiffanys Stimme lockert sich mein Griff.

„Nein." Meine Stimme kommt eher wie ein Bellen heraus, schärfer, als ich es wollte. Als ich hinüberblicke, sind ihre Augen weit aufgerissen und zeigen einen dunkleren Blauton als zuvor. Sanfter füge ich hinzu: „Nein, du bist nicht zu neugierig."

Sie sieht mich unsicher an, fragt aber nicht weiter. Das ist eine weitere gute Seite an ihr: die meisten Frauen, mit denen ich aus war, hätten mich in Grund und Boden gequatscht, um herauszufinden, was mit mir los ist. Tiffany nickt einfach nur, als wäre es nichts weiter, blickt weiter aus dem Fenster und kaut gedankenverloren auf ihrer Lippe herum. Ich würde so gern meine Zähne in diesem vollen Mund versenken! Ich muss mich dazu zwingen, meinen Blick von ihr abzuwenden und wieder auf die Straße vor mir sehen, bevor ich eine rote Ampel überfahre.

Die Stimmung im Auto ist wieder angespannt. Ich frage mich, wann ich so miserabel hier drin geworden bin. Normalerweise weiß ich genau, was ich zu einer Frau sagen sollte, und wann.

„Warum innerhalb von weniger als 24 Stunden?" Ich kann ihr Stirnrunzeln nicht wirklich sehen, sondern spüre es eher, als sie sich wieder zu mir umdreht.

„Hm?" Es klingt schläfrig, beinahe, als hätte ich sie aus einem Tagtraum gerissen, und ich erwische mich bei der Frage, worüber sie wohl nachgedacht hat. Scheiße, wer bin ich denn? Ein zwölfjähriges Mädchen?

„Woher weißt du, dass ich die Tickets nicht schon vorher hatte?"

Sie zuckt mit den Schultern.

„Na ja, wenn du sie schon gehabt hättest, hättest du sicher auch schon eine Begleitung gehabt."

Ich warte und lasse sie weiterreden.

„Du wirkst nicht wie ein Typ, hinter dem nicht schon ein Date in der Schlange steht … oder ein Kumpel." Tiffany bewegt flüchtig ihre Hand in der Luft und ich beobachte, wie sie errötet wie eine verdammte Debütantin.

„Vielleicht hatte ich ja schon eine, wollte aber lieber mit dir hingehen. Ganz nebenbei bist du verdammt noch mal ein viel schönerer Anblick als meine ‚Kumpel'."

Sie spielt mit ihren Händen in ihrem Schoß, als wäre sie nervös. Ich kann nicht umhin, es zu genießen, dass ich sie durcheinandergebracht habe. Die meisten Mädchen würden die Nase in die Höhe stecken und mit mir flirten wie eine Professionelle, nachdem ich ihnen einen solchen Knochen zugeworfen habe.

„Ähm, danke." Sie klingt so verdammt ernst, dass ich laut lache, bevor ich es zurückhalten kann.

Ihr Gesicht verfinstert sich und sie schüttelt den Kopf.

„Okay, das war wahrscheinlich das Schwachsinnigste, was ich je gesagt habe." Ihre Stimme kommt erstickt hinter ihren Händen hervor.

„Es war sehr… höflich." Ich lächle über den Blick, den sie mir zuwirft, als sie schließlich ihre Hände sinken lässt. Sie wird rot, aber in ihren zusammengekniffenen Augen sprühen Funken. Es scheint ihr überhaupt nicht zu gefallen, dass ich sie immer noch auslache.

Hinter dieser Zartheit und Süße verbirgt sich also ein Feuer. Was versteckt sie wohl noch?

„Ich würde sagen, ich mache das einfach nicht so oft." Sie seufzt und fuchtelt mit ihren kleinen Händen in der Luft.

„Bei fremden Männern im Auto mitfahren?" Ich ziehe eine Augenbraue hoch. Ich necke sie und genieße es mehr, als mir lieb ist.

Tiffany verdreht die Augen. Warum zur Hölle finde ich das sexy?

„Wie lustig." Ihre Stimme tropft vor Sarkasmus. „Ausgehen. Ich gehe nicht oft mit jemandem *aus*."

„Klar, sicher." Meine Tonlage stellt klar, dass ich ihr das überhaupt nicht abnehme. Es ist einfach unmöglich, dass ein Mädchen, das so aussieht wie sie, nicht mit Männern ausgeht. Die Chancen stehen nicht gut für sie.

„Was soll das heißen?" Die Schärfe passt so gar nicht in ihre musikalische Stimme. *Musikalische Stimme? Was zur Hölle redest du da, Mann?* Ich schüttle den Kopf über meine eigene Rührseligkeit.

„Nichts. Ich finde es nur ein wenig schwer, zu glauben, dass ein Mädchen wie du nicht ausgeht." Ich zucke mit den Schultern und frage mich, warum sie plötzlich so gereizt ist.

„Weißt du, ich sollte eigentlich gar nicht hier sein. Könntest du mich bitte einfach da drüben rauslassen?" Sie zeigt auf eine leere Parklücke und löst bereits ihren Sicherheitsgurt, als ich einparke.

Natürlich will ich sie auf gar keinen Fall aussteigen lassen. Ich kann mich einfach nur nicht auf die Straße konzentrieren, wenn sie sich so verrückt aufführt.

Ich stelle den Parkmodus ein und blicke ihr ins Gesicht. „Willst du gehen?"

Sie sieht demonstrativ aus dem Fenster und verschränkt ihre Arme vor der Brust, auf die ich nur sehr schwer nicht blicken kann.

„Ich wusste, dass das keine gute Idee ist." Sie spricht so leise, dass es wirkt, als würde sie mehr zu sich selbst sprechen als zu mir.

Ich bin so geschockt, dass es mir schwerfällt, Worte zu finden. „Mit mir auszugehen, ist keine gute Idee?" Das ist mir wirklich noch nie passiert. Noch nie! Ich werde die Frauen normalerweise nicht schnell genug wieder los, und sie sagt mir, dass sie abhauen will, bevor das Date überhaupt angefangen hat? Ich fühle mich ein bisschen so, als wäre ich in die *Twilight Zone* geraten.

Tiffany gibt einen tiefen Seufzer von sich, als würde sie ihren Mut für etwas zusammennehmen. Als sie mich ansieht, bin ich ziemlich sicher, dass ich mir den Schmerz nicht nur einbilde, den ich in ihren Augen sehen kann.

„Ich will nicht unhöflich sein. Ich denke nur, es wäre das Beste, wenn ich nach Hause fahre." Ihre Hand liegt auf dem Türgriff, aber sie kommt hier nicht raus, solange ich die Türen nicht entriegele. Wenn man in meiner Branche arbeitet, kann man nie vorsichtig genug sein, und mein Auto ist ein beinahe so gut gepanzertes, wie man es in L.A. nur bekommen kann. Sie legt die Hand an den Türgriff. Als sie daran rüttelt und nichts passiert, sieht sie mich an. „Sie ist verriegelt."

„Ich weiß." Ich nicke zustimmend.

„Würdest du sie bitte *aufmachen*?" Ihr Gesichtsausdruck verrät mir, dass sie langsam die Geduld verliert.

„Das kann ich, sobald du mir sagst, was zur Hölle gerade los ist." Ich lehne mich auf meinem Sitz zurück und sehe sie an. Keiner von uns geht irgendwohin, bevor ich das hier klarstelle.

„Du kannst mich nicht einfach hier festhalten!“ Sie reißt so energisch am Griff, dass ich glaube, sie könnte ihn abreißen.

„Was ist los, Tiffany, hast du Angst vor mir?“ Meine Stimme ist leise und ich kann meinen Blick nicht von ihr abwenden. Alles, woran ich denken kann, ist, sie auf meinen Schoß zu ziehen und ihre sinnlichen Lippen zu küssen.

„Ich habe keine Angst vor dir, Caerus, ich bin angepisst von dir!“ Sie wirft ihre Hände in die Luft und sieht mich mit wutentbranntem Blick in ihren Augen an, die nun hellblau glitzern.

Ich kratze mich am Kopf. „Normalerweise dauert es ein ganzes Date, für gewöhnlich länger, bevor eine Frau sauer auf mich ist.“ Die meisten Frauen verhalten sich ihrer unüblich, um mir entgegenzukommen, spielen die perfekte Frau, um mein Interesse zu halten. Tiffany scheint einen Scheiß darauf zu geben, was ich denke, und das lässt sie nur noch anziehender werden.

„Ich nehme an, die meisten deiner Dates beleidigst du nicht, sobald du mit ihnen alleine bist.“ Sie rümpft angewidert die Nase. Ich würde das ziemlich süß finden, wenn sie nicht gerade so aussehen würde, als würde sie mir die Eier abschneiden wollen, wenn sie ein Messer zur Hand hätte.

Aber nicht die Wut in ihrem Gesicht lässt mein Herz schneller schlagen; es ist der Schmerz in ihren wunderschönen Augen.

„Was? Ich glaub ich hab irgendwas nicht mitbekommen. Was hab ich getan?“ Ich greife hinüber und bedecke ihre Hand, die auf ihrem Schenkel liegt, mit meiner eigenen. Als ich sie berühre, spüre ich einen Hitzestoß, und innerlich muss ich meinem Schwanz gebieten, gefälligst unten zu bleiben. Zum Teufel noch mal, ich halte lediglich ihre Hand! „Ich will es wissen.“

Ihr Blick ruht auf meiner Hand, die auf ihrer liegt, und einen Moment lang glaube ich, sie wird sie wegziehen. Aber stattdessen nimmt sie einen weiteren tiefen Atemzug und erwidert meinen Blick.

„Du hast mir nicht geglaubt, als ich dir gesagt habe, dass ich keine Dates habe." Ihre Stimme ist so leise und verletzlich. Sie rührt an einem Gefühl in meinem Herzen, von dem ich noch nicht einmal wusste, dass es in mir existiert.

„Und das hat dich verärgert?" Ich begreife es immer noch nicht. Die meisten Frauen hätten es als Kompliment verstanden, aber langsam wird mir klar, dass Tiffany nicht wie die meisten Frauen ist.

„Du sagtest ‚Mädchen wie du'." Sie sieht mich bedeutungsvoll an; und endlich fällt der verfluchte Groschen.

„Oh, Scheiße." Ich folge ihrem Beispiel und bedecke mein Gesicht mit meiner freien Hand. „Du dachtest, ich halte dich ..."

„Für ein leicht zu habendes Mädchen," beendet sie den Satz für mich und sieht dabei so aus, als würde sie gerade gern über Gott und die Welt reden – aber nicht hierüber.

Gut, das erklärt, warum sie so sauer auf mich ist.

„Das habe ich nicht gesagt." *Starke Leistung, Cae, Wirklich geschmeidig.* Sein Date schon in der ersten halben Stunde als Schlampe zu bezeichnen, ist selbst für mich ein Rekord. „Ich wollte damit sagen, dass du jung und umwerfend und süß bist." Ich mache den Mund zu. Wenn ich noch ein einziges Brechreiz verursachendes Adjektiv verwende, werde ich meinen Kopf unablässig gegen das Lenkrad schlagen müssen. „Es ist schwer, zu glauben, dass du nicht ständig zu einem Date eingeladen wirst."

Tiffany blinzelt mich wie eine Eule an. Sie könnte nicht überraschter aussehen.

„Oh." Sie errötet wieder. Ich schwöre, es ist, als hätte dieses Mädchen noch nie zuvor ein Kompliment bekommen. „Vielleicht habe ich überreagiert." Sie sackt beschämt in sich zusammen. „Du hast da... ähm ...einen Nerv getroffen."

„Das Gefühl hatte ich auch." Ich lehne mich zurück und sehe sie forschend an. „Willst du mir sagen, warum?"

Tiffany sieht mich mit hochgezogener Augenbraue an. „Hm, klingt verlockend, aber meinen emotionalen Ballast hebe ich mir lieber für ein zweites Date auf." Sie verdreht die Augen – diesmal über ihren eigenen Kommentar.

„In Ordnung." Aber ich würde lügen, wenn ich sagen würde, ich wäre nicht neugierig. Ich will wissen, was diese Frau auf die Palme bringt, was sich hinter diesen unfassbaren Augen abspielt. „Das heißt also, es wird ein zweites Date geben?"

Sie schüttelt lachend den Kopf. „Bisher hatten wir noch nicht einmal ein erstes Date."

„Guter Punkt. Wollen wir damit anfangen?" Ich drehe den Zündschlüssel und fühle, wie der Motor anfängt zu schnurren.

„Du willst immer noch mit mir da hin?" Tiffany sieht mich an, als sei ich verrückt.

Ich sehe ihr in die Augen, um sicherzugehen, dass sie hört, was ich ihr sage. „Ich wäre gerade nirgends lieber." Und das ist nicht einfach nur ein Spruch, es ist die reine Wahrheit. Ein weiteres erstes Mal. Normalerweise meine ich die Scheiße, die ich Frauen erzähle, nicht wirklich ernst.

Tiffany wird rot und beißt sich wieder auf die Unterlippe. Ich muss meinen Blick von ihrem Mund reißen, bevor ich einknicke und mich hier und jetzt unter den Augen aller Passanten auf sie stürze. Das Mädel ist rattenscharf, und sie weiß offenbar überhaupt nicht, wie sexy sie ist.

„Sollen wir einen Neuanfang probieren?" Ich sehe sie fragend an und bin ungewohnt erleichtert, als sie zustimmend nickt.

Ich ergreife die Hand, die ich noch immer berühre, und schüttle sie.

„Hey, Tiffany, ich bin Caerus. Ich neige dazu, in Fettnäpfchen zu treten."

Sie lächelt, und ich schwöre, dass ihre Augen tatsächlich funkeln.

„Schön, dich kennenzulernen, Caerus. Ich bin Tiffany und neige dazu, Dinge falsch zu verstehen und mich aus keinem offensichtlichen Grund beleidigt zu fühlen." Sie erwidert meinen festen Händedruck.

„Also, diese Kombination sollte doch heute auf gar keinen Fall für Katastrophen sorgen." Ich kichere, und Tiffany fällt in mein Lachen ein. Es klingt entspannt, und ich spüre den Drang, sie wieder zum Lachen zu bringen.

Wo zur Hölle kam dieser Gedanke jetzt her? Sieht nicht gut aus, Caerus, sieht nicht gut aus.

***

„Hab ich schon erwähnt, wie fantastisch das war?" Tiffany vibriert buchstäblich im Sitz neben mir.

„Vielleicht ein oder zwei Mal." Ich lächle bei dem Gedanken daran, wie aufgeregt sie ist, seit wir zu unseren Plätzen am Spielfeldrand geführt worden sind.

„Ich wusste gar nicht, dass du so ein großer Lakers-Fan bist," habe ich zu ihr gesagt, als sie anfing, beim Einlauf der Spieler Statistiken herunterzubeten. Sie ist rot geworden und hat mit den Schultern gezuckt, als sei das keine große Sache.

„Ich bin in Kalifornien geboren und aufgewachsen und habe mein ganzes Leben in L.A. gelebt. Und mit einem Vater wie meinem ist es unmöglich, kein Lakers-Fan zu sein. Ich denke, das ist sogar in meinen Genen verankert."

Sie hat sich wieder auf das Spiel konzentriert, bei Fouls gebrüllt und jedes Mal Freudenschreie ausgestoßen, wenn die Lakers einen Punkt gemacht haben. Ich habe meinen Blick nicht von ihr lösen können.

„Hunger?“ Ihr Magen gibt zur Antwort ein Knurren von sich und ich lache, als sie ihre Arme um ihren Bauch schlingt, als könne sie so den Ton abdämpfen. Ihre Wangen werden rosig.

„Ausgehungert.“ Sie sieht verlegen zu mir herüber.

Wir sitzen wieder im Auto und sind auf dem Weg zu dem noblen Restaurant, in dem uns Natalie einen Tisch reserviert hat. Es ist zu meinem üblichen Date-Restaurant geworden. Es liegt in der Nähe eines meiner Hotels, so dass es einfach ist, sie über Nacht mitzunehmen. Aber aus irgendeinem Grund will ich Tiffany nicht dorthin bringen. Dort ist es zu geschäftig, zu laut, zu voll von neugierigen Blicken.

„Auf was hast du Lust?“, frage ich sie direkt.

„Hattest du nicht gesagt, du hättest irgendwo reserviert?“ Sie sieht mich schief an, als würde sie versuchen, mein Gesicht zu lesen.

„Das habe ich auch. Aber ich habe irgendwie Lust auf was Anderes.“ Ich zucke mit den Schultern. Ich will nicht, dass sie mir anmerkt, dass ich sie noch ein wenig länger für mich haben will.

„Okay.“ Sie fragt nicht, warum, und beginnt keine endlose Tirade von Fragen, wie es die meisten Frauen tun würden. Sie fragt nicht einmal, wohin wir gefahren wären. Jemanden zu bedrängen, ist nicht ihr Ding. Das habe ich schon in der kurzen Zeit, die wir miteinander verbracht haben, über sie gelernt. Sie legt ihren Zeigefinger auf ihre Lippen und kräuselt ihre Nase, während sie nachdenkt. „Was hältst du von Hamburgern?“

„Hamburger?“, wiederhole ich und versuche, den Haken an der Sache auszumachen.

„Ja, Hamburger! Du weißt schon – Fleischbratling, Brötchen, Pommes – das ganze leckere Programm." Sie sieht mich an, als sei ich schwer von Begriff. „Ein paar Blocks weiter gibt es einen klasse Imbiss. Es ist vielleicht nicht die Art Restaurant, die du gewohnt bist, aber das Essen ist großartig!"

„Wer hat jetzt hier Vorurteile? Was denkst du denn, welche Art Restaurants ich gewohnt bin?"

„Solche mit Tischdecken, Schlangen vor der Tür und Speisekarten mit vielen Nullen hinter dem Komma." Tiffany zählt die Einzelheiten an ihrer Hand ab. „Dort ist es ein bisschen weniger exquisit."

„Du glaubst, ich komme mit weniger exquisit nicht klar?" Wenn sie nur wüsste, dass ich das viel mehr gewohnt bin, ich es sogar viel angenehmer finde..."

„Ich glaube, du würdest dafür deine Wohlfühlzone verlassen, ja." Sie fordert mich heraus, und das Funkeln in ihren Augen verrät mir, wie sehr sie es genießt, mich zu foppen.

„Klingt wie eine Herausforderung." Ich lächle sie an und sie grinst zurück. „Führ mich hin."

Sie leitet mich in Richtung des Imbisses, als ihr Telefon plötzlich vibriert. Sie zieht es hervor und beißt sich auf die Lippe.

„Sorry, ich muss da rangehen, sonst macht er sich Sorgen." Bevor ich etwas sagen kann, nimmt sie ab. „Hey, wie geht's? Ich weiß, tolles Spiel, oder?"

Ich höre ihrer Unterhaltung mit halbem Ohr zu und frage mich, mit wem sie so entspannt spricht. So wie ich es heraushöre, ist es ein Kerl. Sie lächelt und lacht und wird nicht ein einziges Mal rot oder wirkt verlegen. Sie wirkt völlig gelöst und ich bin absurder Weise eifersüchtig auf denjenigen, mit dem sie spricht.

„Entschuldige. Er wird jedes Mal wahnsinnig, wenn er mich nicht erreicht." Sie beendet das Telefonat, steckt ihr Handy zurück in ihre

Handtasche und blickt aus dem Fenster.

„Dein Ex? Der Cop, mit dem du gestern Abend da warst?“ Meine Stimme klingt schroffer, als ich es beabsichtigt habe.

„Joseph? Mein Ex?“ Sie lacht, als wäre das das Lustigste, das sie jemals gehört hat.

„Würde es dir was ausmachen, mir zu erklären, was daran so witzig ist?“ Mein Griff um das Lenkrad versteift sich. Ich würde Joseph zu gerne den Kopf abreißen.

„Wir sind seit der Kindheit Freunde. Er ist so was wie mein großer Bruder.“ Das bringt Tiffany wieder zum Lachen.

„Ihr zwei habt also nie…“

„Nein!“ Tiffany sieht mich entsetzt an, als hätte ich gerade nach einem Welpen getreten.

„Okay, schon gut!“ Ich hebe eine Hand entschuldigend in die Luft. Aber nichts ist gut. Ich bin mir ziemlich sicher, dass Joseph sich selbst nicht als Tiffanys großen Bruder sieht. Nicht, wenn sein Verhalten gestern Abend angedeutet hat, was er für sie empfindet.

„Fahr hier links rein.“

Ihre Worte werden von meinem klingelnden Handy übertönt. Ich werfe einen Blick auf das Display und unterdrücke einen Fluch.

„Phillip!“

„Cae, verfickten, herzlichen Dank dafür!“ Der drängende Ton in seiner Stimme stellt mir die Nackenhaare auf. „Dein verdammtes Telefon hatte keinen Empfang, und als ich im Restaurant angerufen habe, in dem Natalie reserviert hat, haben sie gesagt, dass du nicht aufgetaucht bist…“

„Phil, du bist auf laut gestellt,“ sage ich langsam, um ihn zu warnen, dass er auf gar keinen Fall frei sprechen darf.

„Oh, ähm, okay.“ Eine bedeutungsschwangere Pause setzt am

anderen Ende der Leitung ein. „Du wirst gebraucht, Cae. Ruf mich an, wenn du frei sprechen kannst."

„Gottverflucht!" Ich lege auf und weiß, dass der Anruf gerade mein Date mit Tiffany beendet hat.

„Alles in Ordnung?" Ich spüre, wie Tiffany mich forschend ansieht, aber ich kann sie gerade nicht ansehen. In meinem Kopf gehe ich bereits durch, was passiert sein könnte, was Phillip derart aus der Ruhe gebracht hat. Nichts davon wäre gut.

„Ein Problem auf der Arbeit. Ich bring dich nach Hause."

„Oh, na klar." Ich bemerke die Enttäuschung in ihrer Stimme kaum. Ich bin zu fokussiert auf Phillips Anruf. Nicht Vieles bringt meinen besten Freund derart aus der Fassung. Alles deutet auf einen Mann hin: Bolokov. Ich knirsche mit den Zähnen.

Während der Fahrt zu Tiffanys Wohnung bleibt es still zwischen uns. Nur ihre einsilbigen Anweisungen unterbrechen das Schweigen.

„Ähm… da sind wir." Tiffany trommelt mit den Fingern auf ihren Knien und atmet tief durch. Die Unbehaglichkeit dieser Situation weckt mich auf und ich ziehe endlich meinen Kopf aus dem Arsch.

„Also, tut mir leid, dass ich telefonieren musste." Mich zu entschuldigen, ist nicht gerade etwas, das mit leichtfällt. Ich habe es heute schon zwei Mal getan, derselben Person gegenüber. Ich bin mir ziemlich sicher, dass das einen meiner Rekorde bricht.

„Schon gut, ehrlich. Ich verstehe das. Arbeit ist wichtig." Sie winkt meine Entschuldigung ab und ich fange ihre Hand mit meiner auf. Wieder spüre ich bei der Berührung diesen Hitzeschlag.

„Sie ist wichtig, aber sie ist nicht alles." Ich blicke ihr tief in die Augen. Ich bin nicht in der Lage, woandershin zu sehen, selbst, wenn ich wollte.

„Danke für heute. Das war ein schöner Tag." Tiffanys Stimme ist leise, kaum mehr als ein Flüstern. Als sie sich über ihre rosigen

Lippen leckt, kann ich meinen Blick nicht von ihrem Mund abwenden.

„Ja, das fand ich auch." Meine Stimme klingt selbst in meinen Ohren heiser. Ich kann an nichts Anderes denken, als daran, sie zu küssen. Ich fühle mich wie ein verdammter Teenager.

„Ich sollte gehen." Sie greift nach dem Türgriff. Die Tür öffnet sich nicht und sie wirft mir einen vielsagenden Blick zu. „Und das würde mir sehr viel leichter fallen, wenn ich aus dem Auto herauskommen würde!"

Ich kippe einen Schalter um und entriegele die Schlösser. „Erledigt." Aber ich halte noch immer eine ihrer Hände fest. „Ich würde das gern wiederholen, dich gern wiedersehen."

Tiffany sieht mich forschend an, als würde sie in meinem Gesicht nach einem Anzeichen von Unehrlichkeit suchen. Was auch immer sie sieht – es scheint sie zufriedenzustellen.

„Das würde mich freuen." Sie lächelt und ich spüre, wie mein Herz zur Antwort in meiner Brust klopft.

„Schön, dann nur noch Eins:" Bevor sie die Gelegenheit hat, etwas zu sagen, ziehe ich sie mit einer Hand zu mir heran und lege die andere auf ihre Wange. Ich sehe sie an und gebe ihr Gelegenheit, nein zu sagen, und dass sie das hier nicht will. Aber das Einzige, was ich sehe, ist das Spiegelbild meines Verlangens in ihrem Gesicht.

Ich bin nicht zärtlich, nicht liebevoll. Ich stürze mit meinem Mund auf ihren und beiße ihr auf die weichen, vollen Lippen. Ich lasse meine Zunge auf die Ränder ihrer Lippen schnellen, und nach einem kurzen Moment des Zögerns öffnet sie ihn und gewährt mir Einlass zu ihr und ich tauche hinein, schmecke sie, lecke sie und nehme alles, was sie mir gibt. Es ist ein hungriger, gieriger Kuss. Ich habe mich noch nie so drängend nach etwas gesehnt wie nach ihrem Mund auf meinem, ihrer zarten Haut an meiner.

Als wir schließlich nach Luft schnappen, atmen wir beide schwer. Ihre Wangen sind gerötet, diesmal aber nicht, weil sie sich schämt, sondern aus einem anderen Grund – wegen etwas, das den Puls an ihrem Hals in schwindelnde Höhe getrieben hat. Ihre Augen sind dunkelblau und ihre Lippen sind geschwollen von meinen Küssen. Sie sieht zum Anbeißen aus.

„Das wollte ich tun, seit ich dich gestern zum ersten Mal gesehen habe." Meine Stimme klingt wie ein Reibeisen, als hätte ich vergessen, wie man sie benutzt.

Sie öffnet ihren Mund und schließt ihn wieder, als wisse sie nicht, was sie sagen soll. Ein primitiver, höhlenmenschlicher Teil von mir ist stolz darauf, dass ich ihr mit einem einzigen Kuss so völlig die Sprache verschlagen habe. Ich wäre sogar von mir selbst beeindruckt, wenn dieser Kuss mich nicht selbst bis zu meinem Innersten erschüttert hätte.

„Ich hol dich morgen Abend ab."

Tiffany blinzelt mich an, als sei sie gerade aus einem Traum erwacht. „Morgen?"

„Morgen." In diesem einen Wort liegt eine Welt voller Verheißungen. Ich drücke ihre Hand und streife mit meinem Daumen über ihre apfelfarbene Wange, bevor ich sie loslasse.

Sie schlüpft aus dem Wagen und ich sehe ihr nach, bis sie in ihrem Wohnhaus verschwunden ist. Ich will sichergehen, dass sie sicher drinnen angekommen ist, bevor ich losfahre. Da draußen gibt es jede Menge zwielichtiger Gestalten. Ich muss es ja wissen: ich bin derjenige, vor dem sie alle Angst haben. Wenn mich irgendeiner von ihnen heute Abend sehen würde, würden sie sich ihre Ärsche ablachen. Schlappschwanz würde es nicht im Mindesten treffen. Seit wann verwandelt mich ein Kuss in ein kleines Mädchen?

Das hier ist Neuland für mich. Ich hatte vorgehabt Tiffany zu dem Spiel mitzunehmen, mit ihr essen zu gehen und *sie* als Nachspeise zu haben. Aber je länger ich mit ihr spreche, je mehr Zeit ich mit ihr verbringe, desto mehr will ich sie kennenlernen. *Verrückt, oder?*

Sie ist so verdammt offen und aufrichtig, so anders als die Frauen, mit denen ich für gewöhnlich ausgehe. Sie ist kess und süß und das absolute Gegenteil von allem in meiner abgefuckten Welt, einer Welt, zu der ich gerade zurückkehre wie eine Fledermaus in die Hölle. Was auch immer Phillip erschreckt hat: ich werde damit fertig, genau wie mit der Krise danach und der danach und der danach. Genau das tue ich die ganze Zeit: Sachen wieder in Ordnung bringen, Probleme auf die eine oder andere Weise aus dem Weg räumen und auf den Füßen landen. Immer. Aber nichts davon spielt eine Rolle, bis ich mit Bolokov fertigwerden muss. Er ist der Endgegner des Spiels. Alles, was davor kommt, ist nichts als Übung. Und ich werde langsam verdammt ungeduldig, diesen Hauptteil der Geschichte zu durchlaufen.

Kapitel Sieben

Tiffany

„Was meinst du mit ‚und das war's'?" Issy sieht mich an, als wäre ich verrückt geworden. „Du kannst doch nicht erzählen, dass ihr euch geküsst habt, und die Geschichte beenden wie ein verdammtes Märchen!"

Isabelle ist so entrüstet, dass sie ihren Cappuccino auf dem Tisch verschüttet. Issy verträgt Koffein nicht so gut – und zwar so wenig gut, dass ich beinahe erwarte, dass sie die Pfütze gleich vom Tisch aufschlürfen wird.

Große Bettgeschichten sind nie so recht mein Ding gewesen; dafür bin ich einfach nicht gemacht.

Isabelle beugt sich über den Tisch. Ihr perfekt geföhntes, blondes Haar umrahmt ihr schönes Gesicht. Ihre Erscheinung in ihren Designer-Klamotten und Stiefeln, die wie für sie gemacht scheinen, macht mir bewusst, wie schmuddelig ich wahrscheinlich gerade neben ihr aussehe. Ihre Arbeitskleidung besteht aus Bleistiftröcken von D&G und Blusen, die mehr gekostet haben, als meine monatliche Wohnungsmiete beträgt. Meine aus Yogahosen und Tanktops. Wir könnten nicht mehr aussehen, als würden wir in zwei unterschiedliche Welten gehören. Aber so ist unsere Freundschaft schon immer gewesen. Und auch nach zehn Jahren funktioniert das immer noch ziemlich gut für uns.

„Also… Wie war es?" Issy sieht mich erwartungsvoll an. Meine Hände spielen mit der zerbrechlichen Tasse Grünen Tees vor mir. Ich habe heute einen langen Tag voller Kurse und Bilanzrechnungen hinter mir, an dem ich mir immer wieder einzureden versucht habe, es würde mich nicht enttäuschen, dass Caerus noch nicht angerufen hat. Er hat gesagt, er würde mich morgen treffen, aber ich sollte besser als alle anderen wissen, dass Männer nicht immer wirklich meinen, was sie sagen.

Er versucht doch bloß, dir an die Wäsche zu gehen, Tiff. Ich schiebe den Gedanken in mein Hinterstübchen. Ich weiß nicht, ob ich das tue, weil ich es nicht glaube, oder weil ich es nicht glauben will.

„Es war…" Ich suche nach dem rechten Wort. „Nett."

Ich zucke bei meiner eigenen Wortwahl peinlich berührt zusammen und kann Isabelle nur zustimmen, die empört den Kopf schüttelt.

„Nett?" Sie zieht ein Gesicht, als hätte sie gerade von einer Zitrone abgebissen. „Welpen sind nett, Regenbögen sind nett, dieser Kaffee hier ist nett. Küsse von heißen Männern wie Caerus Wolff sollten doch wohl ein bisschen mehr sein, als nur ‚nett'?" Sie wirft mir einen Blick zu, und ich weiche in meinem Sessel ein Stück zurück. Es ist derselbe Blick, der eine ganze Reihe angeklagter Ärsche im Gericht an die Wand genagelt hat.

„Wirf mir gefälligst nicht deinen *L.A.-Gesetzes*-Blick zu!"

Ich vermeide den Augenkontakt mit ihr und versuche, die Aufmerksamkeit des Kellners zu erhaschen, um mir einen weiteren Tee zu bestellen. Ich will ihn noch nicht mal, aber ich muss irgendwie aus diesem Gespräch rauskommen. Nur: zu versuchen, Isabelle aus dem Weg zu gehen, ist in etwa so einfach wie zu versuchen, den Gezeitenstrom aufzuhalten.

„Ich höre auf, dich so anzusehen, sobald du mir mehr erzählt hast!" Isabelle schlägt ihre Hände über dem Kopf zusammen und sieht so niedergeschlagen aus, dass ich lächeln muss. „Lach nur, so viel du willst, Tiff, aber mein Liebesleben ist so aufregend wie Farbe beim Trocknen zuzusehen. Also muss ich solche Sachen durch dich miterleben. Und um das zu können, brauche ich ein bisschen mehr als nur ‚es war nett'!"

Ihre Stimme ist so viel lauter geworden, dass ich mich umsehe, um nachzusehen, ob wir mittlerweile die Aufmerksamkeit des ganzen Cafés auf uns gezogen haben.

„In Ordnung, entspann dich, bitte sprich leiser." Ich mache beruhigende Gesten mit einer Hand, während ich mit der anderen die Kaffeetasse aus ihrer Reichweite ziehe. „Kein Koffein mehr für dich!"

Isabelle verdreht die Augen und schmollt wie ein kleines Kind.

Ich schlucke und versuche, die Gedanken in Worte zu fassen, die mir durch den Kopf gegangen sind, seit ich mich gestern Abend von Caerus verabschiedet habe.

„Der Kuss war… unglaublich. Er war heiß und innig und ich wollte, dass er für immer andauert. Es war die Art von Kuss, den du überall spürst." Ich fahre mit meinen Fingern über meine Lippen und lasse den Moment in meinem Geist wiederaufleben. Es scheint einfach nicht angemessen – Caerus ist hübsch, reicher als Midas, charmant, lustig, und noch dazu ein offenbar großartiger Küsser.

Das kommt wahrscheinlich von der ganzen Übung, die er bis jetzt hatte, meldet sich der lieblose Teil meines Gehirns zu Wort.

„Er war perfekt." Ich seufze und weiß, dass ich klinge wie eine schwärmerische High-School-Schülerin. Aber genauso fühle ich mich ihm gegenüber. Wenn ich nicht gerade einen Job hätte und Dinge, mit denen ich meinen Tag verbringen kann, würde ich die ganze Zeit Herzen mit unseren Initialen auf meinen Notizblock malen. Armselig, ich weiß.

„Ich wusste es!" Isabelle schlägt triumphierend mit ihren Händen auf die Tischplatte. Ich springe auf und werde einen Moment abgelenkt. Ich kann fühlen, wie uns nun jeder hier ansieht. Aber Issy ist das völlig egal. Sie war nie die Schüchterne, Zurückhaltende – die bin ich. „Du hast diesen verträumten Ausdruck in deinem Gesicht, seit du hier reingekommen bist! Du magst ihn, habe ich recht?"

Ich spüre, wie ich rot werde. Isabelle anzulügen, geht nicht. Das wäre, als würde ich mich selbst belügen. Ich nicke. „Ja“, seufze ich. „Das tue ich, aber ich wünschte, ich würde es nicht.“

„Warum nicht, zum Teufel? Caerus Wolff hat alles, was man sich wünschen kann!“

„Genau, und wir hatten ein großartiges erstes Date.“ Mal abgesehen davon, dass es plötzlich von einem wirklich kryptischen Anruf abgebrochen wurde. „Der einzige Weg, der von hier aus weitergehen kann, führt nach unten.“ Ich zucke hilflos mit den Schultern. Ich weiß, dass ich recht habe, wünschte aber, dass dem nicht so wäre.

Meine beste Freundin sieht mich mit ihrem typischen, schiefen Blick an.

„Nicht alle Typen sind wie Jake, Hase.“

Es ist fast ein Jahr her, und ich schaffe es immer noch nicht, bei der Erwähnung seines Namens nicht zusammenzuzucken.

„Das *weiß* ich.“ Stimmt, ich *weiß*, dass nicht alle Typen verlogene Drecksäcke sind, die ich in flagranti mit ihrer Exfreundin in *meiner* Wohnung erwische.

„Aber es ist nicht gerade so, dass er meine einzige beschissene Beziehung war.“

Ich rühre meinen grünen Tee um und versuche, nicht an mein weniger als herausragendes Liebesleben zu denken.

„Du hattest einfach nur einen schlechten Lauf, Tiff.“ Isabelles Gesichtsausdruck sagt mir, dass ihr völlig klar ist, dass das die Untertreibung des Jahres ist.

Ich versuche nicht einmal, mein Augenrollen zurückzuhalten. „Wen willst du hier auf den Arm nehmen? Ich bin ein Magnet für Arschlöcher! Ich bin ein Arschlochmagnet!“ Ich bin ziemlich sicher, dass ich nicht nur glaube, dass das Paar neben uns sich bei meinem Ausbruch etwas näher in Richtung unseres Tisches beugt.

„Sag es noch ein bisschen lauter, Süße. Ich glaube, der Typ, der im Hinterhof die Teller wäscht, hat dich nicht gehört!“ Isabelle tätschelt tröstend meine Hand, als mir die Röte in die Wangen steigt. „Weißt du, was dein Problem ist?“

„Ich habe bloß eins?“ Mein scharfer Ton hält sie nicht im Mindesten auf. Wenn Issy einmal losgelegt hat, kann sie nichts mehr aufhalten.

Sie fährt fort, als hätte ich gerade gar nichts gesagt. „Du bist eine Romantikerin und einfach viel zu nett! Du siehst das Beste in den Menschen und willst glauben, dass es das ist, was sie wirklich sind!“

„Du willst also sagen, dass ich ein leichtgläubiger Trottel bin.“ Ich zucke mit den Schultern. Das ist besser als die Einschätzung meines Vaters, eine amoralische Straßenhure zu sein.

„Mehr oder weniger,“ gibt Issy trocken zurück. „Du hast dich auf der High-School in Tommy verliebt und alles war toll, bis Joseph im Umkleideraum belauscht hat, wie er dich eine – wie war das noch – eine Frau genannt hat, die Männer scharf macht und dann abblitzen lässt?“

„Danke für die Erinnerung.“ Ich massiere meine Stirn. Ich wünschte, ich könnte die Demütigung wegreiben, die mit dieser Erinnerung wieder hochkommt. „Nur, weil ich ihm gesagt habe, dass ich noch nicht bereit bin, mit ihm zu schlafen, heißt das noch lange nicht, dass ich frigide bin!“

Isabelle hebt beschwichtigend ihre Hände. „Hey, du rennst hier offene Türen ein, Süße! Tommy war ein Arschloch, und dass Joseph ihm dieses Lächeln aus dem Gesicht geprügelt hat, war das Beste, was ihm passieren konnte.“

„Er ist wirklich ein guter Freund. Der Beste.“ Es war das erste Mal gewesen, dass ich gesehen hatte, wie Joseph jemanden schlug. Und die Tatsache, dass er es tat, um meine Ehre zu verteidigen, war mir nicht entgangen. Er ist wirklich einer der Guten.

„Aaha!“ Isabelle bestellt einen weiteren Kaffee.

„Aaha was?“ Ich sehe sie stirnrunzelnd an, als sie ihren Kopf schüttelt.

„Ein Freund, na klar! Deshalb benimmt Joe sich auch wie dein persönlicher Wachhund, das ist der Grund, warum er dich jeden Tag anruft, deshalb hatte er keine richtige Freundin mehr seit… na ja, noch nie!“

Isabelle lächelt den süßen Kellner an, der ihr ihren Cappuccino bringt und wirft ihm ein sexy Zwinkern zu, das ein dümmliches Grinsen auf sein Gesicht zaubert. Ich bin mir absolut sicher, dass er nach ihrer Nummer fragen wird, bevor wir von hier verschwunden sind. Das ist das Berufsrisiko, wenn man sich mit Issy in der Öffentlichkeit zeigt: Männer graben sie an und sie flirtet erbarmungslos zurück. So ist sie nun einmal.

„Issy, wir kauen das jetzt nicht noch mal durch. Joseph und ich sind Freunde, das ist alles. Ende der Diskussion.“ Ich wische mit meiner Hand durch die Luft und ziehe eine Linie unter das Gespräch, das wir schon viel zu oft hatten.

„Okay, okay, reiß mir nicht gleich den Kopf ab!“ Isabelle zuckt mit den Schultern und nippt an ihrem brühend heißen Kaffee. „Also, was machst du nun mit Caerus?“

Der abrupte Themenwechsel lässt mir den Kopf schwirren.

„Was ich mache?“

„Gibt's hier drin ein Echo?“ Isabelle sieht sich um, als würde sie nach einem Übeltäter suchen. „Genau, Tiff, was machst du? Was machst du mit Caerus? Wirst du ihn anrufen, oder was?“

Ich schüttle so heftig den Kopf, dass mir schwindelig wird. „Ooh nein. Er hat gesagt, er würde sich heute mit mir treffen, aber er hat nicht angerufen. Das heißt, er war nur höflich. Er ist nicht an mir interessiert. Um einen Mann wie Caerus Wolff schwänzeln mehr

Frauen herum, als er sich erwehren kann. Ich bin mir ziemlich sicher, dass ich ihn nie wiedersehen werde."

„Und geht es dir gut damit?" Isabelle stellt die Frage unschuldig, aber ich weiß aus Erfahrung, dass ihre Fragen niemals ohne Hintergedanken kommen.

„Natürlich! Mir geht's wunderbar damit! Wir hatten ein Date, das ist alles. Ein Date und einen Kuss. Es ist nicht gerade so, als hätten wir eine Beziehung." Ich schließe meinen Mund; meine Zähne prallen aufeinander, als mir klar wird, was für ein dummes Zeug ich da rede.

„Was auch immer du sagst, Tiff."

„Im Ernst?" Ich starre meine Freundin an. Sie belässt es dabei? Isabelle belässt es *niemals* einfach nur dabei – sie ist ein Bluthund, wenn es darum geht, Informationen aufzustöbern. Das ist einer der Gründe, warum sie von einer der besten Anwaltskanzleien des ganzen Landes angeworben wurde.

Isabelle seufzt, stellt ihre Kaffeetasse ab und winkt nach der Rechnung. „Was soll ich dazu sagen, Tiff? Dass ich glaube, du machst einen Fehler? Dass alles, was du mir erzählt hast, darauf hindeutet, dass Caerus *mehr* als nur an dir interessiert ist? Dass ich denke, du lässt deine Erfahrungen dich von etwas abhalten, das dich glücklich machen könnte?"

Ich öffne und schließe meinen Mund, unfähig, etwas zu sagen, und versuche, alles auf mich wirken zu lassen, was sie soeben gesagt hat.

„Also, wohin geht's als Nächstes?" Isabelle hat die Rechnung bezahlt und ein mächtiges Trinkgeld hingelegt, bevor ich überhaupt die Zeit hatte, meine Handtasche zu öffnen. „Ich bin dran." Sie winkt meinen Protest ab. Wir gehen nebeneinander hinaus in die warme Abendluft.

„Ich schau mal bei meinem Vater vorbei und sehe nach, ob er sich von mehr ernährt als Dosenfutter und Campingrationen." Seit meine

Mutter gestorben ist, war ich eher diejenige, die sich um meinen Vater gekümmert hat als andersherum. Einer der einflussreichsten Männer der Stadt, und er kann sich kaum ein Ei kochen.

Isabelle wirft einen Arm um meine Schulter und wir schlendern zu unseren Autos. „Du bist ein besserer Mann als ich, Charlie Brown. Wenn ich einen Vater wie deinen hätte, hätte ich ihm gesagt, wo er es sich hinstecken soll." Sie schüttelt den Kopf. „Was kümmert es dich überhaupt? Er würdigt nicht einmal, was du alles für ihn tust! Glaubst du, er wird eines Tages plötzlich aufwachen und mit einem Mal erkennen, dass er die beste Tochter hat, die man sich wünschen kann und dich jahrelang wie Dreck behandelt hat?"

„Aber du hast bei dem Thema keine starken Gefühle, oder?" Ich entscheide mich für die Standardreaktion – einen Witz daraus machen. Das ist einfacher, als zuzugeben, dass sie vielleicht recht hat.

Ich sehne mich nach der Anerkennung meines Vaters, schon so lange ich denken kann. Als meine Mutter starb, wurde das nur noch schlimmer. Ein Seelenklempner, den ich mal bei einem Blinddate getroffen habe, sagte mir, ich hätte einen derart großen Mangel an Liebe und Aufmerksamkeit von meinem Vater, dass ich versuche, sie überall sonst zu bekommen, und hätte deshalb die Versager-Freunde gehabt.

„Das Grundproblem ist doch, dass du glaubst, du würdest Liebe nicht verdienen, weil dein Vater sie dir niemals gegeben hat. Deshalb suchst du unterbewusst Männer aus, die dich schlecht behandeln und erfüllst den Kreislauf der Suche nach Anerkennung, nur um dann wieder enttäuscht zu werden." Der Psychiater hatte mit den Schultern gezuckt und sein Steak weitergegessen, als hätte er nicht gerade meine gesamte Vergangenheit mit seiner Küchenweisheit aufs Kleinste heruntergebrochen.

Ich hatte nur ein einziges langwieriges Date mit ihm verbracht, aber seine Worte waren viel länger bei mir geblieben.

Als wir bei unseren Autos angelangen – Issys ein schickes, rotes Cabrio und meins ein abgewrackter Honda, der gerade noch so läuft – umarmen wir uns und versprechen uns, am nächsten Tag zu telefonieren.

„Aber, ernsthaft, Tiff: Warum tust du das? Warum erduldest du die Scheiße deines Vaters und fährst immer wieder hin, um noch mehr abzubekommen?" Isabelle hat noch nie einen Hehl daraus gemacht, was sie von dem Mann hält. Das ist einer der Gründe, warum sie nie so willkommen in unserem Haus war.

Ich gebe ihr die einzige Antwort, zu der ich fähig bin: „Weil er mein Dad ist." Ich winke ihr zu, und während ich mich durch den Verkehr L.A.s kämpfe, rede ich mir ein, dass das als Grund ausreicht.

Kapitel Acht

Caerus

Jab, Flanke, Jab.

Jab, Kinnhaken.

Jab, Cross, Jab, Cross, Jab.

Ich höre nicht auf, auf den Sandsack einzuschlagen, bis der Schweiß in Rinnsalen aus mir fließt. Der Kampf letzte Nacht hätte all die nervöse Energie aus mir heraussaugen sollen, aber der Kerl hat kaum zwei Runden durchgehalten. Er hat meine Zeit verschwendet.

Ich bin nur aus einem Grund in den Ring gestiegen: Er ist einer von Bolokovs Kämpfern gewesen. Und ich konnte unter gar keinen Umständen zulassen, dass dieser Hurensohn auch nur eine kleine Summe des Geldes zurückgewinnt, das er verliert, seit ich seine Kämpfer systematisch außer Gefecht setze. Außerdem musste ich etwas von der Spannung loswerden, die mich seit der Sekunde geplagt hat, als ich Tiffany habe gehen lassen.

Dass das Problem, das der Grund für Phillips Anruf war, mir immer noch durch den Kopf geht, hilft auch nicht gerade: Bolokov hat einen empfindlichen Schlag gegen eines unserer Bliss-Lager ausgeführt. Gott allein weiß, wer ihm zugeflüstert hat, wo wir das Zeug verstecken. Ich mag es gar nicht in Erwägung ziehen, nicht mal darüber nachdenken, aber es gibt eigentlich nur eine Möglichkeit, zu der ich immer wieder zurückkomme: Wir haben einen Maulwurf unter uns. Ich habe hart dafür gearbeitet, dass meine Angestellten mir gegenüber loyal sind; sie respektieren und fürchten mich. Eine perfekte Kombination, die mein Vater mir beigebracht hat. Und da ist es wieder: dieses vertraute, stechende Gefühl in meinem Bauch, das immer dann auftaucht, wenn ich an ihn denke.

Ich werde es ihm heimzahlen, Dad. Das verspreche ich. Ich werde dafür sorgen, dass er bezahlt.

Ich attackiere wieder den Sandsack. Meine Energie und meine Wut auf Bolokov kehren zurück. Ich weiß, was ich tun muss: den Maulwurf ausfindig machen, ihn bluten lassen und Bolokov dort treffen, wo es ihm weh tut: an seiner Geldbörse. Ich werde ihn ruinieren, ich werde ihn verdammt noch mal einen Kopf kürzer machen und seine gesamte Organisation zugrunde richten – und er wird mich noch nicht einmal kommen sehen.

Während ich meine Aggressionen herauslasse, wandert mein Hirn zu einer Person, die ein weitaus schönerer Anblick ist, als das Russenarschloch.

Tiffany.

Was zur Hölle hat dieses Mädchen, dass ich sie so unbedingt will? Ich habe ihr gesagt, ich würde sie heute treffen, und das habe ich verdammt noch mal auch vorgehabt. Also warum zum Teufel habe ich sie noch nicht angerufen? Weil ich ein Würstchen bin, deshalb. Ich schüttle den Kopf über diesen Gedanken und frage mich, wie es sein kann, dass ich einen Kampf nach dem anderen austragen und so viele Hiebe einstecken kann, wie nötig sind, und dieser kleine Rotschopf lässt mich kalte Füße kriegen.

Normalerweise steig ich mit 'nem Mädchen einmal in die Kiste und bin dann über alle Berge. Ich war nie der Beziehungstyp. Verdammt, ich war noch nicht mal der Typ für ein zweites Date! Was ist dieses Mal anders?

Sie ist anders.

Und das ist die verdammte Wahrheit. Sie ist anders als alle, die ich je kennengelernt habe, und sie ist Lichtjahre entfernt von den Frauen, mit denen ich ausgegangen bin. Die waren alle nur Schaufensterpuppen, hübsche Gesichter ohne viel zu bieten – weder Grips noch irgendetwas, das tiefer ging als ein simpler Fick. Das war die Art von Frauen, auf die ich bisher mein Augenmerk gerichtet habe – die, die ich in die Wüste schicken konnte, ohne mich darum zu scheren. Ich habe auf die harte Tour lernen müssen, dass du nichts haben solltest, was du nicht innerhalb eines Sekundenbruchteils hinter dir lassen kannst, wenn die Kacke am Dampfen ist. Wenn mein Vater sich um seine Familie hätte keine Sorgen machen müssen, wenn er nicht unseretwegen geblieben wäre, dann würde er heute vielleicht noch leben. Wenn dir etwas wichtig ist, macht dich das schwach, und am Ende wirst du deswegen umgelegt. So einfach ist das.

Warum zum Teufel greife ich trotzdem nach meinem Telefon und gehe meine Kontaktliste durch, bis ich Tiffanys Nummer gefunden habe? Weil ich ein verdammter Idiot bin, deshalb.

Ich zögere kaum, als ich eine Nachricht tippe und sie frage, ob sie Zeit für ein Abendessen hat. Als sie nicht sofort antwortet, denke ich mir, dass ich mich erst ziemlich spät gemeldet habe und sie vielleicht schon verplant ist. Aber mit wem verplant? Mit diesem Stock-im-Arsch-Typen Joseph? Der Kerl will ihr doch schneller an die Wäsche, als man ‚nicht mit mir, Freundchen!' sagen kann. Die Blase eines unbekannten Gefühls bewegt sich meine Brust hinauf, mir fällt es plötzlich schwer, zu schlucken. Ich knirsche bei der Empfindung mit den Zähnen.

Eifersüchtig. Ich bin eifersüchtig auf Joseph? Warum, zur Hölle? Der Typ will etwas, das er ziemlich sicher niemals kriegen wird – Tiffany sieht in ihm nur einen Freund. Also was zum Teufel ist das Problem? Ich erinnere mich daran, wie sich gestern ihr Gesicht entspannt hat und wie sie neben mir gelächelt und gelacht hat, als sie mit ihm telefonierte. Er macht sie glücklich. Das ist das Scheißproblem.

Scheiß die Wand an!

„Hab ich's mir doch gedacht, dass ich dich hier unten finde." Phillips Stimme reißt mich aus meinem Moment der Klarheit und ich nehme einen großen Schluck aus meiner Wasserflasche. Erst als ich das Gefühl habe, meinen Scheiß wieder unter Kontrolle zu haben, drehe ich mich zu ihm um.

Er trägt einen seiner perfekt geschneiderten Anzüge und wirkt in meinem Fitnessraum absolut fehl am Platze. Es ist, als würden zwei Welten aufeinandertreffen.

„Bist du hier, um ein bisschen zu boxen?", witzele ich und ziehe beim Blick auf seine Kleidung eine Augenbraue hoch.

„Nicht jetzt." Seine Stimme klingt hart; er verschränkt die Arme vor der Brust und stellt sich breitbeinig vor mir auf. „Wir müssen darüber reden, was wir jetzt tun sollen."

„Wir wissen bereits, was wir jetzt tun müssen, Phil. Wir sind das doch gestern Abend schon durchgegangen. Wir bringen Bliss an andere Orte, und zwar an Orte, die nur du, ich und Luda kennen."

Phillips Lippen kräuseln sich, als ich den Namen des Sicherheitschefs erwähne, aber er sagt nichts. „Wir räuchern den Maulwurf aus und dann greifen wir Bolokovs Lager an und brennen sie bis auf die Grundmauern nieder." Wir werden Pläne schmieden und dabei extrem vorsichtig vorgehen müssen, damit der alte Bastard nicht Wind davon bekommt, was wir vorhaben. Aber ein koordinierter Angriff auf all seine dreckigen Drogenbuden wird der beste, der einzige Weg sein, um ihm ein für alle Mal den Garaus zu machen.

„Das meine ich nicht." Phillip starrt mich düster an und runzelt die Stirn, als wäre er ein kleines Kind, das die Lösung einer unmöglichen mathematischen Gleichung herauszufinden versucht. „Ich rede davon, wie wir die Fliege machen können. Bolokovs Angriff aufs Lager war eine Warnung, dass er uns finden kann und verdammt noch mal viel mehr weiß, als wir glauben. Wir hatten Glück, dass keiner von unseren Leuten, abgesehen von ein paar Beulen und blauen Flecken, verletzt wurde." Phillip rauft sich das Haar, während er auf und ab läuft. „Es ist Zeit, dass wir unsere Schäfchen ins Trockene bringen und uns von den Socken machen, Cae."

Ich schüttle den Kopf, noch bevor er überhaupt zu Ende gesprochen hat. „Wir haben das schon so oft durchgekaut, Phil. Langsam fühle ich mich wie eine verdammte, hängende Schallplatte! Ich gehe nirgendwohin, nicht, solange Bolokov noch nicht sein Fett abgekriegt hat. Ich bin noch nicht fertig, verflucht noch mal!"

Ich fange wieder damit an, auf den Sack einzuprügeln. Die vertraute Wut steigt wieder in mir hoch, und ich will nicht am Ende noch auf meinen besten Freund einschlagen. Diese Unterhaltung spielt sich einfach zu oft ab, und meine Antwort wird verdammt noch mal immer dieselbe sein.

Als ich kurz aufhöre, um nach Luft zu schnappen, sitzt Phillip auf der Bank und lässt den Kopf hängen.

„Willst du raus aus der Sache, Mann? Ist es das, worum es dir geht? Denn wenn du es willst …"

„Du weißt, was ich will, Cae. Entweder gehen wir beide aus dieser Sache raus oder wir bleiben beide drin. Wir stehen das zusammen durch – so wie immer." In der Stimme meines Freundes liegt keinerlei Unsicherheit. Diese Art von Loyalität ist nicht mit Geld zu kaufen.

„Ich brauche nur noch ein bisschen mehr Zeit, Mann." Aber zum ersten Mal denke ich nicht nur an Bolokov und daran, wie lange ich brauchen werde, um ihm seine Nachspeise zu verpassen – meine Gedanken drehen sich um Tiffany und die Zeit, die ich mit ihr verbringen will. Der Gedanke daran, mich vom Acker zu machen und alles hinzuschmeißen, wofür ich gearbeitet habe, ist eine Sache. Aber sie zurückzulassen, ohne sie je wiederzusehen, sie besser kennenzulernen ... Das ist noch mal eine ganz andere Sache.

Phillip nickt erschöpft. Ich glaube nicht, dass er ernsthaft damit gerechnet hat, dass diese Unterhaltung anders ausgehen würde, aber er musste es zumindest versuchen.

„Ich will nur nicht, dass du wartest, bis die Cops uns schnappen, bevor alles in trockenen Tüchern ist."

„Das wird nicht passieren." Ich hege keine großen Intentionen, ins Gefängnis zu gehen – nicht jetzt und auch später nicht. „Wir sind so nahe dran, Phil. Wir sind so nahe dran, dass ich es schon beinahe schmecken kann." Und ich werde verdammt sein, wenn ich diesen Scheiß nur zur Hälfte durchziehe.

Mein Telefon vibriert und ich schnappe es – ungeduldiger als eine verdammte Jungfrau beim Abschlussball. Erleichterung durchflutet mich, als ich Tiffanys Nachricht lese. Sie hat noch keine Pläne. Und das heißt, dass sie nicht gerade dieses Arschloch Joseph vögelt – eine Vorstellung, die einfach nicht aus meinem Kopf verschwinden will. Ich tippe ihr rasend schnell eine Antwort und sage ihr, dass ich sie abholen werde. Dann steuere ich in Richtung Dusche los. Ich muss mich beeilen, wenn ich nicht zu spät kommen will.

„Was zum Teufel ist los mit dir?" Phillip stellt sich mir in den Weg zum wirklich nötigen Duschraum.

„Nichts." Ich laufe an ihm vorbei, aber er versperrt mir wieder den Weg. Phil ist zwar schlanker und schneller als ich, aber das heißt noch lange nicht, dass ich ihn nicht ausmanövrieren kann.

„Du hast ein verflucht dümmliches Grinsen im Gesicht, seit du gerade diese Nachricht bekommen hast." Phil nickt in Richtung des Handys, das ich immer noch in meiner Hand umklammert halte. „Wer hat dir geschrieben?"

„Niemand."

„Also, ‚Niemand' muss einen ziemlich ansehnlichen Vorbau haben, wenn du losrennst, sobald sie dir schreibt." Phil zieht eine Augenbraue in die Höhe, als er sieht, wie ich meine Faust balle. Ich widerstehe dem Drang, ihm das Grinsen aus dem Gesicht zu prügeln. Wenn irgendjemand anders gerade so von Tiffany gesprochen hätte, hätte ich mich wahrscheinlich nicht zurückhalten können.

„Sie ist nur ein Mädchen, Phil," winke ich die Bedenken meines Freundes ab. Ich habe jetzt keine Lust, weiter darüber zu reden. Ich weiche ihm aus, aber der Schweinehund taucht wieder vor mir auf wie ein verdammter Blitz.

„Du hast ja geübt!" Ich halte die Bewunderung nicht aus meiner Stimme zurück. Wir haben uns immer gegenseitig unterstützt, und Phil ist ein höllisch guter Kämpfer.

Er zuckt mit den Schultern, aber das schiefe Lächeln in seinem Gesicht sagt mir, dass er sich darüber freut, dass ich es bemerkt habe. „Kenne ich sie?"

Ich seufze verärgert. „Seit wann interessiert dich, wen ich ficke, Phil? Ich mach dir einen Vorschlag: Wir veranstalten morgen Abend eine Pyjamaparty, leihen uns einen Mädchenfilm aus, essen Eis und ich erzähl dir alles darüber."

„Welche Sorte Eis?" Phil macht ein völlig ausdrucksloses Gesicht, und ich muss lachen.

„Die Sorte, *steck deine Nase in deine eigenen Angelegenheiten und lass mich in Ruhe, damit ich mich für mein verdammtes Date fertig machen kann.*“ Ich schiebe mich kopfschüttelnd an ihm vorbei.

„Es ist sie, oder? Das Mädchen vom Bullenball? Das Mädchen von gestern Abend?“

„Ihr Name ist Tiffany. Und warum zur Hölle ist das überhaupt wichtig?“ Schluss mit Lustig. So langsam bin ich angepisst.

„Es ist wichtig, weil du die Braut auf dem Polizeiball getroffen hast. Da wimmelt es nur so von Polizisten, und mit einem Mal tust du was noch mal – du datest sie? Mal im Ernst, Cae: Was weißt du über sie? Ist dir in den Sinn gekommen, dass sie vielleicht eine Spionin sein könnte, die die Cops oder sogar Bolokov geschickt haben, um dich zu bespitzeln, um dich umzulegen? Meinst du nicht, es ist ein ziemlich großer Zufall, dass sie ausgerechnet jetzt aufgetaucht ist, genau jetzt, wo die Sache sich verschärft?“ Phil reißt die Hände hoch, als würde er nicht verstehen, dass ich einfach nicht sehen will, worauf er hinauswill.

Ich stupse ihm mit meinem Zeigefinger auf die Brust. „Du, mein Freund, bist scheißparanoid. Sie ist nichts weiter als ein Mädchen.“ Ein Mädchen, das ich nicht aus dem Kopf kriege, füge ich im Stillen hinzu.

„Ja, genauso, wie die verdammte Helena von Troja. Trotzdem ist wegen ihr ein Krieg ausgebrochen,“ murrt Phil. „Ich bin nur auf der Hut, Cae, das ist alles.“ Er spreizt seine Finger. „Und im Moment können wir gar nicht vorsichtig genug sein.“

Ich wiege mich auf meinen Absätzen nach hinten, verschränke die Arme vor der Brust und betrachte den Mann vor mir abschätzend. Er sieht aus, als könne er sowohl 24 Stunden Schlaf, als auch einen guten Fick gebrauchen. Aber da ich ihm weder das eine noch das andere geben kann, wird er sich mit dem Einzigen zufriedengeben müssen, das ich ihm geben kann: Seelenfrieden.

„Was willst du, Mann?“

„Ich will, dass du mir gestattest, dass ich sie mir ein bisschen ansehe, ihren Hintergrund überprüfe, wer sie ist, woher sie kommt, welche Verbindungen sie hat, den ganz üblichen Scheiß.“ Phil zuckt unschuldig mit den Schultern, als hätte er nicht gerade vorgeschlagen, in die Privatsphäre von jemandem einzudringen.

„Du willst die Frau ausspionieren, mit der ich ...“ Ich suche nach dem richtigen Wort. „... mich treffe?“ Es hat keinen Sinn, es zu beschönigen.

„Ich will mehr über die Frau erfahren, die meinem besten Freund dermaßen den Kopf verdreht hat. Ist das so eine schlechte Sache?“

Ich habe keinerlei Zweifel, dass Tiffany ausflippen würde, wenn sie herausfände, dass ich sie begutachten lasse. Aber sie muss es nicht wissen. Und wenn es Phil etwas Neues gibt, worauf er sich konzentrieren kann, etwas anderes als das drohende Unheil, von dem er offenbar glaubt, dass es hinter jeder nächsten Ecke lauert, dann ist das eine Win-Win-Situation.

„Tu, was du willst. Du wirst nichts finden, das mich glauben lässt, sie wäre eine russische Spionin.“ Ich verdrehe die Augen und rümpfe die Nase über den Schweißgeruch, der an mir klebt. Ich brauche wirklich eine Dusche.

„Was, wenn ich das wirklich mache?“ Phils Worte lassen mich noch einmal innehalten, als ich die Tür erreiche. Ernsthaft: komme ich hier denn nie raus?

„Was meinst du damit, was, wenn du es wirklich machst?“, fauche ich ihn wütend an.

„Was, wenn ich etwas über sie herausfinde, das schlecht fürs Geschäft wäre, schlecht für dich?“ Phil sieht mich forschend an.

„Dann werde ich damit klarkommen.“ Meine Stimme klingt kalt, selbst in meinen eigenen Ohren. Wir wissen beide, was es bedeutet, wenn ich mit Dingen ‚klarkomme'.

„Glaubst du wirklich, dazu wärst du in der Lage? Du bist … anders, wenn es um dieses Mädchen geht." Mein Freund verengt seine Augen zu Schlitzen, als würde er mich dadurch besser lesen können. Ich verhärte meinen Gesichtsausdruck – ich habe nicht die Absicht, ihn wissen zu lassen, wie sehr er recht hat.

„Habe ich jemals zuvor mein Wort nicht gehalten?" Ich unterdrücke den herausfordernden Ton in meiner Stimme nicht.

Philllip schüttelt langsam den Kopf, aber seine Augen bleiben auf meinen haften.

„Gut, dann sind wir hier fertig." Ich gehe zur Tür hinaus, aber nicht, bevor ich höre, wie Phil leise einen frustrierten Seufzer ausstößt.

„Genau davor habe ich Angst."

Kapitel Neun

Tiffany

Das hier könnte definitiv als eines der schlimmsten Dates gelten, die ich jemals hatte. Das heißt, sofern man es überhaupt als richtiges Date bezeichnen kann, wenn man nicht mehr als ein paar Sätze mit der Person gewechselt hat, mit der man ausgeht.

„Caerus! Dachte ich mir doch, dass du es bist!"

„Im Anflug." Ich nicke über Caerus' Schulter hinweg in Richtung eines Typen, von dem ich ziemlich sicher bin, dass ich ihn vom Cover von Klatschmagazinen kenne.

Caerus zuckt zusammen, sieht mich entschuldigend an und zieht dann ein breites Lächeln, um den Mann zu begrüßen, der nur einer von vielen ist, die an unseren Tisch gekommen sind – und wir haben noch nicht mal bestellt.

Wahrscheinlich hätte ich damit rechnen müssen – Caerus ist nicht gerade leicht zu übersehen. Mit seinem dunklen Haar, seiner olivfarbenen Haut, seinem umwerfenden Lächeln und seinem Charme zieht er die Aufmerksamkeit jeder Frau im Raum auf sich – und die von ein paar Männern. Er scheint die Wirkung, die er auf Frauen hat, noch nicht einmal zu bemerken. Es ist, als wären sie genetisch verändert, um mit ihm zu flirten.

„Lassen Sie mich wissen, wenn Sie irgendetwas brauchen, Mr. Wolff... egal, was."

Ich verdrehe innerlich die Augen bei dem Gedanken an die Kellnerin, die uns zu unseren Plätzen geführt hat. Sie hat ihn gewissermaßen von oben bis unten angesabbert, und ich hätte ihr nur zu gerne diesen Schlafzimmerblick aus den Augen gekratzt. Ich kann ehrlich behaupten, dass ich dieses Gefühl bisher noch gar nicht kannte. Ich bin kein eifersüchtiger Mensch, das ist nicht mein Stil. Aber irgendetwas an Caerus scheint diese schlummernde Seite in mir geweckt zu haben. Es hat die Sache nicht unbedingt besser gemacht, dass die Kellnerin sich bei jeder sich bietenden Gelegenheit über Caerus gebeugt hat und sich nicht im Mindesten darum zu scheren schien, dass er hier ein Date hat. Sobald wir hier hereingekommen sind, bin ich unsichtbar geworden. Nicht, dass ich mich beschweren will – ich habe mich nie so wirklich wohl an solchen Orten gefühlt, wo eine Vorspeise mehr kostet, als ich in einer Woche verdiene.

Caerus sieht mich einmal mehr reumütig lächelnd an, bevor er wieder von einer Welle des Händeschüttelns und der Hallos einer weiteren Gruppe davongetragen wird, die auf ihm hereingebrochen ist. Ich zucke mit den Schultern, als wäre es mir egal, als würde mich nicht interessieren, warum er mich keinem von ihnen vorstellt, warum er sich jedes Mal, wenn einer seiner Freunde unser Date unterbricht, so behandelt, als wäre ich nicht da. Ich bedeute ihm, dass ich zur Toilette gehe, und durchquere das Restaurant, dankbar, dass ich eine Gelegenheit habe, mich von dem Mob an unserem Tisch davonstehlen zu können.

Ich wasche meine Hände in dem opulenten Badezimmer, das größer ist als meine gesamte Wohnung, und betrachte das Mädchen im Spiegel. Das schwarze Kleid, das ich trage, hat sicher schon bessere Tage gesehen. Es ist nicht im Geringsten so teuer wie das, was die anderen Frauen hier tragen. Aber die dünnen Spaghettiträger und der einfache, enganliegende Schnitt lassen meine bescheidenen Kurven gut zur Geltung kommen. Mein rotes Haar hängt offen über meinem Rücken, und ich habe es tatsächlich geschafft, mein Make-Up aufzutragen, ohne mich in einen Clown zu verwandeln. Klar, ich bin kein Supermodel, aber ich sehe überhaupt keinen Grund, aus dem es Caerus peinlich sein könnte, mich seinen Freunden vorzustellen. Und trotzdem ist das die einzige Erklärung, die mir sinnvoll erscheint.

„Es ist zum Mäusemelken, oder?“ Eine statueske Brünette, die aussieht wie ein Victoria's-Secret-Model und damit vielleicht das

Klientel des Restaurants meint, taucht neben mir im Spiegel auf.

„Entschuldigung?" Ich schüttle stirnrunzelnd den Kopf und sehe verwirrt in ihr schönes Gesicht.

„Caerus' Date zu sein." Die Brünette drückt ihre Worte aus, als würde sie fürchten, ich wäre ein bisschen schwer von Begriff. „Es ist zum Haareraufen." Sie zuckt mit den Schultern, als hätte sie gerade eine allgemeine Wahrheit offenbart. „Die ‚Fans', die geschäftlichen Anrufe, die anderen Frauen ..."

Den letzten Punkt lässt sie in der Luft hängen, aber ich weigere mich, in ihre Falle zu tappen.

„Er ist ein gefragter Mann." Ich zucke mit den Schultern und tue mein Bestes, um mich auf irgendetwas anderes in dem Badezimmer zu konzentrieren, das plötzlich viel zu klein erscheint. „Schönes Kleid, übrigens!" Ich lächle sie breit an und fühle mich so unverbesserlich optimistisch, dass ich mir am liebsten auf den Kopf schlagen will.

„Prada," sagt sie, als würde sie damit alle Lebensfragen beantworten, und beugt sich dann näher. „Ist das dein erstes Date mit dem Wolff von L.A.?" Ihre dunklen Augen funkeln, und ich frage mich, ob ich jemals einen so schönen Menschen wie diese Frau vor mir gesehen habe.

„Ähm, das zweite." Ich trete einen kleinen Schritt zurück, damit ich meinen Hals nicht recken muss, um sie anzusehen.

„Das zweite?" Das Model beugt sich zurück und mustert mich von oben bis unten, als würde sie nach irgendetwas suchen. „Gut, Süße, lass mich dir einen Rat geben: Es wird kein drittes geben. Also, trink den Champagner, bestell Kaviar, genieß deine 15 Minuten Rampenlicht, und wenn du morgen früh allein im Bett aufwachst und unten ein Auto auf dich wartet, um dich zu fahren, wo immer du auch hinwillst: Sei nicht überrascht." Sie wird still und zieht ihren Lippenstift nach.

„Ich nehme an, du sprichst aus Erfahrung?" Ich versuche, nicht mit den Zähnen zu knirschen.

„Willst du mich auf den Arm nehmen?“ Sie sieht mich mit hochgezogener Augenbraue an. „Süße, jede Frau hier hat entweder die *volle* Caerus-Wolff-Behandlung bekommen oder wird das nächste Opfer sein. Wenn man es so bezeichnen will.“ Sie grinst mich an, als würden wir über einen gemeinsamen Witz lachen, aber irgendetwas in meinem Gesicht lässt sie stutzig werden. „Er hat dich noch nicht gefickt, oder?“ Sie wirft ihren Kopf zurück und lacht aus voller Kehle. „Oh, *das* erklärt, warum er mit dir ein zweites Mal ausgeht. Wirklich clever, das muss ich dir lassen.“ Sie nickt verständnisvoll. „Du hast dieses ganze ätherische Schönheits-Ding an dir – wirklich Neunziger – und es sieht sogar so aus, als würde hinter diesem hübschen Gesicht auch ein bisschen Grips stecken. Gut für dich, dass du dich ihm gegenüber als die Unberührbare gibst. Aber länger wird er kein Interesse an dir haben, Süße.“

„Bitte?“ Was glaubt diese Frau, wer sie ist? „Ich gebe mich gegenüber niemandem als die Unberührbare. Und wenn du mich nach meiner Meinung fragst: es geht dich überhaupt nichts an, mit wem ich geschlafen habe oder nicht, genauso, wie meine Beziehung mit Caerus dich überhaupt nichts angeht.“

Wiedersehen, unverbesserliche Optimistin.

Das Model sieht mich abschätzend an, als würde sie mich zum ersten Mal sehen. „Dann hast du also wirklich ein Rückgrat. Gut zu wissen.“ Sie winkt mit ihrer perfekt manikürten Hand zu sich selbst. „Avery.“

„Tiffany.“ Ich stehe unbeholfen da, unsicher, was wohl als Nächstes kommt. Wenn schon sonst nichts, ist der Abend auf jeden Fall schon mal ereignisreich gewesen.

Aber es scheint, als sei Avery fertig mit mir. Sie greift nach ihrer Handtasche und läuft an mir vorbei, balanciert perfekt auf ihren schwindelerregend hohen Absätzen und dreht sich zur Tür um, als wäre sie auf einem Laufsteg.

„Vorsicht, Tiffany. Dieser Wolff beißt." Sie kichert über ihren eigenen Witz, stolziert aus der Tür hinaus und lässt mich mit dem Echo ihres Lachens allein.

„Okay… überhaupt nicht schräg und gruselig." Ich atme tief durch und gehe wieder hinaus, obwohl ich damit rechne, dass Caerus es nicht einmal bemerken würde, wenn ich es für heute gut sein lasse und gehe, damit er das Abendessen mit seinen Freunden und weiblichen Bewunderern genießen kann.

Sei nett, Tiffany. Das grünäugige Monster ist nicht dein Freund.

Womit ich nicht rechne, ist, dass ich direkt in den Mann selbst hineinlaufe, als ich aus der Tür trete.

„Nicht, dass ich es nicht gernhätte, wenn mir schöne Frauen zu Füßen liegen…", wiederholt er die ersten Worte, die er zu mir gesagt hat, greift mich am Arm um hält mich davon ab, hinzufallen. Dieses Mal ist er näher bei mir, nur ein paar Zentimeter trennen uns und ich spüre, wie mein Herzschlag sich bei der Berührung beschleunigt. Ich beuge mich näher, mein Blick legt sich auf seinen Mund, zwischen meinen Schenkeln sammelt sich die Hitze, und ich will unbedingt, dass er mich wieder küsst.

Mein ganzer Körper scheint zum Leben zu erwachen, wenn er mir nahe ist, alles, abgesehen von meinem Hirn. Das braucht ein bisschen länger, um in die Gänge zu kommen, und die Erinnerung an Averys Worte brechen über mir herein.

„Hängst du regelmäßig vor Damentoiletten rum?" Ich ziehe eine Augenbraue in die Höhe und trete einen Schritt von ihm zurück. Ich hoffe, dass ich diese ganze Flirt-Sache zurande bringe. Auch, wenn ich nie so wirklich gut darin war.

Ein Anflug von Enttäuschung macht sich auf seinem Gesicht breit. Er lehnt sich zurück und gibt mir Raum, aber er lässt mich nicht los. Meine Haut fühlt sich an, als würde sie unter seiner Hand verbrennen, aber das Letzte, das ich jetzt will, ist, dass er loslässt.

„Nur dann, wenn mein Date für gute zwanzig Minuten verschwindet." Er betrachtet mein Gesicht. „Ich dachte schon, du wärst gegangen."

Ich erröte bei dem Gedanken daran, dass ich genau das in Erwägung gezogen habe. „Nein! Natürlich nicht, warum sollte ich das tun?"

„Oh, ich weiß nicht. Vielleicht, weil wir anscheinend ein Date mit etwa fünfzehn anderen Leuten haben?" Er schüttelt verärgert den Kopf. Eine Haarlocke fällt über seine Stirn, und ohne nachzudenken schiebe ich sie zurück an ihren Platz und streife seine Haut mit meinen Fingerspitzen.

Seine Augen sind nicht länger nur dunkel; sie sind geschmolzen. Ich spüre einen kleinen Schauer, als er mich ansieht wie etwas, das er verschlingen möchte.

Dieser Wolff beißt.

Ich werde in den Moment zurückgerissen.

„Ach, das hast du also auch bemerkt?" Ich versuche, nonchalant zu sein, als hätte ich das Begehren in seinen Augen nicht bemerkt.

„Ich hätte dich nicht hierherbringen sollen." Er seufzt tief und lässt einen meiner Arme los, um mit seinen Fingern über seine Stirn zu reiben, als würde er Kopfschmerzen bekommen.

Seine Worte und die Tatsache, dass sie meine eigenen Gedanken widerspiegeln, lassen mich ich an die Decke gehen. „Warum? Weil es dir peinlich ist, mit mir gesehen zu werden?"

Ich beiße mir sofort auf die Lippe, als diese Worte aus meinem Mund heraus sind, dankbar, dass niemand anderes hier ist, der sie hören kann. Das hier ist mir nicht ähnlich. Ich zicke nicht herum. Ich mache niemandem eine Szene. Das hier bin nicht ich.

Caerus hätte nicht geschockter aussehen können, wenn ich ihm eine Ohrfeige verpasst hätte.

„Was? Wieso denkst du sowas?“

Ich wedle mit meiner freien Hand in der Luft und versuche, die Worte wegzuwischen. „Ist egal, vergiss es.“

„Nein.“ Er stellt sich zu seiner vollen Größe auf. Verdammt, er ist groß und kräftig, und imposant und, *Gott*, so schön, dass es mich umbringt. „Sag es mir!“

Ich atme schnaubend aus und weiß, dass ich aus dieser Unterhaltung nicht herauskomme, bis ich ihm sage, was er wissen will.

„Na ja, du hast den ganzen Abend lang kaum ein Wort mit mir gewechselt. Du hast mich nicht *einem* deiner Freunde vorgestellt – was meiner Meinung nach ziemlich unhöflich ist.“ Ich labere ihn zu, aber ich kann nicht aufhören. „Ich bin weder ein Model, noch eine Schauspielerin, ich trage kein Prada, und in Anbetracht all dessen und dem, was Avery mir erzählt hat, ...“

„Avery?“ Caerus sieht mich verwirrt an.

„Du weißt schon, das Model, mit dem du aus warst und mit dem du offensichtlich geschlafen hast...“ Ich beiße mir auf die Lippe, um mich physisch daran zu hindern, noch mehr zu sagen, und bin mir ziemlich sicher, dass mein Gesicht gerade dieselbe Farbe angenommen hat wie mein Haar.

„Ach, richtig.“ Obwohl sein Gesichtsausdruck mir sagt, dass er so klug ist wie zuvor.

„Du kannst dich nicht an sie erinnern, oder?“ Ich mäßige die Fassungslosigkeit in meiner Stimme nicht.

Er reibt sich über den Nacken und hat zumindest den Anstand, verlegen auszusehen. Es ist eine Schande, dass dieser beschämte Anblick ihn nur noch mehr zum Anbeißen aussehen lässt.

„Wenn ich nein sage, wie viele Punkte verliere ich dann?“

Ich werfe frustriert und keineswegs nur ein bisschen entnervt meine Hände in die Luft. Klar, ich wusste, dass er mit einer Menge Frauen zusammen gewesen ist, aber so viele, dass er sich nicht einmal mehr an ihre Namen erinnern kann?

„Du wirkst nicht wie ein Typ, der etwas auf Pluspunkte gibt."

„Das bin ich auch nicht." Wahrscheinlich sehe ich genauso verwirrt aus wie er. „Zumindest nicht gegenüber irgendjemand anderem, als dir. Ich gebe etwas darauf, was du von mir denkst."

Caerus lehnt breitbeinig an der Wand und zieht mich zu sich, bis ich zwischen seinen Beinen stehe. Der Puls in meiner Kehle rast, aber ich widerstehe dem Drang, einfach an ihm zu schmelzen, obwohl es das Einzige ist, was ich jetzt tun will.

Ich atme tief durch und stelle die Frage, die mich schon den ganzen Abend beschäftigt hat: „Wenn das stimmt, warum hast du dich dann den ganzen Abend so verhalten, als wäre ich überhaupt nicht da? Warum hast du mich nicht einem aus deinem Kader oder von deinen Freunden vorgestellt, die an unserem Tisch eine Polonäse veranstaltet haben?"

Ich klinge wie ein weinerliches kleines Mädchen, Lichtjahre entfernt von der starken, unabhängigen Frau, die ich tagtäglich zu sein versuche. Aber irgendetwas an Caerus stellt mich völlig auf den Kopf; er lässt mich bedürftig werden. Er lässt mich *seiner* bedürftig werden.

Sein Daumen streicht über meine Wange und ich beobachte, wie sein Gesichtsausdruck weicher wird und seine dunklen Augen flüssig werden.

„Keiner dieser Leute ist mein Freund. Sie sind kriecherische Hunde, die ich nur deshalb toleriere, weil sie gut fürs Geschäft sind. Und der Grund, warum ich dich ihnen nicht vorgestellt habe, ist der, dass du zu gut für sie bist. Sie verdienen es nicht, im gleichen Raum mit dir zu sein."

Seine Stimme ist heiser, als wäre er von einer unbenannten Emotion ergriffen. Ich kenne dieses Gefühl – mir schwirrt der Kopf vor Verlangen, Bedürfnis und etwas Tieferem, etwas Beängstigenderem. Er beugt sich näher, bis unsere Lippen sich beinahe berühren, bis ich seinen Atem an meinem Mund spüre.

„Du dachtest, du wärst mir peinlich? Dass es mir peinlich wäre, mit dir gesehen zu werden?" Er schüttelt den Kopf. „Du bist der einzige Mensch hier, dessen Gesellschaft ich will, die einzige Person, an die ich die ganze Zeit denken muss, seit ich dich das erste Mal gesehen habe. Ich will dich für mich behalten." Er neigt den Kopf und sieht mir in die Augen. Mein Mund wird trocken bei diesen Worten und der Ernsthaftigkeit, die ich in seinem Gesicht sehe. „Und ich will nicht, dass irgendeines dieser Arschlöcher davon erfährt. Ich will nicht, dass sie wissen, wie… wichtig…du für mich… bist."

Ich ertrage es nicht länger, ihm so nahe zu sein, nahe genug, um die Hitze seines Körpers zu spüren, nahe genug, um die Mischung von Seife und Sandelholz zu riechen, die ganz und gar er ist; es macht mich verrückt. Ich durchbreche die Entfernung einer Haaresbreite zwischen uns und pflanze meine Lippen auf seine. Ich spüre, wie der Überraschungsmoment meiner Kühnheit den Weg frei gibt für Lust, und er intensiviert den Kuss und wirbelt mich herum, so, dass ich mit dem Rücken an der Wand stehe und seine Hand meinen Hinterkopf polstert.

Sein Kuss ist hitzig, seine Zunge fordernd und ich gebe mich ihm bereitwillig hin, gebe ihm alles, worum er mit seinen Lippen bittet. Seine Hände verschwinden in meinem Haar, seine Daumen streifen mein Gesicht und ich lehne mich gegen ihn und komme ihm noch näher und halte nicht inne, bis unsere Körper aneinanderhaften. Meine Hände wandern seine Arme hinauf, ich spüre die Kraft seiner Muskeln, die sich unter seinem Anzug bündeln. Ich lege meine Hände flach auf seine Brust. Sein Herzschlag spiegelt das Hämmern meines eigenen wider.

Ich verliere die Sicht, das Bewusstsein von allem außerhalb dieses Moments, allem außerhalb dieses Mannes. Ich verliere mich selbst an ihm, die Hitze pulsiert zwischen meinen Schenkeln und fleht um Erlösung, von der ich ganz genau weiß, dass nur er sie geben kann. Die Zeit steht still. Ich habe keine Ahnung, wie lange wir so stehen, in dieser Umarmung verhakt, die nie enden soll. Als ich meine Hüften verlagere, spüre ich seine eindeutige Härte an meinem Bauch. Ich atme scharf ein und durchbreche den Moment.

Wir stehen da – nun ja, Caerus steht da. Es ist eher so, dass er mich aufrecht hält. Ich glaube nicht, dass meine Beine nach diesem Kuss überhaupt noch Kraft haben – und nehmen tiefe und schaudernde Atemzüge. Wir blicken uns in die Augen und Caerus grinst mich schief an. Mein Bauch macht einen Salto rückwärts. Jetzt verstehe ich die Floskel von dem Kuss, der deine Knie weich werden lässt. Alles, was er tun muss, ist, mich anzusehen, und ich bin bereit, meinen Slip fallenzulassen.

Caerus kräuselt eine Augenbraue.

Oh, Scheiße, habe ich das gerade laut ausgesprochen?

„So gerne ich das auch sehen würde, würde ich den angesehenen Stammkunden dieses Etablissements lieber keine solche Show bieten."

Zur Hölle mit dir, du verflixtes Gehirn!

Ich blicke beschämt zu Boden, als würde mich das irgendwie unsichtbar machen. Ich habe kein Glück.

„Hey." Er legt einen Finger unter mein Kinn und hebt es an, bis unsere Blicke sich treffen. „Schäm dich nicht, nicht vor mir. Ich will dich auch. So sehr."

„Lass uns von hier verschwinden." In meiner Stimme liegt kein Zögern, keine Unsicherheit. Ich weiß, was ich will. Ihn. Zur Hölle mit den Konsequenzen, ich werde mich später mit ihnen beschäftigen.

Er nimmt meine Hand und führt mich wortlos aus dem Restaurant. Wir warten, baden uns am Anblick des anderen, sind eingesponnen in der Spannung, die uns umgibt, während der Parkdienst den Wagen bringt, bis ein summendes Geräusch die Stille durchbricht.

„Ähm, Caerus, deine Hose vibriert."

Er zwinkert, als hätte ich ihn gerade geweckt, und ich erlaube mir ein kleines Lächeln, als er hastig nach dem Handy in seiner Hose wühlt und abnimmt. Die Tatsache, dass ich diesen Mann nervös machen kann, diesen Mann, der absolut beherrscht ist, sich völlig unter Kontrolle hat, gibt mir ein Gefühl der Macht – und ich mag es!

„Ja." Er ist kurz angebunden, als er telefoniert, und sein Gesichtsausdruck verfinstert sich, während er zuhört. „Ich bin schon auf dem Weg." Er legt auf und zieht die Schultern hoch. „Fuck!" Der Frust in seiner Stimme reflektiert genau das, was ich fühle.

„Arbeit?"

Er nickt abwesend. „Ich muss zu einer Eröffnung. Die hab ich ganz vergessen." Er kratzt sich über seinen Kiefer. Seine Bartstoppeln unterstreichen die scharfen Linien seiner Wangenknochen.

Ich sage nichts, denn ich vertraue meiner Stimme nicht. Ich nicke nur und nehme mich zusammen. Ich stelle mich darauf ein, dass er wieder aus welchem geschäftlichen Grund auch immer verschwindet, das schon unser erstes Date vorzeitig beendet hat. Aber ich würde mich selbst belügen, wenn ich sagen würde, dass ich mir nicht sehnlichst wünsche, dass er bleibt.

„Willst du mitkommen?" Unsicherheit schleicht sich in seine Stimme, ein Ton, von dem ich sicher bin, dass ihn nicht viele Leute zu hören bekommen. Etwas an diesem Anflug von Unsicherheit, den er mich sehen lässt, hat etwas Liebenswertes. „Es wäre erträglicher, wenn du dabei bist." Sein Lächeln wird reumütig. „Außerdem hast du gesagt, du würdest gern meine Freunde kennenlernen."

Ich lächle zurück. „Ich würde gerne mitkommen."

„Schön!" Er zieht mich näher zu sich heran und küsst mich, bist ich beinahe wieder vergesse, dass wir uns an einem öffentlichen Ort befinden. „Denn ich bin noch nicht bereit, dich schon gehen zu lassen." Als er mich ansieht, ist sein Gesichtsausdruck düster, und ich frage mich, ob er nur von heute Abend spricht. Ich erwische mich dabei, dass ich hoffe, dass er das nicht tut.

***

Im Club herrscht geschäftiges Treiben, als wir ankommen. Er ist brechend voll, die Getränke fließen in Strömen und Caerus wird begrüßt wie ein heimkehrender Held. Er hält meine Hand fest, als wir uns unseren Weg zum Tresen bahnen und lässt mich nicht von der Seite, während er jeden um uns herum bezaubert.

„Das wurde ja auch Zeit!" Ein großer Kerl mit sandbraunem Haar steht plötzlich neben uns und ich frage mich, wie er sich hat heranschleichen können, ohne dass ich es bemerkt habe. „Wo zur Hölle warst du? Die Investoren sind mir bis zum Hals in den Arsch gekrochen. Und du weißt, wie ich diesen Unterhaltungsscheiß hasse!" Er leert das Glas in seiner Hand mit einem Zug und bedeutet dem Barkeeper, ihm nachzuschenken.

Mein Blick wechselt zwischen Caerus und dem Neuankömmling. Ich habe noch nie gehört, wie jemand so mit ihm redet – die meisten Leute küssen buchstäblich den Boden, über den er läuft. Ich weiß nicht, welche Reaktion ich von ihm erwartet habe, aber dass er seinen Kopf zurückwirft und in ein echtes, bellendes Lachen verfällt – das sicherlich nicht.

„Schön, dich zu sehen, Mann." Er klopft dem anderen Mann auf die Schulter und reicht mir ein Glas Champagner. „Phil, das ist Tiffany. Tiffany, das ist mein Freund und Geschäftspartner Phillip."

Ich strecke meine Hand aus, um seine zu schütteln. Dabei entgeht mir Phillips Blick nicht, der einen Moment auf dem besitzergreifenden Arm ruht, den Caerus um meine Hüfte gelegt hat. Ich frage mich, ob ich mir den enttäuschten Ausdruck nur einbilde, der über sein Gesicht huscht, bevor er meine Hand ergreift.

„Freut mich, dich kennenzulernen." Ich lächle Phillip strahlend an, aber er erwidert es nicht.

„Gleichfalls." Seine Stimme sagt mir das genaue Gegenteil. Ich spüre, wie Caerus' Griff um meine Hüfte ungewollt fester wird und ich weiß, dass ich mir die eisige Begrüßung, die mir sein Freund zukommen lässt, nicht nur einbilde.

„Und wer ist diese liebreizende Kreatur?"

Ein dritter Mann gesellt sich zu unserem kleinen Kreis. Er könnte sich äußerlich nicht mehr von den anderen beiden unterscheiden. Während Caerus und Phillip geschniegelte Geschäftsleute sind, ist dieser Typ mit Tattoos übersät. Und obwohl seine Klamotten zweifellos teuer sind, sieht er aus wie ein Gangster. Nur wenn man die drei nebeneinanderstellt, werden die Gemeinsamkeiten deutlich: Sie alle umgibt eine Aura der Gefahr. In Anbetracht der Blicke, die sie ernten, ist klar, dass ich nicht die Einzige bin, die so denkt.

„Luda," stellt sich der Nachzügler selbst vor, nimmt meine Hand und hebt sie an seine Lippen. Als er aufsieht, zwinkert er mir zu. Caerus starrt ihn zornig an.

„Luda ist der Kopf meiner Security, Tiffany." Er stößt die Worte zwischen zusammengebissenen Zähnen hervor, während seine Augen Ludas Hand fokussieren, die noch immer meine hält.

„Ah, das ist also die berühmte Tiffany." Er lehnt sich ein Stück zurück und beäugt mich wie ein Schlachter, der ein Stück Fleisch begutachtet. „Jetzt verstehe ich, warum du die beiden so geärgert hast.“

„Luda.“ Caerus' Stimme nimmt einen warnenden Ton an. Und mir entgeht der böse Blick nicht, den Phillip dem dritten Mann zuwirft.

Luda kichert. Der Klang kratzt an meinen Nerven. „Ich glaube, ich sollte gehen und jedermanns… Sicherheit überprüfen.“ Schließlich lässt er meine Hand los und nickt Caerus zu. Phillip ignoriert er völlig. „Schön, dich kennengelernt zu haben, Tiffany.“ Er taucht in die Menge ein und verschwindet, als sei er nie dagewesen.

„Respektloses Arschloch.“ Der Zorn in Phillips Stimme überrascht mich.

„Entspann dich, Phil. So ist Luda nun mal.“ Caerus schüttelt den Kopf, zieht mich aber ein paar Zentimeter näher zu sich heran. Ich leiste keinen Widerstand. Diesen Kerl zu treffen, hat mich bis auf die Knochen abgekühlt.

„Deswegen ist er auch nicht weniger ein Arschloch,“ knurrt Phillip. Was hat Luda wohl getan, dass Phillip so angepisst von ihm ist? Die Frage liegt mir auf den Lippen, aber ich schlucke sie hinunter.

Caerus zuckt mit den Schultern, trinkt seinen Whisky aus und stellt das Glas energischer auf dem Tresen ab, als notwendig wäre. „Fünfzehn Minuten. In fünfzehn Minuten bin ich weg von hier, also lass uns die Show beginnen.“

Phillip sieht mich an, als Caerus mich in Richtung des VIP-Bereichs führt.

„Es gibt ein paar… heikle Themen, über die wir sprechen müssen.“ Phillip und Caerus wechseln einen Blick, der für jeden, der Bescheid weiß, Bände spricht. Das tue ich sicherlich nicht, aber es ist nicht schwer, die Botschaft zu verstehen.

„Ich warte hier,“ versichere ich Caerus. „Tu, was du tun musst.“

Er sieht mich an, als warte er auf eine Hiobsbotschaft. „Bist du sicher?“

„Klar!“ Ich lächle ihn an und sage ihm wortlos, dass es keine Vorwürfe, keine Schuldzuweisung geben wird; dass ich verstehe, dass Geschäft nun mal Geschäft ist.

Er beugt sich herunter. Seine Lippen streifen meine und tasten sich ihren Weg über meine Wange, bis sie mein Ohr erreichen. „Wehe, du gehst irgendwohin.“ Seine Stimme ist leise und sexy und nur für mich bestimmt. Meine Nippel nehmen eine stramme Haltung ein und ich schlucke ein Stöhnen hinunter.

Ich sehe unter gesenkten Augenlidern zu ihm auf. „Ich werde hier sein.“

Mit einem zufriedenen Nicken stolziert er davon. Der frostige Phil folgt ihm auf dem Fuße.

„Schön, dich kennenzulernen,“ murmle ich leise vor mich hin, als der Typ ohne ein weiteres Wort davongeht.

„Kümmer dich nicht um ihn, so ist er einfach.“ Luda taucht neben meiner Schulter auf. Ich falle beinahe um vor Schreck.

„Herr im Himmel!“ Ich lege meine Hand auf mein Herz, um sicherzugehen, dass es noch schlägt. „Wo zur Hölle bist du jetzt hergekommen?“

„Sind wir ein bisschen schreckhaft?“ Ludas amüsierter Gesichtsausdruck erinnert mich an einen Hai, der mit einer Robbe spielt, bevor er sie frisst.

„Ich mag es nur nicht, wenn Leute sich an mich heranschleichen.“ Ich trete einen Schritt zurück, um ihn nicht berühren zu müssen.

„Du solltest dich ein bisschen entspannen.“ Er nimmt einen großen Schluck Bier, lehnt sich an den Tresen und überblickt die Menge. Ich bin kurz davor, ihn zu fragen, ob es Teil der Position als Sicherheitschef ist, im Dienst zu trinken, aber mir wird klar, dass mich das nichts angeht. Außerdem habe ich keine Lust, mich länger mit diesem Typen zu unterhalten, als ich unbedingt muss.

„Mir geht's gut, danke." Ich werfe einen kurzen Blick auf meine Uhr und schätze, wie lange Caerus wohl weg sein wird. Luda macht mich nervös.

„Ich könnte dir was geben, das dich ein bisschen lockerer macht." Er lacht über das entsetzte Gesicht, das ich ziehe. „Nicht so was, Hübsche. Ich habe keine Zweifel, dass du den Ritt genießen würdest, aber ich denke, Caerus würde mir die Eier mit einem Löffel abschneiden, wenn ich dich anfasse."

Ich sage nichts darauf und nehme mir vor, zur Toilette zu flüchten und hoffe, dass Caerus nach mir suchen wird. Ich will nicht mehr Zeit mit Luda verbringen als unbedingt notwendig.

„Hast du schon mal Bliss probiert?" Luda erscheint absolut zwanglos, als er von der Designerdroge spricht, von der die Cops auf dem Ball gesprochen haben; der Droge, für die mein Dad ein Sondereinsatzkommando erstellt hat.

„Nein. Ich nehme keine Drogen." Das habe ich noch nie, noch nicht einmal Tabak. Ich habe noch nie den Reiz darin gesehen. Und ganz nebenbei würde mein Vater mich umbringen.

Luda zuckt ungerührt mit den Schultern. „Es gibt immer ein erstes Mal." Er steckt mir ein briefmarkengroßes Tütchen mit Puder zu. „Du mischst es in dein Getränk."

„Nein, danke." Meine Stimme nimmt einen eisigen Ton an. Ich schiebe die Tüte zurück in seine Richtung, aber seine Hand legt sich um meine.

„Was hast du vor, Prinzessin?"

Er beugt seinen Arm, als versuche er, mich mit seiner Körpermasse einzuschüchtern. Aber ich bin mit Macho-Cops aufgewachsen – es braucht viel, um mich ins Bockshorn zu jagen.

„Was ich vorhabe?"

„Ja, was machst du hier, wenn du keinen Spaß haben willst?"

Luda beugt sich näher, bis ich die Pickel auf seinem Hals sehe, die nur zum Teil von seinem Hemd verdeckt werden. Ich bemerke, wie sein rechtes Auge zuckt, während er spricht. Ein Junkie. Luda ist ein Junkie.

Ich weiche nicht vor ihm zurück und seinem Blick nicht aus. Ich starre ihn herausfordernd an und zeige ihm, dass ich keine Angst habe. „Ich bin mit Caerus hier. *Das* habe ich vor."

„Luda, Mann, hast du sie noch alle?" Caerus' Stimme durchbricht die Anspannung zwischen uns und ich atme tief ein, als Luda einen Schritt von mir zurücktritt.

Aber Caerus sieht nicht seinen Freund an, sondern die Tüte mit dem weißen Pulver zwischen uns auf dem Tresen.

„Dachte nur, ich sorge dafür, dass dein Date ein bisschen Spaß hat, Boss." Luda spricht schleppend, lallt ein bisschen. Mir wird klar, dass er betrunken ist.

Caerus verengt seine Augen zu Schlitzen. Sein Kiefer spannt sich an, als er nach dem Tütchen Bliss greift und es in Ludas Brusttasche steckt.

„Verpiss dich und werd nüchtern. Wir reden morgen über diesen Scheiß hier."

Luda lächelt nur selbstzufrieden und hat einen glasigen Blick. „Was auch immer du sagst, Boss. Wir sehen uns, Prinzessin." Er macht auf dem Absatz kehrt und schiebt sich durch die Menge davon.

Caerus' Blick folgt ihm auf seinem gesamten Weg. Er ballt die Fäuste an seiner Seite und sieht ihm nach, als würde er ihn umbringen wollen.

Kapitel Zehn

Caerus

„Geht's dir gut?“

Tiffanys Stimme reißt mich schließlich aus meinen Gedanken an Ludas Verhalten. Was zum Teufel ist los mit ihm? Was zur Hölle hat er sich dabei gedacht, Tiffany Bliss anzubieten? Ich werde mich später um ihn kümmern, wenn ich etwas Zeit gehabt habe, mich ein bisschen abzukühlen und keine Lust mehr, ihm seine verdammten Arme abzureißen.

„Klar.“ Das Wort kommt schärfer heraus, als ich beabsichtigt habe. „Ich musste da einfach nur raus.“ Ich habe mich um die Investoren gekümmert und getan, was nötig war. Ich habe so die Nase voll von dieser ganzen Scheiße. Das Einzige, woran ich habe denken können, war, aus diesem Club rauszukommen. Ich habe es ignoriert, dass mein Name über die dröhnende Musik hinweg gerufen wurde. Meine Muskeln haben sich erst entspannt, als die kalte Luft draußen auf mich getroffen ist.

„Du bringst mich nach Hause.“ Sie klingt ein wenig enttäuscht und die Welt taucht wieder vor mir auf. Ich realisiere, dass ich tatsächlich genau dort hinfahre. Ich habe noch nicht mal darüber nachgedacht, ich bin einfach losgefahren.

„Würdest du lieber woandershin fahren?“ Ich sehe sie fragend an und sie schüttelt den Kopf, wobei ihr Haar das Licht der Straßenlampen einfängt.

Gott, sie ist wunderschön und ich habe es mir mit ihr völlig versaut. Der Moment, den wir im Restaurant gehabt haben, als es sich angefühlt hat, als wäre sie dafür geboren, mich zu küssen, ist verschwunden. Sie hat kaum ein Wort gesagt, seit Luda im *Oceana* in der Menge verschwunden ist. Ich kann ihr nichts vorwerfen; sie ist anständig und mit einem verfluchten Bullen befreundet, und einer meiner Männer hat ihr gerade Drogen anzudrehen versucht.

„Das mit Luda tut mir leid. Er hat extrem über die Stränge geschlagen." Ich packe das Lenkrad. Ich bin wütend, sehr viel mehr als wütend. Ich weiß, dass ich nachher noch ins Studio gehen und den Boxsack prügeln müssen werde, bevor ich ein Auge zu kriegen kann.

„Es ist nicht deine Schuld." Tiffanys Stimme ist leise und nachdenklich.

„Er hätte dich niemals in diese Scheißsituation bringen sollen." *Ich* hätte sie niemals in diese Situation bringen sollen. Aber das ist es, was es heißt, Teil meiner Welt zu sein: Man ist der dunklen Seite des Lebens ausgesetzt. Das ist es, was ich bin. Und wenn ich kein absolut selbstsüchtiger Bastard wäre, würde ich Tiffany da raushalten.

„Ich bin schon erwachsen, Caerus, ich kann damit umgehen." Das ist nicht nur Angeberei. Ich habe gesehen, wie sie Luda in direkter Konfrontation gegenübergestanden hat, einem Typen, wegen dem sich ausgewachsene Männer in die Hose pissen.

„Das habe ich bemerkt." Und es war verdammt sexy.

Sie spielt mit ihren Händen in ihrem Schoß, als würde sie sich über etwas Gedanken machen. Schließlich erzählt sie mir, was ihr durch den Kopf geht. „Du weißt, dass er Drogen nimmt, oder?"

Das hatte ich nun nicht erwartet. „Und wie kommst du darauf?"

„Die aufgepumpten Muskeln, Pickel an seinem Hals, das Zucken, die Aggression." Sie zuckt mit den Schultern. „Ein Bilderbuch-Steroid-Abhängiger."

Gut, dagegen kann ich nichts sagen. „Dir entgeht aber auch nichts, oder?"

„Dann weißt du es also." Diese Worte spricht sie mehr zu sich selbst.

„Ich beobachte es. Luda hat ein paar Probleme, aber er ist gut in seinem Job."

„Oh ja, er wirkt wirklich vertrauenswürdig." Sie gibt sich gar nicht erst die Mühe, den Sarkasmus in ihrer Stimme zu verbergen. Sie hat recht. Weiß der Teufel, was sie jetzt denkt.

„Ich bring dich noch zur Tür," sage ich, als wir vor ihrer Wohnung anhalten und bemerke, wie sie die Schultern leicht hängenlässt.

„Klar." Sie zuckt mit den Schultern, als wäre ihr das völlig gleich, und ich verfluche Luda noch einmal dafür, dass sich ihre Stimmung so verändert hat.

Wir gehen schweigend nebeneinander her, und obwohl ich den Drang verspüre, sie zu berühren, wage ich es nicht. Ich will nicht, dass sie vor mir zurückscheut.

„Gut." Sie sieht in jede Richtung außer in meine, unbehaglich, Lichtjahre entfernt von der Frau, die ich nur eine Stunde zuvor in den Armen gehalten habe.

„Ja." Ich stehe vor ihr wie ein Idiot und habe keine Ahnung, was ich sagen soll. Es scheint, als wolle sie unbedingt so schnell wie möglich von mir wegkommen. Das ist der wirklich unangenehmste Moment überhaupt, den ich seit langer Zeit durchlebe.

„Es tut mir leid, ich wollte nicht, dass der Abend so endet." Tiefstapelei, dein Name ist Caerus. „Aber ich kann dir keinen Vorwurf machen, wenn du nichts mehr mit mir zu tun haben willst."

Tiffany reißt überrascht die Augen auf. „Wovon sprichst du?" Sie schüttelt den Kopf, wobei ihre roten Locken sanft um ihr hübsches Gesicht fallen. „Du bist derjenige, der mir auf einmal die kalte Schulter zeigt! Die ganze Fahrt über habe ich überlegt, was zur Hölle ich falsch gemacht habe!"

Es ist wahrscheinlich nicht gerade die Reaktion, die sie sich erhofft hat, aber ich kann nicht anders: Ich lache laut auf.

Sie stemmt die Hände in die Hüften und sieht wütend und absolut heiß aus. „Du findest das lustig?"

„Nein, ich finde das verdammt lächerlich!" Auch, wenn ich nicht weiß, ob ich wegen waschechter Belustigung oder Erleichterung darüber lache, dass ich es mir vielleicht doch noch nicht völlig mit ihr verdorben habe. „Wir haben die letzte halbe Stunde lang stillschweigend nebeneinandergesessen und uns Gedanken darübergemacht, dass wir es versaut haben!"

Ihre vollen Lippen krümmen sich und sagen mir, dass sie sich der Ironie der Situation nicht ganz bewusst ist.

„Aber… du hast mich nach Hause gefahren. Ich hab gedacht, du wärst fertig mit mir." Sie zerrt mit den Zähnen an ihrer Unterlippe und ich strecke die Hand aus und befreie sie mit meinem Daumen. Ihre Augen flackern und leuchten hellblau.

„Fertig? Mit dir?" Ich schüttle den Kopf. Ich kann mir gar nicht vorstellen, wie sich das anfühlen würde. „Noch lange nicht." Ich ziehe sie an mich, mein Körper sucht nach ihrem, mein Mund sehnt sich nach ihr, sehnt sich nach ihrem Geschmack.

Ihre Arme schlingen sich um meinen Nacken und ich packe sie bei den Hüften und ziehe sie dicht an mich heran. Unsere Zungen verheddern sich; ich stöhne auf, als ich sie schmecke. Ich glaube nicht, dass ich jemals genug von diesem Mädchen kriegen kann. Mein Schwanz ist bereits hart wie Stein, und dabei habe ich sie bisher nur geküsst. Meine Lippen ziehen eine Spur über ihren Hals und finden den süßen Punkt, an dem er auf ihre Schulter trifft. Sie erschauert an mir, und ihre Finger verhaken sich in meinem Haar.

„Caerus," sagt sie leise, heiser.

Ich halte plötzlich inne und bete zu Gott, dass sie mir nicht sagen wird, ich solle meine Hände von ihr nehmen, dass sie mir nicht sagen wird, dass ich verschwinden soll. Ich sehe ihr in die Augen, langsam, besorgt, was ich dort finden werde.

„Nicht hier.“ Sie schüttelt den Kopf. Ihre Lippen sind geschwollen von meinen Küssen und meine Brust wird eng bei ihren Worten. Das war's, sie schickt mich weg. Sie schließt die Tür auf und läuft hindurch. Sie sieht mich an. „Willst du mit rauf kommen?“ Sie streckt ihre Hand aus.

Ich spüre den Moment, in dem mein Herz wieder anfängt, zu schlagen. Als ich ihre Hand nehme, fühlt es sich überwältigend richtig an. Ich folge ihr die Treppen hinauf zu ihrer Wohnung und runzle die Stirn über das beschissene Schloss an ihrer Tür.

„Du brauchst einen Türriegel.“

Sie verdreht die Augen und lacht. „Jetzt klingst du schon wie mein Vater.“

„Scheint ein cleverer Typ zu sein.“ Ich lasse meinen Blick durch die einfache Wohnung schweifen. Sie ist sauber und aufgeräumt, die Wände sind in hellen, warmen Farben gestrichen, die mich an Tiffany erinnern. „Das hier ist nicht wirklich die sicherste Gegend. Du solltest ein besseres Schloss an deiner Tür haben.“

„In Ordnung, ich kümmere mich darum.“ Sie hält ihre Hände verteidigend in die Luft und lächelt über meinen Beschützerinstinkt, der um sie herum auflodert. Ihr Gesichtsausdruck verändert sich, und plötzlich wirkt sie nervös. „Die Wohnung sieht mit dir darin sehr viel kleiner aus.“

„Willst du, dass ich gehe?“ Ich bin darauf vorbereitet, dass sie mich das fragt, aber es ist das Letzte, was ich jetzt will.

„Nein.“ Ihre Antwort ist kaum mehr als ein Flüstern.

„Gut.“ Ich ziehe meine Jacke aus, werfe sie über den nächsten Stuhl und laufe auf sie zu. Direkt vor ihr bleibe ich stehen. „Du musst mir gegenüber nicht nervös sein. Du kannst mir vertrauen.“

„Ich weiß.“ Sie klingt so sicher. Und etwas an diesem absoluten Glauben an mich unterscheidet sie von jedem anderen. „Aber ich tue das hier nicht oft – Männer in mein Schlafzimmer einladen, die ich kaum kenne."

Ich lächle süffisant und bin nicht unglücklich darüber, dass ihre Wohnung nicht der Hauptbahnhof der Männer von L.A. ist.

„Du musst darüber nicht so erfreut aussehen." Sie verdreht die Augen und schubst mich leicht und spielerisch an der Schulter.

Instinktiv fange ich ihre Hand auf. In dem Moment, als meine Haut ihre berührt, spüre ich nichts als versengende Hitze.

„Tiffany." Sie sieht zu mir auf. Ihre Augen sind tiefe Seen, in denen ein Gefühl schwimmt, das ich nicht erkennen kann. „Wenn du das hier nicht willst, sag es mir jetzt." Ich stoße diese Worte zwischen zusammengebissenen Zähnen hervor, während ich den überwältigenden Drang unter Kontrolle halte, ihr die Kleider vom Leib zu reißen und mich in ihr zu vergraben, sie in Besitz zu nehmen. „Denn wenn wir erst mal angefangen haben, kann ich wahrscheinlich nicht wieder aufhören."

Ihre dunkelblauen Augen weiten sich, und sie tritt näher auf mich zu. Ihre freie Hand greift an meinen Hinterkopf und zieht mich zu sich hinunter.

„Ich will das hier," sagt sie leise, atemlos, aber keineswegs unsicher. „Und ich werde nicht wollen, dass du aufhörst."

Ich weiß nicht, wer sich zuerst bewegt, aber unsere Münder finden einander. Es ist ein rauer, besitzergreifender Kuss, der voller Verlangen ist. Aber er ist nicht im Mindesten genug. Ich brauche mehr von ihr.

„Schlafzimmer." Ich erkenne meine eigene Stimme kaum wieder, sie klingt so sehnsüchtig und fordernd. Es ist mir völlig egal. Alles, woran ich denken kann, ist, wie sehr ich sie will, dass ich mein ganzes verdammtes Leben lang nie etwas so unbedingt wollte. Ich brauche sie mit Haut und Haar.

Tiffany sieht zu mir auf. Ihre Augen sind dunkelblau wie der Mitternachtshimmel. In ihrem Gesicht spiegelt sich das Verlangen, das ich spüre. Sie nimmt meine Hand und führt mich zur Tür auf der Hinterseite des Zimmers. Aber es dauert zu lange, und ich will nicht mehr warten.

Ich hebe sie mit einer Hand vom Boden auf, und sie quiekt überrascht, als ich sie trage, bis wir am Fußende des Bettes stehen. Ich stelle sie vorsichtig auf die Füße. Ich habe keine Zeit für Zärtlichkeit, keine Zeit für Behutsamkeit. Ich will sie um mich herumgeschlungen haben, ich will, dass sie mich umgibt. Das Drängen scheint gegenseitig zu sein – wir reißen uns die Kleider vom Leib, so schnell wir können, und hören erst auf, als wir beide völlig nackt sind.

Einen Moment lang stehe ich nur da und starre sie an, ihren perfekten Körper, ihre langen Beine, ihre schmale Taille, ihre wunderschönen Brüste, ihr perfektes Gesicht. Sie ist das Schönste, was ich je gesehen habe.

Sie streckt die Hand aus und streichelt meinen Schwanz. Er springt in ihre Hand. Ihre Augen weiten sich, als sie an mir heruntersieht – diese Reaktion erlebe ich nicht zum ersten Mal. Aber es ist das erste Mal, dass ich mir Sorgen darum mache. Ich will nicht, dass sie nervös ist, und ich will sie nicht verletzen.

„Ähm, wow!“ Sie kaut auf ihrer Unterlippe. Ich folge dem Beispiel ihrer Zähne und küsse sie.

„Wir gehen es langsam an,“ versichere ich ihr. Aber das ist verflucht noch mal einfacher gesagt als getan.

Sie nickt und sieht immer noch unsicher aus, aber als ich näher zu ihr herantrete und ihre Arme sich hinter meinem Kopf verschränken, entspannt sich ihr Körper an meinem. Ich küsse sie wild, meine Hände wandern forschend über ihren schönen Körper. Ich will sie schmecken, jeden Teil von ihr besitzen.

Ich lege sie aufs Bett unter mir und streichle ihre zarte Haut.

Fasziniert sehe ich dabei zu, wie ihre Nippel unter meiner Berührung hart werden. Sie stöhnt, als ich die Knospen in meinen Mund nehme, zuerst die eine, dann die andere, und mit der Zunge um die harten Spitzen kreise. Ihre Hände sind in meinem Haar und sie löst sich unter mir auf, reagiert so stark. Ich will sie so sehr, dass mein Schwanz sich anfühlt, als würde er jeden Moment explodieren.

Ich muss sie berühren. Sie spreizt ihre Beine, und als meine Hand zwischen sie taucht, fühle ich, wie feucht sie ist, wie bereit sie für mich ist. Diese Erkenntnis sendet einen Stromstoß durch meinen Körper, und irgendwie weiß ich: Was auch immer gleich passiert, es wird nicht genug sein. Ich werde mehr von ihr wollen. Und danach werde ich noch mehr wollen.

Als sie mich mit feuchten, blauen Augen ansieht, ihr Atem nur ein kurzatmiges Keuchen ist, während ich ihre Muschi streichle und ihre Klitoris reibe, weiß ich, dass ich das hier gut für sie sein lassen will. Ich will, dass es dauert, will jeden Tropfen Lust aus ihr herauswringen, den ich bekommen kann.

Ich lasse einen Finger in sie hineingleiten, stimuliere sie von innen, ziehe kleine Kreise um ihre Klitoris. Ihre Finger kneten die Muskeln an meinem Rücken, mein Name ist ein atemloses Flüstern an meinem Ohr, und ich beobachte sie, als sie unter meiner Hand heftig kommt. Es ist das Allerschönste, das ich je gesehen habe.

Sie windet sich immer noch unter mir, als ich das Kondom aus meiner Hosentasche ziehe und es mir schnell überziehe. Ich wollte, dass das hier lange für sie andauert, wollte sie vor Lust vergessen lassen, wo oben und unten ist, wollte sie wieder und wieder und wieder kommen sehen. Aber ich bin verdammt schwach. Ich halte es nicht länger aus, ich muss in ihr sein.

„Caerus, ich will dich."

Ihre Worte geben mir den Rest, und als mir klar wird, dass mein Hunger nach ihr, ihrem nach mir, gleichkommt, kann ich mich nicht einfach nur mit einem Stoß in ihr versenken. Stattdessen ermahne ich mich dazu, durchzuatmen, zu versuchen, das rasende Verlangen unter Kontrolle zu halten, das mächtiger wird als jeder andere schlüssige Gedanke in meinem Kopf. Ich schwebe in der Luft, mein Schwanz verharrt vor ihrer Pforte.

Sie sieht zu mir auf; ihre Augen sind noch immer halb geschlossen von dem Orgasmus. Sie lächelt beruhigend und hält meinen Kopf in ihren Händen.

„Ich werde schon nicht kaputtgehen, Cae." Sie bewegt ihre Hüften, bis meine Spitze von ihrer Wärme umschlossen ist. „Ich will dich in mir."

Ich schlüpfe in sie hinein, halte alle paar Sekunden inne, bis sie sich um mich entspannt hat. Sie ist so verdammt eng und feucht, dass es mich fast umbringt. Aber es wäre ein schöner Tod. Ich schließe die Augen und versuche, meinen rasenden Herzschlag unter Kontrolle zu bringen. Tiffany bewegt sich unter mir. Das hilft nicht gerade.

„Mehr!" Sie sieht mit so großer Lust zu mir auf, dass die letzte Spur meiner Selbstkontrolle verfliegt.

Meine Hüften bewegen sich wie von selbst, stoßen in sie hinein, vergraben mich in ihr. Wir bewegen uns im Einklang miteinander, kommen dem anderen zuvor, als sei das hier ein Tanz, den wir schon hundert Mal getanzt haben. Wir passen so verdammt perfekt zusammen, und sie fühlt sich so verdammt gut an, dass ich am liebsten den Kopf zurückwerfen und den verfluchten Mond anheulen würde.

„Caerus." Sie ist nahe dran, ihre Hitze pulsiert an meinem Schwanz. Ich tauche wieder in sie ein und greife zwischen uns, um ihre Klitoris zu reiben, während ich einmal, zweimal mehr in sie hineinstoße.

Sie schreit auf, lange und heftig. Als sie kommt, liegt so viel Lust in ihrem Gesicht, dass es mich umhaut. Ihr Körper zieht sich um mich herum zusammen, presst sich um meinen Schaft, während ich mich in ihr entleere. Ich habe nie zuvor einen so intensiven Orgasmus gespürt.

Wir liegen da, unser Herzschlag verlangsamt sich, und ich blicke auf sie hinunter. Ich weiß ganz sicher, dass sich etwas verändert hat. Etwas in mir hat sich bewegt, und ich werde nie wieder Derselbe sein.

***

Sanftes Morgenlicht lugt durch Vorhänge, die ich nicht kenne, und weckt mich. Ein paar Sekunden lang habe ich keine Ahnung, wo ich bin. Dann ist plötzlich alles wieder da, und ich bemerke den warmen Körper, der mit meinem verschlungen ist. Tiffany. Ihr Kopf liegt auf meiner Brust, und der Rest von ihr ist so mit mir verknäuelt, dass es schwer zu sagen ist, welches Gliedmaß zu ihr und welches zu mir gehört. Anstatt mich erstickt zu fühlen, wie es mir mit anderen Frauen ging, fühle ich mich so entspannt wie schon lange nicht mehr. Mehr noch: friedlich. Und dieses Gefühl bin ich nicht gewohnt.

Sie seufzt im Schlaf. Das zufriedene Geräusch weckt einen Schmerz in meinem kaputten Herzen. Ein paar Minuten lang genieße ich einfach nur den Moment. Ich streichle ihr seidiges Haar und lächle, als sie sich tiefer an meine Brust kuschelt. Ich hätte schon vor Stunden auf und davon sein sollen; normalerweise wäre ich das jetzt. Aber diese Situation hier ist nicht im Mindesten normal.

Normalerweise wäre ich noch nicht mal mit hierhergekommen. Ich hätte sie mit in eines meiner Hotels genommen, eine Umgebung, in der ich die absolute Kontrolle habe. Wir hätten gefickt, und dann wäre ich gegangen. Ganz einfach. Aber an dieser Sache mit Tiffany ist ganz und gar nichts einfach. Sie hat mich dazu gebracht, alle meine Regeln über Bord zu werfen. Und das Schlimmste? Es ist mir scheißegal.

Wie würde es sein, mit ihr zusammen aufzuwachen, neben ihr

aufzuwachen? Und zwar nicht nur heute, sondern wieder und wieder, Morgen für Morgen?

Sie bewegt sich in meinen Armen und wechselt die Position. Ihre unglaublichen Brüste schieben sich gegen mich und ihr Kopf neigt sich zu mir herauf, als würde er nur darauf warten, geküsst zu werden. Mein Schwanz reagiert sofort, als würde er sich an das Gefühl erinnern, tief in ihr zu sein. Einmal würde niemals genügen, und ein zweites Mal hatte meinen verfluchten Hunger nach ihr nicht stillen können, nicht im Mindesten. Langsam glaube ich, dass er nie gestillt werden würde, dass ich sie immer wollen werde, *brauchen* werde, genauso sehr wie jetzt.

Ich beuge mich hinunter, um ihre vollen Lippen zu küssen, aber, als sei ich verflucht, vibriert in diesem Moment mein Telefon.

Wer zur Hölle ruft jetzt schon wieder an?

Widerwillig löse ich mich von Tiffanys schläfriger Wärme. Ich gehe behutsam vor, um sie nicht zu wecken, und greife das Handy von meinem Klamottenstapel auf dem Boden.

„Phil, ich hoffe du liegst gerade im Sterben!" Das ist der einzige Grund, aus dem ich ihm vergeben würde, dass er mich aus diesem Bett und fort von Tiffany reißt.

„Vielleicht. Was ich über deine neue Tussi herausgefunden habe, hat mir beinahe einen Herzkasper beschert!" Phil übt sich nicht in verbaler Zurückhaltung, und in seiner Stimme ist kein Anzeichen von Humor.

„Wovon zum Teufel sprichst du?", schrei-flüstere ich und hoffe, ich wecke Tiffany nicht.

„Wo bist du? Warum flüsterst du?" Ich kann hören, wie sich die Zahnräder in Phils Gehirn in Gang setzen. „Du bist noch bei ihr, oder?"

„Das geht dich einen Scheißdreck an!" Ich greife nach meinen Sachen und fange an, mich anzuziehen. Ich will dieses Gespräch nicht nackt führen.

„In welchem Hotel bist du? Ich komm rüber und hol dich ab. Du musst dort ganz schnell weg."

Ich tapse leise in das kleine Wohnzimmer hinein, das sich um Welten von dem Luxus unterscheidet, für den ich so hart gearbeitet habe. Tiffany sollte nicht in einer solchen Bude wohnen; sie verdient so viel mehr.

„Ich bin nicht in einem Hotel." Ich schließe die Augen und warte auf die Tirade, die sicher gleich losgeht.

Ein paar Sekunden lang scheint es, als habe ich Phil so sehr verblüfft, dass ihm die Worte fehlen. Kein großes Kunststück.

„Bitte sag mir, dass du nicht bei dir zu Hause bist."

„Natürlich nicht, verdammt!" Phillip weiß, dass das meine erste Regel ist. Kein Date sieht meine Wohnung; sie ist zu persönlich und gibt ihnen einen falschen Eindruck. „Ich bin bei Tiffany."

„Du bist in ihrer Wohnung? Was zum Teufel ist los mit dir, Mann?" Ich kann hören, wie Phil am anderen Ende der Leitung verzweifelt den Kopf schüttelt.

„Phil, ich unterhalte mich jetzt nicht mit dir darüber. Sagst du mir, was dir derart Hummeln in den Arsch gejagt hat, dass du mich um 5 Uhr morgens anrufst und zusammenscheißt?" Ich werfe einen Blick ins Schlafzimmer und bin erleichtert, als ich sehe, dass Tiffany diesen beschissenen Streit mit meinem besten Freund durchschläft.

„Sie ist Burns' Tochter!"

„Wer zur Hölle ist Burns?" Es ist verdammt nochmal zu früh am Morgen für einen solchen Scheiß, und ich verliere langsam die Geduld.

„Assistant Chief Burns. Burns vom Sondereinsatzkommando Bliss." Der grimmige Ton in Phils Stimme stimmt mit der Laune überein, die ich langsam bekomme.

„Sie ist seine *Tochter*?" Es zu wiederholen wird nichts an der Situation ändern, aber aus irgendeinem Grund wünsche ich mir, das würde es. „Das glaube ich dir nicht."

„Du bist in ihrer Wohnung. Sieh nach. Ich wette, sie hat irgendwo Fotos von ihm rumstehen." Phil klingt so verdammt sicher, dass es mich unergründlich wütend macht. Aber während ich in ihrer Wohnung umherwandere, braucht es nicht lange, bis ich den Beweis sehe, von dem ich gehofft habe, ich würde ihn nicht finden.

Auf einer Kommode steht ein Foto von Tiffany. Sie lächelt Martin Burns in seiner Uniform auf irgendeiner Veranstaltung an. Er sieht so grimmig aus wie jedes Mal, wenn ich ihn gesehen habe, als würde nicht gerade das umwerfendste Mädchen bewundernd zu ihm aufsehen.

„Du musst da raus. Jetzt." Der Ton in Phils Stimme duldet keine Widerrede.

„Scheiße." Ich raufe mir das Haar. Die Bedeutung von Ludas beschissenem, idiotischem Verhalten gestern Abend nimmt nun einen ganz anderen Maßstab an. „Luda."

„Was ist mit ihm?"

„Er hat Tiffany gestern Abend Bliss angeboten."

„Scheiße! Was zum Teufel hat er sich dabei gedacht? Ich wusste, dass der Kerl ein Arschloch ist, aber ich dachte, dass er wenigstens zwei verdammte Hirnzellen hätte, die miteinander in Kontakt stehen." Phil hält sich in Bezug auf Luda nicht zurück. „Sie hat es nicht genommen, oder?"

„Nein. Ich hab dafür gesorgt, dass er die Scheiße wieder mitnimmt."

„Gut." Phils Stimme ist spürbar von Erleichterung gezeichnet.

„Bist du um ihre Sicherheit besorgt? Ich hatte den Eindruck, du wärst nicht gerade ihr größter Fan."

„Ludas Fingerabdrücke und die von wer weiß wem wären auf der Tüte gewesen. Wenn sie sie zum guten, alten Dad gebracht hätte, wären wir erledigt gewesen." Phil, immer der Pragmatiker.

„Das würde sie nicht tun." Wieder dieser Beschützerinstinkt.

„Woher willst du das wissen, Cae? Du kanntest ja noch nicht mal ihren Nachnamen!" Phil schnaubt frustriert. „Sieh mal, Cae, ich weiß, du magst dieses Mädchen, aber es ist einfach zu gefährlich. Und zwar nicht nur für dich, sondern für uns alle. Du musst aufhören, dich mit ihr zu treffen." Ich erwidere nichts darauf, und Phil scheint mein Zögern zu spüren. „Es ist zu riskant, Cae. Du musst sie abschießen, bevor sie von irgendwas erfährt, das die Po-Po gegen uns verwenden kann."

„Bitte sag mir, dass du nicht gerade ‚Po-Po' gesagt hast. Wir sind hier nicht bei *The Wire*, Phil!" Mittlerweile schreie ich fast, und ich unterbreche mich selbst. Ich bete zum Himmel, dass ich Tiffany nicht geweckt habe.

„Ich hab nur versucht, die Stimmung ein bisschen aufzuheitern. Hat wohl nicht funktioniert." Phil seufzt tief. „Du musst da raus, Cae. Tut mir leid." Und – das muss ich ihm lassen – es klingt, als täte es ihm wirklich leid.

„Ja, mir auch."

Ich lege auf. Ich will nicht weiter darüber reden. Je länger ich bleibe, umso schwerer wird es, das weiß ich. Trotzdem laufe ich nicht gleich zur Tür hinaus. Etwas zieht mich in die andere Richtung, und ich kann mich dem nicht entziehen. Ich werfe einen Blick ins Schlafzimmer. Tiffany liegt auf dem Bett ausgebreitet und schläft immer noch tief und fest. Noch hat sie keine Ahnung, welches Drama sich gerade um sie herum entfaltet. Ihre seidige Haut schimmert im Morgenlicht, ihr rotes Haar ist auf dem Kopfkissen ausgebreitet und umrahmt ein Gesicht, das im Schlaf sogar noch engelsgleicher aussieht. Bevor ich es bemerke, habe ich zwei Schritte ins

Schlafzimmer gesetzt, aber ich bleibe auf Armeslänge entfernt stehen. Ich will nichts lieber, als meine Hand ausstrecken und sie berühren, ihre weiche Haut spüren, den Duft von Jasmin und Sonnenschein riechen, der sie umgibt.

Ich rede mir ein, es liege nur daran, dass sie so schön ist. Mehr ist es nicht. Nur deshalb ist es so schwer, mich umzudrehen und zu gehen. Es ist nur eine chemische Sache, nur Fleischeslust. Das hat nichts mit Liebe zu tun, es ist nur Sex, sonst nichts. Als ich im Auto von ihr davonrase, rede ich weiter so auf mich ein. Ich hoffe, dass ich es irgendwann glauben kann.

K.O.

„Bereit?"

Die Game Show-Stimme des Ansagers tönt durch den Rap, der aus meinen Kopfhörern schallt. Das ist meine übliche Routine vor einem Kampf. Ich habe nichts daran geändert, seit ich zum ersten Mal in den Ring gestiegen bin. Aber heute Abend fühlt sich aus irgendeinem Grund nichts davon richtig an.

Ich nicke und starre dem Typen unnachgiebig in die Augen, als es so aussieht, als würde er jeden Moment ein Gespräch mit mir anfangen. Ich bin nicht fürs Rumschwafeln hier. Er versteht die Botschaft und läuft so schnell aus dem Raum, wie seine kurzen, dicken Beine ihn tragen können. Normalerweise übernimmt Phil die Aufgabe, mir Bescheid zu sagen, dass ich gleich dran bin, aber ich weiß nicht einmal, ob er heute überhaupt hier ist. Er hat bisher nicht einen meiner Kämpfe verpasst, nicht einen! Er ist mein Weichensteller, meine bessere Hälfte. Ich wünschte, ich könnte glauben, dass er sich auch diesen nicht entgehen lassen wird. Aber wenn ich bedenke, wie es in letzter Zeit zwischen uns gelaufen ist, kann ich ihm keinen Vorwurf machen.

Und da ist sie wieder. Ich habe gerade beinahe eine ganze verdammte Minute lang nicht an Tiffany gedacht. Nun ist sie wieder an vorderster Front in meinem Kopf – ihr wunderschönes, rotes Haar, diese Augen, die mich ansehen, als würde sie glauben, ich könne ihr den Mond vom Himmel angeln, wenn sie es wollte. Dieser sinnliche Körper, der so verdammt gut an meinen gepasst hat. Es ist nun schon ein paar Tage her, und ich bekomme sie immer noch nicht aus dem Kopf.

Es reicht! Was bist du – eine verfluchte Mimose, oder was?

Ich drücke meine Augen fest zu, als könne ich den Gedanken an sie aus meinem Kopf schieben. An sie zu denken, lenkt mich ab. Und eine Ablenkung kann ich nicht gebrauchen. Deshalb bin ich heute Abend hier: Ich brauche die Ruhe, die Ruhe, die ich nur im Ring bekommen kann. Die Tatsache, dass ich gleich gegen einen von Bolokovs Kämpfern dort stehe, ist nur noch das i-Tüpfelchen.

Die Stimme des Ansagers dringt durch die Tür. Es ist Zeit. Kein Rumgeeiere mehr.

Auf geht's!

„Los, Champ!"

„Wir lieben dich, K.O.!"

„Verprügel ihm den Arsch!"

Die Fans bilden eine Gasse um mich, als ich durch die Menge laufe, geben mir einen Klaps auf die Schulter und rufen meinen Namen, als ich in den Ring steige. Ich höre sie kaum. Ich bin nicht für sie hier. Ich bin für meinen Vater hier.

Ich klettere in den provisorischen Ring und betrachte meinen Gegner. Zum ersten Mal bin ich beeindruckt.

Der Kerl ist gebaut wie ein Scheunentor. Er ist so groß wie ich, aber mindestens 15 Kilo schwerer. Wenn dieser Typ einen Hieb landet, wird es mehr als nur kitzeln.

„Unser Herausforderer in der blauen Ecke ist Nummer Sieben auf eurem Wettzettel: Kriegsmaschine!" Um uns herum erheben sich Beifallsrufe; die meisten von Bolokovs Tischen, an denen sich seine Kumpanen herumtreiben. Ich brauche nicht einmal nachschauen, wo dieses Arschloch ist – bei jedem Kampf sitzt er in demselben Sessel, auf dem besten Platz, nahe genug, um die Atmosphäre mitzubekommen, und weit genug entfernt, um kein Blut, keine Spucke oder Pisse auf seinen Tausend-Dollar-Anzug zu bekommen.

„Und in der roten Ecke steht der Kämpfer, den ich nicht mehr vorstellen muss. Der bisher ungeschlagene Champion dieses Rings, K.O.!“

Die Menge fängt an zu toben, aber ich höre es kaum. Ich konzentriere mich auf den Typen vor mir, der versucht, mich psychisch fertigzumachen.

Kriegsmaschine bricht den Blickkontakt mit mir nicht ab und versucht, mir damit zu zeigen, dass er Eier hat. Aber ich muss mir in diesem Bereich keine Sorgen bei einem Typen machen, der so aussieht, als würde er Steroide einschmeißen wie Bonbons.

Ein Horn schmettert und signalisiert den Beginn des Kampfes. Kriegsmaschine verliert keine Zeit damit, sich an mich heranzupirschen. Mit großen Schritten schließt er die Lücke zwischen uns, stößt zu und schickt gleich eine Haken hinterher. Ich blocke Beides ab. Ich habe mich in diesem Bastard nicht geirrt, er schlägt verdammt hart zu.

Ich lächle grimmig, denn das kann ich auch.

Das Spiel geht weiter, du Wichser, das Spiel geht weiter.

Wir tauschen ein paar weitere Schläge und taxieren uns gegenseitig. Ich brauche nicht lange, um seine Körpersprache zu ergründen: Er lässt seine linke Schulter fallen, wenn er einen mächtigen Haken mit seiner Rechten plant. Ich kann seine Hiebe schon aus einer Meile Entfernung kommen sehen. Aber ich bin noch nicht bereit, diesen Kampf enden zu lassen. Noch nicht. Ich bin noch nicht mal eine Prise Wut losgeworden, die ich spüre, seit ich aus Tiffanys Schlafzimmer verschwunden bin.

Tiffany. Verdammt, da ist sie wieder. Eine Frau am nächsten Morgen – oder in der ersten Sekunde nach dem Sex – sitzenzulassen, war etwas, worüber ich nie zweimal überlegt habe. Aber das hier war anders, diesmal kann ich mich der Frage nicht erwehren, was sie wohl gedacht hat, als sie in einem leeren Bett wachgeworden ist, als ihre Anrufe und Nachrichten unbeantwortet blieben. Eine Frau wie sie verdient es, besser behandelt zu werden.

Ich bin so darauf fokussiert, an Tiffany zu denken, dass ich den Jab, der auf mein Gesicht zielt, nicht sehe, bevor es zu spät ist. Die Wucht des Schlags lässt mich zurücktaumeln. Ich schüttle meinen Kopf, um ein paar der Lichter vor mir loszuwerden.

Scheiße, kann dieser Typ zuhauen!

Und nun glaubt er, er habe die Oberhand. Er grinst breit, als glaube er, er könne mich schlagen.

Ich schiebe Tiffany aus meinen Gedanken. Das muss ich auch. In diesen Kämpfen geht es nicht nur ums Gewinnen und Verlieren, es geht ums Überleben. Niemand weiß das besser als ich.

„Du wirst dich niemals zufriedengeben, bis du in diesem verdammten Ring umgebracht wirst. Glaubst du, das hätte dein Vater gewollt? Dass du so stirbst wie er?"

Phils Worte suchen mich wieder einmal heim. Ich schüttle die Erinnerungen an das Gesicht meines Vaters ab, als ihm klar wurde, was da gerade passierte, als ihm klar wurde, dass er betrogen und verraten wurde, als ihm klar wurde, dass es vorbei war. In jenem Moment sah er mich, und es passierte. Ich will meine Augen fest schließen, um das alles zu verdrängen, als könne ich damit ungeschehen machen, was passiert ist. Ich hätte bei dem Kampf nicht dabei sein dürfen, aber ich hatte mich auf jeden einzelnen von ihnen geschlichen. Wenn ich an jenem Abend nicht hingegangen wäre, wären die Dinge vielleicht anders verlaufen. Vielleicht wäre alles anders verlaufen.

Als hätte die Erinnerung ihn hier her befohlen, sehe ich Phil aus dem Augenwinkel. Er steht etwas weiter entfernt als sonst. Er ist gekommen, um mich zu unterstützen, um mir zur Seite zu stehen, trotz allem. Das macht mir bewusst, was für ein verdammtes Glück ich habe, ihn zum Freund zu haben. Er blickt ernst drein, er sieht, dass ich abschweife und unkonzentriert bin. Und er weiß genauso gut wie ich, wie gefährlich das ist. Ich nicke, um ihn wissen zu lassen, dass ich seine Anwesenheit schätze, und nehme mich selbst zusammen, just als Kriegsmaschine meinem Bauch einen schweren Schlag versetzt und mir den Atem raubt.

Dieser Kerl ist ein Nichts, ein Niemand. Er ist ein beinahe respektabler Kämpfer, aber er sollte nicht in der Lage sein, mich zu schlagen, nicht einmal an seinem besten Tag. Es ist Zeit, dass ich meinen Mann stehe und ihm zeige, wer der Herrscher dieses verdammten Rings ist.

Ich nehme einen tiefen Atemzug und erhole mich von dem Schlag. Ich schlage mit einer Kombination aus Jab und Haken zurück. Er schwankt. Der erschrockene Ausdruck auf seinem Gesicht wirkt schon beinahe lustig. Zumindest würde er es, wenn ich ihn ihm nicht gleich aus dem Gesicht prügeln würde.

Jab, Haken, Uppercut.

Jab, Haken, ducken, Uppercut.

Jab, Jab, ducken, Uppercut.

Ich schlage hart zu, halte mich nicht zurück. Ich finde Trost in den Bewegungen, die mir so vertraut sind.

Na los, schick ihn zu Boden, Champ!

Das hat mich mein Vater gelehrt, und ich werde ihn noch nicht zu Boden schicken. Ich kann nicht. Nicht, wenn es noch so viel zu tun gibt.

Kriegsmaschine schwankt vor mir. Ein Auge ist zugeschwollen, seine Lippe ist aufgeplatzt, und wenn das hier ein gerechter Kampf wäre, würde der Schiedsrichter ihn hier für beendet erklären. Aber es ist kein gerechter Kampf, und er hört erst dann auf, wenn einer am Boden liegt und nicht wieder aufstehen kann. Es braucht nur einen sanften Schubs, um den Typen umzuwerfen, aber ich bin nicht hier, um sanft vorzugehen. Ich bin hier, um eine Botschaft auszusenden.

Ich lasse meinen Blick über die Menge schweifen und auf Bolokovs Tisch liegen. Ich gehe sicher, dass ich seine volle Aufmerksamkeit habe, bevor ich mit einem heftigen Kinnhaken nach vorne stürme, der Kriegsmaschine und seine mit Steroiden vollgepumpten 400 Kilo durch die Luft fliegen lässt, wie eine verdammte Rakete. Er sackt auf dem Betonfußboden zusammen; er ist geschlagen.

Einen Moment lang herrscht Stille im Raum, dann explodiert die Menge. Die Leute sind für eine Show hierhergekommen, und ich habe ihnen gerade die beste Show ihres Lebens geboten.

„Der Sieg geht an K.O.! K.O. ist der Sieger!" Der Ansager klingt ebenso aufgeregt wie die Menge. „Jetzt sammelt euren Gewinn ein oder bezahlt und verzieht euch!" Er lacht über seinen eigenen Witz und murmelt mir ein paar Glückwünsche zu. Aber es interessiert mich nicht, was er sagt. Mein Fokus liegt auf einem anderen Arschloch.

Ich blicke Bolokov in die Augen. Aber anstelle der Wut, die ich erwarte, ist dort etwas völlig anderes. Dieses Stück Scheiße wirkt völlig selbstzufrieden, und ich habe das Gefühl, als hätte ich etwas verpasst. Als würde er etwas wissen, das ich nicht weiß. Als er die Verwirrung in meinem Gesicht sieht, grinst er sogar noch breiter, und ich würde mich am liebsten durch die Menge schieben und ihm diesen Ausdruck aus dem Gesicht prügeln. Aber seine Leibwächter würden mich erschießen wie einen Hund, bevor ich nahe genug an ihn herankomme. Dieser Mann ist durch und durch böse, aber das heißt nicht, dass er dumm wäre. Er salutiert mir gespielt, dreht sich um und verschwindet in der Dunkelheit, aus der er gekommen ist.

Kapitel Elf

Tiffany

Nach einem ganzen Tag voller Yogakurse bin ich völlig durchgeschwitzt. Ich will nichts mehr, als eine ausgiebige Dusche zu nehmen und dann ins Bett zu fallen. Aber nach all dieser Zeit sollte mir klar sein, dass ich nicht bekommen werde, was ich will.

„Tiffany!"

Nicht jetzt! Im Ernst: das kann ich gerade wirklich nicht gebrauchen!

„Mr. Bates." Ich unterdrücke ein Stöhnen, als ich mich zu dem widerlichen, kleinen Mann umdrehe, der unseligerweise mein Vermieter ist.

„Ich habe schon einmal gesagt: Nennen Sie mich Charlie!" Er zwinkert mir zu und steht ein bisschen zu nahe vor mir. Er wirft mir einen anzüglichen Blick zu, und mir dreht sich der Magen um.

„In Ordnung, Charlie." Ich trete ein Stück von ihm zurück, bis ich mit dem Rücken an der Wohnungstür stehe. Er versteht den Hinweis nicht und kommt wieder näher. Er starrt auf meine Brust, als würde ein beleuchteter Pfeil direkt auf meinen Ausschnitt zeigen. „Brauchen Sie etwas?"

Er leckt sich über die Lippen, und auf seiner Stirn bilden sich Schweißtropfen. „Ach, ich denke, da gibt es schon ein paar Sachen." Er zwinkert mir wieder zu und ich lächle ihn schwach an. Ich hoffe, er ist nur hergekommen, um seine monatliche Dosis sexueller Belästigung abzuliefern und wird gleich wieder verschwinden. „Wann gehst du endlich mit mir aus, Tee-Tee?"

Als er mich bei diesem von ihm selbst erdachten Spitznamen nennt, zucke ich innerlich zusammen. „Wissen Sie, ich halte das für keine gute Idee, Mr. ... Charlie. Ich glaube, es ist das Beste, wenn wir unsere Beziehung auf beruflicher Ebene beibehalten." Ich klimpere mit meinen Schlüsseln und hoffe, er versteht die Botschaft, dass ich diese Unterhaltung so schnell wie nur irgend möglich beenden möchte.

Bei meinen Worten verändert sich sein Gesichtsausdruck. In seinem Gesicht macht sich die Wut breit. „Gut. Also, die Miete wird erhöht. Ab nächsten Monat kostet sie 20 % mehr."

Ich kann meine Kinnlade gerade so wieder vom Boden aufheben. „Was? 20 %? Aber wir haben eine Vereinbarung getroffen!" Und ich bekomme die Miete jetzt schon nur gerade so zusammen. Wenn sie noch höher steigt, werde ich in mein Yogastudio umziehen müssen.

Bates zuckt mit den Schultern, als liege das nicht in seiner Hand. Aber ich weiß, dass das Blödsinn ist. Er ist einfach nur eine geldgierige kleine Kröte.

Mir kommt ein Gedanke. „Bei allen steigt also die Miete?"

Er setzt ein fieses Grinsen auf, und in meinem Bauch sammelt sich die Angst.

„Nicht bei allen ..."

Übersetzt heißt das: Nur bei mir erhöht er die Miete.

„Mr. Bates, ich bin eine anständige Mieterin, ich bezahle pünktlich meine Miete, ich feiere keine lauten Hauspartys, ich habe die Wohnung in Schuss gebracht und bitte Sie niemals um Reparaturen von irgendwas. Ich habe alles selbst erledigt." Und das vor allem aus dem Grund, weil ich den Mann nicht öfter in mein Zuhause lassen will als unbedingt notwendig. „Wenn Sie die Miete erhöhen, werde ich mir eine andere Bleibe suchen müssen. Ich habe nicht so viel Geld, und schon gar nicht bis nächsten Monat!" Mir schwirrt der Kopf bei den vielen Möglichkeiten, die sich vor mir auftun. Ich weiß, dass Issy mich in ihrer Wohnung aufnehmen würde, aber das wäre keine Langzeitlösung. Und auf gar keinen Fall werde ich wieder bei meinem Dad einziehen. Wieder nach Hause zu ziehen wäre für ihn ein Eingeständnis meiner Niederlage. Ich glaube nicht, dass mein fragiler Stolz diesen Schlag ertragen würde.

„Nun ja, ich könnte Ihnen ein bisschen mehr Zeit einräumen, um das Geld aufzutreiben." Er verschränkt die Arme vor der Brust, wodurch ein noch beträchtlich größerer Teil seines Bauches über den Bund seiner dreckigen Hosen quillt. „Ich bin sicher, wir werden eine Einigung finden, die in unser beider Sinne ist." Er tritt noch einen Schritt vorwärts, und als ich meinen Rücken gegen die Tür stemme, fällt mir ein, dass ich nirgendwohin entweichen kann. Er streckt seine Hand aus und berührt meinen Arm. Ich schrecke vor ihm zurück, und er verzieht missbilligend das Gesicht. „Glaubst du, du bist zu gut für mich? Ist es das?" Er ist so nahe, dass Spucketropfen von ihm auf meinem Tanktop landen.

Schadensbegrenzung, Tiffany!

„Nein, sehen Sie, ich meine ..."

„Ihr Weiber seid alle gleich. Ihr glaubt alle, ihr seid was Besonderes. Soll ich dir was sagen? Das bist du nicht! Da draußen gibt es Millionen von euch." Ich wusste, dass mein Vermieter eine Schattenseite hat. Aber der Kerl bebt mittlerweile geradezu vor Zorn. „Entweder zahlst du die Miete, oder du bist Anfang nächsten Monat draußen. Deine Entscheidung."

Ohne ein weiteres Wort macht er auf dem Absatz kehrt und stapft so schnell davon, wie seine korpulente Erscheinung es ihm erlaubt.

Ich atme tief durch und gehe eine Yoga-Meditationsübung durch. Aber meine Hände zittern immer noch, als ich den Schlüssel ins Türschloss stecke. Ich werde kein bisschen ruhiger, bevor die Tür hinter mir fest verschlossen ist.

Was zur Hölle war das denn?

Joseph hatte mir zwar schon gesagt, dass der Typ ein Widerling ist. Und es ist nicht gerade so, als könne ich das nicht auch mit eigenen Augen sehen. Aber ich hätte nie gedacht, dass er so launenhaft sein würde. Und nie im Leben hätte ich erwartet, dass er mich aus meiner Wohnung werfen würde, um mich auf eine kranke Art dafür zu bestrafen, dass ich nicht mit ihm schlafe!

Ich kenne meine Rechte, ich weiß, dass er so nicht mit mir umspringen darf. Mein bester Freund und mein Vater arbeiten beim LAPD – ich weiß, dass ich ihn einsperren lassen könnte. Aber ich könnte es nicht ertragen, meinen Vater in das hier hineinzuziehen. Und wenn ich die Cops oder Joseph anrufen würde, würde mein Vater Wind von der Sache bekommen. Es ist unmöglich, etwas wie das hier vor ihm geheimzuhalten. Es wäre ein weiterer Grund für ihn, von mir enttäuscht zu sein. Und er braucht nun wirklich keinen weiteren.

Aus Gewohnheit werfe ich einen Blick auf mein Handy – nur für den Fall, dass er während der letzten zehn Minuten, in denen ich nicht nachgesehen habe, angerufen hat. Nichts. Nada. Rein gar nichts. Zuerst dachte ich mir, dass er wegen eines Notfalls weggerufen wurde. Dann habe ich geglaubt, er sei vielleicht beschäftigt mit seiner Arbeit. Nachdem fast eine Woche vergangen ist und ich auf meine Nachrichten keine Antworten bekommen habe, ist mir die Wahrheit klargeworden: Sobald mich Caerus ins Bett bekommen hat, hat er das Interesse an mir verloren.

Zum ersten Mal nach langer Zeit fühle ich, wie dieser nagende Zorn sich tief in mir zusammenbraut. Dieses Gefühl habe ich das letzte Mal verspürt, als meine Mutter gestorben ist. Ich packe mein Handy und werfe es mit voller Wucht von mir. Es fliegt auf die Couch. Es hätte wenigstens den Anstand besitzen können, gegen die Wand zu prallen und in Millionen kleine Stücke zu zerspringen. Das wäre nur angemessen gewesen.

Ich weiß: ich sollte mich nicht so am Boden zerstört fühlen. Immerhin waren es gerade mal zwei Dates. Und ganz nebenbei ist es nicht gerade so, als sei ich nicht gewarnt worden. Joseph hat mir gesagt, dass der Kerl nur Schwierigkeiten macht, und Avery hat mich an ihren persönlichen Erfahrungen teilhaben lassen. Ich habe mich nicht völlig blind in die Sache gestürzt. Und trotzdem habe ich es geschafft, mich selbst davon zu überzeugen, dass da etwas zwischen uns war, etwas, das mehr war als nur animalische Anziehung. Ich habe geglaubt, ich sei mehr für ihn, als nur eine weitere verfluchte Kerbe in seinem Bettpfosten. Mein Gott, ich habe mich Hals über Kopf verknallt, so wie immer. Und ich hatte mir so fest vorgenommen, es nicht wieder zu tun. Naiv ist gar kein Ausdruck dafür! Und zu allem Überfluss muss ich mir jetzt auch noch eine neue Bleibe suchen. Diese Woche wird immer besser.

Das Studio ist morgen für eine private Firmentagung geschlossen. Es wird also der erste freie Sonntag seit Langem für mich sein. Wenn ich bis Montag durchschlafen und einfach vergessen könnte, dass diese Woche überhaupt passiert ist, würden sich all meine Probleme in Luft auflösen.

Wie erwachsen, Tiffany!

Ich streife das verschwitzte Tanktop ab, öffne den Kühlschrank und sehe nach, ob irgendwas darin ist, das einem Nahrungsmittel ähnelt. Ich habe ganz vergessen, dass ich so viel gearbeitet habe, dass ich keine Möglichkeit hatte, einkaufen zu gehen.

„Großartig! Einfach großartig!“, schreie ich meine Wut niemand Besonderem entgegen, wie eine verzogene Göre.

Komm schon, Tiffany. Reiß dich zusammen, Scheiße noch mal!

Okay, Wutanfall vorbei. Es ist Zeit, sich erwachsen zu verhalten: heiße Dusche, Bett und morgen ist ein neuer Tag. Ein besserer Tag.

Ich rubbele mir die Haare trocken und singe dabei ein Lied von Maroon 5 mit, das aus dem Radio dudelt, als ein vertrautes Klingeln mir die Ohren aufstellt, wie bei einem Hund.

Er ist es nicht. Er ist es nicht, Tiffany. Mach dir keine Hoffnungen!

Was auch immer mein Hirn mir sagt, egal, wie sehr ich weiß, dass es recht hat: ich kann nichts dagegen tun. Mein Herz beginnt, wie wild zu schlagen, als ich hinausstürme und mein Handy suche, das sich irgendwie unter einem Meer von Kissen auf der Couch versteckt hat. Ich hole erst dann wieder Luft, als ich die Nummer des Anrufers sehe.

„Hey Issy."

Blödes Hirn. Bescheuertes, verdammtes Herz.

„Zieh deine Tanzschuhe an, Baby!" Meine beste Freundin schert sich nicht um die üblichen Standardbegrüßungen.

„Iz..."

„Wehe! Sag jetzt nicht nein! Das erlaube ich dir nicht." Isabelle hat ihre SIE-der-man-gehorchen-muss-Stimme aufgelegt. „Du hast dich eine Woche lang im Selbstmitleid gesuhlt ..."

„Ich habe mich *überhaupt nicht* im Selbstmitleid gesuhlt!"

„ ... und jetzt ist es Zeit, dass du damit Schluss machst!" Isabelle redet weiter, als hätte ich gar nichts gesagt. Dinge zu überhören, die sie nicht interessieren, ist eines ihrer Talente. „Wir gehen aus."

„Issy, ehrlich, es geht mir gut. Aber ich hab einen langen Tag hinter mir und alles, was ich jetzt will, ist schlafengehen. Am liebsten für die nächsten 36 Stunden."

„Nichts da. Ich hab schon mit Joseph geredet, er trifft uns im Club." Isabelle klingt, als würde sie sich ihren Lippenstift auftragen, während sie redet.

„Joe? Joe geht in einen Club?" Das gleicht an und für sich einem Wunder. Er hasst es, zu tanzen. Er hasst Leute, die seiner Meinung nach zu cool für die Schule sind, und er und Isabelle sind nie wirklich Freunde geworden – zum Teil, weil Isabelle nie einen Hehl daraus gemacht hat, dass sie ihn für einen Langweiler hält.

„Hm-hmmm." Ich kann ihr zufriedenes Lächeln durch die Leitung hören. „Ich hab ihm gesagt, dass du am Boden bist und ein bisschen

Aufheiterung brauchst. Er ist sofort drauf angesprungen. Keine Sorge, ich hab ihm nichts von Caerus gesagt. Ich denke, das ist deine Sache."

Ich versuche, nicht zusammenzuzucken, als ich seinen Namen höre. Es sollte nicht so weh tun. Das sollte es wirklich nicht. Aber das tut es trotzdem.

„Du hast also gar keine Wahl. Ich bin schon auf dem Weg zu dir, und ich habe einen Schlüssel. Versuch also gar nicht erst, so zu tun, als wärst du nicht zu Hause."

Sie kennt mich einfach zu gut.

„Aber ... aber ..." Ich suche nach einer brauchbaren Ausrede. „Ich hab nichts anzuziehen." Das ist lahm, und ich weiß, dass es bei Isabelle nicht ziehen wird, bevor die Worte überhaupt ausgesprochen sind. Aber es war einen Versuch wert.

„Ich denk mir was aus. Wir sehen uns in 15 Minuten." Sie legt auf, bevor ich eine Möglichkeit habe, es mit einer anderen Ausrede zu versuchen.

Aufgebrezelt zu werden und in die Stadt zu fahren ist in etwa das Letzte, was ich heute noch tun will. Aber vielleicht hat Issy ja recht. Vielleicht ist es genau das, was ich jetzt brauche. Ich hab schon mehrere Trennungen hinter mir, und ich bin noch nicht mal sicher, ob das hier als eine zählt. Immerhin reichen zwei Dates nicht gerade, um als Beziehung zu gelten. Und ich weigere mich, vor mich hin zu schmachten. Das sieht mir nicht ähnlich. Ein Abend mit meinen zwei besten Freunden ist wahrscheinlich wirklich genau das, was ich brauche. Auf die Art kann ich Caerus wunderbar aus dem Kopf kriegen. Und wenn ich ihn dann auch noch gleichzeitig aus meinem Herzen kriegen sollte, wäre das nur ein willkommenes Sahnehäubchen.

Kapitel Zwölf

Caerus

„Es ist mir scheißegal, wie ihr euch darum kümmert! Kümmert euch einfach nur darum, verdammt nochmal!“ Ich schmeiße das Telefon herunter, und das Knirschgeräusch signalisiert mir, dass ich wahrscheinlich schon wieder eins kaputtgemacht habe.

Natalie kommt hereingewirbelt. Sie bleibt auf der Türschwelle stehen und sieht mich mit einem Blick an, der mich an meine Tante erinnert. Sie hatte mich so angesehen, wenn ich als Kind in Schwierigkeiten geraten war.

„Das ist schon das dritte diese Woche.“ In ihrer Stimme liegt kein Vorwurf. Wenn überhaupt, sieht sie ein bisschen amüsiert aus. „Soll ich Apple anrufen und sie fragen, ob sie einen Mengenrabatt geben?“

„Ha ha, sehr lustig.“ Ich lehne mich in meinem Stuhl zurück und stütze mein Kinn auf meine Finger. Ich zucke zusammen, als mir der Schnitt an meinem Kiefer vom Kampf gestern Abend wieder einfällt.

„Du siehst ziemlich scheiße aus.“ Meine Cousine setzt sich auf den Sessel vor mir, ohne dass ich sie dazu aufgefordert hätte. Das ist einer der Gründe, warum man mit Familienmitgliedern zusammenarbeiten sollte: Egal, wie angepisst ich bin, egal, wie sehr ich mich wie ein Arschloch verhalte, es bringt sie nicht aus der Fassung; kein bisschen.

„Danke, ich hab dich auch lieb, Cousinchen.“

„Ich meine es ernst, Cae. Was ist los mit dir?“ Der besorgte Ausdruck auf ihrem Gesicht erinnert mich einen Augenblick lang an meine Mom und ich frage mich, ob ich mich recht an sie erinnere, oder ob ich mir nur vorstelle, wie sie ausgesehen hat. „Du bist hier herumgetrampelt wie ein verdammter, wütender Bär. Keiner will hier reinkommen, alle haben Angst, einen Fausthieb von dir abzukriegen! Und letzte Nacht hast du dir eine gefangen – wann ist das zum letzten Mal passiert?“

Bei ihrem letzten Kommentar schnellt mein Kopf hoch und meine Augen weiten sich.

Sie verdreht auf eine Art die Augen, die sie doppelt so alt aussehen lässt. „Was denn? Glaubst du wirklich, ich könnte hier arbeiten und nicht mitbekommen, was hier läuft?“ Natalie schüttelt ihren dunklen Kopf. „Ich weiß von den Kämpfen, Cae, und ich weiß, wie gut du bist. Du verlierst nicht. Also, was ist passiert?“

„Ich habe nicht verloren.“ Ich konzentriere mich auf den Teil von dem, was sie gesagt hat, auf den ich eine Antwort habe.

„Ich weiß, dass du nicht verloren hast, aber du hast einen Schlag abbekommen. Und Phil sagt, der andere Typ hätte dir eigentlich nichts anhaben können. Er sagt, es hätte gewirkt, als wärst du abwesend gewesen.“ Sie sieht mich forschend an.

„Also berichtet Phil meiner kleinen Cousine von meinen Kämpfen?“ Er weiß es eigentlich besser.

„Nur über die, zu denen ich es nicht selbst schaffe.“ Sie kaut sich auf der Wange herum und redet so leise, als wüsste sie, dass sie gerade die Katze aus dem Sack lässt.

Ich brauche ein paar Sekunden, um diese Information zu verdauen. „Wie lange kommst du schon da hin?“

„Seit einer Weile.“ Sie zuckt mit den Schultern, als wäre es keine große Sache, als hätte sie nicht gerade mein Doppelleben offengelegt. „Mama hat immer geglaubt, du würdest eines Tages ein Boxer werden, wie dein Vater. Es war nicht wirklich eine Überraschung. Ich glaube, ich habe gedacht, es sei ein bisschen ... offizieller.“

Ich kann nicht glauben, was ich da höre.

„Bitte sag mir, dass Theia nichts davon weiß!“

„Machst du Witze? Natürlich weiß sie nichts davon! Wenn Mama wüsste, dass du deine beste Tyler-Durden-Darstellung in irgendeinem Underground-Fight-Club abgibst, wäre sie die Erste, die dich an den Ohren da raus zieht, als seist du immer noch zehn Jahre alt!“ Natalie lacht über diese Vorstellung, und ich kann mein eigenes Lachen nicht unterdrücken. Dann verdüstert sich die Stimmung. „Ganz nebenbei glaube ich nicht, dass ihr Herz es verkraften würde, dass du dich in so große Gefahr begibst.“

Wir sitzen still da, und die Atmosphäre verändert sich. Meine Cousine muss es nicht für mich aussprechen. Wir haben uns in unserer Familie immer alle sehr nahegestanden. Der Tod meines Vaters hatte uns alle hart getroffen, und als meine Mutter sich dann gehenließ und vor Kummer verging, hatte es meine Tante hart getroffen. Meine Mutter war ihre Lieblingsschwester gewesen, und sie sah mich als den Sohn, den sie nie hatte. Sie würde auf gar keinen Fall gutheißen, was ich tue und welches Leben ich wirklich führe, wenn sie es wüsste.

Ich bin auf diese Unterhaltung nicht vorbereitet, und im Moment kann ich sie wirklich nicht gebrauchen. Meine Augen wandern zum Handy neben mir.

Nein. Denk nicht mal dran. Ruf sie verdammt noch mal nicht an!

Ich brauche einfach nur etwas anderes, auf das ich mich konzentrieren kann. Genau, weil ich die ganze Woche lang ja noch gar nicht versucht habe, an etwas anderes zu denken. Mein Sicherheitschef wurde seit dieser Nacht im Club nicht mehr gesehen. Luda hat sich schon des Öfteren abgekoppelt, aber er ist immer nach ein paar Tagen wieder aufgetaucht. Er ist noch nie so lange verschwunden geblieben. Phil macht kein Geheimnis daraus, dass er glaubt, Luda hätte sich einfach nur ein bisschen länger mit Drogen abgeschossen. Aber langsam glaube ich, dass ihm etwas weitaus Schlimmeres passiert ist. Was, wenn Bolokov ihn geschnappt hat? Was, wenn Bolokov beschlossen hat, seinen Einsatz in unserem Spiel zu erhöhen und Luda ausgeschaltet hat?

„Also, wirst du mir endlich sagen, was dich in einen weniger angemessenen Bruder von Godzilla verwandelt hat? Ich weiß, dass es nicht einfach nur Ludas Verschwinden ist." Natalie sieht mich auf diese weibliche Art schief an, die mir sagt, dass sie mehr sieht, als ich preisgeben möchte. „Sie ist es, oder?"

„Wer, sie?" Ich schaffe es noch nicht mal, mich selbst von dieser lahmarschigen Antwort zu überzeugen.

„Das Mädchen, nach dem du dich seit einer Woche verzehrst!" Natalie verdreht die Augen.

„Lass es, Nat."

Aber sie zuckt bei der Warnung in meiner Stimme noch nicht mal mit der Wimper.

„Du magst sie, also hol sie dir, Cous. Ich hab noch nie zuvor erlebt, dass du Angst vor etwas gehabt hättest, schon gar nicht vor einem Mädchen." Sie sieht mich wissend an.

„Du solltest an deiner umgekehrten Psychologie arbeiten, Nat. Aber versuch's ruhig weiter." Ich bedeute ihr, sich aus dem Sessel zu erheben, in dem sie es sich so gemütlich gemacht hat. „Solltest du nicht überhaupt irgendwo anders sein? Es ist Samstagabend!"

Sie sieht sich ausweichend um. „Ich wollte nur noch ein paar Sachen zu Ende bringen."

Ich suche ihren Blick mit meinen Augen. „Läuft da was bei dir, von dem ich wissen sollte?" Übersetzt: Gibt es jemandem, aus dem ich für sie die Scheiße aus dem Leib prügeln sollte?

Sie schüttelt lächelnd den Kopf. „Noch nicht. Aber ich werde es dich wissen lassen."

„Wer verdient denn die Prügel?" Phil stolziert ohne Anklopfen herein.

„Klar Mann, komm rein!" Ich dachte, so spät am Samstag im Büro zu sein würde mir ein bisschen Ruhe und Frieden bescheren. Soviel dazu.

„Du wirst hier *niemanden* verprügeln!" Natalie sieht uns beide an, als wären wir verzogene Schuljungen.

Sie liest offensichtlich das gleiche in Phils Gesichtsausdruck wie ich. Er muss mit mir sprechen – allein. Ein weiterer Grund, warum sie einfach die beste Assistentin ist, die ich je hatte. „Wir sehen uns am Montag, Cous. Und schnapp sie dir! Du verdienst es, glücklich zu sein, weißt du?" Sie rauscht aus der Tür, bevor ich ihr noch einmal sagen kann, dass sie sich um ihren eigenen Scheiß kümmern soll. Aber ihre Worte schweben in der Luft wie eine geladene Waffe. Sie hat den Nagel auf den Kopf getroffen, ohne es zu wissen. Das Problem ist nur, dass sie falsch liegt: ich verdiene es nicht, glücklich zu sein. Nicht, solange meine Schuld noch nicht bezahlt ist; nicht, solange diesen Bastard Bolokov noch nicht die Gerechtigkeit ereilt hat, die ich für ihn vorsehe. Aus diesem Grund habe ich mich von Tiffany ferngehalten. Nicht, weil sie mit den Cops in Verbindung steht, nicht, weil es zu gefährlich ist, mit ihr zusammen zu sein, sondern weil sie so viel mehr ist, als ich haben kann. Zumindest jetzt. Dieser Gedanke lässt meine düstere Stimmung noch düsterer werden, und das Letzte, was ich jetzt will, ist ein vertrauliches Gespräch mit Phil, nachdem wir uns eine Woche lang aus dem Weg gegangen sind.

Seit dem Anruf, der mich von Tiffany weggerissen hat, ist die Stimmung zwischen uns unangenehm und gekünstelt. Er hat sich von mir ferngehalten, als wüsste er, dass es nicht viel braucht, um mich aus der Haut fahren zu lassen.

„Sprich."

Er seufzt, als wäre er erleichtert, dass ich nicht mit dem

rothaarigen Problem, das im Raum schwebt, anfange. Aber Phil setzt sich nicht, und sein Gesichtsausdruck ist düster. „Ich habe ihn gefunden."

Er muss mir nicht erst sagen, von wem er spricht.

„Wo?"

„Einer unserer Leute folgt gerade seinem Wagen. Er ist wieder in der Stadt." Phil hält sein Handy in die Höhe. „Ich kriege GPS-Daten im Minutentakt, wir werden ihn nicht verlieren."

Ich nicke. Ich hasse es, dass wir jemandem nachspionieren müssen, den ich für einen Freund gehalten habe. Aber wenn ein Mitglied meiner Organisation anfängt, sich verdammt seltsam zu verhalten, kann ich das nicht einfach ignorieren.

Ich greife nach meiner Lederjacke und steuere auf die Tür zu.

„Lass uns gehen. Es ist Zeit, mit Luda ein Wörtchen zu reden."

Phil nickt zustimmend. „Bin direkt hinter dir."

Kapitel Dreizehn

Tiffany

„*Oceana*?“ Ich blicke Isabelle ungläubig an. „Du hast mir gar nicht gesagt, dass wir ins *Oceana* fahren!“

Isabelle zuckt mit den Schultern, als sie mich aus dem Taxi hievt. „Es ist der heißeste neue Club in der Stadt, und der Laden hat einen VIP-Bereich, der heute Abend nicht genutzt wird. Hat sich angefühlt, als wäre es wie geschaffen für uns.“ Sie zwinkert mir zu und sieht dabei nicht im Mindesten unschuldig aus.

Ich sehe zur Tür, die viel zu exklusiv ist, um ein Schild zu tragen.

„Er wird nicht hier sein, Babe.“ Isabelle schubst mich von hinten.

„Das weiß ich.“ Aber in meiner Stimme liegt keinerlei Sarkasmus. Vielleicht, weil ich mir vorstelle, wie er gerade seinen Samstagabend verbringt: um sein neuestes Opfer geschlungen. „Ich brauch was zu Trinken.“

Isabelles Augen weiten sich bei diesen ungewohnten Worten, die aus meinem Mund kommen. „Na, das klingt doch nach einer guten Idee! Komm, Joseph ist schon drin.“ Sie hakt sich bei mir ein und drückt sanft meine Hand. „Heute Abend haben wir Spaß, Tiff.“

Ich schüttle die Vorstellung von Caerus mit einer anderen Frau aus meinem Kopf und drücke mein Rückgrat durch. Ich habe zugelassen, dass er mir meine Woche ruiniert, ich werde nicht zulassen, dass er auch noch einen Abend mit meinen besten Freunden ruinieren wird.

„Geh voran.“

Caerus

“Glaubst du wirklich, er weiß nicht, dass er verfolgt wird? Er ist die letzte halbe Stunde nur im Kreis gefahren.“ Das GPS, das Ludas Position anzeigt, blinkt auf, als er wieder einmal links abbiegt. „Sag ihnen, dass sie sich zurückziehen sollen.“

„Ich glaube nicht ...“ Phil schüttelt den Kopf, aber es ist mir scheißegal.

„Ich habe nicht danach gefragt, was du glaubst, Phil. Jetzt ruf die Jungs zurück! Luda ist kein Idiot, er hat einen Plan.“

Phil seufzt, erhebt aber keine Widerworte. Er ruft Ludas Verfolger an und sagt ihnen, sie sollen verschwinden. Ich sehe zu, wie das Auto vor uns ausschert, und beinahe im gleichen Augenblick ändert Luda die Richtung.

„Na also. Sehen wir mal, wo er uns hinführen will.“

Wir sitzen still da, und Ludas Ziel wird offensichtlich.

„Warum zum Teufel fährt er da hin?“ Phils Verwirrung spiegelt meine eigene wider.

„Lass es uns herausfinden.“ Ich parke außerhalb der Seitengasse, in die Luda soeben gefahren ist. Ich steige aus, Phil folgt mir auf dem Fuße.

„Das gefällt mir überhaupt nicht, Cae.“

Ich weiß, wie Phil sich fühlt, aber was auch immer Luda da treibt: er ist immer noch mein Freund. Ich kann nicht wirklich glauben, dass er irgendetwas tun würde, das uns schaden könnte.

Luda schiebt sich aus dem Wagen und hält die Hände in die Höhe, als würde er erwarten, dass wir mit einer Waffe auf ihn zielen. Er sollte mich eigentlich besser kennen. Waffen sind nie wirklich mein Ding gewesen. Ich bevorzuge es, dem Kerl, den ich umbringe, vorher ins Gesicht zu sehen.

„Locker bleiben, Kumpels.“ Er lehnt sich an die Motorhaube seines Wagens, als würde er sonst umfallen.

„Herr im Himmel, Luda." Er ist stockbesoffen.

„Wo zum Teufel hast du gesteckt?" Phil tritt einen Schritt vorwärts. Seine Faust ist schon an seiner Seite geballt – bereit, Luda einen erinnerungswürdigen Willkommensgruß zu verpassen.

„Unterwegs. Mal hier, mal da." Luda sieht uns beide mit verschlafenem Blick an. Seine Kleidung ist zerknittert und er sieht aus, als hätte er tagelang nicht geschlafen. Wo auch immer er gewesen ist: offensichtlich hat es ihn schwer getroffen.

„Ich brauche ein bisschen mehr Informationen, Mann." Ich schüttle den Kopf über den Kerl, der da vor mir steht. „Du hast einen Job zu erledigen. Du kannst nicht einfach so verschwinden, ohne irgendwem zu sagen, wo du hingehst."

Er hat den Anstand, ein beschämtes Gesicht zu ziehen und auf seine Füße zu starren.

„Ich hab's versaut." Der Kummer in seiner Stimme ist so anders als seine übliche Mir-scheißegal-Attitüde.

„Da hast du verdammt recht." Phil sieht Luda an, als würde er ihm am liebsten seine Faust ins Gesicht rammen.

„Aber ich wollte es wiedergutmachen." Luda spricht zu mir und tut so, als wäre Phillip gar nicht da. Das lässt ihn nur noch wütender werden.

„Ach ja, und wie?" Luda hat sich immer für mich eingesetzt, auf die eine oder andere Art. Ich bin noch nicht bereit, an ihm zu zweifeln.

„Ich hab einen Hinweis über dein Mädchen bekommen." Luda beobachtet meine Reaktion und ich kämpfe darum, einen neutralen Gesichtsausdruck zu behalten.

„Zum Teufel, ich glaub's nicht!" Phil wirft verärgert die Hände in die Luft. „Wenn du hier gewesen wärst, wüsstest du, dass wir schon herausgefunden haben, dass sie die Tochter vom Assistant Chief ist. Also hör verdammt nochmal auf, unsere Zeit zu verschwenden, Luda, und lass dich mal wieder in Ordnung bringen!"

Luda richtet sich zu seiner vollen Größe auf, wenn auch etwas wackelig. „Und wer wird das machen? Du, Pussy?"

„Herrgott, reißt euch beide zusammen!" Ich trete zwischen die beiden. Dieses kleine Familiendrama steht weit unten auf der Liste der Dinge, die ich gerne an einem Samstagabend mache.

„Luda. Sprich. Schnell."

Er sieht Phil mit einem Blick an, der sagt: „Da hast du es." Das wäre witzig, wenn ich mir nicht ziemlich sicher wäre, dass sie versuchen würden, sich gegenseitig umzubringen, wenn ich nicht anwesend wäre.

„Wie ich schon sagte: Ich habe einen Hinweis über sie bekommen. Also habe ich ein Auge auf sie gehabt." Luda beugt sich ein Stück näher zu mir heran. Die Fahne in seinem Atem lässt mich zusammenzucken. „Bolokov weiß von ihr."

Mir gefriert das Blut in den Adern.

„Was?!"

„Bolokov weiß, wer sie ist, weiß, dass du Zeit mit ihr verbracht hast. Er hat sie beobachtet, seit einer seiner Leute euch beide bei den Lakers gesehen hat.

Mir schwirrt der Kopf. „Er lässt sie beobachten?" Dieses verfluchte Arschloch.

„Schwachsinn!" Phil hat genug. „Du glaubst diese Scheiße doch nicht etwa, oder, Cae? Er wird alles sagen, um sich wieder bei dir einschleimen zu können." Phil lenkt seine Aufmerksamkeit wieder auf Luda. „Und woher hast du diesen Hinweis? Vielleicht waren wir ja so beschäftigt damit, Bolokovs Informanten zu finden, dass wir nicht bemerkt haben, was sich direkt vor unserer Nase abspielt?"

„Nennst du mich einen verdammten Spitzel?"

„Getroffene Hunde bellen, Arschloch!“ Phil tritt um mich herum und stellt sich Luda direkt gegenüber.

Luda schubst ihn, und Phil zögert keine Sekunde, ihm einen Schlag zu verpassen, der den von Drogen benebelten Mann fast von den Füßen holt.

„Das reicht!“ Ich schiebe sie auseinander und stoße sie beide zurück. „Ihr könnt euch ein anderes Mal gegenseitig die Scheiße aus dem Leib prügeln. Im Moment will ich verdammt noch mal wissen, was Bolokov mit Tiffany vorhat!“

Luda wischt sich einen Blutstropfen von der Nase, während Phil hinter mir auf und ab geht wie ein Panther in einem Käfig.

„Er glaubt, dass sie dir was bedeutet und denkt, dass er sie gegen dich verwenden kann. Dachte mir, ich sollte vielleicht ein Auge auf sie haben, für den Fall, dass er recht damit hat.“ Ich spüre, wie beide Männer mich anstarren.

„Wo ist sie?“ Ich muss sie sehen. Im Moment kann ich an nichts anderes denken.

„Da drinnen.“ Luda nickt in Richtung der Hintertür vom *Oceana*. Ich warte nicht ab, ob noch irgendetwas gesagt wird, sondern stürme direkt darauf zu.

„Luda, werd mal wieder nüchtern und steh Montag früh bereit zur Arbeit wieder auf der Matte! Ansonsten nagel ich deinen Arsch höchstpersönlich an die Wand!“ Ich rufe den Befehl über meine Schulter hinweg und halte nicht erst an, um mich umzudrehen.

„Ach, komm schon, Cae!“ Phil stellt sich mir in den Weg. Keine gute Idee. „Du glaubst ihm echt aufs Wort?“

Ich schüttle den Kopf. „Nein, aber ich werde nicht das Risiko eingehen, dass ihr meinetwegen irgendetwas passiert. *Ich* hab’s versaut. Ich bin derjenige, der sie in diese Welt gebracht hat, der sie auf Bolokovs Radar gesetzt hat. Ich bin derjenige, der das wieder in

Ordnung bringen muss. Jetzt geh mir aus dem Weg. Bei Gott, ich werde dich kein zweites Mal dazu auffordern, Phil!“

Mein bester Freund sieht in meinem Gesicht, wie ernst es mir ist. Er lässt resigniert die Schultern sinken. „Ich kenne diesen Blick, Cae. Na los. Ich bin direkt hinter dir.“

„Du brauchst nicht den Babysitter für mich zu spielen, Phil.“

„Ich weiß, aber du bist mein bester Freund, Mann. Ich stehe hinter dir.“ Er zuckt mit den Schultern, als würden nicht gerade ein paar Sachen zwischen uns stehen.

„Davon abgesehen brauchst du mich, damit ich dafür sorge, dass du keine Dummheiten machst.“

„Danke für dein Vertrauen.“ Aber ich weiß, dass er recht hat. Wenn es um Tiffany geht, brauche ich alle Hilfe, die ich kriegen kann. Vor allem, nachdem ich sie so behandelt habe. Aber ich muss es versuchen. Wenn Luda recht hat und sie auf Bolokovs Radar steht, dann ist sie in Gefahr, und ich bin derjenige, der sie erst dahin gebracht hat.

Tiffany

„Hiergeblieben, Partner!" Joseph hält mich am Ellbogen fest, als ich auf den unfassbar hohen Absätzen taumele, in die Isabelle mich gestopft hat.

„Mir geht's gut! Mir geht's gut!" Ich würde wahrscheinlich ein bisschen glaubwürdiger wirken, wenn ich bei diesen Worten nicht schwanken würde.

„Wie viele davon hast du getrunken?" Joseph nickt in Richtung des pinken Gebräus in dem Glas, das ich in meiner Hand halte.

„Oh, hätte ich mitzählen sollen?" Aus irgendeinem Grund finde ich diese Idee unfassbar witzig.

„Okay, das war dein letzter, Tiff." Joseph versucht, mir den Drink wegzunehmen, aber ich schlendere um ihn herum.

„Sie hat endlich mal Spaß und lässt sich treiben! Lass die Frau doch was trinken!" Isabelle sieht Joseph mit ihrem Blick an, der sagt, er solle mich verdammt noch mal in Ruhe lassen. Ich bin immer noch nüchtern genug, um zu sehen, wie er sich daraufhin versteift.

„Hey, lasst uns tanzen! Ich liebe diesen Song!" Ich laufe los zur Tanzfläche, greife Isabelle bei der Hand und wir fangen an, zu dem hämmernden Beat Shimmy zu tanzen.

Es ist so lange her, seit ich so ausgegangen bin, ohne an die Arbeit oder Rechnungen oder irgendetwas anderes zu denken und einfach nur den Moment genoss. Isabelle und ich drehen uns umeinander und ich schließe die Augen und lasse mich einfach vom Beat davontragen; meine Hüften bewegen sich im Takt der Musik.

Ein paar Typen versuchen, in unseren Tanz dazwischenzufunken, aber keine von uns ist interessiert. Wir sind heute Abend hierhergekommen, um zu tanzen und Spaß zu haben, und nicht, um abgeschleppt zu werden. Aber als einer von ihnen mir an den Hintern fasst, wirbele ich herum, um ihm entgegenzutreten.

„Hey!"

Joseph steht sofort neben mir. Ich wusste gar nicht, dass er sich so schnell bewegen kann. Vielleicht ist es aber auch nur mein vom Alkohol benebeltes Hirn, das es so schnell aussehen lässt.

„Versuch das noch einmal und du kriegst es mit mir zu tun!" Er blickt den Kerl mit den wandernden Händen finster an und zieht mich zum Rand der Tanzfläche. Er reicht mir ein Glas Wasser, das Isabelle sofort gegen ein weiteres Cocktailglas austauscht. Joseph nagelt sie mit einem wütenden Blick fest, aber sie ignoriert ihn und konzentriert sich dann wieder auf mich. „Alles in Ordnung bei dir?"

„Klar, mir geht's gut." Ich winke seine Sorge ab und nehme einen weiteren Schluck von meinem Drink.

„Sicher?" Joseph beugt sich näher heran.

„Jap!" Ich breite meine Arme aus und drehe mich vor ihm im Kreis. „Siehst du? Ich bin immer noch heile."

Er runzelt die Stirn, als würde er mir kein Wort glauben und blickt zurück zur Tanzfläche, wo der Vollidiot gestanden hat.

„Was für ein Arschloch. Glaubt der doch echt, er könnte so mit dir umspringen." Joseph sieht aus, als wünschte er sich, dass er gerade seine Waffe bei sich hätte. Ich bin mehr als froh, dass er sie nicht hat.

„Hey, was ist los mit dir?" Ich habe ihn noch nie so wütend gesehen.

„Nichts." Joseph schüttelt den Kopf, und schon scheint der rote Dunstschleier sich aus seinen Augen verflüchtigt zu haben.

„Gut. Ich gehe jetzt wieder da raus." Ich nicke in Richtung der Tanzfläche und sehe mich nach Isabelle um. Sie scheint zur Toilette gegangen zu sein.

„Moment!" Joseph packt mich bei der Hand, bevor ich auch nur einen Schritt davongehen kann. „Du gehst da alleine raus?“

Ich sehe zu ihm auf, als hätte er schlussendlich den Verstand verloren. „Es ist eine Tanzfläche, Joe, nicht der Irak.“ Ich verdrehe die Augen.

„Wenn du da raus gehst, werden sich die Typen alle auf dich stürzen!“ Sein Gesichtsausdruck lässt mich fragen, ob es physikalisch möglich ist, dass jemandem Rauch aus den Ohren kommen kann.

„Ich kann selbst auf mich aufpassen, Joe.“ Langsam werde ich wütend. Ich bin hier, um Spaß zu haben, und alles, was Joe will, ist, mir zu sagen, was ich tun kann und was nicht. Wie immer. „Aber wenn du dir so große Sorgen machst, dann komm mit und tanz mit mir!“ Ich laufe davon, entwinde mich ihm und bewege mich auf die Mitte der Tanzfläche zu.

Ich will gar nicht nachsehen, ob er mir gefolgt ist, aber ein paar Sekunden später spüre ich seine Hand auf meiner Schulter. Die fröhliche Musik hat zu einem langsamen R'n'B-Song gewechselt und wir werden aneinandergepresst, als die Menge sich um uns herum drängt.

„Du weißt, dass ich es hasse, zu tanzen.“ Er wirft mir einen elenden Blick zu.

„Das weiß ich. Deshalb bedeutet es mir auch so viel, dass du heute Abend mitgekommen bist.“ Ich schlinge meine Arme um seinen Nacken und wir bewegen uns zur Musik hin und her – das heißt, ich schwanke und Joseph bleibt steif wie ein Brett stehen. „Weißt du, du könntest deine Füße ein bisschen bewegen, ohne gleich wie eine Ballerina auszusehen.“

„Klugscheißer.“ Joseph schüttelt den Kopf und legt zögerlich seine Hände auf meine Hüften. Seine Schultern entspannen sich ein bisschen unter meinen Händen.

„Siehst du, tut doch gar nicht weh, oder?“ Ich lächle zu ihm auf.

„Nein, tut überhaupt nicht weh." Sein Blick wird weich. Bei dieser Veränderung seines Gesichtsausdrucks zieht sich mir der Magen zusammen.

Oh nein. Oh nein. Er wird versuchen, mich zu küssen.

Er beugt sich ein kleines Stück näher zu mir; unsere Köpfe sind nur noch Zentimeter voneinander entfernt.

„Tiff, ich muss dir etwas sagen. Etwas, das ich dir schon vor langer Zeit hätte sagen sollen." Sein Gesicht passt zu dem ernsten Ton in seiner Stimme. Und dann weiß ich, was er sagen will. Isabelle hat mich damit schon jahrelang aufgezogen, und ich sagte ihr immer, sie sei verrückt. Dass Joseph nicht auf diese Art von mir denkt, dass wir eher wie Bruder und Schwester sind. Aber sie hat recht gehabt, die ganze Zeit hat sie recht gehabt. Und nun würde ich alles ruinieren.

„Komm!" Isabelle taucht an meiner Schulter auf wie ein Schutzengel, und wenn mir nicht schon davon schwindelig wäre, was da gerade passiert ist, würde ich sie küssen.

„Was?" Ich folge Isabelles Blick, bis er auf den beiden Männern landet, die sich ihren Weg durch die Menge bahnen und direkt auf uns zusteuern.

Großartig. Einfach nur großartig.

Caerus

Ich habe gewartet, beobachtet, wie sie lacht und lächelt und tanzt und redet. Ich habe auf meinen Moment gewartet, aber als dieser Mistkerl seine Hand an ihre Hüfte legt, dreht irgendetwas in mir durch.

„Locker bleiben, Cae." Phils Stimme hinter mir kann mich nicht bremsen.

Die Menge teilt sich vor uns, als wüssten sie, dass ich nicht in der Stimmung für irgendwelche Spielchen bin. Es dauert nicht lange, und wir stehen vor Tiffany und ihren beiden Freunden.

Es herrscht Stille, aber ich kann zumindest in ihrem Anblick baden. Sie sieht fantastisch aus in einem himmelblauen Kleid, das sich eng an ihren Körper schmiegt, kaum bis zu ihren Knien reicht und ihre unglaublichen Beine preisgibt. Sie sieht unglaublich aus, und ich will nichts lieber als meine Hand ausstrecken und sie berühren. Aber mein Blick bleibt auf der Hand dieses Idioten liegen, die auf ihrer Hüfte klebt, und dann auf ihren Armen, die um seinen Hals geschlungen sind.

„Tiffany."

Sie weicht meinem Blick aus, löst aber ihre Arme vom Hals dieses Arschlochs. Schließlich strömt wieder etwas Sauerstoff in mein Hirn.

„Caerus, du erinnerst dich an Joseph." Tiffanys Stimme klingt kalt, distanziert, völlig anders als das letzte Mal, als wir miteinander gesprochen haben. Aber das war, bevor ich alles vermasselt habe.

„Wolff." Joseph sieht mich an wie ein besessener Mann und ich muss ein Knurren unterdrücken, als ich sehe, wie sein Griff um ihre Hüfte fester wird.

Die blonde Amazone durchbricht die Spannung.

„Hey, sieht so aus, als würde ich hier aus der Reihe fallen – ihr scheint euch ja alle zu kennen." Sie sieht an mir vorbei und direkt zu Phillip. „Ich bin Isabelle. Wer ist dein Freund, Wolff?"

„Phillip", erwidere ich ohne irgendein schmückendes Beiwort. Ich habe keine Zeit für so was. Ich bin nicht daran interessiert, irgendwelche Leute einander vorzustellen. Ich will einfach nur mit Tiffany reden. Und ich will, dass dieses blöde Arschloch seine Hände von ihr nimmt. „Tiffany, wir müssen reden."

Endlich sieht sie mich an – innerhalb eines kurzen Moments werden ihre blauen Augen grau. Sie hat mir nie gesagt, was dieses Grau über ihre Stimmung verrät, aber ihrem Gesichtsausdruck nach zu urteilen kann es nichts Gutes sein.

„Nein, das glaube ich nicht, Caerus." Sie steht kerzengerade vor mir und sieht mich mit einem Blick voller Schmerz an. Ich fühle mich wie der größte Schurke aller Zeiten.

„Es ist wichtig." Und ich würde dieses Gespräch lieber nicht vor ihren Gefährten führen. „Bitte."

„Sie hat gesagt, sie will nicht mit dir reden, Wolff." Joseph plustert seine Brust auf und tritt einen Schritt auf mich zu.

Ich zolle dem Jüngchen keinerlei Aufmerksamkeit; meine Augen sind fokussiert auf die Frau vor mir. „Ich denke, Tiffany kann für sich selbst sprechen."

„Und *ich* denke, sie hat dir gesagt, dass du dich von hier verpissen sollst." Joseph setzt einen weiteren Schritt vorwärts, und schließlich wende ich meinen Blick von der einzigen Frau im Raum ab.

„Pass auf, was du sagst, Bursche."

Josephs Gesicht nimmt einen unansehnlicher Rosaton an und ich bemerke seine geballte Faust an seiner Seite.

„Das willst du nicht tun, vertrau mir." Ich werfe einen kurzen Blick auf seine Faust. „Das Letzte, was du willst, ist, dass ich dich vor all diesen Leuten zu Brei schlage, und vor Tiffany."

Ich kann sehen, wie die Wut in ihm hochkocht. Es braucht nicht viel, um ihn zum Überkochen zu bringen und – in diesem Moment – will ich, dass er mich ködert. Ich will, dass er mir einen Grund gibt, um etwas von der Aggression rauszulassen, die sich in mir angesammelt hat, seit ich von Ludas Information gehört habe. Alles, was ich brauche, ist ein Grund. *Komm schon, Joe.*

„Du bist so ein arroganter Wichser!"

Und da ist er.

Ich balle meine Faust und trete einen Schritt vorwärts, aber Tiffany stellt sich zwischen uns und ich lasse meine Hand wieder sinken.

„Schluss jetzt! Hört auf damit, alle beide! Ihr verhaltet euch wie Kleinkinder! Wenn ihr nicht wenigstens zivilisiert miteinander umgehen könnt, dann raus mit euch beiden! Mir reicht es!"

Sie schüttelt empört den Kopf und läuft von der Tanzfläche davon.

„Weißt du, ich glaube, ich habe mich in ihr geirrt." Der amüsierte Ton in Phils Stimme zeigt, wie sehr er das hier zu genießen scheint. „Ich denke, wir werden gut miteinander auskommen."

„Tiff, warte!" Joseph will ihr folgen, aber Isabelle hält ihn mit einer Hand auf seiner Schulter und einem Kopfschütteln ab.

„Gib ihr ein bisschen Zeit."

Joseph scheint hin und her gerissen. Ich bin kurz davor, ihm die Entscheidung abzunehmen, indem ich ihn aus meinem verdammten Club werfen lasse, als er in der zu Tiffany entgegengesetzten Richtung davonstolziert und zum Tresen läuft.

„Mann, *das* war dramatisch!" Isabelle schleicht sich an mir vorbei und hakt sich bei Phil ein, als wäre es das Natürlichste der Welt. „Wie wäre es, wenn wir uns ein bisschen besser kennenlernen?" Sie sieht mich über ihre Schulter hinweg mit einem durchbohrenden Blick an. „Du findest sie im VIP-Bereich. Aber wenn du Tiffany noch einmal wehtust, werde ich dich persönlich heimsuchen, Wolff, und ich werde nicht damit aufhören, bis ich dich komplett zerstört habe. Ist das klar?"

„Absolut." Ich nicke und habe großen Respekt vor ihrem Willen, für ihre Freundin zu kämpfen.

„Hervorragend. Also, Phillip, wo waren wir stehengeblieben?" Isabelle geleitet meinen Freund von der Tanzfläche herunter. Er sieht aus, als wüsste er nicht, wie ihm geschieht.

Ich vergeude keine Sekunde und folge dem einzigen Grund, warum ich überhaupt in diesem Club bin. Als ich sie oben im ruhigen VIP-Bereich finde, merke ich mir vor, mich bei Isabelle zu bedanken.

Einen Moment lang beobachte ich sie, ohne dass sie mich sehen kann. Sie zieht ihr Kleid ein Stück herunter, aber es rutscht wieder nach oben, als sie sich tief seufzend auf die üppige Couch setzt und sich mit den Fingern wütend durchs Haar fährt. Selbst dann, wenn sie wütend auf mich ist, ist sie immer noch die schönste Frau im ganzen Raum. Erst als ich sehe, wie ein Typ geradewegs auf sie zusteuert, setze ich mich in Bewegung.

Ich mache ihm sein taktisches Vorgehen zunichte und schüttle den Kopf. „Wage es nicht einmal, sie anzusehen."

Er öffnet den Mund, um etwas zu sagen, besinnt sich aber eines Besseren und läuft schnell davon. Er wirft einen Blick über seine Schulter zurück, um zu sehen, ob ich ihm folge.

Als ich mich umdrehe, sieht Tiffany zu mir auf. Sie sieht nicht glücklicher darüber aus, mich zu sehen, als vorhin.

„Stört es dich, wenn ich mich setze?"

Sie sieht auf die leere Couch neben sich und zuckt mit den Schultern.

Ich entscheide mich dafür, das als ein Ja zu verstehen. Ich setze mich, und obwohl uns nur ein paar Zentimeter trennen, fühlt es sich an, als sei sie so weit weg von mir wie am anderen Ufer eines Ozeans.

„Wie geht's dir?"

„Was willst du, Caerus?" Sie sitzt auf der Kante der Couch, als wäre sie bereit, beim ersten Anzeichen von Ärger aufzuspringen.

„Ich wollte sichergehen, dass es dir gutgeht." Das klingt schon besser als ‚ich wollte sichergehen, dass du nicht vom durchgeknallten Chef eines russischen Mobs angegriffen wurdest, nur weil er es mir heimzahlen will.'

„Mir geht's gut." Sie blickt hinunter zu dem Menschenmeer. „Du kannst jetzt gehen."

„So einfach ist das nicht, Tiff."

„Nenn mich gefälligst nicht so." Die Schärfe in ihrer Stimme macht mich sprachlos. „So nennen mich meine Freunde, und du bist definitiv *nicht* mein Freund. Und so einfach könnte es schon sein, du müsstest einfach nur aufstehen und hier rausgehen, ohne dich noch einmal umzudrehen. Darin bist du doch ziemlich gut, das ist doch dein Spezialgebiet, oder nicht?" Ihre Stimme bricht ein bisschen und ich hasse mich noch mehr dafür, dass ich sie verletzt habe. Ich strecke meine Hand aus, um sie zu berühren, um sie zu trösten, aber sie hält ihre Hand in die Höhe, um mich abzuwehren. „Wage es nicht!"

„Ich wollte dich nicht verletzen, Tiffany." Es ist das Letzte, was ich tun wollte.

„Das hast du aber." Zum ersten Mal sieht sie mich an. Ihre Augen sind voller ungeweinter Tränen. Mein Herz fühlt sich an, als sei es in meiner Brust geröstet worden. „Aber ich denke, das ist meine eigene Schuld. Ich hätte es wissen müssen. Du hast gekriegt, was du wolltest, und bist davonstolziert. Das war bilderbuchreif. Du bist genau wie alle anderen – abgesehen davon, dass du ein schöneres Auto fährst."

„So war es nicht." Wie kann sie sich selbst nur so geringschätzen? Wie konnte ich nur zulassen, dass sie so denkt, wenn sie so wertvoll ist?

„Ach nein? Denn aus meiner Sicht sieht es ganz danach aus! Wir haben Sex, du löst dich in Luft auf und dann höre ich überhaupt nicht mehr von dir? Warte, sag's mir nicht, lass mich raten: Du hast ein neues Handy und meine Nummer verloren? Du warst auf Geschäftsreise und hattest da irgendwo außerhalb der Stadt nirgendwo Empfang ... zu keiner Zeit? Dein Hund hat dein Telefon gefressen? Komme ich der Sache näher?" Sie schiebt sich von der Couch hoch, als könnte sie es nicht mehr ertragen, in meiner Nähe zu sein. „Lass mich einfach in Ruhe. Bitte."

Der Blick, mit dem sie mich ansieht, der mir sagt, dass ich sie mehr enttäuscht habe als ich es je erahnen kann, tut mehr weh als jeder Fausthieb, den ich je einkassiert habe. Während ich dabei zusehe, wie sie davonläuft, denke ich, dass sie vermutlich recht hat. Vielleicht sollte ich sie einfach in Ruhe lassen. Bolokov wird schließlich das Interesse an ihr verlieren, sobald er weiß, dass er mich über sie nicht mehr treffen kann. Ich sollte sie einfach ihr Leben leben lassen.

Das ist es, was ein guter Mann tun würde. Aber niemand hat je von mir behauptet, ich sei ein guter Mann.

Tiffany

Ich werde nicht heulen. Ich weigere mich, zu heulen.

Ich habe all meine Willenskraft zusammengenommen, um nicht vor Caerus einzuknicken. Ich musste weg von ihm, bevor die Wasserfälle losbrechen. Ich will ihm nicht noch mehr Macht über mich zusprechen, ihn nicht sehen lassen, wie sehr er mich verletzt hat.

„Tiffany, halt an." Ich glaube es nicht! Er folgt mir immer noch! Ich ignoriere ihn. „Tiffany!" Er greift nach meinem Arm und wirbelt mich herum. In diesem Moment verwandeln sich die Tränen des Schmerzes in Tränen von Wut und bitterer Enttäuschung. Wird er mir nicht mal das letzte Wort überlassen? Muss es immer nach seiner Nase laufen?

„Lass mich los!" Ich winde meinen Arm aus seinem Griff und bemerke dabei kaum den überraschten Ausdruck in seinem Gesicht. „Verstehst du es denn nicht? Du kannst mir nicht einfach sagen, was ich tun oder lassen soll! Du kannst mir nicht einfach sagen, ich solle anhalten und mit dir reden! Du hast mir gar nichts zu sagen! Tut mir leid, dass du gelangweilt bist und dass dir die Frauen an der West Coast ausgegangen sind, mit denen du noch ausgehen könntest. Aber ich bin kein Trostpreis!" Mittlerweile schreie ich ihn an, mache ihm eine Szene – etwas, das mein Vater verachten würde. Aber ich kann nicht anders. Es muss raus. Ansonsten platze ich.

„Du willst mich nicht, das hab ich kapiert! Bist du hier, um mir das unter die Nase zu reiben, oder weil dein letztes Date dich sitzengelassen hat? Ich könnte sehr gut ohne dieses nette, kleine Gespräch auskommen! Ich habe genügend beschissene Tage hinter mir, du musst mir nicht noch mehr einbrocken. Jetzt lass mich bitte endlich in Ruhe!"

„Wie meinst du das? Was ist passiert?“ Seine Stimme klingt ernsthaft besorgt. Das ist irgendwie lächerlich, und ich lache auf. Er sieht mich an, als hätte ich den Verstand verloren, und es ist sehr gut möglich, dass das der Fall ist.

„Warte, lass mich nachdenken …“ Ich rassele die Einzelheiten meiner Shitliste herunter. „Der Typ, mit dem ich ausgegangen bin, von dem ich dachte, ich hätte eine tiefe Verbindung zu ihm, hat sich nach der Nacht mit dem besten Sex meines Lebens aus meiner Wohnung geschlichen wie ein verdammter Dieb. Mein Vater glaubt, ich sei eine schwachköpfige Schlampe, die nichts mehr für ihn ist als eine große Enttäuschung. Aber das ist nicht wirklich was Neues. Mein Unternehmen, das Unternehmen, in das ich all meine Ersparnisse gesteckt habe, mein Erbe, mein Herz und meine Seele, hängt am seidenen Faden und jetzt muss ich innerhalb von zwei Wochen eine neue Wohnung finden, weil ich nicht mit meinem Vermieterarschloch schlafen will. Wenn mich jetzt morgen noch ein Auto umfährt, dann ist es perfekt.“

Caerus steht ein paar Sekunden lang einfach nur da und sieht aus, als sei er aus heiterem Himmel von einem Kantholz getroffen worden, und ich kann es ihm nicht übelnehmen. Ich habe gerade die Wut eines ganzen Lebens auf ihn herunterprasseln lassen. Es gleicht einem Wunder, dass er überhaupt noch dasteht.

„Was ist mit deinem Gesicht passiert?“ Ich habe die Schramme an seinem Kiefer schon bemerkt, als ich ihn zum ersten Mal gesehen habe, aber mein Hirn ist mit anderen Dingen beschäftigt gewesen.

Er berührt sie verlegen, als hätte er vergessen, dass sie da ist. „Hab mich beim Rasieren geschnitten.“

„Klar. Na, wie auch immer, erzähl's mir lieber nicht.“ Aus irgendeinem Grund macht es mich rasend, dass er mir nicht die Wahrheit über eine so unbedeutende Kleinigkeit sagen will. Wenn wir hier nicht in aller Öffentlichkeit wären, würde ich mich heiser schreien.

In diesem Moment beschließt der ganze Alkohol, den ich geschluckt habe, sich im Sturmangriff auf mein Hirn zu stürzen, und ein Schmerz schießt mir in den Kopf, als hätte er mir die ganze Zeit aufgelauert und auf genau diesen Moment gewartet. Zeit, nach Isabelle zu suchen. Ich muss nach Hause.

„Ich bring dich." Mir ist gar nicht klar, dass ich diese Worte laut ausgesprochen habe, bis Caerus spricht.

„Vergiss es," fauche ich ihn an.

„Das war keine Frage, Tiffany." Ich murmele etwas davon, dass er ein Kontrollfreak sei, und er nimmt mich bei der Hand und führt mich zum Ausgang.

„Ich muss Issy Bescheid sagen ..."

„Isabelle geht's gut. Phil leistet ihr Gesellschaft."

„Ha!" Die Vorstellung, dass meine temperamentvolle beste Freundin und Nervenkitzel-Phil (nicht) Zeit miteinander verbringen, erscheint mir als das Lustigste, was ich heute Abend gehört habe.

„Hier." Caerus fährt aus seiner Jacke und legt sie um meine Schultern, so wie an dem Abend, an dem wir uns kennengelernt haben. Ich atme Holzrauch ein, und der Geruch ist so fest in meinen Erinnerungen an ihn verankert, dass ich tatsächlich stolpere. Aber Caerus ist da und hält mich am Ellbogen fest.

„Danke," murmele ich. „Verfluchte Schuhe."

Mir hämmert so heftig der Schädel, dass ich kaum klar denken kann. Wahrscheinlich lasse ich ihn mich auch nur deshalb hinausbegleiten. Die Dummheit regiert, und ehe ich mich versehe, bin ich in Caerus' Wagen geschlüpft und wir rasen fort von dem Club, fort von meinen Freunden.

Wir sitzen still nebeneinander, bis mir bewusstwird, dass wir nicht zu meiner Wohnung fahren.

„Du hättest da rechts abbiegen müssen." Ich deute hinter mich.

„Wir fahren nicht zu dir.“ Seine Hände verkrampfen sich um das Steuerrad, als würde er schon den nächsten Streit erwarten.

„Äh, wie bitte?“ Ich blinzele ihn an. „Wenn wir nicht zu mir fahren, wo zur Hölle fahren wir dann hin? Ich bin mir ziemlich sicher, dass ich mich nicht für eine längere Autofahrt mit dir angemeldet habe!“

„Du hast gesagt, du willst nach Hause, also bringe ich dich auch da hin – in *mein* Zuhause.“ Er spricht diese Worte aus, als sei er gerade von sich selbst überrascht.

„Wie bitte?“ Vielleicht beeinträchtigt der Kopfschmerz schon mein Hörvermögen.

„Du hast die Gelegenheit gehabt, zu sagen, was du sagen willst. Jetzt bin ich dran. Und die einzige Möglichkeit, sicherzugehen, dass du lange genug in meiner Nähe bleibst, um mich ausreden zu lassen, ist, wenn du nicht weglaufen kannst.“ Er klingt so vernünftig, dass ich ihm am liebsten eine kleben würde.

„Dann ... entführst du mich also gerade.“

Caerus kichert und löst seinen Blick von der Straße, um ihn über mich schweifen zu lassen – von meinen Füßen bis hinauf zu meinem Gesicht. Er saugt alles dazwischen auf, und ich erschauere unter seinem prüfenden Blick und spüre die Hitze zwischen meinen Schenkeln pulsieren.

„In diesem Kleid würde dich niemand mit einem Kind verwechseln, denke ich.“ Er wendet seine Aufmerksamkeit wieder der Straße zu, und einfach so ist dieser Moment wieder vorbei.

Während der gesamten restlichen Fahrt hinauf in die Hollywood Hills sagt keiner von uns beiden mehr etwas. Er fährt in eine Garage hinein, öffnet mir die Tür und hilft mir heraus, bevor ich auch nur die Möglichkeit habe, daran zu denken, dass ich eigentlich stinksauer auf ihn bin und meine Hand wegzuziehen.

Er lacht leise, was meine Laune nicht gerade bessert, und führt mich zum Aufzug, wo er die Nummer der Penthousewohnung drückt.

„Ein Penthouse, natürlich," murmele ich zu mir selbst.

„Was?"

„Nichts, nur ein weiteres Beispiel dafür, wie verschieden wir sind, denke ich." In meiner Stimme liegt keine Bitterkeit. Es ist nichts als eine Tatsache. Wir stammen aus zwei verschiedenen Welten. Warum ich geglaubt habe, dass es mit uns was werden könnte, ist mir absolut unbegreiflich.

„Geld ist nicht alles, Tiffany." Er bedeutet mir, durch die Türen zu gehen, die sich zu einem riesigen Flur öffnen.

„Das sagen diejenigen, die es haben." Und Caerus Wolff hat es definitiv. Seine Wohnung spricht für sich: Ton in Ton ausstaffiert und mit Fenstern, die vom Boden bis zur Decke reichen und durch die man auf das Stadtzentrum von L.A. blicken kann.

„Wow!" Ich kann nicht verbergen, wie beeindruckt ich von der Aussicht bin. „Diese Bude muss doch bei den Frauen echt gut ankommen!"

„Das kann ich nicht sagen." Caerus steht hinter mir, nahe genug, dass ich seinen Atem auf meinem Nacken spüre. Aber er berührt mich nicht. „Du bist die einzige Frau außerhalb meiner Familie, die jemals hierhergekommen ist."

Ich schlucke einen Kloß in meinem Hals hinunter. Sicher lügt er nur, sage ich mir. Das ist nur ein Spruch. Aber als ich mich umdrehe und die Verletzlichkeit in seinen Augen sehe, bin ich mir da nicht mehr so sicher.

„Warum bin ich hier, Caerus?" Hier macht nichts wirklich Sinn. Es ist zu viel passiert, und ich bin es einfach verdammt leid, herauszufinden, wie dieser Mann tickt. „Warum hast du mich hierhergebracht?"

Statt einer Antwort schlüpft er aus seiner Lederjacke. Das weiße Hemd betont seine olivfarbene Haut, das dunkle Gold in seinen Augen und die Muskeln, an die ich mich so gut aus unserer ersten gemeinsamen Nacht erinnere. Es ist wirklich nicht fair, dass er so verdammt gut aussieht. Er stellt sich wieder neben mich und blickt auf die Lichter unter uns.

Schließlich seufzt er, als würde er sich von etwas verabschieden. „Du bist hier, weil ich nicht weiß, was ich sonst mit dir machen soll, Tiffany." Ich weiß nicht, wie ich das verstehen soll, also sage ich nichts und warte darauf, dass er mir sagt, was ihm durch den Kopf geht. Was sich hinter diesen dunklen, unruhigen Augen abspielt, die so wirken, als hätten sie so viel Leid gesehen.

„Du bist hier, weil ich nicht aufhören kann, an dich zu denken. Ich habe es versucht, glaub mir, ich habe es wirklich versucht. Aber ich konnte nicht. Ich kann dich nicht gehenlassen." Er bellt ein humorloses Lachen. „Auch, wenn ich sehr gut weiß, dass es besser für dich wäre, nicht in meinem Leben zu sein: Ich kann es einfach nicht. Was für einen Mann macht das aus mir?" Er schließt die Augen, als sei er enttäuscht von sich selbst und mir bricht ein klein wenig das Herz.

Er zeigt mir eine Seite an sich, die sicherlich nicht viele Leute zu sehen bekommen, wenn überhaupt irgendjemand. Ich war immer jemand, der auf Alles oder Nichts setzt, und der Alkohol hat mir Mut verliehen. Ich habe schon mein gesamtes emotionales Gepäck auf ihn geladen. Was kümmert es da, wenn ich jetzt aufs Ganze gehe und ihm gegenüber ehrlich bin?

„Hast du auch nur eine Sekunde daran gedacht, dass es vielleicht *meine* Entscheidung war, ob ich Teil deines Lebens sein will oder nicht, und nicht deine?" Ist es das, worum es geht?

„Du weißt nicht genug über mich, um diese Entscheidung treffen zu können, Tiffany." Er schüttelt bedauernd den Kopf.

Aus einem Impuls heraus greife ich nach seiner Hand, damit er mich ansieht. Ich habe vergessen, wie bei der kleinsten Berührung zwischen uns mein ganzer Körper zum Leben erwacht. „Dann erzähl mir mehr." Meine Stimme klingt heiserer, als ich es will – ein Berufsrisiko, wenn man in Caerus' Nähe ist. „Erzähl mir, was so schlimm an dir ist, dass ich nicht bei dir sein will." Ich suche seinen Blick, suche nach einer Antwort.

Er hebt seine Hände und legt sie um mein Gesicht. Ich beuge mich in seine Berührung, seine Wärme. „Ich verdiene dich nicht." Er schüttelt den Kopf. Er sieht so traurig aus. „Und du, du verdienst so viel mehr als mich."

Ich sehe stirnrunzelnd zu ihm auf. Die Wut, mein alter Freund, meldet sich mal wieder zu Wort. „Und auch das kannst du nicht einfach entscheiden, Caerus." Ich trete ein Stück zurück, vermisse seine Wärme sofort, brauche aber etwas Abstand, damit mir das Blut wieder in den Kopf schießen kann. „Du bist so daran gewöhnt, Kontrolle auszuüben, und daran, dass die Dinge nach deiner Nase gehen. Das hab ich schon verstanden. Aber so funktioniere ich nun einmal nicht. Ich bin niemand, den du einfach herumkommandieren kannst und für den du einfach Entscheidungen treffen kannst. Und wenn ich mich dazu entscheide, dich zu wollen, dich kennenlernen zu wollen, dich wirklich kennen zu wollen, dann habe ich verdammt noch mal das Recht dazu!"

Ich lege eine Verschnaufpause ein, und während die Sekunden vorbeiziehen, frage ich mich, ob ich mich gerade völlig zum Narren gemacht habe – mich einem Typen an den Hals zu werfen, der mir nur ein paar Tage zuvor durch sein Verschwinden gezeigt hat, wie wenig er an mir interessiert ist.

„Gottverflucht!" Er schnaubt verärgert und stolziert auf mich zu, legt seine Hände um meinen Kopf und seine Lippen auf meine. Er küsst mich wie ein Ertrinkender, der gerade Land erblickt hat.

Sein Kuss ist voller Hitze und Begierde, und ich will, dass er niemals aufhört, dass dieser Kuss nie ein Ende findet. Er zieht mich näher an sich heran; meine Finger spreizen sich über seiner harten Brust, seine verknoten sich in meinem Haar. Sofort versteifen sich meine Brustwarzen, sehnen sich verzweifelt nach seiner Berührung, und mein ganzer Körper ist von Empfindungen überwältigt. Als wir nach Luft schnappen, spüre ich, wie mir die Knie vor purer Lust nach diesem Mann zittern. Es fühlt sich gleichzeitig elektrisierend und furchterregend an.

Unsere Blicke treffen sich, und er lächelt sanft auf mich herunter.

„Ich kann es nicht. Ich kann mich nicht von dir fernhalten." Seine Finger verfolgen den Umriss meiner Lippen.

„Und ich will nicht, dass du das tust." Meine Stimme ist voller Lust und ich bin nahe daran, einen Schritt weiter zu gehen – ihm zu sagen, was ich glaube, seit wir uns das erste Mal miteinander unterhalten haben. Aber ich bin schon mehrmals leichtsinnig mit meinem Herzen umgegangen, und ich weiß noch, wie weh das tat.

„Du weißt nicht, was du da sagst, Tiffany. Ich bin nicht … der, für den du mich hältst." Dieser Ausdruck von Bedauern will sich wieder über sein Gesicht schleichen; aber das werde ich nicht noch einmal zulassen.

„Das ist mir egal." Ich beobachte, wie er vor mir erstarrt. „Nichts davon bedeutet mir etwas. Du bedeutest mir etwas. Ich *will* dich so, wie du bist."

Er sieht mich schockiert an, als hätte er alles andere als diese Antwort erwartet.

„Wenn das nicht in Ordnung für dich ist, dann sag es mir jetzt. Denn ich kann das hier nicht noch einmal durchmachen. Ich kann keine weitere Nacht mit dir verbringen, nur um am nächsten Morgen zu sehen, dass du gegangen bist. Ich bin mir absolut sicher, dass mich das fertigmachen würde. Und *das* verdiene ich tatsächlich nicht." Ich straffe meine Schultern und warte, versuche, nicht die Luft anzuhalten, und nicht daran zu denken, dass mein gesamtes zukünftiges Glück in seiner Antwort liegt.

„Nein, das tust du nicht." Er packt meine Unterlippe mit seinen Zähnen und zwickt und saugt vorsichtig daran. Seine Hände finden ihren Weg zu meinen Hüften und ziehen meinen Körper an seinen. Ich kann durch seine Jeans hindurch spüren, wie hart er ist, und dieser Funken Lust fängt in meinem Inneren Feuer. Ich will nichts mehr, als meinen Körper an seinen zu pressen, ihm so nahe zu sein, dass es unmöglich ist, zu sagen, wo der eine von uns aufhört und der andere anfängt.

Als er meine Unterlippe loslässt, schnellt meine Zunge hervor, um ihn auf meinem Mund zu schmecken, und ein tiefes Stöhnen vibriert in seiner Brust. Er sieht mich an; seine Augen sind Pfützen aus purem Gold. Ich schlüpfe aus meinen Schuhen, will ihm zeigen, dass ich ihm vertraue, will ihm zeigen, wie sehr ich ihn will.

„Tiffany." Seine Stimme ist kaum mehr als ein Brummen in seiner Kehle, als ich mich umdrehe, um ihm den Reißverschluss meines Kleides an meinem Rücken zuzuwenden. Seine Hände gleiten über meine Schultern und ich beuge mich zu ihm, als er langsam den Reißverschluss hinunterzieht, Zentimeter für Zentimeter, bis das Kleid offen ist.

Als er seine Hände um mich legt, nach meinen Brüsten tastet, gehe ich ein paar Schritte nach vorne und werfe ein neckisches Lächeln über meine Schulter.

„Geduld."

Ich drehe mich wieder um und sehe ihn an. Ich genieße es, wie er mich ansieht, als könne er kaum atmen. Ich lege meine Hände auf meine Schultern, hebe das Kleid an und lasse es an meinem Körper hinuntergleiten, bis es zu einem Häufchen an meinen nackten Füßen zusammenfällt.

„Herr im Himmel, du bist wunderschön." Es ist nicht gerade so, als hätte ich viel Übung darin gehabt, mich vor jemandem auszuziehen, aber Caerus' scharfes Luftholen sagt mir, dass ich etwas richtigmache. Ich stehe in nichts vor ihm, als in violettem BH und Slip, und ich fühle mich nicht einmal verlegen. Ich fühle mich nicht unsicher und schäme mich nicht. Alles, was ich fühle, ist Macht, Macht über den umwerfendsten Mann, der vor mir steht und so aussieht, als wäre ich das Einzige auf der Welt, das er will. Seine Hände spielen an seinen Seiten, als wollte er sie ausstrecken und mich berühren. Ich würde lügen, wenn ich sagen würde, es gäbe gerade irgendetwas anderes auf der Welt, das ich lieber wollte als seine Hände auf mir. Aber ich bin noch nicht fertig damit, ihn verrückt zu machen.

Ich greife hinter mich, öffne meinen BH und atme tief ein, als das Spitzenteil über meine Arme gleitet und neben meinen anderen Sachen auf dem Boden landet. Ich beobachte, wie sein Blick über meinen ganzen Körper wandert. Die Hitze in seinem Blick ist so intensiv, dass ich beinahe glaube, er könne mich verbrennen.

Schließlich fahre ich mit meinen Fingern in meinen Slip und will ihn hinunterziehen, aber plötzlich ist Caerus bei mir, legt seine Hände auf meine Hüften und hält meine Hände fest.

„Ich bin dran." Sein Atem geht keuchend, und seine Brust bebt, als versuche er, sich zu beherrschen.

Bevor ich auch nur ein Wort sagen kann, hat er mich aufgehoben und setzt mich auf der schwarzen Ledercouch ab. Ich strecke meine Hand nach ihm aus, aber er schüttelt den Kopf und sieht mich an wie ein Mann, der weiß, was er will. Ich öffne den Mund, um etwas zu sagen, aber was auch immer es ist: es fliegt mir in dem Moment aus dem Hirn, als Caerus sich zwischen meine Beine kniet und sie auseinanderspreizt.

„Caerus!"

Er schüttelt den Kopf. „Wie gesagt: ich bin dran!"

Er küsst sich den Weg von meinem rechten Knöchel meine Wade hinauf bis zur Innenseite meines Knies, wo er einen Punkt findet, an dem ich kitzlig bin und von dem ich noch nicht einmal wusste, dass es ihn gibt. Als er sich weiter nach oben bewegt, die Innenseite meiner Schenkel küsst, überläuft mich ein Schauer, und die Vorfreude steigt, als er zur pulsierenden Hitze meiner Muschi gelangt. Aber anstatt weiterzugehen und mich dort zu berühren – dort, wo ich ihn am meisten brauche – bahnt er sich seinen Weg mein linkes Bein entlang. Er beginnt am Knöchel, küsst, leckt und zwickt sich seinen Weg hinauf, bringt mich zum Erbeben, als er Küsse auf meinen linken Oberschenkel haucht.

Ich winde mich und wackle mit den Hüften, um Erlösung von der Hitze zwischen meinen Schenkeln zu finden, die langsam unerträglich wird. Caerus lächelt mich süffisant an, als wüsste er genau, was er mir da antut und als genieße er jedes Bisschen davon. Langsam, schmerzlich langsam zieht er eine Linie mit seinem Zeigefinger, von der Mitte des Bündchens meines Slips, an der Vorderseite entlang, zur wachsenden Feuchtigkeit hinunter, die ein klitzekleines Stück südlicher wächst. Er hält inne und ich hebe meine Hüften an, versuche, ihm die Botschaft zu übermitteln, wie sehr ich ihn dort brauche.

„Was hast du vorhin zu mir gesagt? Geduld war es, glaube ich?" Seine Stimme ist ein Knurren in seiner Brust, und es kostet mich all meine Kraft, nicht frustriert aufzuschreien, als seine Hand zu meiner Hüfte zurückkehrt – Millionen Meilen entfernt von dem Ort, an dem ich ihn so verzweifelt will.

„Caerus. Bitte." Meine Stimme ist belegt und klingt so gar nicht nach mir.

„Bitte was, Tiffany?" Er grinst auf mich herab, als er damit fortfährt, langsame, träge Kreise um meine Muschi zu ziehen. Er beugt seinen Kopf, zieht meinen Slip zu einer Seite und entblößt mich. Er bläst sachte auf die feuchte Stelle meiner Schamlippen, und ich glaube, dass ich auf der Stelle kommen werde.

„Sag mir, was du willst, Tiffany. Mehr brauche ich nicht." Seine

Stimme klingt ermutigend, schmeichelnd.

„Ich will, dass du mich küsst – dort küsst." Ich beiße mir auf die Lippe. Zum ersten Mal habe ich um so etwas gebeten, und ich bin nervös.

„Wo, Baby? Zeig es mir." Caerus nimmt meine rechte Hand, zieht sie sachte hinunter zu meinem Slip und verändert unseren Griff, so dass ich seine Hand festhalte. „Zeig es mir." Die Anspannung in seiner Stimme ist greifbar, und mir ist klar, dass er ebenso von der Elektrizität zwischen uns getroffen ist wie ich.

Langsam, zögernd, lasse ich seine Hand in meiner durch den dünnen Stoff meines Slips gleiten und halte nur einen Moment inne, bevor ich ihn an der gelockten Linie vorbei zur feuchten Stelle darunter geleite.

Er amtet scharf ein. „Wie feucht du schon bist, Tiff." Er stöhnt diese Worte heraus und streichelt mich, breitet die feuchte Hitze aus, bringt mich zum Keuchen. „Ich hab dich noch gar nicht kosten und schmecken können." Er ergreift meinen Slip und reißt ihn von mir. „Ich hab daran gedacht, davon geträumt, wie du schmecken magst." Er sieht ehrfurchtsvoll auf mich herab, bevor sein dunkler Kopf zwischen meinen Schenkeln verschwindet und sein Mund auf mir ist. „Perfekt. Du schmeckst einfach perfekt." Die Vibration seiner Stimme an meiner Muschi versetzt mich in noch tiefere Ekstase.

„Nicht mehr und nicht weniger, agape mou." Er stößt diese Worte atemlos keuchend hervor. „Einfach so, Baby."

Er leckt und saugt, taucht einen Finger in mich hinein, reibt meine Klitoris und treibt mich an den Rand des Wahnsinns, bis ich vor Lust übergehe. Ich schreie seinen Namen, wieder und wieder, als mein Orgasmus mich bis in mein Innerstes erbeben lässt.

Als mein Geist und mein Körper langsam wieder zu Bewusstsein kommen, seufze ich zufrieden und rolle beim Anblick von Caerus' süffisantem Lächeln mit den Augen. Ich runzle die Stirn, als mir bewusstwird, dass ich völlig nackt bin und er noch komplett angezogen.

„Du hast viel zu viel an."

Ich setze mich auf und mache mich an den Knöpfen seines Hemdes zu Schaffen. Ich sehne mich nach dem Gefühl von seinem Körper an meinem. Er sieht mit amüsiertem Blick, der bald zu einem hitzigen wird, dabei zu, wie ich das Hemd von seinen Schultern reiße und meine Handflächen über seine muskulöse Brust wandern.

Herrgott, ist dieser Mann schön!

Caerus stößt ein raues Lachen hervor. „Ich bin froh, dass du so denkst."

Mist! Anmerkung an mich selbst: Aufhören, so was laut auszusprechen.

„Ich für meinen Teil denke, dass du das Schönste bist, was ich je gesehen habe." Er haucht Küsse auf meine Wangen, die mich erzittern lassen, und ich werde rot bei diesem Kompliment.

Meine Hände wandern zu seinen Jeans und knöpfen sie so schnell auf, wie sie können. Ich greife in seine Hose. Sein harter Schwanz springt in meine Hand.

Ich lecke mir über die Lippen, als seine Jeans auf den Boden sinken. Ich habe ganz vergessen, wie groß er ist. Aber keinesfalls vergessen habe ich, wie gut er sich in mir anfühlt.

Ich gehe vor ihm in die Knie. Meine Hände ziehen Kreise um seinen beeindruckenden Umfang, und ich spüre, wie er über mir erschauert.

„Das musst du nicht, Tiff." Er hält unsicher inne, seine Hände liegen auf meinen Schultern, als würde er mich gleich zu ihm hochziehen.

„Ich weiß, dass ich es nicht muss. Aber ich will." Und mir wird klar, wie wahr das ist. Das tue ich wirklich. Ich hab noch nie wirklich darauf gestanden, aber bei Caerus ist es anders: Ich will jeden Zentimeter von ihm kennen und ihm genauso viel Lust bereiten wie er mir. „Es sei denn … du willst nicht?“ Ich sehe unschuldig durch gesenkte Wimpern zu ihm auf.

„Nein, das ist definitiv nicht der Fall.“ Er platzt diese Worte heraus, als versuche er, sich im Griff zu behalten. Das will ich durchbrechen. Ich will ihn vor Lust vergehen sehen, so wie er mich.

„Gut.“ Ich lasse meine Hände an seinem Schwanz auf und ab gleiten, drücke seinen Schaft und genieße das lustvolle Stöhnen, das ich ihm entlocke. Ich schließe meinen Mund über seiner Eichel, lecke den Tropfen Saft fort, der sich schon dort gebildet hat.

Seine Hände wandern über meinen Kopf, verknoten sich in meinem Haar und massieren meine Kopfhaut, als ich ihn in meinen Mund nehme und meine Zunge seinen Schwanz auf und ab gleitet.

Ich umfasse seine Eier, lecke ihn vom Ansatz bis zur Spitze, langsam, zögere den Moment hinaus, erfreut darüber, wie sein Atem in angestrengten Stößen geht. Ich öffne meinen Mund weit, versuche so viel von ihm wie möglich in den Mund zu nehmen und fühle ihn hinten an meiner Kehle. Ich schlucke einmal, zweimal und Caerus' Hände klammern sich in mein Haar. Er mag das also, gut zu wissen.

Ich kann spüren, wie seine Erregung wächst, als ich mich an seinem Schwanz auf und ab bewege. Vor Verlangen nach ihm werde ich noch feuchter zwischen meinen Schenkeln. Diesmal nehme ich mehr von ihm auf, sauge ein wenig stärker, bewege mich schneller und reibe seinen Schaft.

„Du Hexe.“ Seine Stimme klingt warnend, aber ich mache weiter, bis er mich bei den Schultern packt und mich auf die Füße zieht. Als ich ihn ansehe, atmet er schwer. „Wenn du nicht aufhörst, komme ich.“

„Genau das will ich.“ Das stimmt – ich will seine Lust schmecken, ich will ihn ganz verschlingen.

„Das will ich auch, glaube mir.“ Er atmet tief ein, als würde er sich wieder unter Kontrolle bringen. „Aber im Moment will ich tiefer in dir sein.“

Seine Worte fachen die Flamme meiner Lust neu an und ich will nichts mehr als ihn so lange zu küssen, bis alle Luft aus meinen Lungen gewichen ist. Obwohl ich es bin, die mit dem Kuss beginnt, dominiert ihn Caerus, intensiviert ihn, lässt mich nur durch die Macht seiner Lippen an ihm winden.

Er legt mich sanft auf die Couch und sich selbst auf mich. Er stützt sein Gewicht auf seine Oberarme, um mich nicht zu erdrücken. Diese einfache Geste, diese einfache Art und Weise, mich zu beschützen, versetzt meinem Herzen einen Stich.

Er küsst sich seinen Weg an meinem Hals entlang, leckt und saugt an meinen Brüsten, lässt seine Finger um meine Nippel kreisen. Ich greife zwischen uns, nehme seinen Schaft in die Hand und wandere mit meinen Fingern daran auf und ab. Ich spüre das Gewicht seines Schwanzes in meiner Hand. Er erschauert über mir, als ich ihn von unten bis oben drücke, und mir wird klar, dass er genauso kurz davor ist wie ich.

Ich führe ihn an meine Öffnung, die bereits schlüpfrig und bereit für ihn ist, pulsiert und sich nach ihm verzehrt. Unsere Blicke treffen sich, als er sich über mir abstützt, seine Hüften bewegt und Zentimeter für Zentimeter in mich eindringt. Ich keuche, als er mich immer weiter aufschiebt, und er hält inne und lässt meinen Körper sich seiner Größe anpassen. Dann drängt er tiefer, bis er ganz in mir ist.

Wir wenden den Blick nicht voneinander ab, als er ihn bis zur Spitze herauszieht und sich dann wieder ganz in mich gräbt. Jedes Mal wird er schneller und befördert uns beide zu unserem Höhepunkt. Meine Hüften treffen auf seine, Stoß für Stoß, und wir beide keuchen vor Leidenschaft. Es dauert nur noch ein paar Sekunden bis zur Erlösung.

„Komm mit mir, agape mou."

Bei seinen Worten breitet sich Hitze in meinem Bauch aus; die Lust erschüttert mich und mein Körper fängt Feuer. Er schreit meinen Namen heraus, als er kurz nach mir kommt, entleert sich in mir und wir beide brechen völlig erschöpft zusammen. Als sich unsere Atmung beruhigt und ich über sein dunkles Haar streiche und spüre, wie sein Herz im Gleichtakt mit meinem schlägt, bemerke ich, wie die Müdigkeit mich übermannt. Ich glaube, ich war noch niemals so erschöpft. Ich glaube, ich war noch niemals so glücklich.

Kapitel Vierzehn

Caerus

„Was hast du sie gefragt?!“ Phil sieht mich an, als hätte ich ihm gerade erzählt, ich plane eine Reise auf den Mars.

„Ob sie bei mir einziehen will.“ Ich schüttle den Kopf. „Ernsthaft, Phil, du bist doch hier der Schlaue von uns beiden.“

„Dass ich das richtig verstehe.“ Phil läuft vor meinem Schreibtisch auf und ab. „Du hast ein Mädchen, das du nicht länger als ein paar Wochen kennst, ein Mädchen, das zufälligerweise die Tochter des Bullen ist, der dich unbedingt am Boden sehen will, ein Mädchen, das auf Bolokovs Radar sitzt, weil sie eine Verbindung zu dir hat – dieses Mädchen hast du gefragt, ob sie bei dir einziehen will?“

„Das fasst es in etwa zusammen, ja.“ Ich wende mich wieder der Liste mit den Finanzwerten auf meinem Schreibtisch zu und lächle bei dem Gedanken an das Gespräch, das wir gestern geführt haben.

„Was hast du zu mir gesagt? Gestern Abend?“ Sie trug mein Hemd, ihr rotes Haar fiel über ihren Rücken, ihre Beine waren nackt. Sie sah aus wie ein wahrgewordener Traum.

„Gestern Abend habe ich eine Menge Dinge gesagt.“ Die meisten davon sind nicht gerade jugendfrei gewesen. Ich habe mich nicht davon zurückhalten können, meine Hände nach ihr auszustrecken und sie zu berühren. Sie ist wie eine Droge, und ich hänge seit dem ersten Tag an ihrem Haken. Das wollte ich mir nur nicht eingestehen. Ich habe auf sie hinunter gelächelt, darüber gestaunt, wie perfekt sie zu mir passt. Als wäre es Vorsehung, dass sie da ist.

Sie hat die Augen verdreht und dann die Stirn gerunzelt, als würde sie versuchen, sich an die Worte zu erinnern. „Es war irgendwas Griechisches, glaube ich. Agape irgendwas …“

„Dein Akzent ist gar nicht so schlecht.“ In meiner Brust hat sich der

Stolz breitgemacht. Aber zur selben Zeit hat mir der Schrecken die Luft zum Atmen genommen. Ja, ich habe diese Worte letzte Nacht gesagt, in der Hitze des Moments. Aber das heißt noch lange nicht, dass ich bereit dazu bin, sie sie hören zu lassen.

„Was heißt das?"

Ich hätte es ihr fast gesagt, die Worte fast laut ausgesprochen. Aber irgendetwas hat mich zurückgehalten. Stolz. Selbstschutz. Angst. Man kann es nennen, wie man will, aber der Gedanke, laut auszusprechen, was in meinem Herzen ist, hat mir den Arsch auf Grundeis gehen lassen.

„Zieh bei mir ein."

„Was?" Sie hätte nicht mehr überrascht wirken können.

„Zieh bei mir ein. Es ist nicht gerade so, als hätte ich nicht genug Platz, und du hast selbst gesagt, dass deine Miete schwindelerregend hoch ist. Das wäre sinnvoll." Ich habe mit den Schultern gezuckt. *Es ist eine vernünftige Geschäftsentscheidung gewesen und hat nicht das Geringste mit der Tatsache zu tun gehabt, dass ich nicht will, dass sie irgendwo anders als neben mir schläft. Und wenn sie bei mir lebt, kann ich sie beschützen. Es wird eine Botschaft für Bolokov sein, dass er, wenn er es auf Tiffany abgesehen hat, erst mal an mir vorbei muss.*

„Cae, das geht alles so schnell." Sie hat versucht, einen Schritt von mir zu entweichen, etwas Abstand zwischen uns zu bringen, aber ich habe sie nicht gelassen. „Es ist zu früh, um an so was zu denken."

„Sagt wer?"

„Ich zum Beispiel!" Sie hat an ihrer Unterlippe geknabbert. Ihre Angewohnheit. „Es gibt so Vieles, was wir nicht voneinander wissen. Unsere Freunde, unsere Familien." Sie hat mit der Hand in der Luft gewedelt, als wolle sie sagen: „Und alles andere."

„Meine Eltern sind beide tot, keine Geschwister. Meine Tante steht mir nahe, und meine Cousine – Natalie – sie arbeitet für mich, du wirst sie mögen. Was Freunde anbelangt, hast du Phillip bereits *kennengelernt." Ich bin bei der Wahrheit geblieben, habe nicht gelogen, nur vielleicht ein paar Details über meine Vergangenheit, meine Familie ausgelassen. Aber das zählt nicht als Lügen, zumindest nicht, wenn man mich nach meiner Meinung fragt.*

„Das tut mir leid." Ihr Blick ist sanft geworden und ihre Augen haben einen Grauton angenommen, von dem ich weiß, dass er bedeutet, dass sie traurig ist. „Ich habe meine Mutter verloren, als ich noch ganz klein war. Ich weiß, wie hart es ist, einen Elternteil zu verlieren. Ich kann mir nicht vorstellen, wie es sein muss, beide zu verlieren."

„Das ist lange her." Ich habe versucht, es abzutun, aber ihr Blick hat mich geradezu durchbohrt.

„Das heißt doch aber nicht, dass es nicht mehr wehtut." Sie hat mein Gesicht in ihren Händen gehalten und sich auf die Zehenspitzen gestellt, um mich zärtlich auf den Mund zu küssen. „Und es tut mir leid."

Die Zärtlichkeit in ihrem Blick hat an etwas in mir gerührt, von dem ich dachte, ich hätte es längst zerstört. „Danke. Meine Eltern hätten dich gemocht." Und zum ersten Mal nach langer Zeit habe ich bei der Erinnerung an sie gelächelt. „Sie hätten mir gesagt, dass du viel zu gut für mich bist …"

„Und sie hätten recht gehabt." Tiffany hat mit den Schultern gezuckt, als verstehe sich das von selbst.

„Und so bescheiden." Ich habe gelacht, als ihre Augen belustigt gefunkelt haben, bevor ihr Gesichtsausdruck ernst geworden ist. „Was denn? Was habe ich denn gesagt?"

„Nichts." Sie hat meine Sorgen abgewunken und gelächelt, aber es hat gezwungen gewirkt. „Ich hab nur gerade an meinen Vater gedacht."

Ich habe versucht, zu verhindern, dass mein ganzer Körper sich versteift, als sie den Mann erwähnt hat, dessen einziges Ziel es im Moment ist, mich zu finden und wegzusperren.

„Was ist mit ihm?"

„Wir waren uns einfach nie so nahe." Sie hat einen verträumten Blick bekommen. „Ich wünschte, ich könnte ihm von dir erzählen, von uns." Sie hat die Stirn gerunzelt, als wäre ihr gerade etwas eingefallen. „Es gibt doch ein ‚Uns', oder?"

Ich habe den Kopf zurückgeworfen und gelacht. Einfach unfassbar, wie eine Frau, die so clever und so schön ist, so wenig davon verstehen kann, wie sehr sie gewollt wird.

„Ich habe dich gerade gefragt, ob du bei mir einziehen willst. Ich denke, das Zählt als ein ‚Uns'." Ich habe mich geräuspert. Ich hatte keine Lust, ein zweites Mal abgeschossen zu werden. Aber wenn die Chance bestehen würde, dass ich sie umgestimmt habe, war es mir das Risiko wert. „Und ganz nebenbei: Bisher hast du mir noch nicht wirklich eine Antwort gegeben."

Sie hat sich an mich geschmiegt und ihre Augen haben auf eine Art aufgeleuchtet, die Glück zu bedeuten schien. In mir ist eine Welle der Zufriedenheit aufgestiegen, weil ich derjenige bin, der es hervorgerufen hat.

„Na ja, es ist definitiv eine bessere Option, als mit Mr. Bates zu schlafen."

Es hat einen Moment gedauert, bis ich die Worte verarbeitet habe. „Bei mir einzuziehen ist also weniger ekelerregend, als deinen auslaugenden Vermieter bei dir einlochen zu lassen? Wow, ich fühle mich geschmeichelt!"

„Das dachte ich mir." Ihre Augen funkelten vergnügt und sie hat gekichert, als ich sie in meine Arme gehoben habe.

„Was machst du da?" Sie legte ihre Arme um meinen Hals, als ich sie zum Schlafzimmer trug.

„Ich feiere."

Wir haben den ganzen Tag im Bett verbracht und sind nur herausgekommen, um etwas zu essen oder (zusammen) zu duschen.

Wenn wir nicht gerade miteinander geschlafen haben, haben wir über alles Mögliche geredet – nun ja – beinahe alles.

„Du hast ihr nichts über Bliss erzählt, oder? Bitte sag mir, dass du ihr nichts vom Bliss gesagt hast!“ Phil sieht mich flehend an.

„Nein, das habe ich nicht.“ Und die Tatsache, dass ich sie belüge, macht sich in meinem Bauch breit wie eine Bowlingkugel. „Und deshalb will ich diesen Teil des Geschäfts einfrieren.“

Phil blinzelt mich an. „Sag das noch mal.“

„Bliss. Du hast recht damit gehabt. Wir brauchen die Kohle nicht und es ist ein unnötiges Risiko. Frieren wir die Produktion ein, holen wir es von der Straße. Wir sind fertig damit.“ Ich wende mich wieder den Unterlagen vor mir zu, obwohl ich keinerlei Zweifel habe, dass Phillip noch eine Menge Fragen mehr haben wird.

„Das alles – Bliss loswerden, den Geschäftsteil stilllegen – das machst du ihretwegen, oder?“

Ich lege meinen Stift hin und sehe meinem Freund in die Augen. „Ich tue es, weil es das Richtige ist. Ich dachte, du würdest dich freuen. Dass es das ist, was du willst. Du hast versucht, die Sache mit Bliss zu beenden, seit wir damit angefangen haben.“

Phil nickt. Er sieht immer noch völlig erstaunt aus. „Das tue ich auch, ich bin nur überrascht, das ist alles.“ Er hält kurz inne, und ich weiß, dass die Rädchen in seinem Hirn sich gerade drehen. „Es wird nicht sofort gehen; es wird eine Weile dauern, ein paar Monate, bis alles unter Dach und Fach ist.“

„Verstehe. Erledige es einfach, so schnell du kannst.“ Je weniger lang ich es vor Tiffany geheimhalten muss, umso besser.

Phillip lässt das auf sich wirken und stellt dann die Frage, auf die ich gewartet habe. „Was ist mit Luda?“

„Was soll mit ihm sein?“ Ich dachte, ich würde wütend werden, aber nichts als Enttäuschung ist in mir übriggeblieben.

„Ich habe ihm gesagt, dass er hier sein soll, dass er sich wieder einkriegen soll. Er ist nicht hier, also ist er raus. Und wenn die Sache mit Bliss beendet ist, brauchen wir ihn sowieso nicht mehr."

Ich habe nicht gewollt, dass unsere Freundschaft so endet. Ich hatte gehofft, Luda würde sich wieder einkriegen und einsehen, dass er auf einem schlechten Weg war, aber das war nicht passiert, und er hat seine letzte Chance vertan, indem er nicht einmal zu unserem Meeting erschienen ist.

Phil nickt zustimmend. „Du tust das Richtige, weißt du?"

„Was Bliss oder was Luda betrifft?" Ich trommle mit den Fingern auf dem Tisch und frage mich, wie Tiffanys Mittagessen mit ihrem Dad verläuft, und ob sie ein Wort über mich fallengelassen hat.

„Beides. Du tust in beiderlei Hinsicht das Richtige." Phil verlagert vor mir sein Gewicht und gewinnt meine Aufmerksamkeit zurück.

„Was?"

„Nichts." Phil hält bei meinem anklagenden Ton verteidigend seine Hände in die Luft. „Ich bin stolz auf dich, das ist alles."

„Großartig. Kommt jetzt der Teil, in dem wir uns umarmen und ein Liedchen trällern?" Ich begegne unbeeindruckt seinem Blick.

„Arschloch", knurrt Phil.

„Pisser."

Wer hat gesagt, Kerle wüssten nicht, wie sie ihre Gefühle äußern sollen?

„Was ist mit Bolokov?", spricht Phil das unheilschwangere Thema an. „Ohne Bliss wird es schwer werden, ihm den Garaus zu machen."

„Es gibt immer noch die Kämpfe." Das ist ein Thema, über das ich eigentlich nicht so wahnsinnig gerne nachdenken möchte.

„Die sind nicht seine Haupteinnahmequelle, das weißt du." Phil wippt unruhig mit dem Fuß. „Und ich denke, wenn Tiffany bei dir einzieht, wirst du dich nicht weiter in irgendwelche Underground-Fight-Clubs schleichen können. Es würde ein bisschen schwierig werden, der Person, mit der du zusammenlebst, all die Beulen und Blutergüsse plausibel zu erklären. Es sei denn, sie weiß bereits …?"

„Sie weiß es nicht, und du wirst verdammt noch mal nicht derjenige sein, der es ihr erzählt." Das ist eine der Sachen, über die wir irgendwann später einmal reden werden, wenn sich alles ein wenig eingependelt hat. Die Dinge laufen gerade so gut, ich will es nicht wieder versauen. Ich weiß, dass ich nicht noch eine Chance bei Tiffany bekommen werde, und ich weiß, dass ich auch keine verdienen würde, wenn ich sie noch einmal verletze."

„Ist angekommen, Boss." Phil hält seine Hände in die Höhe, als wolle er ein Pfadfinderversprechen abgeben.

„Du bist nie ein verdammter Pfadfinder gewesen!" Ich werfe ein zerknülltes Stück Papier nach ihm. Anstatt sich zu ducken, wird er von seinem Handy abgelenkt. Das Wurfgeschoss trifft ihn genau auf der Stirn. „Wunderbare Reaktionsfähigkeit, du bist wie eine verfluchte Katze, Mann!"

Als er nicht antwortet, sehe ich auf, und er lächelt auf sein Telefon wie ein Vollidiot. Ich kenne diesen Blick. Ich hatte diesen Blick.

„Wie läuft's mit Isabelle?" Ich lehne mich in meinem Sessel zurück und genieße Phils Blick, der aussieht wie ein aufgeschrecktes Reh.

„Isabelle? Keine Ahnung, sie scheint nett zu sein." Phil ist niemals gut darin gewesen, mich zu belügen.

„Also, seid ihr beide …?"

„Es gibt kein ‚wir beide'. Wir haben gestern Abend ein bisschen was getrunken, das ist alles. Ende der Unterhaltung." Er schüttelt seinen Kopf ein wenig zu energisch, als dass ich glauben könnte, dass es da nicht noch mehr zu erzählen gibt. „Wir sind bisher noch nicht mal ausgegangen, wir sind also nur ein paar Wochen davon entfernt, zusammenziehen, wenn wir uns an den Wolff-Zeitplan halten."

„Wie schön! Entschuldige, dass ich gefragt habe!" Ich schüttle den Kopf und erinnere ihn daran, wo die Tür ist. „Jetzt verzieh dich. Hast du nichts zu tun? Oder bezahle ich dich fürs Quatschen und Rumsitzen?"

„Mehr oder weniger," seufzt er. „Bisher hat das ziemlich gut für mich funktioniert."

„Die Tür. Benutze sie." Ich sehe wieder auf meine Unterlagen herunter.

Phil schafft es bis zur Tür. Dann bleibt er stehen und dreht sich um. Ich warte auf eine weitere Klugscheißerantwort.

„Ich freue mich für dich, Mann."

Er ist durch die Tür verschwunden, bevor ich etwas entgegnen kann. Ich lehne mich lächelnd in meinem Stuhl zurück. „Oh ja, ich auch."

Kapitel Fünfzehn

Tiffany

Auf dem ganzen Weg zum Diner lächle ich in mich hinein. Genau an diesem Ort esse ich mit meinem Vater zu Mittag, seit ich ein kleines Mädchen war. Er ist ein Gewohnheitstier, und wenn es ihn glücklich macht, dann ist es für mich gerade gut genug.

Ich habe Isabelle die Kurzfassung meines Wochenendes mit Caerus erzählt, und von meiner Entscheidung, bei ihm einzuziehen. Ich habe erwartet, dass sie mir sagen würde, ich sei verrückt, dass ich keine Ahnung hätte, was ich da tue, dass ich mit dem Typen zumindest etwas länger als eine Woche ausgehen sollte, bevor ich mich in eine Entscheidung wie diese stürze. Aber sie sagt nichts dergleichen.

„Wenn du glücklich bist, bin ich auch glücklich."

Isabelle ist schon immer jemand gewesen, der lebt und leben lässt.

„Oh ja, ich bin geradezu krankhaft glücklich."

Bei dem Gedanken daran, Caerus heute Abend und an jedem Abend danach zu sehen, grinse ich breit. Sicher, es gibt ein paar Sachen, über die wir reden müssen, Dinge, die wir noch nicht voneinander wissen und über die man Bescheid wissen sollte. Aber mit ihm zusammen zu sein fühlt sich irgendwie so wirklich richtig an. Am Ende waren all diese albernen, romantischen Vorstellungen in meinem Kopf vielleicht doch gar nicht so naiv.

Ich werfe einen Blick auf meine Uhr und haste die letzten Stufen zum Diner hinunter. Als ich sehe, dass mein Vater bereits in unserer Nische sitzt, unterdrücke ich ein Seufzen.

„Du bist zu spät."

Er hat sich nie wirklich mit höflichen Floskeln aufgehalten.

„Nur eine Minute."

Ich hätte eher losgehen sollen – Unpünktlichkeit war in meinem Elternhaus genauso schlimm wie die sieben Todsünden.

„Eine Minute dreißig." Er hebt seinen Blick nicht von der Speisekarte, obwohl er sie auswendig kennt, weil er seit 20 Jahren hierherkommt und immer wieder das Gleiche bestellt. Es ist nichts weiter als eine Taktik von ihm, um mir auszuweichen. Manchmal frage ich mich, ob er mich überhaupt noch treffen würde, wenn ich mir nicht die Mühe machen würde, weiterhin zum üblichen gemeinsamen Mittagessen zu kommen.

„Wie geht's dir?" Ich lächle Greta dankbar an, als sie mir einen grünen Tee und meinem Vater einen Kaffee bringt. Wie schon gesagt: Gewohnheitstier.

„Gut. Und dir?" Er blickt immer noch auf die Speisekarte.

„Mir geht's gut. Eigentlich sogar sehr gut. Ich hab ein paar aufregende Wochen hinter mir." Ich mache eine Pause und warte auf eine Reaktion, darauf, dass der Mann, der dieselben Gene in sich trägt wie ich, zumindest irgendwie Interesse zeigt. Aber es kommt nichts, und innerlich schimpfe ich mit mir selbst, weil ich gerade den Mut verliere. „Ich hab jemanden getroffen."

Endlich legt mein Vater die Speisekarte nieder und lehnt sich auf seinem Sitz zurück. Er sieht mich mit seinem üblichen Ich-bin-enttäuscht-von-dir-Blick an.

„Ich weiß. Joseph hat's mir erzählt."

Ich starre meinen Vater an und frage mich, ob ich gerade richtig gehört habe. „Bitte, was?"

„Joseph hat mir erzählt, dass du dich mit diesem Caerus Wolff herumtreibst." Er schüttelt den Kopf, als seien das die schlechtesten Nachrichten, die er je gehört hat. „Dieser Mann ist nicht gut für dich. Du solltest dich von Typen wie ihm fernhalten."

Mir schwirrt der Kopf, und ich weiß nicht so recht, wo ich anfangen soll. Woher nimmt Joseph sich das Recht, meinem Vater zu erzählen, mit wem ich ausgehe? Und seit wann reden die beiden miteinander über mein Liebesleben?

„Zuerst mal ‚treibe' ich mich mit Caerus nicht herum, Dad. Wir gehen miteinander aus." Ich entscheide mich dafür, die großen Neuigkeiten fürs Erste nicht zu erwähnen. „Und schlecht für mich? Er ist erfolgreich, intelligent, witzig, lieb, und er mag mich! Was ist denn schlecht daran?"

„Keiner erreicht das, was er in seinem Alter schon erreicht hat, ohne Dreck am Stecken zu haben. Ich kann mir beim besten Willen nicht vorstellen, dass er eine blütenreine Weste hat." Er wedelt vor mir mit seinen Fingern auf eine Art, die sagt: ‚Merk dir meine Worte!' Aber er ist offensichtlich noch nicht fertig, noch nicht einmal ansatzweise. „Er ist nicht der Richtige für dich, Tiffany. Er ist kein Mann, der da sein wird, wenn es schwierig wird. Er ist nicht zuverlässig, nicht so wie Joseph."

Und da sind wir, darum geht es also.

„Joseph." Ich seufze und weiß jetzt schon, wo dieses Gespräch hinführen wird, bevor es überhaupt angefangen hat. „Joe und ich sind Freunde, Dad. Etwas anderes werden wir nie sein."

„Warum? Weil er nur ein Cop ist? Weil er kein eitler Pfau ist, der im neuesten Auto herumfährt und mit Promis verkehrt? Du glaubst, Joseph sei nicht gut genug für dich, oder?"

Für einen Mann, der eigentlich ungern in aller Öffentlichkeit ein Fass aufmacht, zieht er gerade ziemlich gut die Aufmerksamkeit des gesamten Diners auf uns.

„Was stimmt nicht mit dir?" Mein Vater hat mir schon öfter gezeigt, wie enttäuscht er von mir ist, aber er ist mir gegenüber noch nie so aggressiv geworden. „Warum sagst du so was? Du weißt ganz genau, wie viel mir Joe bedeutet, und wenn du glaubst, ich würde nur deshalb mit Caerus ausgehen, weil sein Kontoauszug stimmt, dann kennst du mich wirklich nicht!“ Ich lasse etwas von der Wut heraus, die sich die gesamten letzten 20 Jahre über in mir angestaut hat. Wahrscheinlich wird es höchste Zeit.

„Ich will nicht mehr darüber sprechen.“ Er trinkt einen Schluck Kaffee, als würde er das Gespräch abbügeln wollen.

„Gut, ich nämlich auch nicht. Ich will mich nicht mit dir streiten, Dad.“ Ich strecke meine Hand aus, um sie auf seine zu legen, aber er zieht sie weg, bevor ich ihn berühre.

Ich versuche, zu verbergen, wie sehr mich das verletzt.

„Ich muss wieder aufs Revier.“ Er steht bereits auf und schickt sich an, davonzugehen.

„Was ist mit dem Essen? Wir haben noch nicht mal bestellt!“

Er schüttelt den Kopf, bevor ich überhaupt ausgeredet habe.

„Ich habe keine Zeit für so was.“ Er wirft seine Serviette energischer auf den Tisch als nötig. „Ich habe einen Job und muss ein Sondereinsatzkommando leiten. Ein paar Leute verlassen sich auf mich. Davon verstehst du nichts.“

„Was soll das heißen?“ Ich kann meine gereizte Stimmung bei seinen Worten nicht zurückhalten. Ich glaube, man kann einem Hund nur eine bestimmte Anzahl von Tritten versetzen, bevor er beißt.

„Das soll heißen, dass das hier reine Zeitverschwendung ist.“

Ich zucke zusammen, als hätte er mich geschlagen. „Mit mir Zeit zu verbringen ist Zeitverschwendung?“ Der Kloß in meinem Hals macht es mir schwer, die Worte herauszubringen.

„Du willst nicht zuhören, Tiffany. So ist es schon immer mit dir gewesen. Du denkst, du weißt alles besser, als jeder andere. Du bist dickköpfig und eigensinnig, und eines Tages wird dich das in Schwierigkeiten bringen.“ Er schüttelt den Kopf.

„Daddy, was ist los? Was habe ich getan, dass du so wütend auf mich bist?“ Ich sehe zu dem Mann auf, den ich mein ganzes Leben lang schon stolz machen wollte, und er kann mich kaum ansehen.

„Ich muss zurück zur Arbeit. Denk daran, was ich gesagt habe, Tiffany.“ Er ist durch die Tür und auf der Straße, bevor ich meinen Kiefer vom Boden aufheben kann.

„Alles in Ordnung, Schatz?“ Greta klopft mir auf die Schulter, als sie mir eine neue Tasse Grüntee zuschiebt.

„Mir ging's schon besser.“ Ich schüttle entgeistert den Kopf, immer noch fassungslos über das Verhalten meines Vaters. Er war noch nie wirklich fröhlich, kein Typ, der auf Regenbögen tanzt, aber er war noch nie so gemein. Er war immer eher ein Typ, der einen aus Verachtung umbringen würde.

Irgendetwas ist los mit ihm, das ist sicher. Und es gibt nur Einen, der es wissen wird.

Ich werfe ein paar Scheine auf den Tisch, winke Greta zu und stürme hinaus. Auf meinem Weg zurück zum Studio rufe ich Joseph an.

„Hey, was ist los?“ Der alles andere als begeisterte Ton in seiner Stimme sagt mir, dass er noch immer sauer ist, weil ich am Abend im *Oceana* mit Caerus abgehauen bin.

„Hi, Joe. Ähm, ich hab gerade mit meinem Vater Mittag gegessen.“ Obwohl mein grummelnder Magen mir das streitig machen würde. „Er hat sich ... komisch verhalten. Ist irgendetwas mit ihm los, wovon ich wissen sollte?“

Ich greife in meine Handtasche und wühle darin nach meinen Autoschlüsseln, während ich im Stechschritt die ruhige Straße hinunter zu meinem üblichen Parkplatz laufe.

„Er steht wegen dem Bliss-Sondereinsatzkommando unter Spannung.“ Joe spricht leiser, als befürchte er, dass jemand ihn belauschen könnte. „Sie kommen kaum voran, und der Bürgermeister sitzt deinem Dad im Nacken. Er will Ergebnisse. Irgendwas, das er auf die Titelseite setzen kann, um zu zeigen, dass er Verbrechen nicht durchgehen lässt."

Sicher, das klingt hart, aber mein Vater hat schon stressige Zeiten auf Arbeit erlebt, und er hat dabei nie so unausgeglichen gewirkt.

„Das ist alles?"

Wo sind diese verdammten Schlüssel?

Joseph seufzt und ich weiß: Was auch immer er mir gleich sagen wird – es wird nichts Gutes sein.

Er spricht noch leiser, so leise, dass ich ihn nur schwer bei dem Krach auf der Straße verstehen kann. „Sag ihm nicht, dass ich dir das gesagt habe, aber es wird erzählt, dass er langsam zu alt für den Job wird."

„Was? Er hat sein ganzes Leben als Gesetzeshüter gearbeitet! Er hat mehr Leute hinter Gitter gebracht als irgendjemand sonst!" Und das weiß ich genau – er hat mir schon seine Erfolge eingetrichtert, als er noch ein Streifenpolizist war.

„Hey, immer langsam mit den Pferden! Ich sage ja nicht, dass ich mit dieser Meinung konform gehe, ich sag dir nur, was hier so im Großraumbüro erzählt wird."

„Entschuldige, ich wollte dir nicht den Kopf abreißen. Ich bin nur überrascht, das ist alles." Ich werde noch mal mit Dad sprechen müssen. Und diesmal an einem weniger öffentlichen Ort.

„Geht's dir gut?" Nur, weil er ehrlich besorgt klingt, meide ich den zweiten Grund, aus dem ich ihn eigentlich angerufen habe: Um ihn dafür zusammenzuscheißen, dass er meinem Dad von Caerus erzählt hat. Ganz nebenbei ist es auch kein großes Geheimnis, dass ich mit Caerus ausgehe. Ich schäme mich nicht dafür; es gibt also überhaupt keinen Grund, sauer zu sein, weil es alle wissen. Ich hätte mir nur gewünscht, dass Joe mich vorgewarnt hätte, so wie immer. Normalerweise beschützt er mich vor dem Unmut meines Vaters und ist nicht der Auslöser dafür.

„Klar, du kennst mich."

Der unverbesserliche Optimismus schlägt wieder zu!

„Hör zu, Tiff, wegen gestern Abend: Ich wollte dir noch etwas sa..."

Nein, nicht das. Nicht jetzt.

„Joe, tut mir wirklich leid, aber ich muss wieder ins Studio. Wir reden später."

Ich lege auf, bevor er die Möglichkeit hat, etwas zu sagen, das alles zwischen uns verändern wird.

Ist das eine erwachsene Art und Weise, mit der Situation umzugehen? Nein.

Ist es die einzige Möglichkeit, die mir gerade einfällt? Ja.

Joseph ist mein ganzes Leben lang meine einzige Konstante gewesen. Er ist mein bester Freund, mein Vertrauter, der große Bruder, den ich nie hatte. Wenn sich daran etwas ändert, wenn ich das verliere, weiß ich nicht, wie ich das verkraften soll.

Ich stoße noch einmal mit meiner Hand in meine Tasche und suche wühlend nach meinen Autoschlüsseln. Jetzt mal im Ernst: Wo zum Teufel sind sie?

„Suchst du was, Wunderkerzchen?" Eine vertraute Stimme lässt mich herumfahren, und ich brauche ein paar Sekunden, um den Mann hinter mir wiederzuerkennen.

„Luda, richtig?" Ich trete von ihm zurück und wünschte, ich hätte an einer belebteren Straße geparkt.

„Richtig, Zuckerpuppe." Der große Mann sieht mich trübe grinsend an und ich bemerke, wie seine Hände zittern.

„Ist Caerus bei dir?“ Ich werfe einen Blick hinter ihn, um zu sehen, ob er allein ist. Ich hoffe inständig, dass das nicht der Fall ist.

„Heute nicht, Kleines. Heute sind da nur du und ich.“ Er lacht, als wäre das wahnsinnig lustig, und in meinem Kopf schrillen die Alarmglocken.

Vertrau deinem Instinkt ist die erste Regel der Selbstverteidigung, und meiner sagt mir gerade, dass ich hier so schnell wie möglich verschwinden sollte.

„Ah, okay. War schön, dich zu sehen. Ich bin auf dem Weg zu meinem Vater. Er wird sich Sorgen machen, wenn ich zu spät komme, und du weißt, wie Cops so sind.“ Ich drehe mich um und gehe einen Schritt in die Richtung, aus der ich gekommen bin. Wenn ich zum Diner gelange, wird alles gut. Da sind Menschen, und er wird in aller Öffentlichkeit nicht irgendwas versuchen.

„Netter Versuch.“ Luda ist in Sekundenschnelle neben mir, seine Hand auf meinem Arm. Ich habe keine Ahnung, wie sich jemand, der offensichtlich so high oder betrunken oder beides ist, so schnell bewegen kann. „Aber ich weiß, dass dein Daddy vor 15 Minuten aus eurem rattenverseuchten Mittagstreff gestürmt ist.“ Sein Griff an meinem Arm wird fester, und ich spüre einen kühlen Druck über meinem Shirt an meiner Hüfte, der mich fast aufschreien lässt.

Eine Waffe. Er hat eine Waffe, und er hält sie genau auf meine Eingeweide.

„Versuch nicht, irgendwelche Spielchen mit mir zu spielen, Tiffany. Tu genau, was ich dir sage, dann wird alles gut. Aber wenn du mir blöd kommst, erschieße ich dich, ist das klar?“

Ich kann die Fahne riechen, die um ihn schwebt wie eine Rauchwolke. Seine Hand zittert immer noch, und ich hoffe, dass er noch klar genug ist, dass er mich nicht aus Versehen erschießt.

„Warum tust du das, Luda?“ Bleib mit ihm im Gespräch. Wenn er redet, schießt er nicht. „Wenn ich dich irgendwie verärgert habe, tut es mir leid." Mir gehen mehrere Möglichkeiten durch den Kopf. Aber es fällt mir schwer, klar zu denken, während eine Waffe auf meine lebenswichtigen Organe gerichtet ist.

„Du glaubst, dabei geht es um dich?" Er lacht los wie ein Irrer. „Frauen. Ihr denkt immer, alles dreht sich nur um euch. Aber so ist es verdammt nochmal nicht. Hier geht es um mich und Caerus."

„Was ist mit Caerus?"

Ich sehe dabei zu, wie Luda mein Auto mit den Schlüsseln aufschließt, die er aus meiner Tasche gezogen haben muss. Wie lange hat er mich schon verfolgt?

„Was mit Caerus ist? Na ja, das ist eine gute Frage, oder, Püppchen? Was weißt du wirklich über ihn, hm?" Luda grinst höhnisch und drängt mich über den Beifahrersitz auf den Fahrersitz. Dabei hält er die ganze Zeit die Waffe auf mich gerichtet. Er reicht mir die Schlüssel, aber meine Hände zittern so stark, dass ich drei Anläufe brauche, bis ich den richtigen in den Zünder gesteckt habe.

„Fahr los."

„Wohin?" Ich denke darüber nach, zu einer Polizeistation oder vielleicht die paar hundert Meter zum Diner zu fahren, irgendwohin, wo ich Hilfe bekommen kann.

„Ich sag dir die Richtung an, wenn wir fahren." Er beobachtet mich mit dem durchdringenden Blick eines Falken. „Und wie ich sagte: Mach keine Dummheiten. Tu, was ich dir sage, und du wirst das hier überleben. Jetzt fahr los."

Caerus

Als ihr Name auf dem Display aufleuchtet, greife ich sofort nach dem Handy. Es ist völlig egal, dass ich gerade mitten in einem Meeting bin. Ich will einfach nur ihre Stimme hören.

Ein paar Sekunden lang herrscht Stille, bevor sie spricht. Und als sie es tut, klingt sie nicht wie sie selbst.

„Caerus?“

„Tiff, was ist los?“

Phils Kopf schnellt in die Höhe, als er den Klang in meiner Stimme hört.

„Cae, ich hab Angst.“

Das Geräusch eines Handgemenges ertönt.

„Tiffany!“

Phillip kommt auf die Füße und scheucht entschuldigend die Klienten hinaus.

„Cae, schön, deine Stimme zu hören, Mann!“ Ludas eiskaltes Kichern lässt mir das Blut in den Adern gefrieren.

„Luda, was hast du mit Tiffany vor?“ Ich stelle das Telefon auf laut, damit Phil das Gespräch mithören kann.

„Nichts, worum sie mich nicht angefleht hat, Cae. Keine Sorge, ich lass dir was von ihr übrig.“ Er lacht düster.

„Luda, ich schwöre dir, wenn du sie auch nur angefasst hast, werde ich…“

„Was wirst du, Mann? Was wirst du tun? Warum sagst du mir nicht ganz genau, was du mit mir anstellen willst, während ich eine Waffe auf sie gerichtet halte?“

Ich balle meine Faust und versuche, mich zu beruhigen. Jetzt den

Kopf zu verlieren, wird Tiffany nicht im Mindesten helfen. Und nur das zählt jetzt: Dafür zu sorgen, dass sie in Sicherheit ist.

„Was willst du?"

„Jetzt kommen wir der Sache schon näher!" Luda redet kurzatmig, als hätte er nicht genug Luft in seinen Lungen. Er steht unter den Nachwirkungen von irgendwelchen Drogen, die er genommen hat. Er ist instabil, das heißt, alles kann passieren.

„Was willst du, Luda?"

„Was ich will? Gute Frage, Cae, was werde ich wohl verdammt noch mal von dir wollen?" Er kichert wie ein verdammtes Schulmädchen. „Warum kommst du nicht her und findest es heraus? Ich schlage dir einen Deal vor: Du kommst her, allein, und vielleicht, nur vielleicht, wird dein rothaariger kleiner steiler Zahn hier dann unversehrt hier rauskommen. Was hältst du davon?"

„Wo?" Ich traue mir selbst nicht mehr und verwende lieber nur noch einsilbige Worte. Ich weiß: wenn ich anfange, richtig mit Luda zu reden, werde ich ihm nichts weiter sagen wollen, als auf welche Weisen ich ihm einen langsamen und äußerst schmerzhaften Tod bereiten will.

„Warenlager fünf. Sei in einer Stunde da."

Es wird still in der Leitung, und ich schlage mit meiner Faust gegen die nächste Wand. Meine Brust hebt und senkt sich schwer.

„Cae, du kannst nicht tun, was er verlangt. Er hat offensichtlich den Verstand verloren. Wenn du da alleine hingehst, wird er Tiffany niemals gehenlassen." Phils Worte ergeben Sinn, das weiß ich. Ich weiß, dass er sagt, was er für das Richtige hält, was er für das Beste hält. Aber in Wahrheit gebe ich einen Scheiß darauf. Ich werde tun, was ich tun muss, um dafür zu sorgen, dass Tiffany da rauskommt. Welchen Scheiß Luda auch immer mit mir geplant hat: Ich werde mich dem stellen.

„Ich habe keine Wahl, Mann. Er hat Tiffany."

Es gibt nichts mehr zu sagen. Ich laufe aus dem Büro. Phil bleibt mir dicht auf den Fersen.

„Cae, warte! Halt einen Moment an und denk nach!" Phil hält mich an der Schulter fest und ich wirbele herum. Meine Faust hängt schon zum Schlag bereit in der Luft.

„Ich habe keinen Moment Zeit! Tiffany hat keinen verdammten Moment Zeit!"

„Ich will ihr doch auch helfen, Mann! Ich bin auf deiner Seite!" Phil macht beruhigende Gesten mit seinen Händen. „Als du mir gesagt hast, ich solle Tiffany überprüfen, und alle Quellen nutzen, die wir haben, habe ich nicht nur sie überprüft."

„Sprich schneller, Phil."

„Ich hab ein paar Ungereimtheiten bemerkt. Ein paar zufällige Übereinstimmungen, die immer wieder aufgetaucht sind." Ich wippe mit dem Fuß und verliere langsam den winzigen Geduldsfaden, an dem ich mich festkralle. „Als das Bliss-Warenlager überfallen wurde: Rate mal, wer da als Einziger abwesend war?"

Langsam fügen sich die Puzzleteile zusammen.

„Luda."

„Genau. Wir haben gedacht, er würde sich einfach nur gerade irgendwo die Kante geben. Aber was, wenn er das nicht getan hat? Was, wenn er derjenige ist, der Bolokov die vertraulichen Informationen gegeben hat, derjenige, der in jener Nacht das Sicherheitssystem außer Kraft gesetzt hat?"

Ich nicke. Das ergibt Sinn.

„Und dann hat Luda plötzlich rein zufällig Informationen darüber, dass Bolokov Tiffany verfolgt? Das passt alles viel zu gut."

„Also arbeitet Luda für Bolokov. Er ist der Maulwurf." Ich

erwarte, dass ich mich irgendwie verraten oder enttäuscht fühle. Aber die überwältigende Emotion, die alles andere abschwächt, ist Angst. Ich habe eine Scheißangst davor, was Tiffany geschehen könnte.

„Wenn du jetzt in dieses Warenlager läufst, wird Luda dich umbringen. Bolokov wird ihm einen Riesenhaufen Kohle dafür zahlen, dass er ihm deinen Kopf präsentiert."

„Kohle, die Luda braucht, um seine verfluchten Drogen zu finanzieren. Fuck!" Ich schlage mit meinen Fäusten gegen die nächste Wand. Ich spüre nicht einmal den Schmerz. „Wie konnte ich das nur nicht sehen?" Ich fühle mich dümmer, als ich glauben kann.

„Weil er dein Freund war." Keine Anschuldigungen, kein Vorwurf.

„Ja, klar, aber er ist kein Freund mehr." Ich mache auf dem Absatz kehrt und stürme zu meinem Wagen. Phils Schritte hallen hinter mir wider. Er steigt neben mir in den Escalade. „Du musst mich nicht begleiten. Was auch immer passiert: Luda oder ich – einer von uns beiden wird diesen Ort nicht lebend wieder verlassen."

„Ich hasse diesen verfluchten Kerl, also lass uns dafür sorgen, dass er derjenige sein wird." Phil grinst mich an und ich drehe den Schlüssel im Zündschloss. Ich fahre aus der Parklücke und zum Warenlager, so schnell ich kann.

Halte durch, Tiffany. Ich komme.

Tiffany

Was passiert, wenn du über die Angst hinauswächst? Ein Typ, der reizbarer ist als eine Tüte Frösche, hält seit gefühlt ein paar Stunden eine Pistole auf mich gerichtet. Ich habe schon zu oft gedacht, dass er jeden Moment abdrückt. Mittlerweile bin ich schon fast an dem Punkt, an dem ich zu erschöpft bin, als dass es mich interessieren könnte. Das und die Informationen über Caerus, mit denen er mich bombardiert hat, sind einfach zu viel für mich.

„Was glaubst du, wo das ganze Geld herkommt? Du bist doch nicht wirklich so dumm, zu glauben, dass der Kerl sauber ist, oder?“

Sein Lachen hat in dem riesigen Warenlager widergehallt.

„Ich meine, wenn man darüber nachdenkt, ist es schon lustig, und vielleicht auch ein bisschen romantisch. Bei euch beiden läuft voll diese Romeo-und-Julia-Nummer. Du kennst doch die Geschichte?“

Ich habe genickt. Ihn am Reden zu halten schien die einzige Möglichkeit, um ihn davon abzuhalten, mich zu berühren.

„Auf der einen Seite stehst du, Julia, die Tochter des großen, bösen Bullen. Und auf der anderen Seite steht Cae. Er ist Romeo, verstehst du? Der Typ auf der anderen Seite des Gesetzes, der Typ, den dein alter Herr so hasst. Und da haben wir euch, ihr beiden Turteltäubchen.“

Er ist umhergewandert, und was er gesagt hat, hat nicht den geringsten Sinn ergeben. Aber ich habe keinen Sinn darin gesehen, ihn auf die Fehler in seiner Romeo-und-Julia-Handlung hinzuweisen.

„Was wirst du also tun, wenn ich dich hier rauslasse?“

Dieses ‚Wenn‘ hat mein Herz in meiner Brust wie verrückt schlagen lassen.

„Wirst du deinem Daddy alles über deinen Freund verraten?“

Die Wahrheit ist, dass ich so weit noch gar nicht gedacht habe. Ich habe gedacht, es ginge um Leben oder Tod.

„Ich weiß nicht." Ich habe keinen Grund gehabt, zu lügen.

„Hey, das ist wichtig, Süße. Du solltest wirklich darüber nachdenken, wem deine Loyalität gilt. Nur darum geht es." Er ist mit der Waffe wedelnd vor mir auf und ab gegangen.

Als dieses Arschloch mir eine Predigt über Loyalität gehalten hat, während er gerade den Mann hinterging, der einmal sein Freund war, ist irgendetwas in mir übergeschnappt.

„Und deine Loyalität, Luda? Wem gilt die? Cae? Dir selbst? Den Drogen, die dich durch den Tag bringen?"

Mein Kopf ist so schnell zurückgeschnellt, dass ich einen Moment gebraucht habe, um zu bemerken, dass er mich mit flacher Hand geschlagen hat. Auf meiner Wange ist ein Schmerz explodiert, und ich bin auf die Knie gefallen. Ich bin nie zuvor geschlagen worden, und der Schock darüber ist fast schlimmer gewesen, als der Schmerz.

„Du weißt überhaupt gar nichts über mich, Schlampe!" Vor Zorn hat er mir beim Reden ins Gesicht gespuckt. „Halt verdammt nochmal das Maul!"

Keine gute Idee, Tiffany. Keine gute Idee, den Kerl zu verärgern, der die Pistole hält.

Also bin ich auf dem Boden geblieben und habe versucht, mich so klein wie möglich zu machen. Ich habe inständig gehofft, dass er mich vergessen würde, wenn ich mich nur ruhig und still verhalte.

Als meine Wange pulsiert und mit klar wird, in was für einer beschissenen Situation ich mich befinde, klammere ich mich an den Gedanken, an die Hoffnung, dass Caerus auf dem Weg hierher ist. Er würde mich nicht einfach hier zurücklassen. Das würde er nicht tun.

Aber woher soll ich wissen, was er tun würde und was nicht? Sieht ganz so aus, als würde ich den Mann überhaupt nicht kennen. Alles, was mir Luda erzählt hat, dreht Kreise in meinem Kopf und macht mich schwindelig.

Ich will, dass es nicht stimmt. Ich würde alles dafür geben, wenn es nicht stimmt. Der Mann, den Luda da beschreibt, das Bild, das er von einem Drogenbaron gezeichnet hat, von einem Kriminellen, der alles tun wird, um zu bekommen, was er will, ein brutaler Straßenkämpfer. Keiner dieser Leute ist der Mann, den ich kenne, der Mann, bei dem ich gerade einziehen wollte, der Mann, von dem ich dachte, dass ich ihn liebe.

„Du bist unangenehm still, Süße." Luda läuft ziellos im leeren Warenlager umher, als müsste er Energie verbrennen.

Ich glaube er hat vergessen, dass er mir befohlen hat, den Mund zu halten.

„Was soll ich sagen?" Meine Wange ist so stark angeschwollen, dass mir das Sprechen wehtut.

„Ich dachte, ich könnte wenigstens ein bisschen mit dir plaudern. Schließlich muss es ja einen Grund dafür geben, dass du Caerus um deinen hübschen kleinen Finger gewickelt hast. Vielleicht bist du aber auch einfach nur gut zu vögeln." Er lacht schnaubend und kommt zum Metallpfosten herübergelaufen, an den er mich mit Handschellen gekettet hat. Ich versuche, ihm auszuweichen, aber ich kann nirgendwohin, nicht, ohne dass ich mir die Haut von den Handgelenken reiße. Und meine Hände sind bereits blutverschmiert von meinen Versuchen.

„Was ist hier dein Endspiel, Luda? Was willst du?"

Caerus

„Gute Frage, genau das habe ich mich auch gefragt." Ich betrete das Warenlager mit erhobenen Händen und sehe dabei so wenig bedrohlich aus wie möglich. Das fällt mir nicht leicht, besonders, weil ich Luda am liebsten bei lebendigem Leibe den Kopf abreißen würde.

„Caerus." Mein Name auf Tiffanys Lippen klingt wie ein Gebet. Mein Blick, mit dem ich sie in dem dunklen Warenlager auszumachen versuche, bleibt auf ihr haften. Sie sitzt zusammengekauert auf dem Boden. Ein Schatten, den ich kaum sehen kann.

„Tiffany, geht's dir gut?" Natürlich geht es ihr verdammt noch mal nicht gut. Sie wurde entführt, von einem verdammten Irren drangsaliert und mit Handschellen an eine Stange gefesselt. „Hat er dir wehgetan?"

„Du kannst ruhig mit mir sprechen. Du weißt doch, dass es unhöflich ist, in jemandes Haus zu kommen, ohne Hallo zu sagen." Luda tritt aus den Schatten heraus. Die Pistole liegt locker in seiner Hand. Er hat schon immer einen Hang zum Dramatischen gehabt.

„Ich bin hier. Allein. Jetzt bist du an der Reihe, deinen Teil der Abmachung zu erfüllen." Ich nicke in Richtung Tiffany und wünsche inständig, dass ich einen Blick auf sie erhaschen und sehen werde, dass es ihr gutgeht. „Lass Tiffany gehen. Sie hat nichts mit dieser Sache zu tun."

„Caerus, Caerus, du begreifst es immer noch nicht, oder?" Luda seufzt tief. Er packt Tiffany beim Ellenbogen und zieht sie hoch. Ich gehe einen Schritt auf ihn zu, aber fuchtelt mit der Pistole vor ihrem Gesicht herum und dreht ihr Gesicht ins Licht. „Hier habe ich das Sagen."

„Was hast du getan?" Ihre linke Gesichtshälfte ist komplett geschwollen, ihre Oberlippe aufgeplatzt und ihr rechtes Auge schwarz.

„Sie ist ein bisschen vorlaut geworden, da musste ich ihr zeigen, wer hier der Boss ist." Luda zuckt mit den Schultern. „Ist nicht meine Schuld, dass sie nichts einstecken kann."

„Du Bastard!"

„Oh, oh, oh. Sei nett, Caerus. Denk dran: Jetzt gebe ich hier den Ton an, nicht du." Er grinst breit und ich kann an nichts anderes denken, als auf sein Gesicht einzuschlagen, bis nichts als ein blutiger Brei übrig ist.

„In Ordnung, Luda. Du hast das Sagen." Ich strecke meine Hände aus.

„Wo ist dein Schoßhündchen?" Luda stiert hinter mich, als würde sich jemand hinter meinen Beinen verstecken.

„Phil?" Ich schüttle schulterzuckend den Kopf. „Du weißt, wie er ist. Er steht nicht gerade auf Sachen wie das hier."

Luda schnaubt. „Erwartest du, dass ich glaube, dass er dich alleine hierherkommen lässt?"

„Glaubst du, er hätte die Eier dazu, hierher zu kommen?"

Ich halte den Atem an, als Luda das einen Moment lang überlegt. Dann schnaubt er zustimmend.

„Stimmt." Er will Tiffany ein High-five geben und scheint sich dann daran zu erinnern, dass sie mit Handschellen festgekettet ist. „Ich hab nie verstanden, warum du diesen Vollidioten bei dir behalten hast."

Ich habe genug von dieser Scheiße. „Willst du über Phil reden, oder willst du mir sagen, warum ich hier bin? Was willst du?"

„Ich dachte, das wäre ziemlich offensichtlich." Luda sieht Tiffany an, als würde er erwarten, dass sie darauf antwortet, und ich will ihm die Augen dafür ausstechen, dass er sie ansieht. „Ich will dich, Cae, Mann." Er richtet die Waffe zum ersten Man auf mich und ich laufe vor ihm auf und ab und versuche, seine Aufmerksamkeit auf mich gerichtet zu halten. Solange die Waffe auf mich gerichtet ist, hält er sie nicht in Tiffanys Richtung.

„Ah, Luda, ich wusste gar nicht, wie viel ich wert bin." Ich lasse meine Worte wirken. Ludas drogenvernebeltes Hirn braucht einen

Moment, um zu begreifen. „Wie viel zahlt dir Bolokov für diesen Scheiß?"

Luda wirft überrascht den Kopf hoch, als hätte er nicht erwartet, dass ich wissen würde, was er vorhat.

„Mehr, als du mir bezahlt hast, das ganz sicher." Luda kratzt sich an den Pickeln auf seinem Hals. Sie fangen an zu bluten, aber er scheint es nicht zu bemerken. „Aber es geht mir nicht nur um Geld. Er lässt mich an einem Geschäft teilhaben und macht mich zu seinem Partner. Er *respektiert* mich."

Ich habe Luda nie für ein Genie gehalten, aber ich hätte nie gedacht, dass er weniger Grips hat als ein verdammter Haufen Kehricht.

„Glaubst du das wirklich, Lu? Glaubst du wirklich, Bolokov würde dir einfach einen Teil seiner Geschäfte übertragen? Wenn du für ihn arbeitest und seine schmutzige Wäsche wäschst, dann solltest du es besser wissen."

„Wir haben es mit einem Handschlag besiegelt, Cae! Wir haben verdammt noch mal darauf eingeschlagen! Für dich mag das vielleicht keinerlei Bedeutung haben, aber Bolokov ist nicht wie du. Er ist von der alten Schule. Er respektiert Ex-Knackis. Er versteht, dass wir unsere Strafe abgesessen und den Mund gehalten haben. Er weiß, dass wir loyal sind."

Das ist einfach zu witzig. „Loyal? Der Typ, der hier ein doppeltes Spiel gespielt hat, erzählt mir was über Loyalität? Das ist ganz schön absurd, Luda!"

„Halt die Fresse! Halt verdammt nochmal die Fresse! Lach mich bloß nicht aus!" In seinem Hirn ist der Schalter umgelegt worden, jetzt dreht er völlig durch. Er wedelt mit der Waffe herum, als sei er hier an einer Schießerei im Wilden Westen beteiligt.

Phil, jetzt!

Ich wage es nicht, auf meine Uhr zu sehen. Wir haben vereinbart, dass Phil sich einschalten würde, wenn Tiffany nicht innerhalb von fünf Minuten aus dem Gebäude kommt, nachdem ich es betreten habe.

Wo zur Hölle steckt er also? Wie viel Zeit ist denn schon vergangen, verdammt?

Ich trete einen weiteren Schritt auf Luda zu und verringere den Abstand zwischen uns. Ich versuche immer noch, seine Aufmerksamkeit von Tiffany wegzuziehen. Ich habe ihr einen beruhigenden Blick zugeworfen, aber sie hat nicht reagiert. Stattdessen sieht sie mich an, als würde sie mich nicht einmal wiedererkennen. Was zum Teufel hat dieses Arschloch ihr erzählt?

„In Ordnung, okay, Luda. Beruhige dich." Ich mache beruhigende Gesten mit meinen Händen und gehe einen weiteren Schritt auf ihn zu.

Ich schätze den Abstand zwischen uns, durchdenke Strategie und Taktik, als befänden wir uns hier im Ring. Der einzige Unterschied zum Ring ist, dass dort keine Pistole auf mich gerichtet ist.

Ich hasse Pistolen.

„Du hast mich. Du hast gewonnen, Luda. Du hast gewonnen." Die Worte schmecken bitter auf meiner Zunge, aber ich weiß, dass er sie hören muss. Der Typ hat ein Ego, das so groß ist wie Alaska. „Du kannst Tiffany jetzt gehenlassen. Es geht doch hierbei nur um mich und dich."

Ludas Auge zuckt, und mir wird mein eigener Fehler bewusst. Ich habe Tiffany wieder ins Gespräch gebracht. Ich habe ihn daran erinnert, dass er ein Ass in seinem verfluchten Ärmel hat.

„Ich habe es mir anders überlegt. Ich denke, ich behalte sie hier." Er packt sie an ihrem Haar und sie schreit auf. „Oder, vielleicht übergebe ich sie auch an Bolokov. Ich habe gehört, dass er eine Schwäche für Rothaarige hat."

Jetzt, Phil.

„Wie auch immer: Wir werden ein bisschen Spaß haben, und du wirst tot sein." Luda hebt die Waffe und zielt mit ihr direkt auf meine Brust. Seine Hand zittert immer noch. Aus dieser Entfernung wird die Pistole ein Loch in mich hineinpusten, das niemand wieder flicken können wird.

„Caerus." Tiffanys Stimme ist ein Wimmern. In ihren Augen kann ich sehen, dass es nicht ihr selbst gilt, sondern mir. Sie will nicht dabei zusehen, wie ich sterbe.

„Sag Lebwohl, Cae."

Luda grinst schäbig, und seine Eidechsen-artige Zunge fährt über Tiffanys Wange. Ich schwöre bei Gott: Ich werde ihn dafür umbringen, dass er sie berührt hat.

Verfluchte Scheiße, Phil!

In der Ecke hinter Luda scheppert es, und er wirbelt unwillkürlich herum. Ich handle aus purem Instinkt: Ich reiße ihm die Beine fort. Ein Schuss löst sich, als er den Abzug drückt, und er fällt auf den Rücken. Ich trete auf sein Handgelenk, wieder und wieder, bis ich höre, wie der Knochen bricht und die Pistole ihm aus der Hand gleitet.

Luda schreit auf, teils aus Schmerz, teils vor Wut, und versucht, sich mit seinem zerdrückten Handgelenk hochzurappeln. Aber ich habe nicht vor, ihn wieder auf die Füße kommen zu lassen. Ich schlage ihn hart, wieder und wieder und wieder. Blut befleckt meine Hände, und Knochen brechen unter meinen Fäusten.

Alles, woran ich denken kann, ist, ihn bezahlen zu lassen, ihn für alles bezahlen zu lassen, was er Tiffany angetan hat; dafür, dass er sie zu Tode erschreckt hat, dass er sie mir weggenommen hat, dass er sie gegen mich aufgestachelt hat, dass er sich auf die Seite von Bolokov gestellt hat, dass er mich verarscht hat, dass er so getan hat, als sei er mein Freund, und mich dann ausgesaugt hat. Ich will auf ihn einprügeln, bis nichts von ihm übrig ist als eine blutige Fleischmasse und nicht einmal seine verdammte Mutter ihn identifizieren kann.

„Cae! Cae, hör auf!"

Ich erkenne Phils Stimme, aber sie klingt so weit entfernt, und Luda ist genau hier, direkt vor mir. Ich hebe meine Faust, um einen weiteren knochenbrechenden Schlag auszuteilen – er wird nicht überleben, was ich mit ihm vorhabe.

„Cae? Was zur Hölle?"

Eine Hand hat meinen Arm gepackt und hindert mich an dem Schlag. Ich knurre und versuche, sie abzuschütteln. Ich bin verdammt noch mal noch nicht fertig.

„Cae! Tu das nicht! Das bist nicht du!" Die Dringlichkeit in der Stimme meines Freundes weckt mich aus meinem Blutrausch. Ich blinzle langsam und lasse die Zerstörung, die ich angerichtet habe, ins Blickfeld treten.

Ludas Augen sind zugeschwollen, seine Lippen sind aufgeplatzt, und seine Nase sieht aus, als wäre sie püriert worden. Sein Arm hängt schlaff neben ihm. Das einzige Anzeichen dafür, dass er noch am Leben ist, ist das unfassbar langsame Heben und Senken seiner Brust. Ein paar Rippen sind ohne Zweifel gebrochen. Aber er ist nicht tot – zumindest noch nicht.

„Er ist es nicht wert, Cae." Es ist, als könne Phil meine Gedanken lesen. Sein Griff an meinem Arm wird fester, als wüsste er, dass ich jeden Moment beenden will, was ich angefangen habe.

Schließlich wende ich meinen Blick von Ludas Körper und betrachte meinen Freund. Er hat immer noch den Montierhebel in der Hand, mit dem er auf die Rohre draußen eingeschlagen hat, um Luda abzulenken.

Ich sehe ihm in die Augen und erkenne die Unsicherheit, als er seinen Stand festigt. Er weiß nicht, ob ich meine Wut an ihm auslassen werde oder nicht. Ich atme tief ein, dann noch einmal, und bringe mich wieder unter Kontrolle. Ich nicke in Anerkennung dessen, was er gerade getan hat: mich davon abzuhalten, etwas zu tun, das ich niemals rückgängig machen könnte.

Überzeugt, dass ich niemanden weiter zu Brei prügeln werde, lässt Phil meinen Arm los und läuft um mich herum. Er betrachtet Ludas bewusstlosen Körper und schüttelt den Kopf.

„Du gieriger, dummer Bastard!"

Ein Wimmern aus Tiffanys Richtung zieht meine Aufmerksamkeit auf sich. Sie ist auf dem Boden zusammengesunken, als könnten ihre Beine sie nicht länger tragen. Ich verstecke automatisch meine blutigen Hände hinter dem Rücken, aber sie sieht nicht mich an. Mit glasigem Blick starrt sie auf Luda. Sie steht unter Schock, und ich muss sie hier schleunigst rausbringen.

Jetzt, wo ich meine Wut unter Kontrolle habe, bin ich wieder in der Lage, zu sprechen. Und es wird Zeit, mit dieser Scheiße fertigzuwerden.

„Ruf ein paar von den Jungs. Er muss hier raus. Und mach deutlich, dass er es bereuen wird, wenn er je wieder einen Fuß in L.A. setzt."

Ich kann nicht mal den Namen des Typen sagen – des Typen, der einmal mein Freund war. Ich taste seinen hingestreckten Körper ab, um die Schlüssel für Tiffanys Handschellen zu finden.

„Linke Arschtasche." Tiffanys Stimme zittert, als würden ihre Zähne vor Kälte klappern.

Ich packe den Schlüssel und bin in Sekundenschnelle bei ihr, schließe die Handschellen auf und befreie ihre blutigen Handgelenke. Ich will nichts lieber tun, als sie festzuhalten, ihr Haar zu streicheln und ihr sagen, dass alles gut ist, dass ich alles in Ordnung bringen werde.

Aber sobald die Handschellen sich von ihren Handgelenken gelöst haben, springt sie auf und weicht vor mir zurück.

„Komm mir nicht zu nahe!“ Sie hält ihre Hände warnend vor sich. Ihr Blick fällt auf Luda und sie drückt ihre Augen zu, als könne sie dadurch vergessen, was sie gerade gesehen hat. „Ich wollte es nicht glauben. Ich wollte nicht glauben, was er mir über dich erzählt hat. Aber du, du hättest ihn umgebracht. Wenn Phillip nicht dagewesen wäre …“ Sie starrt schockiert auf meine blutigen Hände, und mir rutscht das Herz in die Hose. „Du hättest ihn mit bloßen Händen umgebracht!“

„Tiffany.“ Ich gehe einen Schritt auf sie zu, und sie geht einen Schritt zurück.

„Du hast mich mit allem angelogen.“ Sie sieht mich mit so großem Schmerz in ihren Augen an, dass es sich anfühlt, als würde es mich umbringen.

„Nein, nicht mit allem. Ich habe nicht gelogen, als ich dir sagte, was ich für dich empfinde.“

Sie schüttelt den Kopf. Ihre Augen nehmen einen Grauton an, den ich nie zuvor gesehen habe.

„Das spielt doch überhaupt keine Rolle, verstehst du das nicht? Du hast mich in Hinsicht auf alles andere belogen – deine Arbeit, deine Freunde, deine Vergangenheit.“ Sie sieht mich entrüstet an. „Du bist ein Verbrecher. Du bist der Mann, wegen dem die Karriere meines Vaters auf dem Spiel steht! Wie soll ich denn damit umgehen?“ Sie fährt sich mit den Fingern durchs Haar. Sie sieht so verzweifelt aus. Ich will nichts lieber, als meine Hand auszustrecken und sie zu berühren.

„Tiffany …“

„Tu das nicht!“ Sie wirbelt herum und sieht mir in die Augen. „Sag nicht meinen Namen!“ Sie zittert am ganzen Körper. Ich bin nicht sicher, ob es am Adrenalin liegt, das ihren Körper verlässt, oder daran, dass sie verdammt wütend auf mich ist. „Ich muss hier raus. Ich muss weg." Sie läuft los und ich folge ihr nach draußen.

„Geh nicht! Du kannst jetzt nicht fahren, das ist zu gefährlich! Würdest du bitte anhalten? Lass es mich erklären!"

„Erklären?" Sie lacht, und es ist ihrer warmen Stimme so unähnlich, dass es mich in Mark und Bein trifft. Denn ich weiß, dass ich der Grund dafür bin. Ich bin derjenige, der ihr das angetan hat. „Du glaubst, du kannst das hier alles einfach erklären?" Sie macht eine ausladende Geste und umfasst damit das Warenlager, Ludas zertrümmertes Gesicht und die Blutflecken auf dem Boden.

„Ich habe nie gewollt, dass so etwas passiert. Ich wollte dir niemals wehtun." Ich weiß nicht, was ich sagen soll, und ich kann bereits sehen, wie sie sich von mir entfernt, obwohl sie noch direkt vor mir steht.

„Wie soll ich dir denn glauben? Da sind einfach viel zu viele Lügen!"

„Du hast schon einmal gesagt, dass du mir vertraust, dass du an mich glaubst, dass der ganze andere Scheiß um mich herum dir nichts bedeutet, dass nur ich dir etwas bedeute." Ich wollte es so sehr glauben, glauben, dass etwas so Schönes wie dieses bedingungslose Vertrauen wirklich wahr sein könnte, dass es mir gelten könnte."

Sie sieht mich an. Tränen treten ihr in die Augen, und sie schüttelt traurig den Kopf. „Du warst von Bedeutung für mich, Caerus." Das Präteritum schneidet mir in die Eingeweide wie ein Messer. „Aber ich glaube, mir war die Person wichtig, für die ich dich gehalten habe. Es hat sich herausgestellt, dass ich dich im Grunde überhaupt nicht gekannt habe. Und das ist mein Fehler, nicht deiner. Es war mein Fehler, so naiv zu sein, mein Fehler, mich in dich zu..." Sie verstummt, atmet flatternd ein und schluckt hinunter, was sie sagen wollte. „Ich gehe jetzt, und ich will, dass du mich nicht aufhältst. Ich will, dass du mir nicht folgst. Ich will, dass du mich verdammt noch mal in Ruhe lässt."

„Tiffany, bitte."

„Ich gehe, Caerus. Wenn ich dir wirklich etwas bedeute, wenn irgendetwas von dem, was du gesagt hast, wahr ist, dann vergiss bitte, dass du mich jemals getroffen hast. Ich werde dasselbe versuchen." Sie öffnet ihren Mund, um noch etwas zu sagen und schließt ihn dann schnell wieder. Sie läuft zu ihrem Auto. Ihre Beine scheinen weitaus standfester zu sein als meine.

Ich sehe ihr nach und wende den Blick nicht von dem Auto, bis sie um die Ecke gebogen und aus meinem Blickfeld verschwunden ist.

„Agape mou. Das ist es, was ich an dem Abend zu dir gesagt habe," flüstere ich die Antwort auf die Frage, die sie mir erst gestern gestellt hat. Jetzt fühlt es sich an, als wäre seit diesem Moment ein ganzes Leben vergangen. „Es bedeutet: *Meine Geliebte.*"

Ende Teil I

(mit dem 2. Teil geht es gleich im Anschluss auf der nächsten Seite weiter)

Fight for Love Teil II

Prolog

Caerus

„Bolokov weiß von ihr."

Das hat Luda zu mir gesagt, aber ich wollte es einfach nicht hören. Ich habe nicht nachgefragt, wie er an diese Information herangekommen ist, habe nicht nach einem Beweis gefragt. Ich habe ihn verdammt noch mal gar nichts gefragt. Und warum? Weil alles, woran ich denken konnte, Tiffany war, und daran, sie in Sicherheit zu wissen. In jenem Moment ist alles andere zweitrangig gewesen.

Gut gemacht, Mann! Das hast du wirklich prima hingekriegt!

Meinetwegen ist sie verletzt worden, meinetwegen wurde ihr eine Knarre ins Gesicht gehalten, meinetwegen schwebt sie auch jetzt noch in Gefahr. Und die Schuld macht sich ganz schön schwer in meinen Eingeweiden – wie ein verfluchter Anker. Bolokov hat sie benutzt, um an mich heranzukommen, und es hätte beinahe funktioniert. Wenn die Sache in dem Warenlager auch nur ein kleines bisschen anders gelaufen wäre … Ich möchte gar nicht daran denken, was dann passiert wäre. Ich hätte mich ohne zu zögern für Tiffany geopfert, wenn es nötig gewesen wäre. Und beinahe wäre es dazu gekommen. Der Verrat des Mannes, den ich für einen Freund gehalten habe, auf den ich mich verlassen und dem ich vertraut habe, liegt mir immer noch wie ein bitterer Geschmack auf der Zunge.

Vertrauen. Es nützt dir verflucht noch mal gar nichts. Der Tod meines Vaters hätte mir dahingehend eine Lehre sein sollen. Jetzt weiß ich, dass das eine härtere Lektion ist, als ich gedacht hätte.

Ich habe ihr geglaubt, als sie mir sagte, dass sie mich so will, wie ich bin. Dass ihr all der andere Scheiß um mich herum egal ist. Dass sie nichts weiter will als *mich*. Es hat sich gezeigt, dass auch das ein Lüge war.

An den Tagen, an denen ich vernünftig denken kann, weiß ich, dass das nicht fair ist. Dass ich nicht hätte erwarten sollen, dass sie nicht völlig entsetzt sein wird, wenn sie die Wahrheit über meine Geschäfte herausfindet, die Wahrheit über mich. Es gab einen Grund, warum ich ihr davon nicht erzählt habe. Ich habe es ihr nicht ihr zuliebe nicht erzählt, sondern mir zuliebe. Ich hatte zu viel Angst davor, was sie wirklich von mir denken würde, wenn sie all die Leichen in meinem Keller sehen, wenn sie von all den schrecklichen Dingen wissen würde, die ich getan habe. Die ich immer noch tue. Ich habe sie nicht beschützt. Ich habe mich selbst beschützt. Ich bin echt der Mann des Jahres …

Aber gerade kann ich keinen Gedanken an diese Scheiße verschwenden. Zeit, mich zu konzentrieren. Deshalb stehe ich im Ring: um alles andere zu vergessen. Die Menge jubelt und skandiert meinen Namen, während ich meinen Gegner umkreise, ihn beobachte, seine nächste Bewegung vorausahne. Hier gehöre ich hin, hier habe ich schon immer hingehört. Nirgends sonst kann ich so ich selbst sein. Zumindest sage ich mir das immer wieder. Aber irgendetwas fühlt sich nicht richtig an. Irgendetwas ist anders.

Du vermisst sie, du Idiot!

Wut steigt in mir auf, als die Wahrheit darüber, wie sehr ich sie vermisse und wie beschissen es mir ohne sie geht, trifft mich wie ein Schlag. Es ist jetzt eine Woche her, und ich kann überhaupt nicht klar denken. Scheiße, manchmal habe ich sogar das Gefühl, ich könne ohne sie nicht atmen!

Im Ring sollte ich an nichts denken, außer ans Gewinnen, außer an das süße Rachegefühl, außer daran, dass ich Bolokov wieder mal eins ausgewischt habe. Aber ich kann nichts davon fühlen. Stattdessen fühle ich ... Leere.

Jab von links, linker Kinnhaken, Gerade von rechts, Jab von links.

Der Bengel stürzt mit wildem Blick rücklings in die Seile. Er weiß noch nicht mal, wovon genau er getroffen wurde. Er hat es nicht geschafft, mich mit einem Schlag zu treffen und zittert schon jetzt vor Erschöpfung. Zeit, ihn von seinem Leid zu erlösen und das hier zu beenden.

Jab, Jab, Gerade, ducken, rechter Kinnhaken.

Als meine Faust auf sein Kinn trifft, weiß ich, dass es vorbei ist. Der Kerl sinkt zu Boden. Er steht nicht wieder auf. Ein weiterer Sieg für mich.

Der Ansager schreit meinen Namen und reckt meine Hand in die Höhe. Die Menge tobt. Aber ich *fühle* einfach nichts. Ich bin nicht glücklich, nicht mal zufrieden. Das Einzige, was ich tief in mir wahrnehme, ist, dass ich etwas will, etwas brauche. Ich brauche einen Menschen. Einen Menschen, den ich nicht haben kann, einen Menschen, der mich nicht will, einen Menschen, den ich niemals haben kann.

Du hast versagt, Kleiner!

Jap, danke für die Information, Dad!

Aber er hat recht. Ich hab's versaut, und zwar ganz gewaltig. Das Einzige, was ich jetzt noch tun kann, ist, ihrer Bitte nachzukommen und mich von ihr fernzuhalten. Ich rede mir ein, dass ich das kann. Und ich kann nicht nur das, ich kann sie auf diese Weise auch beschützen. Nur das ist wichtig. Dass sie sicher ist, dass sie glücklich ist.

Auch, wenn sie es ohne mich ist.

Kapitel Eins

Tiffany

„Halt endlich deine verdammte Schnauze!“

Ich weiche unwillkürlich vor der Spucke zurück, die aus seinem Mund fliegt und auf meiner Wange landet. Der Hass in seinen Augen durchbohrt mich.

„Du weißt überhaupt gar nichts über mich, Schlampe!“

Atme, Tiffany, atme! Du wirst das hier überstehen!

Ich kralle mich an jedes kleine Bisschen innerer Stärke, die ich aufbringen kann, um das Zittern abzustellen. Ich konzentriere mich auf etwas anderes, etwas anderes als diesen Mann vor mir, der eine Waffe an meinen Kopf hält, einen Mann, dessen Handschellen mir die Handgelenke abschnüren, diesen Mann, der mich töten wird.

Nein, Tiffany, denk nicht sowas! Das darfst du nicht! Caerus wird bald hier sein, er wird dich hier rausholen!

Ich will diesen Teil meines Gehirns anschreien, der zu glauben scheint, dass alles gut werden wird. Falsche Hoffnungen sind noch viel schlimmer als zu glauben, dass ich sterben werde. Wenn das, was er mir über Caerus erzählt hat, wahr ist, dann gibt es keinen Grund für ihn, mich hier rauszuholen. Er ist nichts weiter als ein kaltherziger Krimineller. Ich bedeute ihm nichts. Ganz davon abgesehen: Selbst, wenn er hier als Ritter in goldener Rüstung auffährt und mich rettet, gibt es keinen Grund, anzunehmen, dass dieser Irre mich nicht hinterher umbringen wird. Er hat mit aller Deutlichkeit klargemacht, dass ich ihm einen Scheißdreck bedeute.

Die Erkenntnis, dass es das vielleicht gewesen ist, dass ich in dieser rattenverseuchten, kalten, dunklen Lagerhalle sterben könnte, trifft mich wie ein Schlag in die Brust. Angst schnürt mir den Hals zu, aber ich schlucke meine Tränen hinunter. Die helfen mir jetzt auch nicht weiter.

Bleib ruhig, bleib sicher. Das ist das Gegenteil von dem, was ich in all den Selbstverteidigungskursen gelernt habe, in die mein Vater mich als Kind geschickt hat. Sie hatten mir beigebracht, ich solle rufen und schreien, wenn ich angegriffen würde, um so viel Aufmerksamkeit zu erregen wie möglich. Ich solle um Hilfe rufen, ‚Feuer!' schreien, dann würde jemand kommen und mir helfen. Wenn ich gerade nicht so entsetzliche Angst hätte, müsste ich vielleicht lachen. Wenn jemand mit einer Waffe auf dich zielt, ist Schreien nicht gerade die beste Option. Abgesehen davon würde mich hier sowieso niemand hören.

Er redet weiter, aber ich halte meinen Blick auf den Boden geheftet. Ich will keinen Blickkontakt mit ihm, will ihm keinen weiteren Grund geben, mich zu schlagen.

Ich bewege vorsichtig meinen Kiefer. Er schmerzt von dem Rückhandschlag, den er schon ausgeteilt hat. Ich kann Blut auf meiner Lippe schmecken und mein rechtes Auge fühlt sich an, als stünde es in Flammen. Aber das ist bei Weitem noch nicht das Schlimmste. Es sind die Handschellen. Sie an meinen Handgelenken zu spüren, das Metall, das an meiner Haut kratzt. Ich habe versucht, meine Hände durch sie hindurchzuziehen. Durch das Blut, das dabei geflossen ist, sind meine Handflächen glitschig geworden. Es hat nichts geholfen. Ich bin die Handschellen nicht losgeworden und das Gefühl der Enge, eingepfercht zu sein, macht es mir schwer, zu atmen.

Ich kann seine Anwesenheit spüren, sehe, wie seine Stiefel ins Blickfeld treten, während er im Kreis um mich herumläuft. Mir hämmert das Herz in der Brust. Es klopft so laut, dass ich beinahe seine Worte nicht darüber hören kann. Ich wünschte, es wäre so.

„Du bist unangenehm still, Süße!"

Bei seiner Stimme läuft es mir kalt den Rücken hinunter. Bevor ich ihn das erste Mal getroffen habe, habe ich das immer bloß für ein Gefühl gehalten. Jetzt weiß ich, dass es eine ziemlich echte physische Reaktion ist. Es fühlt sich an, als wolle jede einzelne Zelle von mir so weit weg von ihm sein wie möglich. Ich schiebe mich von ihm weg – so weit es mit den Handschellen geht.

„Na, mein kleiner Knaller?“ Er sagt den Namen, als sei er ein Kosewort, als wäre da etwas zwischen uns. „Ich hab mich grad gefragt, ob ich dich schon kleingekriegt hab.“ Er klingt zufrieden darüber, dass ihm das noch nicht gelungen ist. Als würde er sich auf die Herausforderung freuen. Mir dreht sich der Magen um und droht, seinen Inhalt gleich über den Betonfußboden zu ergießen.

Schneller als ich zählen kann ist seine Hand in meinem Haar und er zieht meinen Kopf zurück. Ich schreie auf.

„Sieh mich an, Schlampe! Sieh mich an!“

Er zieht weiter an meinem Haar, bis ich tue, was er sagt. Der Blick in seinen Augen lässt mir die Knie weich werden. Er leckt sich über die Lippen und ich weiche zurück, aber ich kann mich kaum in seinem Griff in meinem Haar bewegen.

„Ich wette, du bist ganz schön gut im Bett!“ Ein Grinsen zieht über sein Gesicht, aber es liegt keinerlei Freundlichkeit darin. Er sieht vielmehr noch bedrohlicher aus. Ich reiße an den Handschellen, versuche, freizukommen, obwohl ich weiß, dass es sinnlos ist. Aber ich werde nicht zulassen, dass er mir das antut. Das kann ich nicht.

Sein Lachen hallt in meinen Ohren wider, während ich versuche, gegen ihn zu kämpfen, ihn zu treten, meinen Körper hin- und herzuwerfen. Aber er wehrt meine armseligen Angriffe mühelos ab. Seine Augen leuchten – dieser Bastard genießt das hier auch noch! Je mehr ich kämpfe, umso mehr scheint ihm das Spaß zu machen. Dieser Kerl ist krank!

Er zieht fester an meinem Haar und beugt sich herunter, bis unsere Gesichter nur noch Zentimeter voneinander entfernt sind. Ich versuche verzweifelt, ihm eine Kopfnuss zu geben, das Unausweichliche abzuwenden, aber er weicht aus, als hätte er die Bewegung schon aus einem Kilometer Entfernung kommen sehen.

„Sei lieb, Knaller." Er lächelt mich wieder an, und in diesem Moment weiß ich, dass er mich nicht gehenlassen wird. Er wird sich nehmen, was er will, und dann wird er mich aus dem Weg räumen.

Ich höre auf, zu kämpfen. Mein Körper ist vor Angst erstarrt.

Komm schon, Tiffany! Tu etwas!

Mein Hirn schreit mich an, sagt mir, ich solle nicht zulassen, dass er das tut, solle etwas tun, irgendetwas tun. Aber ich habe keine Ahnung, was ich noch machen könnte. Und ich habe keine Zeit mehr.

Ich kann mich nicht bewegen. Ich kann nicht denken. Ich kann nichts tun als der Szene, die sich vor mir abspielt, zuzusehen, als würde sie jemand anderem passieren.

Er leckt sich über die Lippen. Ich kann den Alkohol in seinem Atem riechen, als seine Zunge hervorschnellt und eine Linie über meine Wange zieht. Ich will mich übergeben. Ich will heulen, schreien, ihm sagen, dass ich lieber sterben würde. Aber ich tue nichts davon. Ich kann nicht. Ich stehe da, wie angewurzelt.

„Willst du nicht wissen, wie ein richtiger Mann es dir besorgt?"

Er dreht mich um, sodass ich mit dem Gesicht zur Stange stehe, an der ich festgekettet bin, und schiebt sich hinter mich. Er hält mich mit seinem Körper gefangen. Seine Erektion spannt sich gegen seine Jeans, hart an meinem Po. Mit seiner freien Hand greift er nach dem Knopf meiner Hose. Ich bewege meine Hüften, versuche, seinem Griff zu entkommen, aber ich kann nirgendwohin. Dieses Engegefühl, das Gefühl, eingepfercht zu sein, trifft mich wieder wie ein Schlag und die Welt fängt an, sich zu drehen.

„Keine Sorge, Süße. Du kannst ruhig schreien", japst er. Er kann kaum erwarten, was jetzt kommt. „Ich mag es, wenn sie schreien."

„Nein!“

Ich sitze kerzengerade, bin schweißgebadet und mein Herz rast, als wäre ich gerade einen Marathon gelaufen. Ich blinzle im schwachen Licht und realisiere langsam, wo ich bin. In meinem Bett. Zu Hause. Sicher. Ich bin in Sicherheit.

Ich atme schaudernd ein. Dann noch einmal, bis ich nicht mehr daran denken muss, zu atmen. Ich bin froh, dass die Lampe auf dem Nachttisch leuchtet und das Licht mein Schlafzimmer schwach erhellt. Ich habe seit einer Woche nicht mehr ohne Licht schlafen können – seit … Nun ja – seit es passiert ist.

Selbst als Kind habe ich nie Angst vor der Dunkelheit gehabt. Aber jetzt ist alles anders. Es liegt noch nicht mal an der Dunkelheit an sich, sondern an dem erstickenden Gefühl, eingesperrt zu sein, davon, dass die Wände immer näherkommen. Ich reibe gedankenverloren über meine Handgelenke und fahre die Schrammen entlang, die noch immer nicht verheilt sind.

Ich sehe auf die Uhr. 4:23 Uhr. Eine ganze Minute später als gestern. Es ist derselbe Albtraum, jede Nacht, die ganze Woche. Aber jede Nacht wird er ein bisschen länger. Jede Nacht kommt er ein Stück näher heran an … Ich kann das Wort noch nicht einmal denken. Mein Magen rebelliert schon bei dem Gedanken daran. Lustiger Weise – wenn es daran überhaupt irgendetwas Lustiges gibt – ist es nicht passiert. Bei Tageslicht betrachtet weiß ich, dass mein Gehirn diesen Schlussteil des Traums – oder Albtraums – erfindet.

Ich weiß, dass Luda mich nicht vergewaltigt hat. Er hat damit gedroht, es zu tun, er hat mir bis ins kleinste abscheuliche Detail erklärt, was er mit mir machen wird. Aber er hat es nicht getan. Er hatte nicht die Gelegenheit dazu. Aber versuch mal, das meinem Hirn zu erklären! Es ist, als würde ich mit einer Backsteinwand reden!

Ich weiß aus Erfahrung, dass es nichts nützt, zu versuchen, weiterzuschlafen – es ist unmöglich. Zeit, den Tag zu beginnen, würde ich sagen. Während ich mich aus dem Bett wälze, in die Küche tappe und mein allmorgendliches Kaffeekoch-Ritual starte, versuche ich, die Angst zu ignorieren, die sich durch meine Magengrube frisst. Ich habe den Morgen mal gemocht. Ich war mal einer dieser seltsamen Menschen, die aus dem Bett springen und sich auf den Tag freuen, der vor ihnen liegt. Aber das war einmal.

Jetzt muss ich mich dazu drängen, alles mechanisch zu erledigen, aus dem Haus zu gehen, zur Arbeit zu fahren, mein Unternehmen zu führen, zu essen, zu schlafen, zu atmen. Jetzt fühlt sich alles an, als würde es mich eine unmäßige Menge an Kraft kosten.

Meine Gedanken wandern zu dem Traum zurück. Ich weiß, dass Luda mir heute Nacht noch ein Stück näherkommen wird und dass ich nicht rechtzeitig aufwachen werde, um es zu unterbinden. Mein Herz hämmert gegen meine Rippen und meine Hand zittert so stark, dass mir die Kaffeetasse aus der Hand fällt und der Inhalt über den ganzen Boden verschüttet wird.

Ich sehe dabei zu, wie die Flüssigkeit sich auf dem Holzfußboden verteilt. Eine Sekunde lang bin ich zurück in dem Warenlager. Ludas Blut befleckt den Boden und Caerus steht über ihm wie ein verfluchter Racheengel. Oder eher wie der Teufel? Meine Knie fühlen sich an, als würden sie gleich nachgeben, und ich halte mich an der Arbeitsplatte fest.

„Reiß dich zusammen, Tiff!“, stoße ich zwischen den Zähnen hervor. Ich atme tief ein, und dann noch mal, und noch mal. Bis ich mich nicht mehr dazu ermahnen muss, bis ich mich annähernd ruhig fühle. Ich mache mich daran, die Sauerei wegzuwischen, die ich verursacht habe. Wenn doch nur alles so einfach wieder in Ordnung zu bringen wäre!

Es wäre einfach, Luda dafür verantwortlich zu machen, wie ich mich fühle, oder die Tatsache, dass ich von einem Psychopathen entführt worden bin, dass ich mit einer Waffe an meinem Kopf zur Unterwerfung gezwungen worden bin, dass ich mich stundenlang völlig hilflos gefühlt habe. Aber damit würde ich nur mich selbst belügen.

Es liegt nicht nur daran, was Luda mir angetan hat. Es liegt an dem, was er mir erzählt hat – was er mir über Caerus erzählt hat. Ich muss schlucken. Selbst an seinen Namen zu denken, ist hart. Es ist jetzt eine Woche her, und ich kann nicht an ihn denken, ohne dass meine Brust physisch schmerzt. Und es tut nicht nur weh, dass ich ihn vermisse, seine Arme um mich vermisse, vermisse, wie ich mich bei ihm gefühlt habe. Es tut weh, weil er mich betrogen hat, weil alles nur Lügen waren. Alles, von dem ich geglaubt habe, dass es zwischen uns wäre, alles, von dem ich geglaubt habe, dass wir es hätten – das alles basierte nur auf Lügen. Er ist nicht der Mensch, für den ich ihn gehalten habe. Der ist er nie gewesen. Er ist ein gewalttätiger Krimineller, einer, vor dem die Menschen auf der Straße weglaufen würden, wenn sie wüssten, wer er wirklich ist.

Ich zucke zusammen, als eine der Porzellanscherben eine saubere Linie in meinen Daumen schneidet. Es tut nicht weh. Nicht im Vergleich zu dem, was ich durchgemacht habe. Trotzdem dreht sich mir beim Anblick von Blut der Magen um. Ich wickle meinen Daumen in den Saum meines T-Shirts und drücke auf den Schnitt, während ich ins Badezimmer laufe, um den Verbandskasten zu suchen. Ich fluche, während ich mich an dem Koffer zu schaffen mache, und öffne ihn ungeschickt mit einer Hand. Die Wundpflaster fliegen in hohem Bogen heraus.

In diesem Moment sehe ich zu meinem Spiegelbild. Wenn mir nicht klar wäre, dass hier niemand anders ist, hätte ich mich selbst wahrscheinlich gar nicht wiedererkannt. Seit jener Nacht habe ich den Spiegel gemieden. Ich habe eine eiskalte Distanz gewahrt und mich immer nur auf einen Teil meines Gesichts konzentriert, wenn ich die Blutergüsse mit Make-up verdeckt habe. Ich habe nicht so genau hingesehen, nicht wirklich lange hingesehen – bis jetzt.

Jetzt kann ich nirgendwohin sonst sehen und ich bin entsetzt über das, was ich sehe. Nicht über die Blutergüsse – die sind schon beinahe verschwunden. Meine Verletzungen sind immer schnell wieder verheilt. Es sind die dunklen Ringe unter meinen Augen, meine hohlen Wangen. Ich hätte nie gedacht, dass ich noch blasser aussehen könnte. Aber anscheinend habe ich mich da geirrt – wie in so vielen Dingen. Ich sehe aus wie ein Vampir – und zwar nicht wie einer dieser coolen, attraktiven aus den Liebesromanen, sondern wie einer dieser unheimlichen mit totem Blick aus den alten Schwarzweißfilmen. Eine Schande, dass es noch Monate dauert, bis Halloween ist. Mit dem Gesicht hätte ich einen Riesentreffer gelandet!

Mir entfährt ein bellendes Lachen. Bei dem scharfen Klang lege ich meine Hände auf den Mund. Meine Augen weiten sich im Spiegelbild, eine hellgraue Farbe, die mich sogar noch fader aussehen lässt. Ich *klinge* nicht wie ich, ich sehe nicht *aus* wie ich, ich *fühle* mich nicht wie ich. Wer zum Teufel bin ich?

Das Summen meines Handys in meiner Tasche lässt mich aus meinen Gedanken auffahren und ich nehme ab, ohne nachzusehen, wer da anruft. Nur ein Mensch auf der Welt würde mich so früh am Tag anrufen.

„Das ist ganz schön früh, selbst für dich!“ Ich klemme das Telefon zwischen meiner Wange und meiner Schulter fest und räume den Verbandskasten weg.

„Wie meinst du das? Gestern hab ich dich genau zur selben Zeit angerufen.“ Isabelles helle und lebhafte Stimme gibt einen starken Kontrast zu meinem rauen Ton ab. Ich klinge, als würde ich an einem Tag eine ganze Zigarettenpackung rauchen.

Ich sehe auf die Uhr. 6 Uhr. 6 Uhr? Wie zum Kuckuck ist das passiert? Was habe ich die letzten anderthalb Stunden lang gemacht?

„Tiff, bist du noch da?“

„Entschuldige, ja, ich bin da.“ Ich schüttle den Kopf, als könne das ein paar der Spinnweben in meinem benebelten Hirn auflösen – keine

Chance. „Ich hab nur gar nicht mitbekommen, dass es schon so spät ist," sage ich matt.

Eine bedeutungsschwangere Pause am anderen Ende der Leitung sagt mir, dass meine beste Freundin sich für etwas rüstet.

„Du hast schon wieder einen Traum gehabt."

„Ist das eine Frage oder eine Feststellung, Frau Anwalt?" Ich tue mein Bestes, um die Stimme eines Richters zu imitieren, einen Witz zu machen und so zu tun, als würde ich nicht gerade Zeit schinden wollen, als wären meine Träume nicht das Letzte, worüber ich gerade gerne reden würde. Nun ja, vielleicht nicht das Letzte. Vielleicht gibt es da noch etwas anderes, über das ich noch viel weniger gern reden würde.

„Es ist normal, wenn du Albträume hast, Tiff. Vor allem nach dem, was du durchgemacht hast." Ihre Stimme klingt beruhigend, aber sie beruhigt mich nicht. Kaum etwas beruhigt mich mehr.

„Wie kannst du das sagen, Iz? Du hast noch nicht mal eine *Ahnung* davon, was ich durchgemacht habe." Ich meide meinen eigenen Blick im Spiegel. Ich habe Angst davor, was ich dort sehen könnte.

„Und wer ist daran schuld?"

„Genau, *ich* bin daran schuld. Die ganze Sache ist meine Schuld, was mir passiert ist, ist meine Schuld. Du klingst schon wie mein verdammter Vater!"

Ich scheiße sie zusammen und bereue sofort meine Worte. Es sieht mir nicht ähnlich, einen Streit anzufangen, vor allem nicht mit ihr. Die unverbesserliche Optimistin ist definitiv verschwunden.

„Issy, es tut mir leid." Ich lehne mit dem Ellbogen auf dem Waschtisch und massiere meine Stirn, als könne ich damit etwas von diesem Wahnsinn fortreiben.

„Schon gut, Tiff. Schon vergessen." Ich kann beinahe hören, wie sie meine Entschuldigung abwinkt. „Aber ich mache mir wirklich Sorgen um dich. Ich würde lügen, wenn ich sagen würde, dass ich das nicht tue." Sie seufzt tief. Es klingt resigniert und ist ihr so gar nicht ähnlich. Es überrascht mich völlig. „Ich wünschte nur, du würdest mir erzählen, was mit dir passiert ist! Ich wünschte, du würdest mich dir helfen lassen!"

„Du hilfst mir doch schon!" Ihre allmorgendlichen Kontrollanrufe machen es ein bisschen einfacher, das Haus zu verlassen, ein bisschen einfacher, zur Arbeit zu fahren und meinen Job zu erledigen und so zu tun, als wäre ich immer noch dieselbe. „Und irgendwann werde ich dir alles erzählen, Iz. Ich bin einfach nur noch nicht bereit dazu."

Isabelle hat versucht, die ganze Geschichte aus mir herauszubekommen, seit sie mich am Hafen aufgelesen hat. Nachdem ich aus dem Warenlager herausgelaufen bin und Caerus zurückgelassen habe, habe ich eine Telefonzelle gefunden und Isabelle per R-Gespräch angerufen. Sie ist in Lichtgeschwindigkeit zu mir gefahren, hat einen Blick auf mein geschwollenes Gesicht und meine blutenden Handgelenke geworfen und mich zum Krankenhaus gefahren.

Ich habe ihr erzählt, ich sei angegriffen worden, aber ich wollte nicht sagen, von wem. Ich bin zumindest so geistesgegenwärtig gewesen, zu wissen, dass alles auf Caerus zurückzuführen wäre, wenn ich mit dem Finger auf Luda zeigen würde. Und es hätte sich– trotz allem – nicht richtig angefühlt, ihn derart zu verraten. Schließlich hat er mir das Leben gerettet. Ich weiß: dummes, naives Ding, das man Liebe nennt. Als Isabelle angeboten hat, Caerus anzurufen, um ihm zu sagen, wo ich bin und was passiert ist, bin ich beinahe aus dem Krankenhausbett herausgesprungen, um sie davon abzuhalten.

„Wir sind nicht mehr zusammen."

Das ist die Untertreibung des Jahrhunderts gewesen und hat Issys analytisches Denken in die Gänge gebracht.

„Hat er das getan?" In ihrem Gesicht hat der blanke Horror gelegen. „Du musst ihn anzeigen!"

Sie hat gedacht, Caerus hätte mich verletzt. Und egal, wie oft ich ihr gesagt habe, dass dem nicht so war – sie hat mir nicht glauben wollen. Vielleicht hat das daran gelegen, dass er derjenige ist, der mich am meisten verletzt hat – wenn auch nicht auf die Art, die sie gemeint hat.

„Du kannst ihn mit der Sache nicht durchkommen lassen! Er wird es wieder tun, es einer anderen Frau antun, wenn er nicht gestoppt wird. Männer wie er hören nicht einfach damit auf!" Isabelle hat nicht lockergelassen. Aber ich bin standhaft geblieben, denn ich habe keinerlei Zweifel gehabt, dass der Mann, der mir das angetan hat, jemals wieder ein Risiko für jemanden darstellen wird. Caerus hat ihn beinahe totgeprügelt. Luda kann sich glücklich schätzen, wenn er den Rest seines Lebens durch einen Strohhalm trinken kann.

„Wieso schützt du ihn?" Isabelles Stimme holt mich zurück in die Gegenwart. Ihr Ärger ist greifbar, aber ich bin innerlich dankbar, dass sie seinen Namen nicht verwendet. Seit dieser Nacht ist er tabu.

„Weil er nicht getan hast, was du denkst, Issy." Ich spreche über ihr skeptisches Schnaufen hinweg. „Und weil unsere Trennung eine Sache zwischen ihm und mir ist. Das geht niemand anderen etwas an." Meine Stimme ist täuschend ruhig, sogar gefasst. Als würde es mich nicht umbringen, über ihn zu reden, an ihn zu denken.

Zwischen uns breitet sich Stille aus. Normalerweise bin ich die erste, die nachgibt und die Spannung durchbricht, aber Normal hat sich vor einer Weile in Luft aufgelöst.

„Wie geht es deinen Handgelenken?"

Ich lächle matt, dankbar für den Themenwechsel. „Sie heilen."

„Und wie geht es dir?“

Ich öffne meinen Mund, um wie üblich mit ‚Gut!‘ zu antworten – wie immer, wenn sie mir diese Frage stellt. Aber irgendetwas lässt mich innehalten. Ob es nun die unerbittliche Wiederkehr meines Albtraums ist, dass ich mich zum ersten Mal wirklich im Spiegel betrachtet habe oder weil mir meine verfluchte Kaffeetasse aus der Hand gefallen ist – ich kann es nicht sagen.

„Ehrlich gesagt, weiß ich es nicht, Iz.“ Ich zucke mit den Schultern, obwohl mir klar ist, dass sie mich nicht sehen kann.

Ich warte auf den unvermeidlichen Vorschlag, mich ihrem Therapeuten vorzustellen, mit einem Berater für PTBS zu reden, all die Ratschläge, die sie mir schon unzählige Male gegeben hat.

Stattdessen lacht sie schnaubend. „Na, wenigstens hörst du endlich auf mit dieser ‚Gut!‘-Scheiße.“

Ich betrachte mich im Spiegel: Ich kann mich mitnichten vor der Tatsache versteckten, dass es mir definitiv *nicht* gut geht. „Sieht ganz so aus.“

„Du weißt, ich bin hier, okay? Was auch immer du brauchst: Ich bin hier.“ Isabelle ist nicht wirklich der warmherzige Typ. Das bin normalerweise ich. Auf diese Weise zeigt sie mir, wie wichtig ich ihr bin – indem sie die beständigste Freundin ist, die man sich wünschen kann. „Also, kommst du langsam in die Puschen und machst dich fertig für die Arbeit, oder was?“

Ich muss über ihre strenge Liebe lachen. Ich fühle mich zum ersten Mal heute Morgen wieder etwas wie ich; vielleicht sogar zum ersten Mal diese Woche.

„Jawohl, Chef!“ Ich salutiere gespielt. „Einiges zu tun, Orte, an die ich muss, Leute, die ich treffen muss und all so'n Kram.“

„Gut. Tiff, da ruft gerade noch jemand an. Ich ruf dich später wieder an.“ Sie legt auf, bevor ich mich auch nur verabschieden kann.

Aber das ist typisch Isabelle.

„In Ordnung, los geht's!“ Ich nicke meinem Spiegelbild zu und beschließe, dass der heutige Tag besser werden wird als gestern, dass ich mich wieder einkriegen werde, dass ich nicht an Caerus denken werde, dass ich ihn nicht vermissen werde, dass ich nicht wünschen werde, er wäre gerade hier. „Na, viel Glück!“ Ich schüttle den Kopf über mein armseliges Selbst und stelle die Dusche auf kochend heiß, um all die Dummheit aus mir herauszubrennen.

Als ich fertig und losgehbereit bin, sehe ich annähernd so aus wie die Tiffany Burns, die ich einmal gekannt habe. Das Geklimper der Armreifen, die ich trage, um die Schrammen an meinen Handgelenken zu verdecken, sind der einzige Unterschied, der einem Außenstehenden auffallen sollte. Ich hab mir nie etwas aus Schmuck gemacht, aber die Armreifen sind leichter zu erklären als die Handschellenmale – es sei denn, ich würde so tun wollen, als stehe ich auf Hardcore-SM. Ich werfe mir selbst einen betrübten Blick im Spiegel zu. Lieber nicht.

„Packen wir's an, Tiffany,“ sage ich zu mir selbst. „Und hör auf damit, Selbstgespräche zu führen!“

Als ich aus meiner Wohnungstür laufe, stoße ich beinahe mit einem der mir unliebsten Menschen auf der ganzen Welt zusammen und halte mich am Türrahmen fest, um nicht umzufallen.

„Mr. Bates!“

Mein Vermieter sieht mich an, als wäre ich ein saftiges Lammkotelett, während er seit Tagen nichts gegessen hat. „Tiffany, ich dachte wir wären mittlerweile Freunde und du würdest mich Charlie nennen?“ Er legt eine Hand auf seine Brust (oder, etwas weniger freundlich ausgedrückt: auf seine Männerbrüste), als hätte ich ihn tödlich verwundet. Seine Definition von ‚Freund‘ unterscheidet sich wirklich stark von meiner.

„Ach, ja!“ Ich beiße die Zähne zusammen und versuche, so etwas wie ein Lächeln zustande zu bringen. „Ich bin etwas in Eile.“ Ich schließe die Tür hinter mir ab und fummle mit meinen Schlüsseln herum. Ich hoffe, er versteht die Botschaft.

„Also, das hier wird nicht lange dauern.“ Er sieht mich genauso anzüglich an wie immer, genauso wie alle Frauen unter 50 im Block. „Das hier ist für dich.“ Er hält einen zerknitterten weißen Umschlag in die Höhe, aber als ich danach greife, zieht er ihn zurück und zwinkert mich auf eine Weise an, die wahrscheinlich kokett wirken soll, aber nur noch widerlicher ist.

„Was ist das?“ Ich weiche ein Stück vor ihm zurück. Ich will ihm nicht näher sein, als ich unbedingt muss.

„Ein formaler Räumungsbescheid.“ Er sieht mich wissend an. „Es sei denn, du hast es dir anders überlegt bezüglich meines... Angebots?“

Verflucht, wie habe ich das nur vergessen können? Der vernünftige Teil meines Hirns erinnert mich daran, dass ich mit anderen Dingen beschäftigt war. Aber das hilft mir auch nicht weiter, wenn meine Wohnung zwangsgeräumt wird.

Meine Wohnung und mein Studio sind die beiden Orte, an denen ich mich wirklich zu Hause fühle, die *einzigen* Orte, an denen ich mich noch wirklich sicher fühle. Und der Gedanke daran, dass dieser widerwärtige kleine Mann sie mir wegnehmen wird, lässt diese vertraute Wut wieder in mir hochkochen.

„Sie meinen das Angebot, mit Ihnen zu schlafen, um im Austausch dafür ein Dach über dem Kopf zu haben? Danke, nein!“ Ich stürme an ihm vorbei und wünschte, ich würde etwas tragen, das mehr Krach macht, etwas, das sich besser zum Stampfen eignet als meine Turnschuhe.

„Kleines dreckiges Biest,“ flüstert er, und ich wirbele schockiert zu ihm herum. Sicher, er ist ein Arschloch, aber er ist mir gegenüber noch nie so unverschämt gewesen.

„Was haben Sie gesagt?"

Zuerst denke ich, er würde einen Rückzieher machen und sich entschuldigen, aber sich zu verhalten wie ein vernünftiger Mensch ist nicht wirklich seine Art.

„Ich sagte, du wirst noch bereuen, dass du mich wie ein Stück Scheiße behandelt hast und so getan hast, als seist du etwas Besseres." Er kommt einen Schritt auf mich zu, und ich trete automatisch einen Schritt zurück. Ich habe keine Angst vor ihm, aber mein Diskretionsabstand ist mir sehr wichtig geworden. Und das ist die eine Sache, über die ich hier die Kontrolle habe. „Ich habe Freunde, wissen Sie? Einflussreiche Freunde." Seine Stimme wird höher und höher, während er immer wütender wird. Schließlich klingt er, als hätte er gerade Helium inhaliert. Ich erwarte schon fast, dass er mit dem Fuß aufstampft und mit seinem Zeigefinger vor mir wedelt.

Normalerweise würde ich freundlich bleiben. Ich würde versuchen, mit ihm zu diskutieren. Vielleicht würde ich sogar Isabelle in die Sache involvieren, um ihn wegen sexueller Belästigung anzuklagen, damit er mich in Ruhe lässt und ich meine Wohnung behalten kann. Aber das war einmal. Jetzt bin ich eine andere.

„Wenn Sie versuchen, mich einzuschüchtern, *Charlie*, dann muss ich Sie leider enttäuschen!" Jetzt gehe ich einen Schritt auf ihn zu, konfrontiere ihn und genieße die Überraschung in seinem Gesicht, weil ich ihn überrumpele. „Ich habe mich schon mit viel, viel schlimmeren Männern als Ihnen herumschlagen müssen!" Ich unterdrücke einen Schauder beim Gedanken an den Mann, der immer noch meine Albträume heimsucht. „Es braucht schon ein bisschen mehr als einen kleinen Räumungsbescheid, um mich zu verängstigen! Und wenn Sie wirklich glauben, ich würde jemals mit Ihnen schlafen, um meine Wohnung zu behalten, dann leiden Sie unter Wahnvorstellungen! Es gibt nichts auf der Welt, das ich so sehr will, dass ich *das* tun würde!"

„Alles in Ordnung hier?" Meine ältere Nachbarin Peggy steckt ihren Kopf durch ihre Tür und sieht zwischen mir und dem Vermieter hin und her.

Mr. Bates' Gesicht macht jeder Aubergine alle Ehre. Ich habe das Gefühl, dass er mir gerne ein paar Worte sagen würde, wenn wir allein wären. Nie zuvor war ich so dankbar, meine neugierige Nachbarin zu sehen.

„Hier ist alles in Ordnung, Mrs. Evans." Ich werfe ihr etwas zu, von dem ich hoffe, dass es wie ein beruhigendes Lächeln aussieht.

„Genau, alles in Ordnung." Er drückt mir den inzwischen zerknitterten Umschlag in die Hand und ich nehme ihn automatisch entgegen. „Ich habe mich nur gerade von Tiffany verabschiedet. Sie zieht aus, wissen Sie?" Bates sieht mich an wie ein Hai, und die Realität dessen, was da gerade passiert, trifft mich plötzlich wie ein Schlag. Ich bin sprachlos.

Als er an mir vorbeihastet, senkt er seine Stimme, sodass nur ich ihn hören kann: „In einer Woche bist du draußen, hohes Tier. Viel Glück dabei, so schnell etwas Neues zu finden – vor allem, wenn ich herumerzähle, dass du zwangsgeräumt wurdest, weil du die Miete nicht bezahlst." Er klopft mir herablassend auf die Schulter und läuft tatsächlich pfeifend davon.

Ich habe keinerlei Zweifel, dass er diese Drohung wahrmachen wird. Er hat bei dem Gedanken, mich mit dem Hintern an die Wand zu stellen, schadenfroh ausgesehen. Bastard.

Eine Woche. Wie soll ich in einer Woche eine neue Wohnung finden, wenn mir ‚beschissener Mieter' auf die Stirn geschrieben steht? Dieser Tag wird einfach immer besser! Vielleicht könnte ja auf meinem Weg zur Arbeit ein Klavier auf meinen Kopf fallen ...

Kapitel Zwei

Caerus

„Caerus? Cae?"

Ich drehe mich vor dem Fenster meines Büros um, das vom Boden bis zur Decke reicht und einen der besten Blicke auf die gesamte Innenstadt L.A.s bietet. Phils neugieriger Miene nach zu urteilen steht er schon eine Weile da.

„Geht's dir gut, Mann?"

Nein, es geht mir verdammt noch mal nicht gut. Ich kann so gut wie nicht schlafen, funktioniere so gut wie gar nicht und alles, woran ich denken kann, ist die Frau, die nichts mehr mit mir zu tun haben will. Eine Frau, die ich nicht verdiene. Eine Frau, der es tausendmal besser ohne mich geht.

„Mir geht's gut." Meine Stimme klingt ungewöhnlich barsch.

„Bist du dir da sicher?" Phil hebt eine Augenbraue. Er glaubt mir offensichtlich kein Wort.

Wie zur Antwort lehne ich mich mit dem Rücken gegen das Fenster, verschränke die Arme vor der Brust und sehe ihn an, wie der großspurige Hurensohn, der ich nun einmal bin. Mit meinem Blick sage ich ihm, dass ich diese Frage nicht beantworten werde.

„In Ordnung." Er seufzt tief und beendet damit unsere Pattsituation.

„Was hast du für mich?" Mein Blick bleibt auf dem braunen Umschlag liegen, den er hinter seinem Rücken verschwinden lassen hat, als wolle er nicht, dass ich ihn sehe.

„Nichts Gutes." Phil sieht mir direkt in die Augen. Das ist einer der Gründe, warum wir so gut miteinander arbeiten. Sicher, der Kerl hat einen messerscharfen Verstand; aber noch dazu ist er mein bester Freund. Und das heißt, dass er keine Angst davor hat, mir von der Scheiße zu erzählen, die ich nicht hören will. Er ist keiner von diesen Schleimern, die mich übers Ohr hauen wollen.

„Ich höre?" Ich bin ziemlich sicher, dass ich weiß, was gleich kommt.

Phil zuckt mit den Schultern, als wolle er damit sagen, dass es meine Entscheidung ist, meine Zeit damit zu verschwenden, jeden Tag die Sache zu hören, die er mir schon die ganze Woche lang erzählt.

„Keiner hat ihn gesehen. Wohin Bolokov auch immer verschwunden ist – er hat sich leise davongemacht. Er und seine drei besten Lieutenants sind einfach so verschwunden. Keiner hat sie seit jener Nacht gesehen." Phillip muss nicht näher darauf eingehen, welche Nacht er damit meint. Sie ist mir ins Gedächtnis gebrannt, wie eine verfluchte Brandmarke.

Ich nicke schroff. Ich bin mitnichten überrascht davon, dass es nicht wirklich vorangeht. Wenn Bolokov nicht gefunden werden will, dann ist das eine beinahe unlösbare Aufgabe. Das heißt allerdings nicht, dass mich das abhalten wird, es zu versuchen. Leute haben gesagt, es wäre unmöglich, dass ein Bursche wie ich jemals etwas erreichen würde, dass ich nie jemand Besonderes sein würde. Und wo sind diese Leute jetzt?

„Such weiter. Nimm dir so viele Männer, wie du brauchst. Was auch immer Bolokov vorhat: es ist etwas Großes, und ich habe nicht vor, der Letzte zu sein, der davon weiß." Phillip nickt, obwohl er weiß, dass es hierbei nicht einfach nur darum geht, auf dem Laufenden zu bleiben, sondern vor allem darum, Tiffany zu beschützen. Wenn ich nicht weiß, was mein Feind vorhat, aus welcher Richtung er zuschlägt, dann kann ich verdammt noch mal nichts für sie tun.

„Klar! Ich halte dich auf dem Laufenden." Phillip zögert auf dem Weg zur Tür. „Wir finden das schon raus! Wir kriegen ihn, Cae!"

Ich schnaufe zustimmend. Früher oder später werden wir Bolokov finden. Fragt sich nur, ob wir ihn auch rechtzeitig finden werden. Ich schüttle den Kopf und versuche, diesen Gedanken loszuwerden. Wir müssen es rechtzeitig schaffen, es gibt gar keine Alternative!

„Lass ihn hier." Ich nicke in Richtung des Umschlags, den er nicht wirklich geschickt vor meinem Blick verborgen hält.

„Cae." Er zuckt zusammen wie ein Schulkind, das dabei erwischt wurde, wie es die Antworten zu einer Klassenarbeit stiehlt. „Die hier musst du nicht sehen!"

Die Nervosität in seiner Stimme deutet mehr an, als nur seinen üblichen Widerwillen in diesem alltäglichen Gespräch. Es setzt meine Alarmglocken in Gang. „Gib ihn mir!" Das ist ein Befehl. Keine Bitte.

Phillip schluckt deutlich und reicht mir den braunen Briefumschlag. Er starrt darauf herab, als wünschte er, er könne ihn mit purer Gedankenkraft verbrennen. Was auch immer darin ist – es wird nichts Gutes sein. Nun will ich es erst recht sehen. Aber als ich danach greife, lässt Phillip nicht los.

„Du solltest dich nicht derart selbst bestrafen, Mann. Du hast mich damit beauftragt, sie zu bewachen. Also lass mich auch darum kümmern!" Phil zieht an dem Umschlag, aber ich werde mich nicht abwimmeln lassen, ohne zu sehen, was zum Teufel da drin ist.

„Gib mir die verdammten Fotos, Phil!" Der Ton in meiner Stimme sagt ihm, dass ich keine Lust auf Spielchen habe. Nach ein paar Sekunden Zögern lässt er ihn endlich los, verlässt aber den Raum nicht.

„Sonst noch was?"

Sein Mund zuckt, als frage er sich, ob er mir sagen sollte, was er denkt. Ich warte und beobachte, wie er seine Schultern durchdrückt und zu einer Entscheidung gelangt.

„Bliss."

Das Wort kommt aus seinem Mund, als sei es ein Schimpfwort. Ich sehe ihn fragend an.

„Was ist damit? Wir sind uns einig, dass wir die Produktion einstellen wollen. Ich dachte, das sei schon alles in die Wege geleitet worden?"

Phillip fängt an, auf und ab zu gehen. Das ist nie ein gutes Zeichen. Ich kann beinahe hören, wie sich die Zahnräder in seinem Kopf drehen.

„Ich habe darüber nachgedacht und ... Ich glaube, es wäre die falsche Entscheidung."

Es ist klar, wie schwer es ihm fällt, das zuzugeben. Seit wir ins Drogengeschäft eingestiegen sind, hat er sich mit mir gestritten und versucht, mich dazu zu überreden, Bliss nicht zu vertreiben.

Bliss enthält keine suchtverursachenden Inhaltsstoffe und, abgesehen von der gewöhnlichen, frei verkäuflichen Kopfschmerztablette, keine Nebenwirkungen. Sie ist die sicherste Droge da draußen. Aber sie ist immer noch eine Droge, und das setzt sie direkt auf Phillips Shitlist. Das habe ich ihm nie übelgenommen – wenn man die eigene Mutter tot auffindet, nachdem sie sich eine Überdosis eingeschmissen hat, ist das nicht gerade ein Anblick, den man je wieder vergisst. Ich respektiere es vielmehr. Er will die Droge unbedingt von der Straße weghaben. Seine 180°-Drehung kommt für mich deshalb ein wenig mehr als überraschend.

„Willst du mir sagen, was los ist, Phil?" Ich sehe ihm dabei zu, wie er Trittschneisen in den Tausend-Dollar-Teppich zieht.

„Niemand kann Bolokov finden. Er hat sich in Luft aufgelöst, wie der verdammte Houdini höchstpersönlich. Er hat sich aus den Kämpfen zurückgezogen, von seinen Restaurants, dem ganzen Kram."

Er macht eine Geste mit seiner Hand, die all die Geschäfte des

Russen umfasst.

„Dem ganzen Kram?" Ich ziehe eine Augenbraue in die Höhe. „Ich fühl mich mittlerweile schon wie in ‚der Pate'!"

Phils Lippe zuckt, aber als er mir in die Augen sieht, ist sein Blick durchdringend.

„Bliss. Bliss ist die Antwort. Sie ist die einzige Möglichkeit, ihn aufzuspüren." Ich nicke, um ihm zu bedeuten, dass er gehen kann. Er seufzt und macht damit deutlich, dass er nicht gerade froh über das ist, was er mir da sagt. „Es ist der beste Weg, den ich mir vorstellen kann, um Bolokovs Aufmerksamkeit zu erregen. Bliss ist der einzige Weg, ihn schmerzlich zu treffen." Er hält die Hand hoch, als ich ihn unterbrechen will. „Die Kämpfe sind eine Demütigung für ihn, ja. Aber der Profit, den er verliert, wenn sich Bliss besser verkauft als der Scheiß, den er zehn zu eins vermischt, dann ist klar, wo das Geld wirklich hinfließt. Wenn wir die Produktion von Bliss verdoppeln, ist das ein direkter Schlag gegen seinen Geldbeutel, den er nicht ignorieren kann. Wir müssen da was unternehmen!"

„Du hast monatelang gedrängt, dass wir die Produktion von Bliss einstellen, und jetzt willst du, dass wir sie ankurbeln?"

Phil hält verteidigend seine Hände in die Luft und zuckt mit den Schultern. „Es gibt keine bessere Möglichkeit für uns, Bolokov dazu zu bringen, wiederaufzutauchen." Er reibt sich die Augen, als sei er müde, und zum ersten Mal bemerke ich, wie resigniert er seine Schultern hängen lässt. „Ich bin alle anderen Optionen schon durchgegangen. Das heißt, *wir* haben sie aus allen möglichen Blickwinkeln betrachtet. Es ist die einzige Lösung, die mir eingefallen ist."

Ich nicke. Ich weiß, dass das Sinn ergibt. „Einverstanden. Damit wird er nicht rechnen. Ich werde ihn in die Defensive treiben und verunsichern. In dieser Situation machen Menschen Fehler. Wie lange wird es dauern, die Produktion anzukurbeln?"

„Ich kann dafür sorgen, dass es nur ein paar Tage braucht."

Ich lächle. Je mehr ich darüber nachdenke, desto mehr gefällt mir dieser Plan. „Und senk den Preis!"

„Was?" Phil blinzelt mich an, als würde ich eine Fremdsprache sprechen.

„Steigere die Produktion und lass es billiger im Verkauf werden. Wir werden den Bastard unterbieten!" Zum ersten Mal diese Woche fühle ich mich wirklich gut.

„Das wird unsere Gewinnmarge ganz schön senken," antwortet er wie automatisch.

Ich verdrehe die Augen. „Sehe ich so aus, als würde ich gerade einen Scheiß auf Gewinnmargen geben?" Wir haben genug Geld gemacht, um nie wieder arbeiten zu müssen. Es ist nicht einmal ein Thema, aber der Buchhalter sitzt Phil tief in den Knochen. „Bei Bliss ist es doch sowieso nie ums Geld gegangen!" Es ist immer um Bolokov gegangen – immer.

Phil nickt kurz. „Ich werd die Sache in Gang setzen."

„Gut." Ich laufe zu ihm hinüber und lege eine tröstende Hand auf die Schulter meines beunruhigten Freundes. „Und, Phil, ich habe es mir nicht anders überlegt: Sobald wir mit Bolokov fertig sind, werden wir diesen Geschäftsteil einstellen." Dieses Versprechen habe ich ihm gegeben, als wir damit angefangen haben, Bliss zu verkaufen. Es war der einzige Weg, ihn davon zu überzeugen, dass wir das hier wirklich tun mussten.

Ich spüre, wie seine Schulter sich bei meinen Worten entspannt, aber der unsichere Ausdruck in seinem Gesicht verschwindet nicht ganz. Ich kenne ihn gut genug, um zu wissen, was ihn verursacht, und ich spüre einen mitfühlenden Schmerz.

„Ruft sie dich immer noch nicht zurück?"

Ich kann seinen schockierten Gesichtsausdruck nicht sehen, denn in dem Moment kann ich mich nicht mehr zurückhalten und reiße den Briefumschlag auf, der ein Loch in meine Hand gebrannt hat, seit Phil ihn mir gegeben hat. Ich starre auf die Bilder, die ich darin erwarte, und mein Herz fühlt sich an, als würde es gleich in meiner Brust explodieren.

Da ist sie. Ihr rotbraunes Haar weht hinter ihr her, während sie die Straße entlangläuft, in ihre Jacke gewickelt, als würde ihr einfach nicht warm werden. Verdammt, sie ist so schön! Trotz der Schatten unter ihren Augen. Ich fahre mit meinen Fingern über ihr Gesicht und sauge den Anblick von ihr auf den Fotos des Privatdetektivs auf.

Ich habe mir fest vorgenommen, ihr nicht hinterherzulaufen, sie nicht zu kontaktieren, nicht in ihr Leben einzugreifen. Der Privatdetektiv hat die Aufgabe, ein Auge auf sie zu haben und die Leute zu fotografieren, denen sie begegnet, sodass wir überprüfen können, ob sie mit den uns bekannten Partnern von Bolokov in Verbindung stehen. Mithilfe von ihm und den Sicherheitsinformationen, die ich bekomme, weil ich sie 24 Stunden am Tag überwachen lasse, weiß ich, dass sie in der größtmöglichen Sicherheit lebt, für die ich, unter der in der Luft liegenden Bedrohung durch Bolokov, sorgen kann.

Kein direkter Kontakt zwischen mir und Tiffany. Das war meine Regel. Die habe ich in der Nacht aufgestellt, als sie mich darum gebeten hat, zu vergessen, dass ich sie je getroffen habe. Als ob das überhaupt möglich wäre! Ich habe versucht, mich daran zu halten.

Jedes Mal, wenn ich nach dem Telefon greife, um sie anzurufen, jedes Mal, wenn ich in mein Auto steige, um zu ihrer Wohnung zu fahren und an die Tür zu hämmern, bis sie mich hineinlässt, ermahne ich mich dazu, zu akzeptieren, dass die Dinge nun eben so sind. Sie hat mich darum gebeten, sie verdammt noch mal in Ruhe zu lassen, und ich muss diesen Wunsch respektieren.

Ich rede mir ein, dass die Überwachungsfotos nichts als Sicherheitsmaßnahmen sind, dass sie nur dazu da sind, jemanden zu verfolgen, der nahe genug an sie herankommen könnte, um sie zu verletzen, dass sie Teil dessen sind, was ich dafür tue, sie zu beschützen. Aber ich bin nicht dumm genug, mich selbst derart zu belügen.

Ich weiß nicht, ob die Fotos es leichter oder schwerer machen, ihr fernzubleiben. Aber ich weiß, dass ich den Anblick ihres Gesichts genauso sehr brauche wie Sauerstoff. Diese Fotos sind das Einzige, das mich mehr oder weniger zurechnungsfähig bleiben lässt, jetzt, wo ich nicht mehr bei ihr bin.

Ich überfliege sie flüchtig und ignoriere den heftigen Schmerz, der aufkommt, als ich sie vor mir sehe und weiß, dass ich sie niemals haben kann. Erst als ich zum letzten Foto komme, verstehe ich, warum Phillip nicht wollte, dass ich sie sehe.

„Caerus." In seiner Stimme liegt eine deutliche Entschuldigung.

Ich erwidere nichts. Mir bleibt jedes Wort im Halse stecken. Ich kann nichts tun, als auf dieses Foto von ihr mit *ihm* zu starren. Ich kann ihr Gesicht nicht sehen. Es ist von der Brust dieses Arschlochs verdeckt. Er hält sie fest, als würde er sie niemals wieder loslassen wollen. Sein Gesichtsausdruck spricht Bände darüber, was er für sie empfindet. Die ganze Welt kann es sehen. Der verdammte Bulle, der Typ, von dem sie mir erzählt hat, er sei ihr bester Freund, ist herbeigeeilt, sobald ich von der Bildfläche war, um alles wieder in gerade Bahnen zu lenken.

„Das bedeutet gar nichts, Cae! Es ist nur ein Foto. Es sagt überhaupt nichts aus."

Ich kann Phils Versuche, eine Erklärung für diese Scheiße zu finden, kaum hören.

Ich blicke auf den Zeitstempel. Die Fotos sind von gestern, früh am Morgen. Ich erkenne die Straße; sie liegt nur einen Block von ihrer Wohnung entfernt. Was hat das zu bedeuten? Hat er bei ihr übernachtet? Warum sonst sollte er dort sein? Ist sie wirklich so schnell über die Sache hinweggekommen?

„Hey! Sie dürfen da nicht so einfach rein!“ Natalies panische Stimme erstickt jede weitere Frage. „Hey! Warten Sie!“

Als die Türen auffliegen, stehen Phil und ich schon kampfbereit da, bereit, es mit allem aufzunehmen, was da hereinkommen mag. Aber der erstickte Ton, den Phil von sich gibt, ist kein ängstlicher. Er erschrickt darüber, wer hier in mein Büro hereinmarschiert, als wäre sie hier die Eigentümerin.

Ohne eine Atempause einzulegen kommt sie auf mich zugelaufen und versucht, zu einem Schlag auszuholen. Es ist ein unbeholfener Versuch von einer Frau, die offensichtlich nicht gerade viel Kampferfahrung besitzt. Ich muss gar nicht erst darüber nachdenken, ihre Faust abzufangen. Es ist eine automatische Reaktion.

Der verärgerte Laut, den sie von sich gibt, als sie versucht, mich zu treten und ich auch das abblocke, wäre lustig, wenn sie nicht wirklich so aussehen würde, als würde sie mich am liebsten umbringen.

„Tut mir leid, Cae. Sie wollte kein nein als Antwort hinnehmen! Sie ist einfach durchmarschiert!“ Natalie sieht die Frau mit durchbohrendem Blick an.

Isabelle tut gar nicht erst so, als würde sie das bereuen, und ich kann nicht verhehlen, dass ich deswegen ein wenig Respekt für sie empfinde.

„Schon in Ordnung, Nat.“ Mein Blick löst sich nicht von den Augen der blonden Wildkatze. Ich vertraue nicht darauf, dass sie mir sonst nicht das Knie in die Eier rammen wird.

„Willst du, dass ich den Sicherheitsdienst rufe?“ Der Ton in Natalies Stimme sagt mir, dass sie nichts lieber tun würde, als Isabelle hinauswerfen zu lassen. Meine Cousine mag es nicht, wenn Leute die Oberhand über sie gewinnen. Das ist ein typischer Wesenszug in unserer Familie.

„Nein, alles in Ordnung. Ich denke, wir werden schon mit Ms. Gardner fertig. Ich bin sicher, sie wird sich benehmen." Ich sehe Isabelle mit einem Blick an, der ihr sagt, sie solle sich besser an meine Worte halten. Sie erwidert ihn mit einem Blick, der mir bedeutet, ich solle zur Hölle fahren. Niemand von uns sagt etwas, bis die Türen hinter Natalie mit einem dumpfen Schlag ins Schloss fallen.

„Isabelle!" Offenbar hat Phil schließlich die Sprache wiedergefunden.

„Ich will nichts hören!" Sie sieht ihn bei diesen Worten noch nicht einmal an. Als würde er gar nicht existieren. Ich muss ihn noch nicht einmal ansehen, um zu wissen, dass ihre Gleichgültigkeit für ihn noch schlimmer ist, als der unverblümte Hass, mit dem sie mich anstarrt.

„Du hast vielleicht Nerven, Wolff!"

„Von einer Frau, die gerade ungebeten in mein Büro hereingestürmt ist, nehme ich das als Kompliment." Ich trete einen Schritt von ihr zurück und lehne mich mit den Hüften an meinen Schreibtisch. Ich nutze die Gelegenheit, um schnell die Fotos von Tiffany zu verdecken.

Das Letzte, was ich jetzt gebrauchen kann, ist, erklären zu müssen, warum sich Überwachungsfotos von ihrer besten Freundin in meinem Besitz befinden. Ich sehe sie an und verschränke lässig die Arme vor der Brust. Ich gebe das Bild von jemandem ab, der die Kontrolle hat, den Anschein von jemandem, der völlig entspannt und gelassen ist. Es spielt keine Rolle, dass ich innerlich beim Gedanken an all die möglichen Gründe, warum sie hier ist, völlig aufgewühlt bin. „Geht es Tiffany gut?" Ich versuche, meine Stimme desinteressiert klingen zu lassen, aber wenn es um Tiffany geht, ist das genauso zielführend wie wenn ich Wasser darum bitte, nicht nass zu sein.

„Klar, als würde dich das wirklich interessieren!" Sie wirft ihr blondes Haar zurück und sieht dabei verflucht arrogant aus.

„Ich frage dich noch einmal. Lass mich dir die Frage nicht ein drittes Mal stellen. Geht es ihr gut?" Der steinerne Ton in meiner Stimme reicht, um sie innehalten zu lassen und ich beobachte ihren inneren Kampf, während sie überlegt, ob sie darauf antworten soll oder nicht.

Der Anstand siegt.

„Es geht ihr den Umständen entsprechend so gut, wie es ihr eben gehen kann." Wenn Blicke töten könnten, befände ich mich bereits sechs Fuß unter der Rasenkante. „Und tu nicht so, als wenn sie dir irgendetwas bedeutet. Denn wenn dem so wäre, dann hättest du ihr ..." Sie schluckt. „... das niemals angetan." Sie kommt einen Schritt auf mich zu und ich sehe aus dem Blickwinkel, wie Phillip sich ihr nähert, bereit, jeden weiteren Angriff von ihr im Keim zu ersticken. Ich werfe ihm ein Kopfschütteln zu. Ich will sie nicht verängstigen. Isabelle bemerkt die Bewegung. Sie sieht zwischen uns hin und her und schüttelt den Kopf. „Löst ihr beiden so all eure Probleme? Mit euren Fäusten?"

In meinem Kopf schrillen plötzlich die Alarmglocken. Was weiß Isabelle? Wenn Tiffany ihr alles erzählt hat, dann wäre sie sicher nicht allein hierhergekommen. Dann wäre eine Armee von Polizisten an ihrer Seite und sie hätte einen Gerichtsbeschluss und einen Haftbefehl dabei. Worum geht es hier also?

„Was willst du, Gardner?" Ich habe Respekt vor dieser Frau, aber das heißt noch lange nicht, dass sie einfach in mein Büro hereinstolzieren und erwarten kann, dass ich mich auf den Rücken lege, wie ein verdammter Hund.

„Was ich *will*, Wolff, ist, dass du Tiffany in Ruhe lässt!" Sie zeigt mit einem Finger auf mich, als würde sie gern damit in meine Brust stoßen, es sich aber anders überlegen. „Wenn du dich ihr näherst, wenn du je auch nur daran *denkst*, sie jemals wieder zu verletzen, werde ich dich persönlich so schnell wegen Beleidigung und Körperverletzung vor den nächstbesten Richter zerren, dass dir Hören und Sehen vergeht! Du denkst, du wärst unantastbar? Du glaubst, du könntest deine Freundin verprügeln und niemand wird auch nur mit der Wimper zucken?“ Sie schüttelt angewidert den Kopf, und langsam wird mir bewusst, was sie da sagt. „Es ist mir scheißegal, wie viel Geld du hast und wen du anheuern wirst; ich werde der bessere Anwalt sein, und ich werde dich bis aufs letzte Hemd ausziehen! Ich werde deinen Ruf zerstören, ich werde …“

„Jetzt halt mal kurz die Luft an, Perry Mason!“ Ich halte meine Hand vor ihr in die Luft, um sie zum Schweigen zu bringen. Ihre Nasenflügel beben vor Wut. Diese Frau ist nicht gewohnt, dass man ihr sagt, was sie tun soll.

Ich werfe Phil einen Blick zu, der ihn fragt, ob er wirklich mit einer Tusse zusammen sein will, deren Saiten fester gespannt sind, als die einer verdammten Violine, aber sein Blick liegt fest auf ihr. Oh ja, ihn hat's ganz schön erwischt. Ich würde diesen Moment genießen, wenn mir nicht gerade jemand etwas vorwerfen würde, das ich nicht getan habe – etwas, das ich *niemals* tun würde.

„Du glaubst, ich hätte Tiffany angerührt?“ Ich stelle mich zu voller Größe auf. Ich bin mehr als nur ein bisschen über das schockiert, was ich da gerade gehört habe. „Hat sie dir das erzählt?“ Das ergibt überhaupt keinen Sinn. Tiffany hat ihr gutes Recht dazu, mich zu hassen, mich nie wiedersehen zu wollen. Aber warum würde sie so über mich lügen?

Isabelle lacht schnaubend. „Sie hat mir *überhaupt* nichts erzählt!“ Und dass sie deshalb frustriert ist, ist mehr als deutlich zu sehen. „Sie hat mich tränenüberströmt von der Straße aus angerufen und gebeten, sie abzuholen, weil sie zu aufgelöst war, um noch zu fahren! Sie hat gesagt, sie sei angegriffen worden, aber ihre Geschichte ergibt überhaupt keinen Sinn! Als ich die Wunden und die Spuren der Handschellen gesehen habe …“ Sie sieht mich wieder angewidert an. „… und sie mir sagte, ihr hättet euch getrennt, habe ich eins und eins zusammengezählt. Womit auch immer du Tiffany gedroht hast, es hat funktioniert. Sie erzählt überhaupt nichts darüber, was zwischen euch beiden passiert ist!“

Etwas in meiner Brust entfaltet sich, als mir klar wird, dass Tiffany mein Geheimnis noch nicht einmal ihrer besten Freundin anvertraut hat. Selbst jetzt, selbst nach allem, was passiert ist, schützt sie mich noch. Ich habe sie nicht darum gebeten, Stillschweigen über mich zu bewahren, es auch nicht erwartet. Und ganz sicher habe ich es auch nicht verdient.

„Ich habe Tiffany nicht geschlagen. Ich würde sie niemals so verletzen. Was auch immer du von mir denkst: ich schlage keine Frauen. Tiffany hat dir die Wahrheit gesagt, als sie sagte, dass sie angegriffen wurde. Und du kannst sicher sein, dass der Mann, der dafür verantwortlich ist, keine Bedrohung mehr darstellt.“ Ich stoße die Worte zwischen den Zähnen hervor, während ich an Luda denke. Ich wünschte, ich hätte mehr getan als ihn nur zu einem Häufchen Elend zusammenzuschlagen. Sicher, der Kerl liegt wahrscheinlich für den Rest seines Lebens im Koma, aber das ist nicht genug. Nach dem, was er Tiffany angetan hat, wird nichts jemals genug sein. Ich hätte den Bastard umbringen sollen. Wenn Phil mich in dem Moment nicht aufgehalten hätte, hätte ich das wahrscheinlich auch getan.

„Cae!“ In Phils Stimme liegt eine Warnung davor, noch mehr zu erzählen.

Ich kann Isabelles beurteilenden Blick auf mir spüren. „Weißt du, was mich wirklich ankotzt?“

„Da kann ich mir eine Menge Dinge vorstellen in Anbetracht deiner kurzen Zündleine.“ Ich nicke in Richtung der Tür, die sie beinahe aus den Angeln gerissen hat.

„Wie lustig.“ Ihre Stimme trieft vor Sarkasmus. „Was mich wirklich ankotzt, ist, dass ich dich eigentlich gemocht habe. Ich dachte, du würdest Tiffany guttun. Ich dachte, sie wäre dir wichtig, wirklich wichtig! Ich wollte glauben, dass das mit euch beiden eine gute Sache ist!“ Sie sieht mich an, als versuche sie, herauszufinden, ob sie mir vertrauen kann oder nicht. Ich bin versucht, ihr zu sagen, dass Vertrauen überschätzt wird, aber ich behalte diesen Gedanken lieber für mich. „Und du hast sie verletzt. Du hast sie beinahe gebrochen. Weißt du das?" Zum ersten Mal höre ich eine andere Emotion in ihrer Stimme als Wut: Betroffenheit, Sorge, Traurigkeit über ihre Freundin. „Selbst, wenn du es nicht warst, der die Wunden verursacht hat, zweifle ich kein Stück, dass du derjenige bist, wegen dem sie völlig am Boden ist." Sie schüttelt heftig den Kopf und versteckt ihr Gesicht, als sie ihre Tränen wegblinzelt. Sie hat nicht vorgehabt, hier ihre weiche Seite zu zeigen.

Ihre Worte treffen direkt in mein kaltes, totes Herz.

„Wie geht es ihr wirklich?" Ich weiß nicht, welche Worte ich von ihr erwarte oder was ich hören will. Ich nehme es ihr nicht übel, als ihre unvermeidliche Antwort kommt.

„Es wird ihr gut gehen, im Laufe der Zeit. Solange du dich verdammt noch mal von ihr fernhältst." Der Ton in Isabelles Stimme ist wieder scharf genug, um Glas zu schneiden. „Und ich meine es ernst, Wolff! Wenn du dich ihr näherst, wirst du es ein Leben lang bereuen!" Sie sieht mich mit unverhohlenem Hass an. Aber das berührt mich kein bisschen. Ich hasse mich selbst viel mehr, als sie es je könnte.

Isabelle ist aus der Tür und schlägt sie hinter sich zu, bevor ich die Möglichkeit habe, etwas zu erwidern.

Ihre Worte gehen mir durch den Kopf. ‚Du hast sie beinahe gebrochen!' ‚Du bist derjenige, wegen dem sie völlig am Boden ist.' Es sind dieselben Worte, die ich mir selbst gesagt habe. Und doch sanfter, als ich es formuliert habe.

„Also, läufst du ihr nach oder was?", frage ich Phillip, dessen Blick immer noch auf der Tür ruht, als wünschte er, dass sie jeden Moment zurückkehrt. Ich kenne diesen Blick. Ich habe diesen verdammten Blick *auch* gehabt.

Phillip schüttelt den Kopf. „Nicht jetzt."

Ich muss ihn gar nicht erst fragen, warum. Er muss viel zu viele Geheimnisse bewahren, zu viele Lügen erzählen, um mit Isabelle zusammen sein zu können. Das ist mir bei Tiffany nicht klargeworden, bevor es zu spät war. Sie hat nicht in meine Welt gepasst und ich habe geglaubt, ich könne das auseinanderhalten. Ich habe geglaubt, ich könnte dafür sorgen, dass das funktioniert. Aber ich bin ein absoluter Idiot gewesen, und nun habe ich den Preis dafür gezahlt: Ich habe sie verloren.

„Sie hat nichts erzählt." Sieht ganz so aus, als wäre Phils Gehirn schließlich wieder in die Gänge gekommen. Gut, ich habe keine Zeit dafür, mich darum zu sorgen, ob er mit dem Kopf bei der Sache ist. Nicht, wenn so viel auf dem Spiel steht.

„Nein, das hat sie nicht." Ich kann nicht verhindern, dass sich eine Spur des Stolzes in meine Stimme schleicht. Nach allem, was Tiffany durchgemacht hat: Luda, herauszufinden, was ich wirklich mache, wer ich wirklich bin – hat sie nichts gesagt. Sie hat allen guten Grund dazu, Rache üben zu wollen, mich zu bestrafen, zu hintergehen. Aber das sieht ihr nicht ähnlich, so eine ist sie nicht. Die Frau ist einfach viel zu ehrenwert! Mein Blick wandert zu dem Bild von ihr in den Armen dieses Cops, und ich weiß, dass ich meine eigene Regel brechen werde. Sie bewahrt mein Geheimnis, sie schützt mich, und ich muss wissen, warum. Ich muss wissen, was das bedeutet.

Kapitel Drei

Tiffany

„*Mein* Sohn ist Staatsanwalt, wissen Sie, Tiffany?" Die ältere Frau beugt sich näher, als würde sie mir ein Geheimnis verraten, spricht aber immer noch laut genug, um es auch all die anderen Frauen hören zu lassen. „Und ich bin sicher, er würde Sie sehr gerne kennenlernen!" Sie sieht mich bedeutungsvoll an und ich erwidere ihr Lächeln. Und zum tausendsten Mal wünschte ich, ich hätte den Mund gehalten, als sie mich gefragt haben, ob ich immer noch diesen einen Mann treffe.

Ich hätte einfach lügen und das Gespräch zu etwas Unverfänglicherem lenken sollen – zum Beispiel Yogahosen. Aber ich bin von der Frage überrumpelt worden, und mein Kopf ist immer noch mit meiner drohenden Obdachlosigkeit und dem untergründigen Gefühl von Angst beschäftigt, das mein Albtraum hinterlassen hat und das ich einfach nicht abschütteln kann. Und so hat sich eine Gruppe meiner Stammkundinnen, die zufälligerweise alle heiratswürdige Söhne in meinem Alter haben, in ein Spiel gestürzt, bei dem die eine die andere ausstechen will.

„Also, *mein* Sohn ist Chirurg ..."

„Er ist Halsnasenohrenarzt, Patty! Tu nicht so, als würde er Leben retten!" Mrs. Delaney verdreht vor mir die Augen, bevor sie all die Gründe vom Stapel lässt, aus denen *ihr* Sohn und ich so gut zusammenpassen würden.

Ich nicke und lächle und scheuche sie vor mir durch die Eingangstür. Ich erwidere kaum etwas und lasse sie ihren Kampf zum Großteil unter sich austragen. Möge die penetranteste Mutter gewinnen! Endlich allein verriegele ich die Tür und lehne mich erschöpft dagegen. Ein Tag voller Kurse ist immer ermüdend. Aber das hier ist eine andere Erschöpfung. Sie geht mir bis auf die Knochen und lässt mich fühlen, als sei ich nicht 26, sondern 106.

„Hör auf, dich selbst zu bemitleiden, Tiff!" Ich schüttle den Kopf, wütend, dass ich wieder in diese Falle getappt bin.

Ich weiß aus Erfahrung, dass einem das überhaupt nicht guttut, dass ich lieber produktiv sein und zum Beispiel etwas tun sollte, das ich bisher aufgeschoben habe. Ich werfe einen reumütigen Blick durch mein Büro, nehme an meinem winzigen Schreibtisch Platz und starte meinen Laptop, bevor ich es mir selbst wieder ausreden kann. Ich muss einen Blick auf meine Konten werfen, und das wird Stunden dauern, vielleicht sogar die ganze Nacht.

Der Gedanke feuert mich überraschender Weise an – nicht schlafen zu können bedeutet, dass ich nicht träumen werde. Und das kommt mir gerade recht.

Du musst irgendwann schlafen, spottet die Stimme der Vernunft in meinem Kopf. Auch wenn sie die Wahrheit sagt, will ich es im Moment einfach nicht hören.

Ich hole tief Luft und tauche in die Zahlen ein, vergrabe mich in der Monotonie von Addition und Subtraktion, bis ein Klopfen an der Tür meine Wanderung durch den Kaninchenbau unterbricht. Ich blinzle, halb blind vom konzentrierten Starren auf den Bildschirm seit – mein Blick schnellt zur Uhr – fast drei Stunden! Ich dehne meinen Hals und merke erst jetzt die Auswirkungen davon, dass ich so lange in derselben Position verharrt habe.

Diesmal ist das Klopfen hartnäckiger. Klar, die Tür. Ich schiebe mich aus dem Stuhl und eile zurück zur Eingangstür des Studios. Zum ersten Mal diese Woche klopft mein Herz freudig, und mein Atem geht schnell vor gespannter Erwartung. Erst als ich durch die Glastür sehe und sie schnell aufschließe, verlangsamt sich mein Puls wieder.

„Joe!" Ich lächle und versuche, zu verbergen, dass ich enttäuscht darüber bin, dass er vor mir steht.

Mein Freund seit Kindheitstagen sieht mich unbeeindruckt an und kommt herein. „Du hast dir also nicht das Bein gebrochen und bist unfähig, ans Telefon zu gehen. Und deine Arme sehen auch so aus, als würden sie einwandfrei funktionieren, sodass du in der Lage bist, an dein verfluchtes Handy zu gehen, wenn du angerufen wirst." Der Sarkasmus in seiner Stimme ist in etwa so subtil wie ein Rammbock.

„Mein Handyakku ist leer, ich wollte ihn aufladen ..." Ich deute vage in Richtung des Empfangstresens, auf dem es gerade liegt und ungefähr so nützlich ist wie ein Aschenbecher auf einem Motorrad. „Wie oft hast du angerufen?" Ich beiße mir auf die Lippe. Ich weiß, dass er sich mehr Sorgen macht als eine Mutterhenne.

„Ach, weißt du, nur ein paar ... hundert Mal." Er sieht mich bedeutungsvoll an.

„Tut mir leid. Ich lad es gleich auf!" Ich tue mein Bestes, reumütig zu klingen und nicht durchblicken zu lassen, dass ich ihm übelnehme, mich wie ein Kleinkind zu behandeln.

Ich weiß, dass er mir nur zeigen will, dass er sich Sorgen macht. Als ich mich wieder zu ihm umdrehe, starrt er mich an. Er mustert mich von Kopf bis Fuß wie seine Verdächtigen auf dem Revier. Ich kenne diesen Blick, und ich mag nicht, was für gewöhnlich darauffolgt.

„Was?", frage ich herausfordernd.

Joseph kommt zu mir herüber, stützt sich mit den Ellbogen auf den Tresen und blickt mich an. „Ich mache mir Sorgen um dich, Tiff." Ich spüre das Gewicht seines Blickes auf mir, als würde er mich durchbohren und versuchen, all meine Geheimnisse aufzustöbern.

„Du hast mit Issy gesprochen." Sie sind nicht gerade gute Freunde – Issy macht keinen Hehl daraus, dass sie ihn für ebenso aufregend hält wie wenn man Farbe beim Trocknen zusieht. Aber Issy hat Joseph schon hin und wieder um Hilfe gebeten, wenn sie Unterstützung brauchte.

Joe sieht mich skeptisch an. „Nein. Warum?"

Ich winke seinen fragenden Blick ab und verfluche mich selbst dafür, heute schon zum zweiten Mal nicht im rechten Moment den Mund gehalten zu haben. „Nur so."

Joseph hat nichts von meiner kleinen Fahrt mit Isabelle ins Krankenhaus erfahren, und er weiß nichts von Luda oder irgendetwas, das sich in der verhängnisvollen Nacht zugetragen hat. Er weiß nur, dass Caerus und ich uns getrennt haben. Und das scheint ihm zu reichen, um sich mein launisches Verhalten in letzter Zeit zu erklären. Er hat den Anstand gehabt, ein wenig betroffen auszusehen, als ich ihm die Neuigkeiten berichtet habe. Und das war eine Handlung, deren Aufwand ich wirklich zu schätzen weiß. Wir wissen beide, dass er und Caerus nicht gerade zärtliche Gefühle füreinander hegen.

„Tiff, rede mit mir!" Joseph legt seine Hand auf meine auf dem Tresen, drückt sie sanft und versichert mich ein weiteres Mal seiner soliden, zuverlässigen Präsenz. „Irgendetwas ist los mit dir, und es ist mehr als nur eine üble Trennung." Er macht eine Pause und wartet darauf, dass ich etwas dazu sage. Als sich die Stille zwischen uns ausdehnt, seufzt er. „Wir haben uns mal wirklich alles erzählt. Du weißt, dass ich da bin, wenn du irgendetwas brauchst. Rede einfach mit mir, sag mir, wie ich dir helfen kann!"

Das ist Joseph: Er möchte Dinge wieder in Ordnung bringen können, dafür sorgen, dass alles wieder gut ist. Er lebt in einer Welt, in der nur Absolutes vorkommt: Schwarz und Weiß, Schuldig und Unschuldig, Gut und Böse. Für ihn gibt es keine Grauzonen, hat es nie gegeben. Deshalb könnte ich ihm auch nie die Wahrheit sagen.

Ich bin mir absolut sicher, dass er es sofort meinem Vater erzählen würde, selbst wenn ich ihn darum bitten würde, es nicht zu tun. Er würde dem Drang nicht widerstehen können, das Richtige zu tun. Was danach passieren würde, wäre unvermeidbar: Caerus würde verhaftet und angeklagt werden und wahrscheinlich den Rest seines

Lebens im Gefängnis verbringen. Und damit würde ich mit meinem schlechten Gewissen leben müssen. Für immer.

„Es gibt nichts zu reden, Joe." Genau diese Worte habe ich ihm schon tausend Mal gesagt.

Diese Woche ist er jeden Tag bei mir auf die eine oder andere Weise aufgetaucht – entweder hat er mich mit Kaffee auf meinem Weg zur Arbeit überrascht, oder er ist im Studio oder in der Wohnung vorbeigeschneit – immer unter dem Vorwand, nach mir zu sehen. Ich bin froh, dass Issy ihn mir vom Leib halten konnte, bis die Schwellungen in meinem Gesicht zurückgegangen sind und ich meine Schrammen gut mit Make-up verdecken konnte.

„Ich weiß wirklich zu schätzen, dass du auf mich aufpasst, Joe. Aber mir geht es gut – ehrlich!"

Ich hasse es, zu lügen. Ich habe es schon immer gehasst. Aber im Moment fällt es mir leichter als je zuvor. Das ist wohl Selbstschutz. Zumindest rede ich mir das ein.

Ihm alles zu erzählen und offenzulegen würde mich alles noch einmal durchleben lassen. Und das tue ich schon jede Nacht zur Genüge, wenn ich allein in meinem Bett liege. Wer auch immer gesagt hat, geteiltes Leid sei halbes Leid, wusste nicht, wovon zur Hölle er da redet.

Ich lächle ihn an und ziehe meine Hand unter seiner hervor. Dann verschränke ich die Arme vor der Brust und verberge meine Handgelenke. Ich will auf keinen Fall, dass er die Wundmale sehen kann, die die Armreifen ganz gut verstecken. Aber mir gelingt das Gegenteil – ich ziehe nur seine Aufmerksamkeit auf sie. Ich hätte einfach ruhig stehenbleiben sollen. *Verflucht!*

Er sieht mich an und runzelt die Stirn, als würde er mir gleich eine Frage stellen, die ich nicht beantworten kann. Also falle ich ihm ins Wort.

„Weißt du schon, wo du morgen Abend isst?", frage ich hastig, und erst, als ich Interesse in seinen Augen aufleuchten sehe, wird mir bewusst, wie das wohl klingt. „Ich werde mit Dad zu Abend essen, und nachdem die Dinge das letzte Mal so gelaufen sind, als wir alleine waren …“ Als er Dinge gesagt hat, die er nie zurücknehmen können wird, Dinge, die ich lieber vergessen würde. „… Na ja, es wäre viel leichter, wenn du auch da wärst. Er mag dich sowieso lieber als mich.“ Und das meine ich absolut ernst.

Bei der Erwähnung meines Vaters stellt sich Joseph zu voller Höhe auf, als würde er glauben, dass sein Chef gerade zusieht.

„Klar, Tiff, was auch immer du brauchst.“ Aber er sieht mir nicht in die Augen und ich spüre – nicht zum ersten Mal – wie unsere Beziehung sich verändert.

Die Dinge zwischen Joseph und mir haben sich seit einiger Zeit ziemlich verändert. Isabelle hat es als Erste auf den Punkt gebracht, aber ich habe lange gebraucht, es zu sehen. Vielleicht wollte ich es auch einfach nicht sehen.

Ich habe versucht, dem auszuweichen, meine Augen davor verschlossen, mir eingeredet, das würde nicht passieren. Aber es wird immer schwerer, dem Gespräch aus dem Weg zu gehen, das irgendwann kommen wird, dem ich mich früher oder später stellen muss. Und es ist ein Gespräch ohne Happy End. Es wird alles verändern. Joe und ich sind schon so lange Freunde – seit wir Kinder waren. Wenn ich ihn verliere, wird es sich anfühlen, als würde ich einen Teil von mir verlieren.

Es könnte viel schlimmer kommen!

Da ist sie wieder, die Stimme der Vernunft in meinem Kopf. Und sie sagt mir, was ich schon weiß: Dass Joseph ein Mädchen irgendwann sehr glücklich machen wird, das nicht ich bin. Das ist es zumindest, was ich mir immer wieder selbst sage. Aber Beziehungen sind schon auf viel schlechterer Grundlage aufgebaut worden, als auf einer Freundschaft. Ich weiß, dass ich mich auf Joe verlassen kann, dass er ein guter Mensch ist, dass er sich um mich kümmern wird. Reicht das nicht? Könnte das nicht reichen?

„Was?" Er sieht mich fragend an und ich frage mich, ob man mir am Gesicht ablesen kann, was ich gerade gedacht habe.

„Nichts, ich hab mich nur gerade gefragt, was ich nur ohne dich machen würde." Ich lächle ihn schulterzuckend an und bin froh, dass ich ihm dieses kleine bisschen Wahrheit geben kann.

Er wird rot und winkt mein Kompliment ab. „Dann müsstest du lernen, dich deinem Vater alleine zu stellen," scherzt er, bevor sein Blick wieder ernst wird. „Es tut ihm leid, weißt du? Was da letztes Mal zwischen euch passiert ist. Er wird es nicht sagen, aber er ist nicht mehr derselbe, seit ihr diesen Streit hattet."

Ich schüttle den Kopf und komme hinter dem Tresen hervor – ein bewegliches Ziel, das nicht weiter über die Einzelheiten meiner Beziehung zu einem Mann reden will, der mir immer wieder jedes bisschen Zuneigung, das ich ihm entgegengebracht habe, ins Gesicht geschlagen hat.

„Joe." Ich halte meine Hand in die Höhe, um ihn davon abzuhalten, weiterzureden, mir zu versichern, dass mein Vater mich liebt, dass ich ihm tatsächlich viel bedeute. „Mein Vater ist, wie er ist. Und ich bin, wie ich bin. Und, die beiden werden nie zueinanderfinden'." Ich zucke mit den Schultern, als würde diese Erkenntnis sich nicht jedes Mal wie ein Tritt in meine Eingeweide anfühlen. „Also belassen wir es einfach dabei, okay?" Ich stelle entsetzt fest, dass sich Tränen in meinen Augen bilden.

Joseph blickt mich nachdenklich an und sieht, dass ich nicht ganz so ungerührt von der Gleichgültigkeit meines Vaters bin wie ich vorgebe.

„Versuch es, Burns!" Er streckt seine Arme aus, kommt näher und lässt mich einfach in seine Umarmung sinken. Ich lehne meinen Kopf an seine Brust und nehme mir den Trost, den er spendet. Ich bin stolz darauf, dass ich es geschafft habe, mich vom Weinen abzuhalten.

„Du warst immer gut in Umarmungen." Ich lächle an seiner Jacke und denke an all die Momente wie diesen, die wir miteinander verbracht haben. Joseph war derjenige, an den ich mich gewendet habe, als meine Mutter starb, nicht mein Vater. Er war es, der mich festgehalten hat, als ich mir die Augen ausgeweint habe.

„Tiff." Seine Stimme klingt rau, und die Art, wie er meinen Namen sagt, deutet an, was jetzt kommt.

Nein, nicht jetzt!

Ich löse mich langsam von ihm. Ich bin wütend auf mich selbst, weil ich ihm einen falschen Eindruck gegeben habe. Ich hätte seine Umarmung nicht erwidern sollen, hätte sie gar nicht erst annehmen sollen. Aber ich habe sie gebraucht, und jemanden, an den ich mich anlehnen kann, nur für ein paar Sekunden! Und jetzt habe ich alles ruiniert. Ich komme nicht wirklich weit; seine Arme legen sich fester um mich und lassen mich nicht los. Jetzt macht sich die vertraute Panik in mir breit.

„Joe, nicht." Aber er lässt mich nicht los. Ich bin gefangen und kann nicht weg. Mein Herz fängt an, wie wild in meiner Brust zu schlagen, obwohl mein Kopf mir sagt, dass es nur Joseph ist, dass er mir nicht wehtun wird. Mein Körper hört nicht zu und stellt sich auf Fluchtreaktion ein.

„Tiff, lass mich das sagen," stößt er gepresst hervor. Ich frage mich, ob er weiß, dass der Druck, den er auf meinen Oberarm ausübt, langsam wehtut.

Raus hier! Lauf! Los! Jedes Nervenende in meinem Körper fühlt sich an, als stünde es in Flammen. Er versucht nicht, mir wehzutun, das weiß ich, aber die Alarmglocken in meinen Ohren wollen einfach nicht still werden.

„Joe, lass mich los!" Ich versuche, mich ihm zu entwinden, aber er ist so konzentriert auf das, was er sagen will, dass er noch nicht einmal zu bemerken scheint, dass ich gleich eine Panikattacke bekomme.

Ich sehe zu ihm auf. Unsere Blicke treffen sich und ich sehe, wie sich das Bewusstsein in seine Augen schleicht. Er senkt seinen Kopf und ich weiß, dass er mich gleich küssen wird. Genau diesen Moment wollte ich vermeiden, und ich stehe stocksteif da.

„Störe ich?“

Beim Klang dieser tiefen Stimme erstarren wir beide. Sie jagt mir – selbst jetzt, trotz allem – einen Schauer durch meinen ganzen Körper. Ich bewege mich in Josephs Armen und sehe mich um, um den Neuankömmling anzublicken. Josephs Griff um mich wird sekundenlang fester, eine instinktive Reaktion, bevor er mich loslässt und ich schnell zur Seite trete. Meine Wangen werden rot, als wäre ich bei etwas erwischt worden, das ich nicht tun sollte.

Aber das spielt keine Rolle. Caerus sieht mich nicht einmal an – er und Joseph mustern sich gegenseitig und stellen sich zu ihrer vollen Größe auf, wie zwei Grizzlybären, die gleich übereinander herfallen.

Ich verdrehe die Augen darüber, dass sie sich gegenseitig mit Blicken durchbohren und frage mich, ob einer von beiden es bemerken würde, wenn ich einfach durch die Hintertür verschwinde und sie alleinlasse. Die Stille breitet sich aus, bis ich das Gefühl habe, ich würde an all dem Testosteron ersticken, das sich im Raum verteilt.

„Caerus!“ Ich bin froh, dass mir sein Name nicht im Halse steckenbleibt.

„Tiffany.“ Seine Stimme ist kalt. Er blinzelt mich an. Ich frage mich, ob er vergessen hat, dass ich da bin, bis ich den intensiven Blick in seinen bernsteinfarbenen Augen sehe. Er sieht mich an, sieht mich wirklich an, und mit einem Mal fühle ich mich unter seinem Blick völlig nackt, absolut verwundbar. Ich verschränke meine Arme vor der Brust und baue eine Barriere zwischen uns auf. Vielleicht nutzt es etwas, um ihn nicht in meine Seele blicken zu lassen.

„Was zum Teufel machst du hier?“ Joseph versucht gar nicht erst, die Feindseligkeit in seiner Stimme zu verbergen. Er sieht Caerus an, als wolle er ihn am liebsten direkt wieder durch die Vordertür nach draußen befördern.

Ich muss Caerus wirklich zugutehalten, dass er nicht in seine Falle tappt. Er wirft einen schnellen Blick über Joseph und ignoriert ihn dann, als wäre er nicht einmal wichtig genug, um eine Antwort erwarten zu können. Meine Augen weiten sich, als ich sehe, wie meinem besten Freund buchstäblich der Dampf aus den Ohren kommt. Stattdessen konzentriert sich Caerus wieder auf mich. Ich schlucke mühevoll die nervöse Aufregung in meiner Kehle hinunter. Unsere Blicke treffen sich, und die Zeit steht still. Als wäre niemand sonst im Raum. Ich kann nichts sehen, außer ihn.

„Hey!“ Joseph hat sich zwischen Caerus und mich gestellt. Ich habe nicht mal gesehen, wie er sich bewegt hat, so gefesselt bin ich von Caerus. Ich schüttle den Kopf und sage mir, dass ich an meinem Plan festhalten muss. Ich kann nicht einfach vergessen, wer Caerus ist, nur weil er mich so ansieht.

„Ich habe dir eine Frage gestellt!“ Joseph geht einen weiteren Schritt auf Caerus zu und nähert sich ihm, als würde er sich zu einem Kampf bereitmachen.

Caerus ist nur ein paar Zentimeter größer, aber so, wie er dasteht, sieht es aus, als würde er auf Joseph herabsehen. Und ich bin sicher, dass das kein Zufall ist.

„Das habe ich gehört.“ Caerus bewegt sich kein Stück, aber sein ganzer Körper steht unter Anspannung, als würde er sich auf das vorbereiten, was Joseph ihm auch immer entgegenwerfen wird.

„Dann bist du also doch nicht taub! Dann musst du wohl dumm sein?“ Joseph spuckt die Worte geradezu heraus und beugt sich bedrohlich näher. Aber das einzige Anzeichen dafür, dass Caerus ihm zugehört hat, ist ein Anflug von Ärger, der sich kurz auf seinem

Gesicht zeigt.

„Jetzt atmet alle mal kurz durch!“ Ich hab genug von diesem Weitpisswettbewerb.

„Keine Sorge, Tiff! Ich hab das im Griff!“ Joseph lässt seine Schultern kreisen, wobei er Caerus keines weiteren Blickes würdigt. Männer können manchmal ganz schön dumm sein! Ich verdrehe die Augen.

„Hast du das wirklich?“ Caerus hebt fragend eine Augenbraue. „Glaubst du wirklich, du kriegst mich, Arschloch?“ Er lacht wie ein verfluchter Hai und ich kann fühlen, wie Joseph vor Wut zittert.

„Okay, das reicht!“ Ich trete zwischen die beiden Männer und schubse sie in die Rippen, um sie weiter auseinander zu bringen. Aber keiner von ihnen ist bereit, ein Stück Revier abzutreten, und so bin ich zwischen ihnen eingeklemmt. Die Anspannung nimmt mir den Atem. „Niemand kämpft hier!“ Meine Stimme klingt standfester, als ich mich fühle, so dicht neben Caerus gefangen. Ich muss mich körperlich dazu zwingen, mich nicht an ihn zu lehnen. „Wenn ihr zwei euren *West Side Story*-Moment ausleben wollt, dann haut ab! Wenn ihr euch wie Idioten benehmt, dann will ich *keinen* von euch beiden hier haben!“

Ich blicke zuerst zu Joseph und sehe, dass meine Worte sich setzen und seine Schultern etwas von ihrer Anspannung verlieren. Dann werfe ich einen schnellen Blick hinter mich, um zu sehen, ob Caerus sich ebenfalls wieder herunterfährt, aber ich kann seinem starren Blick nicht standhalten. Seine dunklen Augen und seine Nähe lassen meinen Puls in die Höhe schießen und erhitzen meinen Körper. Meine Yogahosen und mein Tank-Top fühlen sich plötzlich zu warm für den Raum an.

Ich schlüpfe zwischen den beiden hervor und bin erleichtert, dass sie in meinem Empfangsbereich keine Prügelei anfangen.

Wir drei bleiben unangenehm schweigend stehen. Keiner weiß, was er sagen soll, bis – Gott sei Dank – Josephs Telefon klingelt. Ich erkenne den Klingelton ‚Beverly Hills Cop', den ich einmal aus Spaß meinem Vater zugeordnet habe. Er hat ihn nie geändert. Seinem Gesichtsausdruck nach zu urteilen glaube ich, er wünschte sich wirklich, er hätte es getan.

Ein paar Sekunden lang sieht es nicht so aus, als wolle er ans Telefon gehen, aber dann siegt sein Verantwortungsbewusstsein.

„Ja, Tanner hier?" Er dreht sich weg, um das Telefonat entgegenzunehmen und wechselt ein paar gemurmelte Worte mit seinem Chef, bevor er auflegt. Als sein Blick meinen trifft, wirkt er hin- und hergerissen.

„Ich muss gehen," sagt er, als wäre er aufgefordert worden, eine Kiste Nägel zu kauen.

„Ein Durchbruch in dem Fall?" Ich versuche, ungezwungen zu klingen, als wäre das nur eine beiläufige Frage, und als wüsste ich nicht ganz genau, wer der Mann ist, nach dem das Sondereinsatzkommando meines Vaters sucht. Und dass dieser Mann gerade keinen Meter von mir entfernt steht.

Joseph nickt kurz und wirft einen flüchtigen Blick auf Caerus, bevor er mich wieder ansieht. Es ist seine Art, zu sagen, dass er nicht darüber reden kann – nicht vor jemandem, zu dem sein Vertrauen so weit reicht, wie er ihn werfen kann.

„Ich ...," beginnt Joseph, aber das Handy klingelt wieder, und er flucht laut.

„Du solltest gehen." Ich versichere ihm mit meinem Blick, dass es mir gut geht und dass es kein Problem für mich darstellt, mit Caerus allein zu sein.

„In Ordnung." Joseph beißt die Zähne aufeinander und beugt sich herunter, um mich auf die Wange zu küssen. Ein ganz normaler, freundschaftlicher Kuss, der nur eine Sekunde zu lange dauert. „Wir sehen uns morgen Abend." Er sieht mich bedeutungsvoll an und geht hinaus, ohne sich von Caerus zu verabschieden. Aber ich bin ziemlich sicher, dass ich mir den kleinen Sprung in seinem Schritt nicht einbilde – als denke er, er hätte jemandem eins ausgewischt.

Gott erbarme sich meiner und errette mich von besitzergreifenden Männern! Ich verdrehe so heftig die Augen, dass ich beinahe Kopfschmerzen davon bekomme und ein paar Sekunden lang vergesse, dass ich nicht allein bin. Aber es ist unmöglich, Caerus' Anwesenheit lange zu vergessen. Mein ganzer Körper bebt förmlich davon. Als ich schließlich den Mut aufbringe, zu ihm hinüberzusehen, starrt er mich mit diesem amüsierten Gesichtsausdruck an, von dem er wissen muss, dass es ihn unfassbar sexy wirken lässt.

„West Side Story?" Er zieht eine verfluchte Augenbraue hoch, eine Geste, die sicher schon mehr als eine Frau um den Verstand gebracht hat.

„Ich liebe diesen Film! Er ist ein Klassiker!" Ich zucke mit den Schultern, als würde seine Anwesenheit mich nicht kratzen, als wäre es mir völlig egal, dass er direkt vor mir steht, nahe genug, um ihn zu berühren, nahe genug, um ... „Aber ich bin sicher, du bist nicht hergekommen, um mit mir meine Schwäche für Musicals zu erörtern." Meine Stimme klingt schärfer als gewollt. Aber, verdammt, ich bin ihm wirklich nichts schuldig, und den Moment der Nettigkeiten haben wir schon hinter uns gelassen.

Der amüsierte Ausdruck verschwindet aus Caerus' Gesicht und er nickt, als würde er mir zustimmen. Aber sein Blick wandert zurück zur Tür, durch die Joseph gerade hinausgelaufen ist.

„Es scheint dir gut zu gehen, du scheinst drüber hinweg zu sein? Ich hätte nicht gedacht, dass du dein Höschen für einen Mann in Uniform fallen lassen würdest!"

Ich starre ihn einfach nur an. Ich bin fassungslos über das, was er da gerade gesagt hat. Und dann kocht meine Wut wieder hoch, die so dicht unter der Oberfläche sitzt.

„Raus!" Meine Stimme klingt ungewohnt kalt. „Du hast nicht das

Recht dazu, einfach so hier hereinspaziert zu kommen und so mit mir zu reden! Wenn es das ist, weshalb du hier bist, dann verschwinde, zum Teufel noch mal!“ Ich bin stolz darauf, dass ich nicht zittere. Kein kleines bisschen, obwohl ich gerade nichts lieber will, als von hier zu verschwinden, von ihm weg zu kommen, so schnell es geht, weil mein Herz wehtut, wenn ich nur mit ihm in einem Raum stehe.

„Ich…“ Caerus lässt den Kopf sinken, und die Anspannung fließt aus seinen Schultern. „Es tut mir leid.“ Er kommt einen Schritt auf mich zu und hebt seine Hand, als würde er mich gleich berühren wollen. Aber dann lässt er sie sinken und erinnert sich daran, dass ich tabu bin. „Du hast recht. Mit wem du deine Zeit verbringen willst … das, das geht mich nichts mehr an.“ Sein Kiefer verkrampft sich, als würde er um Worte ringen. Ich weiß, wie viel es ihn kosten muss, sie auszusprechen. Er ist normalerweise derjenige, der die Kontrolle hat, der Leuten sagt, was sie tun sollen, der die Entscheidungen trifft, immer den Ton angibt. Aber so läuft es nicht zwischen uns. Nicht mehr.

Ich will zurückrudern und es ihm leichter machen. So bin ich schon immer gewesen. Und auch, wenn ich stinksauer auf ihn bin, kann ich immer noch nicht mitansehen, wie er leidet.

„Nein, das geht dich nichts an. Aber Joseph und ich sind nicht zusammen. Er ist mein Freund, das ist alles. Mehr ist er nie gewesen.“ Sein Blick macht mich nervös und mir wird klar, dass ich angefangen habe, meine Handgelenke zu reiben, ohne es zu merken. Ich sehe, wie er die Wundmale bemerkt.

Seine Augen weiten sich und er packt meinen Arm in einer so flüssigen Bewegung, so schnell, dass es mir nicht schwerfällt, mir vorzustellen, wie er im Boxring sein muss. Meine Haut wird beinahe von der Verbindung zwischen uns versengt, der Verbindung, die immer da war. Ich schlucke schwer und schließe meine Augen bei dem Trommelfeuer der Emotionen, die meine Beine in Kartoffelbrei zu verwandeln drohen.

Caerus schiebt die Armreifen beiseite und legt meine Handgelenke frei. Ich könnte schwören, dass er knurrt, als der die Handschellenmale sieht, die schon fast verheilt sind. Sein Daumen fährt über die zarte, unverletzte Haut an der Innenseite meines Unterarms und ich erschauere unter seiner Berührung. Sofort staut sich die Hitze zwischen meinen Schenkeln. Als ich meine Augen öffne und ihn ansehe, kann ich die Schuld auf sein Gesicht geschrieben sehen.

„Tiffany, es tut mir leid. Es tut mir so leid!“ Seine Worte sind kaum mehr als ein Flüstern, aber sie treffen mich mit der Wucht eines Güterzugs. Sie bringen alles zurück, was passiert ist, alles, was ich über ihn weiß, all die Lügen, die er erzählt hat.

Ich kann das nicht. Ich kann nicht so dicht vor ihm stehen. Ich kann ihn nicht berühren. Ich kann nicht ertragen, wie sehr ich ihn brauche, wie sehr jeder Teil von mir nach ihm schreit, nach einem Mann, den ich noch nicht einmal wirklich kenne.

Ich ziehe meine Hand fort und drehe mich um, damit er die Tränen nicht sieht, die sich schon in meine Augen geschlichen haben. Ich habe immer noch meinen Stolz, verdammt noch mal, und im Moment ist er das Einzige, das mich davon abhält, zusammenzubrechen. Ich habe gedacht, ihm fern zu sein sei hart, aber es stellt sich heraus, dass es viel schwerer ist, ihm nahe zu sein.

Ich sage nichts, bis ich meiner Stimme vertrauen kann.

„Warum bist du hier, Caerus?“

Er antwortet nicht gleich und ich frage mich, ob er sich seine Worte wohl überlegt. Ob er sich eine Lüge zurechtlegt, denke ich gereizt.

„Ich wollte sichergehen, dass es dir gut geht. Ich wollte sehen, ob ich irgendetwas für dich tun kann.“ Trotz der Sanftheit in seiner Stimme und seinem ernsten Ton glaube ich ihm nicht. Ich kann es nicht. Tatsächlich erscheint mir seine Antwort plötzlich wie das

Lustigste, das ich seit Langem gehört habe.

Ich lache schallend auf. Es klingt nach einem Schluchzen, das ein weiteres Mal Zuflucht in der tröstlichen Wut findet. Ich wirbele herum und sehe ihn an.

„Glaubst du nicht, du hast schon genug getan?"

Caerus zuckt zusammen, als sei er geschlagen worden. Meine Worte sind ein Schlag unter die Gürtellinie, das weiß ich. Aber in diesem Moment ist es mir egal. Ihm meine Wut entgegenzuschleudern fühlt sich so viel besser an, als mich in der Traurigkeit zu suhlen, mit der ich die gesamte letzte Woche gelebt habe.

Der Schmerz in Caerus' Augen verschwindet schlagartig. Er verschließt sich vor mir, als wolle er mich nicht sehen lassen wollen, wie sehr meine Worte ihn treffen. Vielleicht ist es aber auch einfach nur der wahre Caerus – der gefühllose, rücksichtslose, brutale Kriminelle, den Luda mir beschrieben hat. Vielleicht war der Mann, für den ich ihn gehalten habe – der liebenswürdige, liebevolle, wundervolle Mann – vielleicht war *er* die Täuschung.

Er räuspert sich, sieht an mir vorbei und konzentriert sich auf einen Punkt dicht über meinem Kopf, als wolle er mich nicht direkt ansehen.

„Und ich wollte dir danken." Ich blinzle ihn verdutzt an. Ich glaube, ich hätte nicht überraschter von diesem Themenwechsel sein können.

„Wofür?"

„Dafür, dass du niemandem erzählt hast, was passiert ist … in jener Nacht. Dafür, dass du mein Geheimnis für dich behalten hast." Er atmet aus, als hätte es ihn angestrengt, diese Worte auszusprechen, als wäre er es nicht gewohnt, jemandem zu danken, jemandem zu vertrauen.

„Woher willst du wissen, dass ich es niemandem erzählt habe?", entgegne ich gereizt. Ich will nicht, dass er denkt, dass die Tatsache, dass ich es noch nicht getan habe, bedeuten könnte, dass ich es auch in der Zukunft niemandem erzählen werde. Ich habe nur noch nicht meine Gedanken geordnet. Zumindest rede ich mir das ein. In Wahrheit ist mir klar, dass ich es nicht ertragen würde, Caerus hinter Gittern zu sehen. Trotz allem, was mir nun klar ist.

„Weil ich jetzt in einer Gefängniszelle sitzen würde, anstatt hier bei dir zu sein, wenn du es jemandem erzählt hättest." Sein Blick trifft wieder auf meinen und ich sehe fasziniert dabei zu, wie seine Augen sich verdunkeln, als könne er spüren, wie die Luft zwischen uns vibriert. Genau wie ich. Als würde er mich genauso sehr wollen wie ich ihn.

Nein. Nein. Das ist Wahnsinn. Ich spüre, wie meine Wangen erröten und senke meinen Blick. Ich will nicht, dass er mir am Gesicht ablesen kann, was ich denke, und meine Augen bleiben auf seinen Händen liegen. Seine Knöchel sind verletzt und geschwollen, als hätte er jemanden vor nicht allzu langer Zeit sehr hart geschlagen. Jemandem außer Luda.

„Du hast gekämpft." Meine Finger strecken sich automatisch aus, um die Spuren auf seiner Hand entlangzufahren. Eine Berührung, die leichter ist als Luft, aber er ist angespannt und saugt scharf die Luft ein, als hätte ich ihn verletzt. Ich begreife, was ich da tue, und ziehe meine Hand fort.

Ich kann hören, wie die Zahnräder in seinem Kopf anfangen, sich zu drehen. In dem Kopf, von dem ich dachte, ich würde ihn kennen. Ich frage mich, ob er lügen will, bevor er sich daran erinnert, dass es Lügen waren, die uns in diese Scheißsituation gebracht haben. Wenn er von Anfang an ehrlich zu mir gewesen wäre, hätte so viel davon verhindert werden und vielleicht auch ein paar Dinge bewahrt werden können!

Nicht jetzt daran denken! Später, wenn ich die Zeit und den Raum habe, all das rauszulassen, aber nicht jetzt, und schon gar nicht vor ihm.

Er nickt angespannt und ich kann die Wachsamkeit in seinem Blick spüren, als würde er darauf warten, was ich mit diesem bisschen Wahrheit anstellen werde, das er mir auf einem silbernen Tablett angeboten hat.

Ich weiß nicht, was ich sagen soll. Ich weiß nicht, was er von mir erwartet. „Du solltest deine Hand kühlen." Ich nicke in Richtung seiner rechten Hand, wo die Schrammen am schlimmsten sind, und beiße mir auf die Lippe, um nicht noch mehr zu sagen. Um mich davon abzuhalten, etwas zu sagen, das ihm verraten könnte, wie viel er mir immer noch bedeutet.

„Tiffany." Seine Stimme ist ein leises Grollen. Warum muss mein Name so gut klingen, wenn er ihn ausspricht? „Ich vermisse dich."

Er kommt einen Schritt näher, und unwillkürlich trete ich einen Schritt zurück. Wenn er mir noch ein Stück näherkommt, wird mein Körper die Macht über mein Hirn ergreifen. Meine Emotionen werden mich überwältigen, und das kann ich nicht gebrauchen. Ich kann mich nicht wieder ihm gegenüber verlieren. Jemandem gegenüber, der Dinge tut, wie er; jemandem, der so lebt wie er. Wir stammen aus verschiedenen Welten, und trotz meiner Gefühle für ihn können wir niemals zusammen sein. Wir *gehören* einfach nicht zusammen.

Ich halte den Atem an, als könne das den Schmerz, den dieser Gedanke verursacht, in Schach halten. Ich tue das Einzige, was ich tun kann.

„Du hast gesagt, du wolltest wissen, ob du irgendetwas für mich tun kannst. Es gibt tatsächlich etwas." Ich zwinge mich dazu, ihn anzusehen, damit die Botschaft meiner Worte deutlich wird. „Du kannst dich umdrehen, durch diese Tür treten und nie wiederkommen."

Mein ganzer Körper ist starr, steifer als eine verdammte Trommel. Ich beobachte, wie sich verschiedene Emotionen auf seinem Gesicht abspielen. Zuerst denke ich, dass er mich herausfordern will, mir sagen will, dass er weiß, dass das nicht das ist, was ich will. Dass er weiß, dass mein Wille, mit ihm zusammen zu sein, stärker ist als der zu atmen. Aber dann überläuft ihn ein Ausdruck der Niederlage. Und er erscheint so fremdartig bei diesem Mann, der einzig Erfolge und Siege gewohnt ist. Es ist schwierig ihn anzusehen, weil ich weiß, dass ich dafür verantwortlich bin.

Er nickt auf seine kurze, schroffe Art. All die Gefühle in seinen Augen sind nun hinter dicken Riegeln verschlossen.

„Pass auf dich auf, Tiffany." Er sieht mich ein letztes Mal an, bevor er meiner Bitte nachkommt, auf dem Absatz kehrtmacht und hinausgeht.

Ich lasse den Tränen erst freien Lauf, als sich die Tür vollends hinter ihm schließt.

Kapitel Vier

Caerus

Jab, Gerade, ducken, ducken.

Jab, Täuschungsmanöver, Haken.

Ducken, Roundhouse-Kick.

„Cae!“

Jab, Gerade, harte Gerade.

Jab, Kinnhaken.

Ich ziehe ihm die Beine weg. Er landet hart auf der Matte, aber er springt schnell wieder auf.

„Cae!“

Jab, vorwärts, Gerade. Tritt zum Körper.

Jab, Jab.

Er krallt sich an den Seilen fest, verliert das Gleichgewicht. Jetzt hab ich ihn.

Ich bin bereit für den rechten Kinnhaken, der ihn bewusstlos schlagen und den Kampf beenden wird. Das ist mein Markenzeichen, welchem ich meinen Namen auf der Straße zu verdanken habe: K. O.

„Carus, verflucht noch mal!“

Die Angst in seiner Stimme holt mich ins Hier und Jetzt zurück. Diese Emotion höre ich für gewöhnlich nicht in seiner Stimme, besonders nicht meinetwegen.

Ich blinzle, kehre in die Realität zurück, und als ich sehe, was ich da beinahe getan hätte, trete ich einen Schritt zurück und hebe meine

Hände in die Höhe. Das ist kein Feind da in den Seilen, kein Gegner, den ich in den Boden stampfen sollte, ohne weiter darüber nachzudenken. Es ist Phil.

„Was zur Hölle, Mann?" Phillip schüttelt den Kopf und betastet seinen Kiefer, der bereits von meinen Schlägen anschwillt.

„Phil, Mann, ich …" Ich halte inne, weiß nicht, was ich sagen soll, wie ich das erklären soll.

„Wo zur Hölle warst du? Mit wem zur Hölle hast du gekämpft? Denn das hier war kein verdammtes Sparring, das war ein verfluchter Preiskampf!" Mein bester Freund sieht mich misstrauisch an, steht mühsam aus den Seilen auf und zuckt zusammen, als er sein Gewicht auf sein rechtes Bein verlagert. Das war ich. Das habe ich getan.

Wir trainieren seit Jahren, eigentlich sogar schon seit wir Kinder waren. Wir haben unsere Fähigkeiten mithilfe des anderen verbessert und neue Moves ausprobiert. Wir haben nicht aufeinander eingeschlagen und uns schon gar nicht gegenseitig zu Brei geprügelt. Dafür gibt es andere Leute!

„Es tut mir leid, Mann!" Ich atme schwer aus und sehe zur Decke hinauf, versuche, die Benommenheit aus meinem Kopf zu schütteln. Ich habe unsere goldene Regel gebrochen. Das ist mehr als genug für Phil, um mich anzusehen, als hätte ich gerade nach einem Welpen getreten. Er hat recht. Ich habe nicht mit ihm gekämpft.

Ich greife nach dem Eispack, das ich in dem kleinen Gefrierschrank aufbewahre und werfe es Phil zu, ohne nachzusehen, ob er es überhaupt bemerkt. Der Typ hat die Reaktionsfähigkeit einer verdammten Katze. Er fängt es, ohne auch nur hinzusehen, und zieht eine Grimasse, als er es an seinen Kiefer presst.

„Wer war es?" Phil wischt sich mit dem Handrücken über seine blutende Nase. „Auf wen hast du eingeschlagen, als hättest du seinen Kopf in die Matte hämmern wollen?"

Ich denke darüber nach ihn anzulügen, weil die Wahrheit so

verdammt armselig ist. Aber nachdem ich meinen besten Freund auf diese Weise bearbeitet habe, ist die Wahrheit das Mindeste, was ich ihm bieten kann.

„Der Bulle."

Der verfluchte Bulle, der seine Hände überall an Tiffany hatte. Dieses Bild bekomme ich einfach nicht aus meinem verdammten Kopf, egal, wie sehr ich es versuche. Ich wollte schon in dem Moment auf sein selbstgefälliges Scheißgesicht einprügeln, als ich durch die verdammte Tür getreten bin. Nur Tiffanys Blick hat mich aufgehalten. Er hat mich gebeten, mehr zu sein als das Monster, für das sie mich hält. Aber in dem Moment wollte ich das Monster sein, wollte diesem Arschloch zeigen, dass Tiffany nicht ihm gehört. Dass er sie verdammt noch mal niemals haben kann, und, dass sie mir gehört. Das einzige Problem daran? Sie gehört mir nicht. Nicht mehr. Das hat sie mir ziemlich deutlich gemacht, als sie mich gebeten hat, verdammt noch mal aus ihrem Leben zu verschwinden.

Phil sieht mich prüfend mit einem Blick an, der mir sagt, dass er ganz genau weiß, woran ich denke und dass er denkt, ich solle mich verflucht noch mal verhalten wie ein erwachsener Mann.

„Wenn du trainieren willst, bin ich da, wann immer du mich brauchst. Aber wenn du deine Probleme rauslassen willst, indem du auf irgendwas einprügeln willst wie ein Irrer, dann nimm das da!" Phil nickt ruckartig in Richtung des Sandsacks in der Ecke und setzt sich schwerfällig auf eine der Bänke neben dem Ring.

Manchmal kennt mich dieser Kerl besser als ich mich selbst kenne. Ich laufe hinüber zu dem 50-Kilo-Sack und fange an, wie besessen darauf einzuschlagen. Ich mache erst dann eine Verschnaufpause, als ich in Schweiß gebadet bin und meine Arme brennen, als stünden sie in Flammen.

„Besser?"

Phil verdreht die Augen über meinen Zustand und wirft mir eine

Wasserflasche zu. Ich stürze das Wasser hinunter, als würde ich verdursten.

„Oh ja, klar, jetzt ist alles wieder spitze!"

Ich schnappe mir ein Handtuch und lasse mich neben ihn auf die Bank fallen. Mein Kopf wird wieder klar, während mein Puls sich verlangsamt. Genau das habe ich zu verhindern versucht: einen klaren Kopf. Je klarer er ist, umso mehr muss ich an *sie* denken. Und wir alle wissen, wohin das führt.

„Also, was wirst du machen?"

Ich muss Phil gar nicht erst fragen, was er meint. Wir haben die Zeit, in der wir so getan haben, als würde ich mich nicht wie ein verficktes liebestolles Hündchen verhalten, lange hinter uns gelassen.

„Was haben wir gegen ihn?" Es ist einfacher, eine Frage zu stellen, als seine zu beantworten. Aus einem einfachen Grund: Ich habe keine Antwort. Zum ersten Mal habe ich keinen Plan, und das pisst mich an.

Phil seufzt. Ich sehe ihn mit einem Blick an, der ihm sagt, dass es mir scheißegal ist, dass wir uns im Kreise drehen.

„Nichts Neues, Cae. Dieser Joseph ist ein verdammter Chorknabe. Hat die Polizeiakademie als Klassenbester absolviert, hat ein blütenreines Vorstrafenregister, hat es in Rekordzeit zum Sergeant geschafft und ist beliebt unter seinen Kollegen. Das einzig Schlechte, das die Leute über ihn zu sagen haben, ist, dass er ein bisschen zu sittenstreng ist." Phil zuckt mit den Schultern. „Ein bisschen langweilig. Er ist ein Liebling von AC Burns, und es ist kein Geheimnis, dass sie ihn darauf vorbereiten, in ein paar Jahren eine Spitzenposition einzunehmen. Er ist blitzsauber!"

Ich lasse meine Schultern kreisen. Schon allein zu hören, wie rechtschaffen dieser Mistkerl ist, sorgt dafür, dass ich wieder auf irgendetwas losprügeln will.

„Langweilig. Das ist das Beste, was du für mich hast? Ich bitte dich, in seiner Vergangenheit zu wühlen und seine Geheimnisse zu lüften, und ‚ein bisschen langweilig' ist das Beste, was du findest?" Jeder hat Leichen im Keller, selbst diejenigen, die ohne Tadel sind. Vor allem diejenigen. Das weiß ich wohl am besten. Ich bin Experte darin geworden, meine Leichen vor der Öffentlichkeit verborgen zu halten.

„Ich kann nichts finden, was nicht da ist, Caerus," erwidert Phil abwehrend. Seine Stimme verhärtet sich. Dann wirft er mir einen Blick zu. „Nicht jeder ist wie wir."

Ich lache schnaubend. Und ist das nicht die Wahrheit? Er hat recht – nicht jeder hat Scheiße erlebt wie die, mit der wir klarkommen mussten, nicht jeder wird von einer Vergangenheit heimgesucht, die so dunkel ist, dass wir sie weggesperrt haben.

„Dann ist er also ein Heiliger. Was zum Teufel soll ich damit anfangen?" Ich balle meine Faust, als das Bild von ihm, wie er Tiffany festhält, vor meinem inneren Auge auftaucht und dieser heiße Funke der Eifersucht mich durchfährt.

„Vielleicht will sie keinen Heiligen?" Phil spricht langsam und wählt seine Worte mit Bedacht. Er kennt mich lange und gut genug, um die Anzeichen dafür zu sehen, dass ich mein Temperament nur noch mäßig unter Kontrolle habe. Dass er vorsichtig mit mir umgehen muss.

„Vielleicht." Wenn sie mich hätte schlagen wollen, wenn sie mich hassen würde und Rache hätte üben wollen, dann wäre sie direkt zu ihrem Vater gelaufen und hätte ihm erzählt, wer ich bin und was ich mache. Sie hätte zu den Bullen gehen können, zu den Zeitungen. Verdammt, sie hätte einen Riesenreibach machen können, wenn sie ihre Geschichte dem Höchstbietenden verkauft hätte! Aber sie hat nichts davon getan. Sie hat es nicht einmal ihrer besten Freundin erzählt. Sie hat mein Geheimnis bewahrt, hat mich geschützt. Warum hätte sie das tun sollen, wenn ich ihr egal wäre? Wenn ich ihr scheißegal wäre, was würde sie dann dazu bringen, die Informationen zurückzuhalten?

„Vielleicht nicht." Ich weiß nicht weiter. Eine kurze Zeit lang war ich mir so sicher, was sie für mich empfindet und was sie will. Jetzt habe ich nicht die geringste Ahnung. „Aber ein Heiliger hätte nicht dafür gesorgt, dass sie fast umgebracht wurde." Und das ist die bittere Wahrheit, die Wahrheit, der ich auszuweichen versucht habe, als würde sie dadurch verschwinden. Als würde das irgendetwas ändern.

Ich sehe die Wundmale an Tiffanys Handgelenken, als stünde sie direkt vor mir. Sie haben sich in mein Hirn gebrannt. Die kaum verheilten Schürfwunden von den Handschellen, die Luda ihr angelegt hat.

Ich hätte diesen Pisser umbringen sollen, als ich die Möglichkeit dazu hatte!

Mir ist nicht klar, dass ich das laut ausgesprochen habe, bis Phil darauf reagiert.

„Wenn du das getan hättest, hättest du dir das niemals verziehen. Du bist kein Mörder, Cae! Und ganz nebenbei: Wenn Tiffany gesehen hätte, wie du einen Mann umbringst, was glaubst du, wäre dann passiert?" Er ist die verdammte Stimme der Vernunft, so wie immer.

„Sie hätte mich noch mehr gehasst als jetzt schon." Ich lasse den Kopf sinken, als sich diese Wahrheit auf mich herabsenkt.

„Liebe und Hass sind zwei Seiten derselben Medaille, Bruder." Phil klopft mir auf die Schulter.

Ich sehe auf. „Wie meinst du das?"

Phil zuckt mit den Schultern. „Ach, ich finde nur, dass das ein schöner Spruch ist. Ich meine, was weiß ich denn schon? Ich hab bei Frauen nicht gerade die beste Erfolgsquote." Phil lacht, und es klingt hohl. Wir beide wissen, dass es nur eine Frau gibt, bei der er gerne eine Erfolgsquote hätte, welcher Art auch immer. Und derzeit ruft sie ihn einfach nicht zurück. „Was ich sagen will: Wenn du ihr egal wärst, dann wäre sie nicht mehr so sauer auf dich."

„Sie ist sauer auf mich, weil ich der Grund dafür bin, dass sie beinahe umgebracht worden wäre, dass Luda sie beinahe ..." Ich kann das verdammte Wort noch nicht einmal aussprechen. Wenn ich nur daran denke, will ich auf eine Wand einschlagen.

„Glaubst du wirklich, dass sie dich *deshalb* nicht sehen will?" Phil unterdrückt sein Lachen gar nicht erst. „Wow, Mann, und ich dachte schon, ich hätte keine Ahnung von Frauen!"

Phil steht kopfschüttelnd auf und läuft zur Tür. Er hält immer noch das Eispack gegen seinen Kiefer.

„Willst du mir verraten, was daran so lustig ist?"

Ich habe nicht vor, ihn gehen zu lassen, bis er mir erzählt, weshalb zum Teufel er so lachen muss.

Phil dreht sich um und sieht mich an. Die Kälte in meiner Stimme macht ihm alarmierend deutlich, dass ich das nicht einfach so auf sich beruhen lassen werde.

„Du glaubst, sie ist wegen dem gegangen, was Luda getan hat." Er hält seine Hand in die Luft, als ich ihn unterbrechen will. „Entschuldige, was Luda deinetwegen getan hat, richtig? Weil du immer noch davon besessen bist, dich selbst dafür verantwortlich zu machen, was dieses Arschloch getan hat. Aber das ist Bullshit, Mann! Sie hat dich verlassen, weil du sie angelogen hast, schlicht und einfach!"

Die Worte ziehen Kreise in meinem Kopf, aber mein Hirn will nichts davon verarbeiten. Die Wut und die Schuld, die seit dieser Nacht, als das alles passiert ist, einen verdammten Samba in meinem Bewusstsein tanzen, machen es mir schwer, überhaupt klar zu denken, wenn es um Tiffany geht. Wenn es um uns geht. Wenn es überhaupt noch die Hoffnung auf ein ‚Uns' gibt. Jetzt im Moment überwiegt die Wut und tötet alles andere ab, bis nichts übrig ist, als ein heißer Ball rasenden Zorns.

„Stell mich in den Ring." Das ist keine Bitte.

„Was?" Phil beugt sich ein Stück näher, als würde er glauben, er hätte mich nicht richtig verstanden.

„Stell mich zu einem neuen Kampf auf."

Ich muss diese Wut loswerden, an etwas anderes denken als daran, wie ich das Beste, das mir je passiert ist, völlig versaut habe. Nur auf den Sandsack einzuschlagen wird es nicht unterbinden. Ich brauche das Adrenalin, wenn ich mit einem Gegner im Ring stehe, dessen einziges Ziel es ist, mir jeden Knochen im Körper zu brechen.

„Du hast schon einen – nächste Woche. Erinnerst du dich? Wir haben vorhin erst davon gesprochen?" Phil sieht mich stirnrunzelnd an. „Ich dachte, ich wäre derjenige, der da drin einiges am Kopf abgekriegt hat." Er nickt in Richtung des Rings, wo ich ihn beinahe bewusstlos geschlagen hätte.

„Danke für dein Vertrauen, Mann, aber ich habe kein schlechtes Kurzzeitgedächtnis." Ich verschränke die Arme vor der Brust und stelle mich auf eine Diskussion ein. „Ich spreche nicht von nächster Woche. Ich möchte, dass du mich heute Abend für einen Kampf aufstellst."

Phils Augenbrauen könnten nicht weiter in die Höhe steigen. „Heute Abend? Du hast gestern schon im Ring gestanden, Mann! Bist du jetzt vollkommen durchgeknallt?" Er hält inne, als würde ihm etwas einfallen. „Und es ist Freitag. Du kämpfst nie an einem Freitag!"

Da hat er recht. Ich kämpfe nie an zwei aufeinanderfolgenden Tagen. Nie! Die Zeit würde nicht ausreichen, um mich auszuruhen und wieder fit zu werden. Und wenn ein Kämpfer nicht ausgeruht ist, ist er schwach und begeht fahrlässige Fehler. Das wissen wir beide. Allerdings ist mir das gerade egal. Alles, was für mich gerade zählt, ist, wieder in den Ring zu steigen und etwas von dieser Wut aus mir herauszulassen. Und ebenso ist es mir egal, dass es Freitagabend ist. Obwohl ich weiß, was das heißt: Hausregeln. Sie können mit uns machen, was sie wollen.

„Stell mich auf, Phil!"

Für mich ist diese Unterhaltung damit beendet. Aber als ich an Phil vorbeigehen will, packt er mich am Arm und hält mich auf.

„Du weißt, dass das eine schlechte Idee ist, Cae." Die Belustigung ist aus seinem Gesicht verschwunden. An ihre Stelle ist eine Eindringlichkeit getreten, die ich nur schwer ignorieren kann.

„Ich kann mich gar nicht daran erinnern, dich nach deiner Meinung gefragt zu haben?" Ich schüttle seinen Griff ab und werfe ihm einen Blick zu, der jedem anderen Mann das Blut in den Adern zum Gefrieren gebracht hätte.

„Beruhige dich, Cae! Ich bin auf deiner Seite, weißt du noch?" Phil hält seine Hände verteidigend vor sich in die Luft. Angst flackert in seinem Gesicht auf. Ich frage mich, ob er bemerkt, wie gerne ich ihm in diesem Moment den Kopf von den Schultern reißen würde.

Ein Hitzkopf. Unberechenbar. Mit diesen Worten ist mein Vater beschrieben worden, nachdem er gestorben war. Es war einfacher, so den Tod eines nichtsnutzigen, verwirrten Untergrundkämpfers zu erklären, als die Wahrheit darüber zu enthüllen, was in jener Nacht in dem Ring passierte: Dass mein Vater hintergangen und umgebracht wurde.

„Ich *bin* ruhig!" Ich versetze meiner Stimme den eisigen Ton, für den ich so berühmt bin. Doch selbst das fällt mir gerade schwerer als sonst. Im Moment gilt das für alles, wie es scheint. Es zeigt sich, dass ich recht behalten habe: Gefühle machen dich schwach, Liebe macht dich schwach und – wenn der Tod meines Vaters mich eines gelehrt hat, dann das: Manchmal bringen sie dich vielleicht sogar um. Das ist der Teil, den sie in den Songs und Filmen darüber, wie großartig die Liebe doch ist, immer auslassen.

„Caerus, du kannst gerade nicht klar denken. Du kannst heute Abend nicht kämpfen! Heute Abend steht nicht mal einer von

Bolokovs Männern im Ring! Das bringt nichts!" Phil redet schneller – ein Anzeichen dafür, dass er gerade die Rolle einer Glucke annimmt.

„Es ist mir egal, gegen *wen* ich kämpfe, Phil! Stell mich einfach in den verdammten Ring! Ich *brauche* das!" Ich sehe ihm herausfordernd in die Augen und beobachte, wie seine Entschlossenheit schwindet. „Wenn du es nicht tust, werde ich irgendeinen anderen Weg finden."

Er lässt resigniert die Schultern hängen, als er begreift, wie ernst es mir ist.

„Ich stell dich auf." Er nickt zustimmend und ich drehe mich bereits zufrieden um, als seine nächsten Worte mich aufhorchen lassen. „Aber du veränderst die Spielregeln, Cae! Bei den Kämpfen ging es immer nur darum, an Bolokov ranzukommen. Das hier … das ist anders. Hier geht's nicht mehr um ihn, jetzt geht's um dich. Jetzt willst du dich einfach so in Gefahr begeben," faucht er mit wütender, schneidender Stimme. Gut, den Streit kann er haben.

Ich drehe mich um und sehe ihn mit hochgezogener Augenbraue an. „Gefahr? Ich bin besser als die anderen Wichser – ich bin ungeschlagen, erinnerst du dich?"

Aber Phil gibt nicht nach. „Ja klar, noch bist du ungeschlagen. Aber wie lange, glaubst du, wird das anhalten, wenn dir mittlerweile egal ist, gegen wen du kämpfst?" Er schüttelt verzweifelt den Kopf. „So kämpfen wir nicht. Wir planen, bereiten uns vor, sehen uns die Schwächen unseres Gegners an, sehen, wie wir sie uns zunutze machen können, und dann gehst du da raus und lieferst ab. So funktioniert das!"

„Willst du damit sagen, du glaubst nicht, dass ich jeden dieser Wichser an jedem Tag der Woche in den Boden stampfen könnte?" Ich trete dicht auf meinen besten Freund zu. Ich verberge die Wut nicht, die hinter meinen Augen brodelt. „Ich habe *dich* geschlagen – oder nicht?"

Phillip blinzelt mich an, als würde er etwas sehen, das ihm nicht gefällt und versuchen, es von seiner Netzhaut zu löschen. „Klar, das hast du. Aber was, wenn der, gegen den du heute Abend kämpfst, besser ist als ich? Was, wenn er besser ist als du? Dein letzter Kampf ist weniger als 24 Stunden her, du hast die letzte Woche kaum geschlafen und den ganzen Tag wie ein verdammter Wahnsinniger gearbeitet. Und du hast keine Ahnung, wem du im Ring gegenüberstehen wirst!“ Er zählt seine Argumente an seinen Fingern ab, als hätte er seine beschissene Rede vor dem Badezimmerspiegel einstudiert.

Wenn ich klar denken könnte, würde das sicherlich ausreichen, damit ich zumindest lange genug die Luft anhalte, um Phil zuzuhören und die Wahrheit hinter seinen Worten zu erkennen. Aber über den Punkt der Vernunft bin ich längst hinaus.

„Du kümmerst dich darum, mich in den Ring zu stellen. Ich kümmere mich darum, in einem Stück wieder rauszukommen.“ Ich drehe mich um und gehe. Ich bleibe auch dann nicht stehen, als er mir noch eine spitze Bemerkung hinterherruft.

„Dich umbringen zu lassen, wird ihn auch nicht zurückbringen, Cae! Und *sie* wird es auch nicht zurückbringen!“

Ich laufe weiter, auch wenn mir der Kopf in diesem Moment genug schwirrt, als dass ich mich am liebsten sofort übergeben hätte.

Kapitel Fünf

Tiffany

Ich marschiere durch die Nacht und versuche, mir den Ärger und den Schmerz herauszulaufen, den ein Abendessen mit meinem Dad jedes Mal bei mir hinterlässt. Ich hätte selbst fahren und mich nicht von Joseph dazu überreden lassen sollen, mich mitzunehmen, als wäre es ein Date. Dann müsste ich jetzt nicht acht Kilometer nach Hause laufen.

„Ist das wirklich in Ordnung für dich?" Joseph hat zwischen mir und meinem Dad hin und her gesehen, zwiegespalten, gefangen zwischen den Stühlen. Er hat unbedingt das Richtige für jeden tun wollen, so wie immer.

„Das ist in Ordnung für sie." Assistant Chief Burns, auch bekannt als mein Vater, hat keine solchen Gewissensbisse gehabt. „Hier ist ein bisschen Bargeld." Er hat mir das Geld förmlich vor die Nase geworfen, bevor er hinausgestürmt ist, ohne sich noch einmal umzudrehen. „Nimm dir ein Taxi." Kein Abschiedsgruß, nichts. Niemand sollte meinen Vater je der Sentimentalität bezichtigen.

„Du solltest gehen. Du willst ihn doch nicht warten lassen?" Ich habe Josephs Sorgen abgewunken, immer noch wütend auf ihn wegen der Dinge, die er über Caerus gesagt hat. Er und mein Vater haben sich in ihrem Hass auf Caerus miteinander verbündet und es offenbar so sehr genossen, ihn in der Luft zu zerreißen, dass ihnen vollkommen egal war, wie es mir dabei ging.

Es hätte mir egal sein sollen. Das sollte es wirklich. Aber das war es nicht.

„Da bist du gerade noch mal so davongekommen, Tiffany!" Das hat

mein Vater gesagt, als ich ihm erzählt habe, dass Caerus und ich uns nicht mehr treffen.

„Wirklich? Er ist der begehrteste Junggeselle der ganzen Stadt – die meisten Eltern würden dafür töten, dass ihre Tochter Caerus Wolff einsackt!“ Ich weiß, ich war streitlustig. Aber seit mein Vater seine Karten auf den Tisch gelegt und mir gesagt hat, was er wirklich von mir und meinem Lebensentwurf denkt, haben sich die Dinge zwischen uns geändert. Normalerweise habe ich mich verstellt, um ihn zu beschwichtigen und versucht, ihn zufriedenzustellen. Aber das hat sich geändert.

„Er ist nicht zuverlässig – das habe ich dir doch schon gesagt! Ich wette, ihm ist es viel wichtiger, in die Klatschblätter zu kommen, als alles andere.“ AC Burns hat darüber herzlich gelacht und mit Joseph wissende Blicke ausgetauscht, als wäre das ein Insiderwitz.

Ich habe die Gabel auf den Teller geknallt. Mein Beschützerinstinkt hat sich selber überschlagen. „Wie kannst du nur so von ihm reden! Du kennst ihn doch noch nicht mal!“ Ich habe nicht gesagt, dass ich mir nicht ganz sicher bin, ob das nicht auch für mich gilt. Das wäre meinem Punkt wohl eher wenig dienlich gewesen.

„Weißt du, dass er die Frechheit besessen hat, gestern bei Tiff auf der Arbeit aufzutauchen?“ Joseph und mein Vater haben gleichzeitig den Kopf darüber geschüttelt. Ich habe entgeistert dabei zugesehen, wie mein Freund von diesem kleinen Zwischenfall erzählt hat, als würde er die Fakten eines Falles darlegen. „Ich hätte ihm seinen verdammten Glauben, er hätte einen Anspruch, aus dem Gesicht prügeln sollen!“ Joseph schüttelte seinen Kopf, als könne er nicht glauben, dass er es nicht getan hat.

„Joe!“ Ich sah ihn entgeistert an. Ich war so überrascht darüber, dass wir diese Unterhaltung überhaupt an diesem Tisch führten, dass es das Einzige war, was ich dazu sagen konnte.

„Ich hätte ihm eine Lektion erteilt!“ Mein Vater nickte zustimmend

und stach auf den Hackbraten auf seinem Teller ein, als würde er plötzlich Caerus' Gesicht tragen. „Männer wie er denken sie wären der Oberhammer, aber ich wette, er könnte noch nicht mal einen ordentlichen Schlag austeilen, um sein eigenes Leben zu retten."

Die Männer haben herzlich darüber gelacht und ich habe gespürt, wie der Ärger in mir größer und größer geworden ist.

„Eigentlich bin ich mir sogar ziemlich sicher, dass Caerus sich behaupten würde." Ich hätte mir die Mühe gar nicht machen brauchen. Sie hörten mir sowieso nicht zu.

„Und denk an meine Worte: Da läuft irgendwas Schmieriges ab." Mein Vater redete einfach in derselben Art weiter, als ob ich gar nichts gesagt hätte. So langsam frage ich mich wirklich, ob in seinem Hörgerät ein spezieller Einstellring sitzt, der einfach die Frequenz meiner Stimme auslöscht. „Man erreicht nicht, was er erreicht hat, ohne ein paar Geschäfte im Hinterzimmer abzuschließen. So einen Mann willst du nicht, Tiffany, nicht, wenn du jemanden wie Joseph haben kannst."

Ich habe mich gerade so davon abhalten können, Wasser über den ganzen Tisch zu spucken. Vielleicht war das ein Fehler und die Dusche hätte die beiden wieder auf den Boden der Tatsachen zurückbefördert.

„Was?" Ich war sprachlos. Ich konnte einfach nicht glauben, dass er das gerade wirklich tat. Dass er wirklich darüber redete, während Joseph direkt vor ihm saß.

„Ach, sei nicht so schüchtern, Tiffany! Joseph gehört doch praktisch schon zur Familie, und irgendwann wird er meinen Job haben." Er klopfte Joseph gratulierend auf die Schulter, als hätte er die Beförderung bereits erhalten.

„Sir, wir sollten nicht jetzt darüber sprechen." Joseph sah zwischen meinem Vater und mir hin und her, als warte er auf eine drohende Explosion.

„Unsinn! Ich werde nicht ewig da sein, und ich will sichergehen, dass sich jemand um sie kümmert." Es hat ein paar Sekunden gedauert,

bis mir klargeworden ist, dass er mich damit meinte. Als wäre ich eine Katze, der er ein neues Zuhause sucht.

„Haben sich Ihre Intentionen geändert, seit wir das letzte Mal darüber gesprochen haben, Tanner?" Mein Vater hat ihn mit seinem durchdringenden Blick angesehen. Wenn ich nicht so stinksauer gewesen wäre, weil sie hinter meinem Rücken über mich sprechen, hätte ich Mitleid mit ihm gehabt. Aber stattdessen wünschte ich, der Boden würde sich unter dem Tisch auftun und uns alle verschlingen. Heute war ganz offensichtlich nicht mein Tag.

„Joe, darauf musst du nicht antworten!" Und ich habe ihn mit meinem Blick angefleht auf mich zu hören und nichts zu sagen. Aber er hat mich nicht angesehen. Seine Aufmerksamkeit hat einzig und allein meinem Dad gegolten, und zum tausendsten Mal habe ich mich seit dem Tod meiner Mutter unsichtbar in seiner Gegenwart gefühlt.

Joseph hat tief durchgeatmet und, während er weiter den ihm übergeordneten Beamten und nicht die Frau, über die er sprach, angesehen hat, hat er gesagt: „Meine Intentionen gegenüber Ihrer Tochter haben sich nicht geändert, Sir." Das Einzige, was gefehlt hat, war ein Salut.

„Gut. Dann ist es also beschlossene Sache." Mein Vater hat zufrieden genickt, als hätte er gerade ein besonders kompliziertes Kreuzworträtsel gelöst.

„Was ist beschlossene Sache?" Ich blickte zwischen den beiden Männern hin und her. Dem einen war die Situation zu unangenehm, um mich anzusehen, und der andere gab sich gar nicht erst die Mühe mich auch nur wahrzunehmen.

„Halt mal die Luft an, Tiffany!" Er hatte mich also doch wahrgenommen. „Können wir nicht mal ein ruhiges Abendessen ohne dein Theater genießen?" Mein Dad winkte mich höhnisch ab, als wäre ich jemand, der gerade auf einem Highway versucht, seine Windschutzscheibe zu putzen. „Joseph, ich wollte noch etwas mit dir

besprechen ..."

Und ab dieser Stelle haben sie über Bliss gesprochen. Joseph erklärte ihm er verfolge eine neue Spur, aber sie scheine nicht aufzugehen.

Sie sind immer noch mit den Dealern auf der untersten Stufe beschäftigt. Keiner hat irgendwelche Informationen über K. O., den Mann hinter all dem. Oder zumindest wollte keiner irgendwelche Informationen preisgeben. Das war es zumindest, was sie sich über meinen Kopf hinweg mitteilten.

Ich habe meinen Mund verschlossen und meine Ohren offengehalten und ihnen zugehört, während sie im Dunkeln tappten. Ich bin die Einzige an diesem Tisch gewesen, die eine Ahnung hatte, wer K. O. ist. Mir ist klar gewesen: Wenn ich ihnen das verraten würde, wenn ich ihnen sagen würde, was ich über Caerus weiß, dann würde das die Sicht meines Dads auf mich verändern. Er hätte mich als jemanden angesehen, der nützlich für ihn ist, jemanden, der wichtig ist, jemanden, auf den er stolz sein könnte. Aber mein Mund ist fest verschlossen geblieben. Ich hätte Caerus nicht so hintergehen können, egal, was er getan hat, ganz gleich, was für ein Mensch er wirklich ist.

Caerus ist nicht der, für den ich ihn gehalten habe. Soviel weiß ich. Aber es gibt da zu viele Lücken, zu viele unbeantwortete Fragen, als dass ich ihn den Wölfen zum Fraß vorwerfen und den Cops ausliefern könnte.

Wenn ich alles glauben würde, was Luda mir erzählt hat, dann würde ich denken, dass er nicht mehr ist, als ein kaltblütiger Verbrecher - ein Mann, für den nichts anderes zählt, als Geld und der alles dafür tun würde, um es zu bekommen.

Luda hat Caerus als Mörder bezeichnet, aber wenn das wahr wäre, warum hat Caerus ihn dann nicht umgebracht, als er die Möglichkeit dazu hatte? Und wenn er ein so kaltblütiger Verbrecher wäre, wie konnte er dann vorgeben, ein guter, liebevoller und anständiger Mensch zu sein? Ist er nun ein Soziopath oder der beste Schauspieler der Welt? Vielleicht gibt es aber auch eine dritte Möglichkeit? Ich habe Luda alles blind geglaubt. Aber wie sehr kann man einem Mann vertrauen, der dich entführt und bewusstlos schlägt?

Und so haben sie weiter über K. O. geredet, den mysteriösen Mann, den sie einfach nicht finden können, und beleidigten ihn auf jede erdenkliche Art und Weise. Und ich habe mir auf die Zunge beißen müssen, um ihn nicht zu verteidigen, um überhaupt nichts zu sagen.

Ich dachte, sie müssten doch wissen, dass ich ein Geheimnis habe. Dass es so offensichtlich sein müsste, dass es ihnen unmöglich nicht verdächtig vorkommen könnte. Aber es gab keinerlei Beschuldigungen. Trotzdem habe ich die erste Gelegenheit genutzt, um von diesem Tisch wegzukommen. Ich habe meinen Teller leergegessen und bin in die Küche gegangen, um ein bisschen Ruhe zu haben. Nach ein paar tiefen Atemzügen hat sich mein Herz bereits beruhigt, aber das nagende Schuldgefühl hat weiter wie ein Stein in meinem Magen gelegen. Seit ich die Wahrheit über Caerus' Identität erfahren habe, weiß ich, dass ich ihn meinem Vater ausliefern sollte. Aber der Gedanke daran, das zu tun, Caerus zu hintergehen, ließe das Schuldgefühl nur stärker werden.

Ich wäre verdammt, wenn ich es täte und verdammt, wenn ich es nicht tue. Also, was soll ich tun?

In dem Moment war der Anruf für meinen Vater und Joseph gekommen und sie mussten zurück aufs Revier. Ich war froh, dass sie gingen und zu starrköpfig, das Geld meines Vaters für ein Taxi anzunehmen. Deshalb laufe ich nun die Straße entlang zurück zu meiner Wohnung und hoffe, dass mir die Zeit zum Nachdenken ein paar Antworten liefern wird.

Ich bin so sehr in meine Gedanken vertieft – über die Wohnung, die bald mal meine gewesen sein wird, daran, wo zum Teufel ich wohnen werde, die Rüge meines Vaters, Joseph und seine Gefühle, die nun offengelegt sind und an Caerus, den Mann, der mir offensichtlich einfach nicht aus dem Kopf gehen will – dass ich zuerst gar nicht bemerke, dass mir ein schwarzer Escalade folgt. Erst als sich mir die Nackenhaare aufstellen und ich bemerke, dass dieses Auto schon seit dem letzten Block im Schneckentempo neben mir hergefahren ist, schaltet sich mein Gehirn ein.

Wir befinden uns hier inmitten eines Wohngebiets – hier gibt es keinen Laden, in den man schnell abtauchen könnte und niemanden, den man um Hilfe bitten könnte. Die Erinnerung daran, wie Luda mich auf einer Straße wie dieser gepackt hat, stürmen auf mich ein und meine Entschlossenheit wächst. Ich werde verdammt sein, wenn ich zulasse, dass mich noch einmal irgendjemand entführt. Meine Finger umklammern das Pfefferspray, das mein Dad mir vor Jahren gegeben hat und ich bete, dass es noch funktioniert. Aber das Zeug hat doch kein Haltbarkeitsdatum, oder?

Das Auto bleibt ein paar Meter vor mir abrupt stehen. Ich höre zu, wie eine Autotür geschlossen wird, und laufe schneller.

„Tiffany?"

Ich kenne diese Stimme, aber mein Adrenalin-vernebeltes Hirn lässt mich nicht erfassen, mit wem ich es da zu tun habe. Ich drehe mich nicht um und gebe ihm gar nicht erst die Möglichkeit, mich einzuholen. Stattdessen laufe ich noch schneller und renne beinahe an dem Wagen vorbei.

Eine Hand schnellt hervor – so schnell, dass ich gar nicht die Möglichkeit habe, zu reagieren. Sie hält mich auf. Meine Finger schließen sich um das Pfefferspray. Ich ziehe es hervor, halte es vor die Augen des Mannes und schüttle gleichzeitig seinen Griff an meinem anderen Arm ab.

„Lass mich los oder du kriegst den gesamten Inhalt hiervon ins Gesicht!" Meine Stimme klingt ruhiger, als ich mich fühle, und eisiger. Aber schließlich ist es nicht das erste Mal, dass ich angegriffen werde.

„Hey, immer langsam mit den jungen Pferden, Rambo!" Lächelt der wirklich? „Tiffany, ich bin's!" Eine Pause setzt ein, während der er darauf wartet, dass ich ihn erkenne. Ich spähe in die Dunkelheit. Die lähmende Angst, die ich noch vor ein paar Minuten gespürt habe, weicht mir aus den Augen.

„Phillip?" Ich blinzle Caerus' besten Freund ungläubig an, einen Mann, der mich von Anfang an so ziemlich links liegen gelassen hat. Ich lasse die Hand mit dem Pfefferspray sinken und verstaue es wieder in meiner Handtasche. „Was zum Teufel? Ich hätte dir die Augen rausätzen können!"

„Das sehe ich." Er sieht mich unsicher an, als wäre er nicht überzeugt, dass ich diese Drohung nicht doch noch wahrmachen würde. „Ich hätte nicht gedacht, dass du so was bei dir haben könntest."

Ich zucke mit den Schultern. „Ich denke, ich hab auf die harte Tour gelernt, dass Vorsicht besser als Nachsicht ist."

Ich kann sehen, wie er sich dessen bewusstwird, wovon ich rede. Er hat sogar den Anstand, ein wenig verlegen auszusehen.

„Klar, das klingt sinnvoll." Er tritt unsicher von einem Fuß auf den anderen. Die Nacht senkt sich über uns herab, und er scheint sich mit jedem Moment unwohler zu fühlen.

„Was machst du hier?", frage ich, obwohl ich mir sicher bin, dass ich die Antwort eigentlich gar nicht hören will.

„Ich hab nach dir gesucht." Diese Antwort war dermaßen zu erwarten gewesen, dass ich am liebsten „Ach, was?" erwidern würde. Ich gebe mich mit einem Augenrollen zufrieden.

„Nun ja, ich hab mir schon gedacht, dass du nicht wegen der schönen Landschaft hier bist." Ich sehe mich in der Nachbarschaft um, die entschieden nach Arbeiterklasse und Proletariat aussieht und einen himmelweiten Unterschied zu dem Mann darstellt, der da in seinem piekfeinen Designeranzug vor mir steht.

„Wie hast du mich gefunden?" Ich verschränke die Arme vor der Brust. Ich zittere trotz des milden Wetters, als Phillips verlegener Gesichtsausdruck mir verrät, was ich schon geahnt habe. „Ihr habt mir hinterherspioniert?" Ich sehe mich um und spähe in die Dunkelheit, als ob dort gleich plötzlich ein Typ im Trenchcoat mit einer Kamera mit Weitwinkelobjektiv auftauchen würde.

„Mach jetzt kein Drama daraus, Tiffany. Das passt nicht zu dir." Phillip sieht mich mit verengten Augen an und ich fühle mich unweigerlich wie ein unerzogenes Schulkind. „Wir haben nur auf dich aufgepasst, das ist alles."

„Das braucht ihr nicht." Ich erwidere seinen festen Blick. „Ich kann auf mich selbst aufpassen, also hört auf mit dieser verdammten Überwachung!"

„Das wird Caerus nicht tun, das weißt du. Er versucht, dich zu beschützen, Tiffany, begreifst du das nicht?" Phil seufzt und reibt sich über die Augen, als frage er sich, wie es nur passieren konnte, dass er sich mit einer derartigen Nervensäge herumschlagen muss. Früher hätte mich das getroffen. Heute nicht mehr so sehr.

„Du stehst immer noch auf der Zielscheibe." Bei seinen Worten gefriert mir das Blut in den Adern. „Glaubst du, Luda wäre der Einzige gewesen?" Phil schüttelt den Kopf über meine Einfältigkeit. „Er war einfach nur der Erste, den Bolokov auf dich angesetzt hat."

„Es ist verdammt noch mal nicht Caerus' Aufgabe, mich zu beschützen!" Meine Stimme klingt überraschend schrill. Der Gedanke an einen weiteren Luda, an jemanden, der vielleicht sogar noch schlimmer wäre und hinter mir her ist, lässt all meine Ängste wieder über mir hereinbrechen. „Und wenn er nicht will, dass ich seine geheime Identität der halben Westküste verrate, dann hört er lieber auf, mir zu folgen!" Das ist ziemlich rücksichtslos von mir und ich bin mir nicht mal sicher, ob ich das wirklich tun würde.

„Das würdest du ihm nicht antun." Er klingt so sicher, dass ich mich frage, ob ich mir den Anflug eines Zögerns in seinem Gesicht nur eingebildet habe.

„Und da bist du dir sicher, weil du mich so gut kennst?" Ich sehe ihn herausfordernd und mit hochgezogener Augenbraue an und versuche, Isabelles Gesichtsausdruck aufzusetzen, den sie immer dann trägt, wenn ihr etwas völlig egal ist.

„Ich will gar nicht so tun, als würde ich dich gut kennen, Tiffany. Aber ich habe dich mit Caerus zusammen gesehen. Und das reicht mir, um anzunehmen, dass du ihn nicht derart hintergehen würdest."

Ich würde ihm am liebsten eine Ohrfeige verpassen, damit er aufhört, so überlegen zu tun. „Dinge ändern sich nun mal."

„Manche Dinge, ja." Phil nickt zustimmend und sieht mir dann mit leerem Blick direkt in die Augen. „Aber nicht alle Dinge. Das Wahre, Wichtige, das ändert sich nie."

Ich schließe fest die Augen und wünschte, ich könnte diese Worte und ihre Bedeutung sofort wieder vergessen. Ich kann nicht darüber sprechen, nicht hier, nicht jetzt. Ich kann nicht darüber sprechen, wie sehr sich an meinen Gefühlen für Caerus überhaupt gar nichts geändert hat.

„Was willst du, Phillip?" Ich klinge genauso erschöpft, wie ich mich fühle. Ich bin diesen gesamten Schlamassel wirklich leid.

„Hier draußen ist es etwas – ähm – öffentlich. Steig ein und wir können weiterreden." Phillip sieht sich lange um, als würde er erwarten, dass plötzlich irgendjemand aus der Dunkelheit auftaucht.

In Anbetracht der Branche, in der er arbeitet, ist es nicht unmöglich, dass so etwas passieren könnte. Ich trete näher an sein Auto heran, zögere aber plötzlich, einzusteigen. Als ich das letzte Mal mit einem seltsamen Mann in ein Auto gestiegen bin, hat das darin geendet, dass ich mit Handschellen an einen Stahlpfosten gekettet wurde.

Phillips Blick wird weich und mir wird klar, dass ich wirklich lernen sollte, meine Gefühle besser zu verbergen. „Ich werde dir nicht wehtun, Tiffany."

„Das weiß ich." Der Sarkasmus in meiner Stimme wäre vielleicht ein wenig überzeugender, wenn sie nicht so zittern würde. Ich gebe es auf, zu versuchen, souveräner zu wirken, als ich tatsächlich bin. Es war ein langer Abend. Ich steige ins Auto ein.

Phillip setzt sich wieder auf den Fahrersitz und stellt die Heizung auf Anschlag. Ich lächle ihn dankbar an. Wir sitzen schweigend nebeneinander. Die Stille wird immer unangenehmer.

Unsere Blicke treffen sich, und ich kann sehen, wie unwohl er sich fühlt. „Also, wirst du mir erzählen, was los ist, Phillip? Oder bleiben wir einfach nur hier sitzen und starren uns gegenseitig an?"

Er atmet tief ein. „Ich brauche deine Hilfe. Um Caerus zu helfen."

Mir entfährt ein hysterisches Lachen und ich lege mir die Hände auf den Mund, um es zu unterbinden.

„Du willst, dass *ich* dir wegen Caerus helfe?" Ich schüttle den Kopf über die Ironie dieser Sache. „Du wolltest doch noch nie, dass ich überhaupt in Caerus' Nähe bin! Dann musst du wirklich verzweifelt sein!" Ich bemerke, dass ich schon wieder mit den verdammten Armreifen an meinen Handgelenken spiele und höre damit auf. Ich hoffe, Phillip kann meine Betroffenheit nicht spüren. Ich muss mich zusammenreißen, um ihn nicht zu fragen, warum Caerus Hilfe braucht.

„Stimmt, zuerst bin ich vielleicht nicht mit dieser Sache zwischen dir und Caerus einverstanden gewesen. Aber jetzt, wo du weißt, was ich weiß, ist dir vielleicht auch klar, warum." Phillip sieht mich bedeutungsvoll an. Ich weiß, er redet von dem Geheimnis, das wir beide nun teilen.

Natürlich konnte er es nicht gutheißen, dass sein bester Freund, ein Drogenbaron, mit der Tochter eines Polizisten zusammen ist. Mit der Tochter nicht nur irgendeines Polizisten, sondern keines Geringeren, als des Assistant Chiefs vom LAPD und Leiters des Sondereinsatzkommandos Bliss. Caerus hatte sich selbst in dem Moment in Gefahr begeben, als er anfing, mir hinterherzulaufen. Das weiß ich jetzt und ich nicke Phillip bei seinen Worten zustimmend zu.

„Aber seitdem hat sich vieles verändert," fährt er fort und trommelt mit seinen Fingern auf dem Lenkrad. „Seit du ihn verlassen hast, ist er nicht mehr derselbe. Ich ... mache mir Sorgen um ihn." Die Art und Weise, wie Phillip diese Worte ausspricht, verrät mir, dass er es nicht gewohnt ist, ausführlich über seine Gefühle zu sprechen. Er und Isabelle scheinen wirklich gut zusammenzupassen.

„Warum? Warum machst du dir Sorgen um ihn?", platze ich heraus. Der Ausdruck von Zufriedenheit in Phillips Gesicht schreit danach, dass ich ihm gerade recht gegeben habe – dass mir immer noch an ihm gelegen ist.

„Er ist unberechenbar und unkonzentriert, und wenn er sich nicht zusammenreißt, dann wird ihn das umbringen." Bei der Ernsthaftigkeit in seiner Stimme läuft es mir eiskalt den Rücken hinunter. „Er wird heute Abend kämpfen, und in Anbetracht seiner mentalen Verfassung nehme ich an, dass ... er nicht gewinnen wird."

„Was passiert, wenn er nicht gewinnt?" Meine Worte sind nicht mehr als ein Flüstern und ich habe das Gefühl, als liege eine Schlinge um meinen Hals.

„Dann wird es unschön." Phillips Blick schweift ab und weicht mir aus. Verdammt noch mal!

„*Du* hast nach mir gesucht. *Du* hast mich um Hilfe gebeten. Ist es da nicht an der Zeit, dass du mir alles erzählst, was ich wissen sollte? Los, sag schon: Was passiert, wenn er nicht gewinnt?" Es sollte sich eigentlich gut anfühlen, all die schwelende Wut an die Oberfläche treten zu lassen, aber ich spüre keinerlei Erleichterung – nur Angst. Denn ich kann mir vorstellen, was er darauf antworten wird.

„Das sind keine offiziellen Kämpfe, Tiffany. Du gewinnst nur dann, wenn dein Gegner nicht wieder aufsteht. Wenn du ins Koma fällst, dann hast du noch Glück gehabt." Er atmet tief ein und ich weiß, dass er sich gerade vorstellt, was Caerus zustoßen könnte. Genau das Gleiche tue ich auch gerade. „Verstehst du, was ich damit sagen will?"

Ich nicke betrübt. Der Gedanke daran, dass Caerus verletzt in einem Krankenhausbett liegen könnte, wenn nicht sogar noch schlimmer, schnürt mir die Kehle zu.

„Was soll ich tun?" In diesem Moment weiß ich, dass ich alles tun werde, um das zu verhindern.

„Rede mit ihm. Überzeuge ihn davon, dass er nicht da rausgehen und kämpfen sollte – nicht heute. Du bist die Einzige, die das schaffen kann. Du bist die Einzige, auf die er hören wird." Phillips Seufzen sagt mir, dass er es schon versucht hat und gescheitert ist.

Wir sitzen schweigend nebeneinander, bis ich einwilligend nicke. Mehr als dass ich es sehen kann, spüre ich, wie die Anspannung aus dem Mann weicht.

„Woher wusstest du, dass ich einwilligen würde?", frage ich ruhig. In Anbetracht dieser unmöglichen Aufgabe fühle ich mich plötzlich sehr klein. Caerus ist der dickköpfigste Mensch, den ich kenne. Man kann ihn nicht dazu überreden, irgendetwas zu tun. Und ich schon gar nicht.

Phillip zieht eine Schulter hoch, als hätte ich ihn nach dem Lösungswort für das denkbar einfachste Kreuzworträtsel gestellt. „Du liebst ihn doch, oder? Und du vermisst ihn, oder? Wenn du auch nur halb so viel für ihn empfindest wie er für dich, dann ..."

„Dann was?" Ich habe keine Ahnung, warum ich ihn das überhaupt frage.

„Dann solltest du ihn anhören, hören, was er zu sagen hat, bevor du ihm auf ewig den Rücken kehrst."

Also, der Typ redet wirklich nicht lange um den heißen Brei herum, das muss ich ihm lassen.

„Das spielt keine Rolle mehr." Ich will nicht mehr darüber nachdenken. Ich kann nicht.

„Natürlich spielt das eine Rolle!" Phillip macht sich nicht mehr die Mühe, seine Wortwahl zu überlegen. Ich frage mich, ob er immer noch von mir und Caerus spricht oder ob hier mittlerweile von etwas anderem oder jemand anderem die Rede ist.

„Manchmal reicht Liebe nicht aus, um alles wieder in Ordnung zu bringen. Wer sagt, die Liebe überwinde alles, der erzählt Märchen!" Es tut weh, das zu sagen, aber es stimmt. Phillip sieht mich ungläubig an, als hätte ich mich in jemand anderes verwandelt. „Was?"

„Nichts, ich dachte nur, ich sei hier der Zynische." Er schüttelt den Kopf.

Ich zucke mit den Schultern, als wäre es keine große Sache, wenn einem das Herz aus der Brust gerissen wird. „Wie heißt es doch gleich? Wer zweimal auf den gleichen Trick hereinfällt, ist selber schuld. Ich bin mehr als einmal mit dem gleichen Trick an der Nase herumgeführt worden, und irgendwann muss man dann entweder daraus lernen oder man setzt sich die Narrenkappe auf und lässt es hinter sich."

Sein Blick wirkt abwesend und ich weiß, woran er denkt – beziehungsweise an wen.

„Issy ist starrköpfig," sage ich. „Wenn sie sich einmal zu etwas entschlossen hat, macht sie keinen Rückzieher mehr. Und wenn sie glaubt, sie würde mich unterstützen, indem sie jeden Kontakt mit dir abbricht, dann wird das ein ziemlich steiniger Weg für dich werden."

Dann ..." Phillip macht eine Geste, die mir bedeutet fortzufahren. Ich zucke mit den Schultern. „War es das? Es ist einfach so vorbei, bevor es überhaupt angefangen hat?"

Sie scheint dem Typen wirklich das Herz gebrochen zu haben. Ich entscheide mich dazu, ihm einen Knochen zuzuwerfen.

„Sie mag Pfingstrosen."

Phil sieht mich verdutzt an.

„Pfingstrosen! Blumen!" Ich widerstehe dem Drang, mit den Augen zu rollen. Er sieht nicht so aus, als würde er in diesem Augenblick damit umgehen können.

„Blumen? Sie scheint eigentlich gar nicht der Typ dafür zu sein?" Er trommelt wieder mit seinen Fingern auf dem Lenkrad. Ich nehme an, das ist seine Angewohnheit, wenn er nachdenkt.

„Sie kommt tough rüber, das passt gut zu ihrer gewollten Ausstrahlung, von wegen: ‚Ich bin eine unabhängige Frau, eine verdammt heiße Anwältin, mit der du dich lieber nicht anlegen willst.' Aber glaub mir: Sie hat einen verdammt weichen Kern. Und sie kann keiner romantischen Geste widerstehen. Vor allem dann nicht, wenn sie von jemandem kommt, an dem sie eigentlich interessiert ist." Ich sehe Phillip bedeutsam an und – Moment: Wird er gerade tatsächlich rot?

„Pfingstrosen also." Er lächelt in sich hinein und ich kann beinahe sehen, wie die dunkle Wolke über seinem Kopf sich ein kleines bisschen hebt.

„Pfingstrosen und ein Riesenhaufen Demut. Das sollte reichen." Ich sehe aus dem Fenster und zu der Tür ohne Schild auf der anderen Seite, die mehr Durchgangsverkehr aufzeigt, als eine U-Bahn-Station in New York. „Ich glaube, ich sollte reingehen."

„Ich bin direkt hinter dir." Phil schubst mich spielerisch mit seinem Ellbogen. Ich denke, greifbarer kann dieser Kerl nicht werden.

Ich atme tief durch und bereite mich innerlich vor. Aber eines muss ich noch fragen, bevor ich das hier tue: „Bist du sicher, dass er mich überhaupt sehen will?" *Was, wenn das alles nur noch schlimmer macht*, frage ich mich.

Phil sieht mir mit einem abschätzenden Blick direkt in die Augen, genau wie bei unserem Kennenlernen. In dem Moment habe ich es genauso wenig gemocht wie jetzt. „Wenn du mich das wirklich fragen musst, dann bist du doch nicht so klug, wie ich gedacht habe."

Ich höre seiner Antwort nur mit halbem Ohr zu. Ich bin zu aufgeregt, um wirklich etwas anderes zu verstehen, als dass er ein schlagfertiges Arschloch ist. Aber daran werde ich mich gewöhnen müssen, wenn er mit Isabelle ausgeht. Stattdessen starre ich zu der Tür, als würde es mir eine Erkenntnis über den Mann dahinter geben, wenn ich mich darauf konzentriere. Über den Mann, von dem ich dachte, ich würde ihn kennen.

Was zum Teufel mache ich hier eigentlich? Wie soll ich ihm denn helfen? Und wie werde ich damit leben können, wenn das hier schiefgeht?

Phillips Stimme unterbricht meine Fragen mit seiner: „Also, gehst du rein?"

Kapitel Sechs

K.O.

„Ich bitte um Applaus für unseren Champion im Ring!“ Die Stimme des Ansagers schallt aus der billigen Lautsprecheranlage. Der Fight-Club hat mehr als genug Kohle aus seinen Kunden geschlagen, um in ein ordentliches Audiosystem zu investieren, aber ihrer Meinung nach macht das Abgeranzte diese Bude authentischer. „Bisher ungeschlagen: K. O.!“

Ich schnaube bei dem Wort ‚bisher‘ und laufe unter dem ohrenbetäubenden Gebrüll der Menge hinaus zum Ring. Was zur Hölle sollte das? Wollte er damit sagen, dass die Chance besteht, dass es heute Abend passieren könnte?

Ich schüttle meinen Kopf, um diesen Gedanken loszuwerden. Ich habe zugelassen, dass Phillips Einwände gegen diesen Kampf mir leichte Bedenken in den Kopf gesetzt haben. Und das kann ich nicht gebrauchen – nicht, wenn ich gleich gegen jemanden kämpfe, über den ich rein gar nichts weiß.

Ich stelle mich in meiner Ecke auf, lasse die Schultern kreisen und setze meine Spielermiene auf. Die Menge schreit sich heiser. Mein Blick wandert flüchtig über die Zuschauer. Ich suche nach Phillip auf seinem üblichen Platz. Aber er ist nicht da. Ich weiß, dass er nicht damit einverstanden war, dass ich diesen Kampf antrete. Aber ich hätte nie gedacht, dass er mir das wirklich auf diese Weise zeigen würde. Selbst nach dem letzten Mal, als er erst spät kam, nicht.

Die Nervosität kratzt wieder an meinem Hintertürchen. Nichts heute Abend ist so verlaufen wie sonst: Die Organisatoren haben sich geweigert, mir zu sagen, gegen wen ich kämpfen werde. Sie haben mir nicht einmal einen verdammten Namen sagen wollen. Das war ihr Preis dafür, mich so spät am Abend noch auf die Liste zu setzen. Und ich Idiot habe das akzeptiert, weil ich unbedingt kämpfen wollte. Es war mir scheißegal, dass ich mich völlig blind da hineinstürzen würde. Die Hausregeln, sage ich mir wieder. Ich weiß, womit ich mich einverstanden erklärt habe, als ich mich dazu entschloss, heute Abend zu kämpfen.

Dann wurde ich viel früher als sonst aus meinem Umkleideraum gerufen. Zwar war ich als amtierender Champion trotzdem wie immer als Letzter draußen, aber aus irgendeinem Grund brachten mich die Organisatoren heute Abend vor meinem Gegner hinaus zum Ring. Sie haben mir gesagt, dass die Zuschauer diesen Neuling noch nicht kennen, und dass sie die Spannung für den Kampf ein bisschen anheizen müssten, dass die Menge aufdrehen würde, wenn sie mich nur sieht. Ich hätte nein sagen sollen. Ich hätte bei meiner Routine bleiben sollen. Bei genau der, die seit Jahren gut für mich funktioniert. Aber heute Abend ist alles anders. Und bei dem Loch, das auf Phillips Platz klafft, macht sich dieses Gefühl immer mehr in mir breit. Verfluchte Hausregeln!

Vorwärts, Champ!

Die Stimme meines Vaters in meinem Kopf erinnert mich daran, dass ich hier bin, um zu kämpfen. Um etwas zu tun, das ich schon getan habe, bevor er gestorben ist. Etwas, in dem ich verdammt gut bin, unter welchen Umständen auch immer.

„Begrüßt nun mit mir einen Neuling in diesem Ring: Eine große Überraschung von der anderen Seite des großen Teiches: Der amtierende Champion aus Russland, Igor, der Iceman!“ Die Aufregung der Menge schießt bei den Worten des Ansagers ordentlich in die Höhe. „Heißen wir ihn willkommen!“

Tosender Applaus brandet auf, noch lauter als bei meinem Einlauf. Nicht, dass mir das nicht egal wäre – so was hat mich nie interessiert. Trotzdem werfe ich dem Ansager einen flüchtigen Blick zu. Er zuckt mit den Schultern, als wolle er sagen, dass er auch nicht mehr weiß als ich, warum die Organisatoren den Namen dieses Typen wie ein Geheimnis behandelt haben. Aber das Wie und Warum spielt gerade sowieso keine Rolle. Darüber kann ich später nachdenken – sobald dieser Kampf vorüber ist. Das Einzige, was mich jetzt interessiert, ist, den Mann zu schlagen, der gleich am anderen Ende des Raumes durch die Flügeltür kommen wird.

Die Menge tobt noch immer, als Iceman hereinschreitet und langsam durch die Underground-Arena stolziert, als würde er im Tosen des Pöbels baden.

Um ihn herum sind so viele Leute. Unglaublich viele Leute flankieren ihn zu allen Seiten, dass ich nicht einmal wirklich viel von ihm sehen kann, bis er in den Ring steigt. Als ich ihn sehen kann, spüre ich zum ersten Mal nach Langem einen Anflug von Unsicherheit.

An diesem Ort habe ich mich immer sicher gefühlt, habe niemals infrage gestellt, dass ich als Sieger wieder heraustreten würde. Bis heute. Trotzdem ist es diese Selbstsicherheit, die der versiffte Ring mir bietet, auf die ich mich versuche zu konzentrieren. Ich versuche, diese Sorge, dieses Gefühl, dass irgendetwas nicht stimmt, von mir wegzuschieben. Aber als Iceman sich zu seiner vollen Größe streckt und seine Hände in die Luft schlägt, als hätte er schon gewonnen, erinnert mich das an einen anderen Kampf, an einen, den ich niemals hätte sehen sollen; einen, der sich vor langer Zeit ereignet hat, einen, der darin geendet hat, dass das Herz meines Vaters aufhörte zu schlagen. Und ich kann mich der Frage nicht erwehren, ob es vielleicht doch ein viel größerer Fehler war, heute Abend hierher zu kommen, als ich mir je hätte vorstellen können.

Tiffany

Der Kerl ist ein verdammter Riese! Mir bleibt der Mund offenstehen, als er in den Ring steigt und ich endlich einen Blick auf ihn erhasche. Ich blinzle einmal, zweimal, dreimal, als würde das etwas an dem Bild vor mir ändern. Er ist nicht nur breit wie ein Scheunentor; sondern noch dazu riesig, unfassbar muskulös und lässt jeden neben sich wie einen Zwerg aussehen. Mein Blick geht direkt an ihm vorbei zu Caerus. Auf seinem Gesicht liegt ein ungerührter Ausdruck, den ich nicht lesen kann.

Wenn mir jemand wie Iceman gegenüberstehen würde, dann würde ich mich umdrehen und davonrennen, und nicht so seelenruhig dastehen, wie Caerus.

Ruhig ist gut, sage ich mir. Phillip hat sich Sorgen darüber gemacht, dass er unkontrolliert und fahrig sein könnte, aber wenn ich ihn jetzt betrachte, dann sieht er beinahe unbeteiligt gegenüber dem aus, was da gerade um ihn herum passiert. Beinahe gleichgültig. Ich ringe die Hände. Die Angst lässt mein Herz heftig gegen meine Rippen schlagen. Wir sind zu spät gekommen, er ist bereits in dem Moment aus seinem Umkleideraum gerufen worden, als ich hereingekommen bin, und die Sicherheitsleute wollten mich nicht in den Backstage Bereich lassen.

„Ich bin eine Freundin von K. O.!"

„Klar, du und all die anderen Tussen dieser Stadt!"

Bei dem Blick, mit dem sie mich angesehen haben, habe ich mit den Zähnen geknirscht. Als sei ich nichts als irgendein bedeutungsloses Fangirl. Dann haben sie weitergemacht und drei Amazonen durchgelassen, die aussahen, als wären sie direkt vom Victoria's-Secret-Catwalk gestiegen.

Ich sehe an mir herunter: Röhrenjeans und weißes Tanktop. Ich sehe nicht so aus, als würde ich hierhergehören, zwischen all die

Männer in ihren maßgeschneiderten Anzügen und die Frauen in ihren Designerkleidern. Ich hätte nicht gedacht, dass einige der großen Namen der Stadt sich in einem Underground-Fight-Club aufhalten würden. Ich denke, das zeigt wieder einmal, wie viel ich von dieser Welt verstehe. Aber ich würde lügen, wenn ich sagen würde, dass ich nicht neugierig bin – neugierig, noch mehr herauszufinden, herauszufinden, in welcher Welt Caerus wirklich lebt.

Ich widme ihm wieder meine Aufmerksamkeit. Er steht im Ring, mit diesem undurchdringlichen Blick auf seinem umwerfend schönen Gesicht. Ich lasse meinen Blick einen Moment über ihn schweifen, lasse seinen Anblick auf mich wirken, den Anblick des Körpers, den ich nach nur ein paar Nächten so gut kenne.

Mein Blick wandert über sein Gesicht, über all die harten Linien und seinen kantigen Kiefer, der ihn aussehen lässt, als sei er aus Stein gemeißelt, über seine Lippen, von denen ich aus Erfahrung weiß, dass sie weicher sind, als es erlaubt sein sollte.

Ich werde rot, als ich mich daran erinnere, wie sich diese Lippen auf meinen anfühlen, überall auf mir anfühlen. Seine muskulösen Arme und seine breiten Schultern sind kräftig. Und während Iceman aussieht, als wäre er von einem gewissen Victor Frankenstein erschaffen worden, hat Caerus' Körper perfekte Proportionen. Seine Hüfte ist schmal, nichts als Muskeln, und sein Bauch zeigt ein Eightpack, das die Lust in mir weckt, wieder mit meinen Fingern darüberzufahren. Mein Blick wandert tiefer, und als das muskulöse männliche V unter seinen Boxershorts verschwindet, prallen Bilder und Erinnerungen auf mich ein und mein Puls beschleunigt sich.

Ich möchte mich am liebsten dafür treten, so zu empfinden, dafür, ihn trotz allem so sehr zu wollen. Und ich möchte nach diesen verdammten Sicherheitsleuten treten, weil sie mich von ihm ferngehalten haben, verhindert haben, dass ich ihn darum bitten konnte, heute Abend nicht zu kämpfen. Stattdessen stecke ich in der Menge fest und beobachte ihn, unfähig, irgendetwas zu tun. Und wenn ich eines hasse, dann ist es das Gefühl, machtlos zu sein. Und wo zum Teufel ist Phillip überhaupt? Er würde wissen, was zu tun ist. Was ist jetzt mit *ich bin direkt hinter dir*?

Die beiden Männer begeben sich voreinander in Position und mein Herz hämmert mir so laut in den Ohren, dass es mich überrascht, dass die Leute neben mir es nicht hören können. Iceman überragt Caerus. Er ist beinahe einen ganzen Kopf größer als er.

Als mir der Ernst der Situation schlagartig bewusstwird, schlucke ich schwer. Ich hoffe inständig, dass Caerus ein so guter Kämpfer ist, wie ich gehört habe. Ansonsten wird das hier in einem Blutbad enden.

„Komm schon! Du kannst das," flüstere ich Caerus zu. Selbst wenn ich schreien würde, würde er mich nicht hören können. Aber das ist egal.

Ich erschrecke, als ein Mann neben mir auftaucht und vorsichtig meinen Ellbogen drückt, um meine Aufmerksamkeit zu bekommen.

„Kennen Sie einen der Kämpfer, Miss?" Der Mann spricht mit einem Akzent, den ich nicht einordnen kann, aber als ich sehe, dass er in etwa so alt ist wie mein Vater, schwindet die Anspannung wieder, die seine Berührung ausgelöst hat.

„Ja, den im Blauen." Ich gestikuliere in Richtung Caerus, ohne den Blick vom Ring abzuwenden. Die Glocke hat eben geläutet und die Männer umkreisen sich wie Wölfe.

„Ah, dann sind Sie eine Freundin des Champs? Neben mir ist ein Platz frei. Wollen Sie? Von da aus kann man besser sehen, was passiert." Der Mann bleibt neben mir stehen, seine Hand liegt immer noch auf meinem Arm. Aber ich bin so in den Kampf vertieft, dass ich es kaum bemerke.

„Ähm, das ist sehr nett von Ihnen, aber ich stehe hier gut." Ich lächle ihn flüchtig an. Ich will nicht, dass er mich für unhöflich hält. Ich habe das seltsame Gefühl eines Déjà-vus. Als hätte ich ihn schon einmal gesehen. Ich schüttle den Kopf, um das Gefühl loszuwerden, und konzentriere mich wieder auf das Hier und Jetzt. Wenn ich nicht hier stehenbleibe, weiß ich nicht, ob Phillip mich in diesem Gedränge wiederfinden wird.

„Nein, nein, nein, ich bestehe darauf! Jeder Freund des Champs verdient es, bei diesem Kampf in der ersten Reihe zu sein." Er wartet meine Antwort gar nicht erst ab und führt mich zu dem Sitzbereich, der zweifelsohne nicht für Jedermann bestimmt ist.

Ich bemerke vage, wie ihm Leute aus dem Weg gehen, aber meine Aufmerksamkeit ist geteilt. Die ersten Schläge werden ausgeteilt. Caerus täuscht einen Schlag mit seiner Rechten vor und teilt einen kräftigen Hieb mit seiner Linken aus. Er sieht schwer genug aus, um Icemans Kiefer zu brechen, aber der Typ reagiert kaum und schlägt mehrfach auf Caerus' Oberkörper ein. Caerus hebt die Hände, um die Schläge abzufangen, aber eine paar kommen durch und lassen ihn ein Stück zurücktaumeln.

Ich werde zu einem Sitz geleitet. Der gute Samariter ist immer noch neben mir, seine Hand verweilt immer noch auf meinem Arm. Mir wird klar, dass wir mitten im Geschehen sind; nur ein paar Meter vom Ring entfernt. Ich kann sehen, wie der Schweiß auf Caerus' Haut glitzert und wie er seine Stirn runzelt, während er versucht, herauszufinden, wie es Iceman gerade gelungen ist, seine Deckung zu durchbrechen.

Die Männer tauschen ein paar weitere Hiebe aus; Iceman bewegt sich schneller, als ich es einem Mann seiner Größe zugetraut hätte, und landet einen ordentlichen Hieb auf Caerus' Wange. Caerus stolpert ein paar Schritte zurück. Ich springe auf die Füße, zu aufgedreht, um sitzenzubleiben. Ich kann mich gerade so davon zurückhalten, in den Ring zu rennen und Caerus dort herauszuziehen. Er findet seinen Bodenhalt wieder, schüttelt den Kopf und spuckt einen Mundvoll Blut auf den Boden. Dann nähert er sich Iceman wieder und feuert so schnell eine Salve von Schlägen ab, dass mir schwindlig wird.

Ich will seinen Namen rufen, ihm sagen, was auch immer nötig ist, damit er gewinnt, damit er nicht verletzt wird, damit er zu mir zurückkehrt. Aber ich habe zu große Angst, ihn abzulenken. Und so sage ich gar nichts und bleibe einfach nur dort stehen. Mir schlägt das Herz bis zur Kehle, während ich dabei zusehe, wie sich der Kampf abspielt, unfähig, etwas daran zu drehen, wie er ausgehen wird.

Minuten, die sich anfühlen wie Stunden, ziehen vorbei und die Kämpfer werden müde. Sie bewegen sich nur ein kleines bisschen langsamer, brauchen nur ein kleines bisschen länger, um sich von ihren Schlägen zu erholen.

„Gibt es hier keine Runden? Warum hören sie nicht auf?" Ich habe noch nicht viele Boxkämpfe gesehen, aber ich kenne die Grundlagen.

„Nicht heute. Am Freitagabend herrschen Hausregeln." Der ältere Mann neben mir lächelt mich nachsichtig an, als wäre ich ein bisschen schwer von Begriff. „Heute Abend gibt es keine Runden. Es wird bis zum Umfallen gekämpft."

Ich fühle mich, als habe ich einen Hieb in den Bauch kassiert. „Bis zum Umfallen gekämpft?" Ich kann die Worte kaum aussprechen.

Er tätschelt meine Hand, als versuche er, mich zu trösten. Aber seine Hände fühlen sich an wie Papier und aus irgendeinem Grund dreht sich mir bei seiner Berührung der Magen um. Ich kämpfe gegen den Drang, ihn abzuschütteln. Er ist nur freundlich zu mir.

„Sie kämpfen, bis einer von ihnen nicht wieder auf die Füße kommt. Keine Unterbrechung, keine Pausen, kein Wasser, nichts, bis einer von ihnen nicht wieder aufsteht." Er zuckt mit den Schultern, aber in seinen Augen leuchtet etwas auf, das mich annehmen lässt, dass er das hier genießt. Das sollte mich nicht überraschen – wenn er nicht auf das hier stehen würde, warum hätte er dann einen Sitzplatz? Aber die Tatsache, dass er es reizvoll findet, dabei zuzusehen, wie diese beiden Männer sich bei einem Kampf, bei dem alles erlaubt ist, die Scheiße aus dem Leib prügeln, gefällt mir nicht.

„Was, wenn einer der beiden seine Niederlage einräumt? Was, wenn er aufgibt?“ Ich kenne Caerus gut genug, um sicher zu sein, dass er so etwas niemals tun würde. Ich stelle die Frage trotzdem.

„Damit der andere Kämpfer gewinnt, müsste er trotzdem k. o. geschlagen werden.“

„Das … das ist grausam!“ Ich zucke zusammen, als die Männer im Ring Schläge austauschen und Caerus einen weiteren Mundvoll Blut ausspuckt. Sein rechtes Auge ist geschwollen und ich bin ziemlich sicher, dass er kaum noch etwas aus diesem Auge sehen kann. Iceman sieht nicht viel besser aus, aber beide Männer stehen noch aufrecht, umkreisen sich immer noch mühsam, kämpfen immer noch. Keiner der beiden wird aufgeben.

„Vielleicht. Ich finde es vielmehr poetisch. So haben es die Gladiatoren im alten Rom auch gemacht.“ Der ältere Mann zwinkert mir zu. Sein Akzent wird ein wenig deutlicher, als würde er sich gar nicht erst die Mühe machen wollen, ihn zu verbergen.

„Aber das hier ist nicht das Alte Rom, und die beiden sind keine Sklaven, die für ihre verdammte Freiheit kämpfen!“ Es ist mir egal, dass meine Stimme lauter wird. Schließlich kann mich über den Krawall der Menge sowieso niemand hören.

„Nein, da haben Sie recht, Miss …“

„Burns,“ antworte ich komplett verdattert. „Kennen wir uns?“ Tief in meinem Hirn spüre ich ein Kribbeln, als gäbe es da etwas, an das ich mich erinnern sollte, aber nicht kann.

„Miss Burns. Und: Nein, ich glaube nicht. Ich würde mich an eine so schöne Frau wie Sie erinnern.“ Er grinst breit. „Sie haben recht – diese Männer tun das freiwillig.“ Er nickt in Richtung des Rings. „Glauben Sie, sie würden das tun, wenn sie nicht im Ring stehen *wollen* würden, wenn sie nicht Schmerz bereiten, Zerstörung verursachen wollen würden?“ Er beugt sich näher. Sein Blick ist eindringlich. „Dafür haben sie sich angemeldet."

Ich lasse die Bedeutung dieser Worte über mir hereinbrechen und blicke genau in dem Moment wieder zu Caerus, als Iceman seine rechte Hand zurückzieht und augenscheinlich sein gesamtes Körpergewicht hineinstemmt. Seine Faust trifft auf Caerus' ungeschützte Schläfe und Caerus stürzt zu Boden wie ein Stein. Ich schreie, als sei das das Ende der Welt.

Caerus

Es klingelt in meinen Ohren, das Geräusch der Menge ist beinahe genauso stechend wie der Schmerz.

Wo zur Hölle ist dieser Schlag hergekommen? Und aus was zum Teufel besteht dieser Pisser – Eisen? Seit er mich zum ersten Mal geschlagen hat, weiß ich, dass ich nicht viele von diesen Schlägen einstecken kann. Und seit meine Faust zum ersten Mal auf seinen Körper getroffen ist, weiß ich, dass etwas nicht stimmt. Igor… Iceman scheint meine Schläge kaum zu registrieren. Klar, er hat ein bisschen gewankt, und klar, ich konnte nachweisen, dass der Kerl auch bluten kann. Aber der Schmerz scheint ihm nichts anzuhaben, oder zumindest nicht wirklich. Nicht so, dass er zögert oder ausweicht oder langsamer wird. Ich habe noch nie gesehen, dass jemand so in einem Kampf reagiert, kenne niemanden, der einer Salve meiner Schläge standhält. Das heißt, das stimmt nicht so ganz: Ich habe es schon einmal gesehen – in der Nacht, als mein Vater starb. Er ist in diesem Ring auseinandergenommen worden, von einem Gegner, der einfach immer weitergemacht hat.

Als ich ein Kind war, dachte ich, mein Vater sei in jener Nacht mit einem Monster in den Ring gestellt worden. Vielleicht hatte ich nicht ganz unrecht: Iceman agiert nicht innerhalb der normalen, menschlichen Parameter. Entweder ist der Kerl der stärkste Mann der Welt, oder er hat irgendetwas eingeschmissen, das die Schmerzen betäubt und ihm einen Vorteil über jeden anderen Kämpfer verschafft. In meinem Kopf passen die Teile langsam zusammen: Ein russischer Kämpfer, unter Drogen gesetzt mit irgendeinem schmerzstillenden Gemisch und mit mir in den Ring geschickt. Es gibt nur einen, der dahinterstecken könnte.

Bolokov.

Genauso hat er meinen Vater umgebracht, und so versucht er, mich umzubringen.

Zum Teufel damit! Ich bin kein großer Befürworter von sich wiederholenden Geschichten.

Ich beiße die Zähne zusammen und versuche, mich zu bewegen. Mir wird schlagartig übel.

K. O.! K. O.! K. O.!

Ich höre undeutlich die Rufe der Menge und die kalte Härte an meiner Wange sagt mir, dass ich auf dem Boden liege. Ich muss aufstehen. Ich muss aufstehen, sonst gewinnt dieses Arschloch. Sonst wird dieser Stahlkoloss sonst was mit mir anstellen. Klar, er hat beschissen, aber das hier ist nicht der verdammte Box-Verband. Keiner wird einen Scheiß darauf geben, *wie* er gewonnen hat, nur darauf, dass er gewonnen hat. Ich kann nicht zulassen, dass das passiert, nicht, wenn ich weiß, wer hinter Iceman steckt und die Fäden zieht.

„Oh Gott, bitte sag, dass es dir gut geht!"

Eine Stimme sticht aus dem Nebel heraus und ich öffne blinzelnd die Augen, um zur Decke zu sehen.

„Caerus, kannst du mich hören?"

Da ist die Stimme wieder, stark und klar, lauter, als alles andere. Ich kenne diese Stimme, besser als jede andere. Aber das kann nicht sein! Ich muss Wahnvorstellungen haben, durch den Aufprall auf dem harten Betonboden halluzinieren! Sie kann nicht hier sein. Das ist unmöglich!

„Caerus, wach auf!"

Nicht die Worte, die sie sagt, lassen meinen Körper schließlich meinem Kopf gehorchen, sondern die Panik, die Angst, die ich darin hören kann. Ich würde alles tun, damit sie das nicht mehr fühlt.

Auf die Knie zu rollen erscheint mir wie das Schwerste, das ich je getan habe. Die Welt dreht sich immer noch, aber ich bin immer noch genug bei Bewusstsein, um zu sehen, dass Iceman schon eine

Ehrenrunde im Ring dreht und sich von der Menge bejubeln lässt, als hätte er schon gewonnen. Er hält seinen Daumen in die Höhe, dann dreht er ihn herunter. Es ist unmissverständlich mein Todesurteil. Wenn ich nicht gleich genauso enden will wie mein Vater, dann muss ich mich bewegen. Und zwar jetzt.

„Cae, bitte!" Ihre Worte sind ein ersticktes Schluchzen – so leise, dass ich sie kaum hören kann. Aber mein Körper scheint zu wissen, wo sie ist, wo er sie suchen muss. Ich drehe meinen Kopf. Alles in meinem Sichtfeld schwankt, aber ich bemerke es kaum. Alles, was ich sehe, ist sie. Gott, sie ist das Schönste, was ich je gesehen habe!

Sie steht da, nur ein paar Meter vom Ring entfernt, und versucht, sich näher zu kämpfen. Aber jeder steht da und schreit nach Blut. Sie ist hier. Sie ist real.

„Tiffany." Ihr Name ist wie ein Gebet auf meinen Lippen und ich beobachte, wie eine Träne über ihre Wange rinnt. Unsere Blicke treffen sich, als sie mich hört.

Sie versucht, noch einen Schritt näherzukommen, aber sie wird zur Seite gestoßen. Ich will nichts lieber, als den Kerl zu verprügeln, der sie angerührt hat. Meine Wut verdrängt den Schmerz und ich bewege mich auf sie zu, gehe zu ihr. Aber sie schüttelt den Kopf und ihre Augen weiten sich, als sie hinter mich sieht. Und ich weiß, was sie sieht.

„Du hättest unten bleiben sollen!" Der Akzent von Iceman ist deutlich. Ich kann das Grinsen in seinen Worten hören. Er glaubt, er hätte gewonnen – und genau deshalb wird er verlieren. Aber auf meinen Knien bin ich in verwundbarer Position, und er wird sich nicht zurückhalten.

Er tritt nach mir und es gelingt mir, mich zu ducken, bevor sein Fuß dort in die Luft trifft, wo gerade noch mein Kopf gewesen ist. Wäre ich nur eine Sekunde langsamer gewesen, wäre ich jetzt bewusstlos, vielleicht sogar tot. Dieser Kerl kämpft nicht, um zu verletzen, er kämpft, um zu töten. Was auch immer ihm befohlen wurde: Es beinhaltete nicht, mich wieder hier rauskommen zu lassen.

Ich weiß, dass ich nicht auf ihn warten darf. Ich weiß, dass ich mich nicht darauf verlassen kann, dass der Schmerz ihn überwältigen wird. Anders als auf der Bahre kommen wir beide nicht aus diesem Ring heraus. Ich muss meinem Namen alle Ehre machen, ich muss ihn k. o. schlagen. Und ich werde nur eine Chance bekommen, das zu tun.

Tiffany ruft warnend meinen Namen – Iceman ist zurück. Aber ich bewege mich schon – der reine Instinkt übernimmt das Ruder. Ich bin immer noch auf den Knien, drehe mich und ziehe dem Russen die Beine unter sich weg. Es ist eine einfache Bewegung, die ich im Training unzählbar oft wiederholt habe. Mit ihr hat er nicht gerechnet, und das Überraschungselement reicht aus, um ihn rückwärts in die Seile fallen zu lassen.

Ohne Luft zu holen, ohne über den Schmerz in meinem Kopf oder den Schwindel nachzudenken, der mich in die Knie gehen zu lassen droht, drehe ich mich auf meinem Fußballen zu ihm und lasse meine rechte Faust in die Höhe schnellen. Wenn ich mich auch nur um ein paar Zentimeter verschätzt habe, dann ist es aus für mich. Seine Augen weiten sich, als ihm klar wird, dass ich nicht versuche, sein Gesicht zu treffen. Er bewegt seine Hände, um mich abzufangen, aber er ist zu langsam. Meine Faust trifft auf seine Kehle und ich spüre, wie seine Luftröhre sich unter der Wucht wölbt. Im letzten Moment ziehe ich mich zurück. Ich will ihn nur hart genug schlagen, damit er fällt, ich will ihn nicht umbringen. Er greift sich an die Kehle, fällt zu Boden und krümmt sich, während er versucht, Luft durch seinen verletzten Rachen in seine Lunge zu ziehen. Er steht nicht wieder auf.

Die Menge ist absolut still. Als könne niemand von ihnen glauben, was sie da gerade gesehen haben. Erst dann wird mir klar, dass kaum einer von ihnen erwartet hat, dass ich gewinnen würde. Sekunden ziehen vorbei, und mit einem Mal explodiert der Lärm.

Der Ansager kommt in den Ring und übergibt dem sich

krümmenden Iceman und seinem herabsteigenden Team eine breite Pritsche. Ich würdige ihn keines Blickes, als er mich zum Sieger erklärt. Meine Augen suchen bereits nach Tiffany. Sie lächelt und weint gleichzeitig, klatscht und ruft. Sie ist das Beste, was ich je gesehen habe, und ich bin fertig damit, mich von ihr fernzuhalten. Es hätte mich fast umgebracht, im wahrsten Sinne des Wortes. Jetzt ist sie hier, direkt vor mir, und ich will nichts lieber, als sie festzuhalten. Sie lächelt mich an, als wüsste sie, woran ich denke, und ich öffne meinen Mund, um ihr zu sagen, dass sie auf mich warten soll, dass wir über vieles reden müssen, dass ich alles tun werde, um sie zu mir zurückzuholen. Aber meine Aufmerksamkeit fällt auf den Mann neben ihr und bei seinem Anblick wird mir schlecht.

„Mach, dass du von ihr wegkommst!“

Kapitel Sieben

Tiffany

Ich brülle und schreie und springe auf und ab, als Caerus zum Sieger des Kampfes erklärt wird. Irritiert beobachte ich, wie das zärtliche Lächeln, das nur mir zu gelten scheint, sich in einen Blick von so tiefem Hass wandelt, dass ich einen Schritt zurücktrete.

„Ich nehme an, Sie haben viel auf diesen Kampf gesetzt, Miss?" Der Mann neben mir kichert, als sei Geld der einzige Grund, warum ich mich hierfür interessiere.

„Mehr, als Sie ahnen!" Ich sehe zu Caerus zurück, der immer noch eine grimmige Miene zieht. Er ruft etwas, aber ich kann es über den ohrenbetäubenden Lärm der Menge nicht hören.

„Dann lasse ich Sie mal Ihren Gewinn kassieren." Er zwinkert mir zu. Als er über meinen Kopf hinweg zum Ring sieht, zieht ein Schatten über sein Gesicht. Schon einen Moment später und bevor ich etwas erwidern kann, ist er in der Menge verschwunden. Hinter mir gibt es einen Tumult.

„Tiffany." Ich wirbele zu Caerus herum, der in Reichweite vor mir steht. Er muss über die Seile gesprungen sein. Die Menschen um ihn kämpfen alle um seine Aufmerksamkeit, gratulieren dem Champion, versuchen, etwas von seinem Glanz zu erhaschen. Aber sein Blick liegt fest auf mir und gibt mir das Gefühl, als seien wir die einzigen zwei Menschen im Raum.

„Caerus!" Ich trete einen Schritt auf ihn zu, möchte meine Hand ausstrecken und sein verletztes und geschlagenes, aber immer noch so schönes Gesicht in meine Hände nehmen. Aber ich will ihm nicht wehtun.

Wir stehen da, starren uns an, baden uns im Anblick des anderen, und ich danke Phillip dafür, dass er plötzlich neben uns auftaucht.

Sonst wären wir vielleicht die ganze Nacht so stehengeblieben. Keiner möchte sich zuerst bewegen und den Moment zerstören.

„Zeit, zu verschwinden," mahnt Phillip leise und drängend. Seine Stimme holt mich in die Menge um uns herum zurück. „Die Kunden, die ihr Geld verloren haben, werden langsam ein bisschen unruhig. Hier ist gleich die Kacke am Dampfen!"

Caerus wendet zuerst seinen Blick von mir ab, sieht sich um und lässt die Situation auf sich wirken. Phillip reicht ihm ein Shirt, das er sich über den Kopf zieht. Ich versuche, mich nicht beraubt zu fühlen, als sein perfekter Körper bedeckt wird. Caerus zieht amüsiert eine Augenbraue hoch, als könne er meine Gedanken lesen. Meine Wangen werden rot unter seinem prüfenden Blick.

„Lasst uns gehen!" Caerus nickt kurz in Richtung des nächsten Ausgangs.

In stillschweigender Übereinkunft übernimmt Phillip die Führung und Caerus die Nachhut. Ich bin in der Mitte, wo sie mich am besten beschützen können.

Ich versuche, die Hitze zu ignorieren, die von Caerus' Körper ausgeht, während er nur ein paar Zentimeter entfernt von mir ist, nahe genug, um mich vom Gedränge der Menge abzuschirmen. Das ist ungefähr so einfach wie nicht zu atmen. Während sich nun links, rechts und vor uns Betrunkene anfangen zu prügeln, ist es nicht der rechte Moment, um zu reden. Und ich will so viel mehr tun, als nur zu reden.

„Fick dich, du Wichser!"

„Mich? Fick dich, du Hurensohn!"

Die Beleidigungen sind nicht besonders einfallsreich, aber den Männern, die sich in einen schmutzigen Amateurkampf stürzen, scheint das egal zu sein. Sie drohen, auf mich zu zu rasen, aber Caerus legt seinen Arm um mich, zieht mich aus ihrem Weg und weicht ihnen aus, als sie umherschwanken. Sie sehen so aus, als könne sie selbst eine leichte Brise umhauen.

„Bleib dicht bei mir," knurrt Caerus in mein Haar und ich tue so, als würde ich einfach nur Befehlen folgen, indem ich mich noch etwas dichter an ihn schmiege. Es ist nicht einmal seine Wärme oder sein berauschender Geruch oder das tiefe Gefühl, dass ich an seiner Seite genau am richtigen Platz bin, warum ich ihm so nahe wie möglich sein will. Nein, keines dieser Dinge ist es.

Wir sind viel zu schnell draußen und Caerus' Griff um mich wird einen Moment lang fester. Dann lässt er mich los und tritt zurück, um mir etwas Raum zu geben.

„Geht es dir gut?" Er beugt seinen Kopf so, dass wir auf Augenhöhe sind. Der Ausdruck von Sorge liegt auf seinem Gesicht.

In mir löst sich ein Lachen. Das ist absurd. „Ob es *mir* gut geht? Du bist doch derjenige, der verprügelt wurde und wahrscheinlich eine Gehirnerschütterung hat! Geht es *dir* gut?"

Den Blick, mit dem Caerus mich ansieht, kann ich nicht deuten. Aber auf seinem Mund deutet sich ein Lächeln an, bevor es wieder verschwindet. „Jetzt ja."

Seine Antwort lässt ein warmes, flauschiges Gefühl tief in meinem Inneren aufblitzen und ich wende den Blick ab. Ich will nicht, dass er zu viel sieht, wenn er mir in die Augen blickt.

„Hast du ihn gesehen?" Ich brauche einen Moment, um zu begreifen, dass Caerus nicht mit mir spricht.

Phillip nickt. Sein Mund zuckt angewidert, als hätte er gerade von etwas gekostet, das schlecht geworden ist.

„Ich hätte da sein sollen." Es ist eine Entschuldigung, aber er bewegt sich nicht, meidet den Blickkontakt mit Caerus nicht. Er steht erhobenen Hauptes da, wie ein Soldat, der auf das Erschießungskommando wartet.

Caerus sagt einen langen Moment lang nichts und ich öffne

meinen Mund, um Phillip verteidigend zur Seite zu treten, obwohl ich gar keine Ahnung habe, weshalb ich ihn verteidigen sollte.

„Er ist zurück. Finde heraus, warum." Caerus sieht seinem Freund tief mit einem Blick in die Augen, der sagt: „Dieses Mal werde ich keine Widerrede dulden!" Phillip nickt zustimmend. Damit hat Caerus die Entschuldigung nicht herzlich angenommen, aber er hat ihm sein Vertrauen erklärt. Und wenn man die beiden kennt, weiß man, dass das mehr wert ist als alles andere.

„Nimm den Escalade. Der steht näher dran." Phillip lässt die Schlüssel in Caerus' Hand fallen.

„Das sagst du doch nur, weil du den Porsche fahren willst." Caerus grinst seinen Freund breit an, und Phillip zuckt mit den Schultern, als wolle er sagen, dass er nicht so tun werde, als wäre das Gegenteil der Fall. Dann wird Caerus' Gesichtsausdruck ernst. „Phil ..." Was auch immer er sagen will: Er fühlt sich unwohl dabei, und er kommt nicht weit, bevor Phillip abwinkt und ihn zum Auto scheucht.

„Versau es nicht!" Sie wechseln einen Blick, bevor Phillip sich mir zuwendet und mir anerkennend zunickt. „Tiffany, es war mir eine Ehre!"

„Vergiss die Pfingstrosen nicht!" Ich zwinkere ihm zu und sehe, wie seine Ohren rot werden, bevor er davoneilt.

Ich drehe mich zu Caerus um, der mich verwirrt anblickt. „Was meinst du damit?"

„Nichts, nur eine weitere Einweihung in die Brigade der Narrenkappen." Ich kenne Phillip kaum, aber ich denke, er würde es nicht gutheißen, wenn ich unser Gespräch vorhin mit Caerus teilen würde. Abgesehen davon ist es nicht mein Geheimnis. Und ich bin offensichtlich ziemlich gut darin geworden, Geheimnisse für mich zu behalten.

„Ich tue mal so, als würde das irgendeinen Sinn für mich ergeben." Caerus hält mir die Beifahrertür des Wagens auf und wartet, bis ihm klar wird, dass er mich eigentlich gar nichts gefragt, sondern nur vermutet hat.

Er ist ein Mann, der es gewohnt ist, die Führung zu übernehmen, während jeder andere zurückfällt. Das kann ich verstehen, aber daran muss sich etwas ändern.

Er scheint nach den rechten Worten zu suchen. „Ich will nur mit dir reden, und danach werde ich dich bringen, wohin du willst."

Diese Worte, wenn auch simpel, wärmen mir das Herz, und ich weiß, dass er es nicht anders hinbekommen wird, mich zu fragen, ob ich mit ihm komme. Zu fragen, zieht eine Antwort nach sich, und er ist sich immer noch nicht sicher, ob meine Antwort eine sein wird, die er hören will. Um ehrlich zu sein: das bin ich auch nicht.

Ich habe keine Ahnung, was er mir sagen will oder was ich bei dem, was er mir sagen wird, empfinden werde. Ich kann nichts weiter tun, als damit zu arbeiten, wie ich mich jetzt fühle und wie ich mich gefühlt habe, als ich ihn im Ring gesehen habe. Und im Moment möchte ich ihm nicht fern sein.

„Nein, das wirst du nicht. So funktioniert das nicht." Ich beobachte, wie seine Überraschung sich in Schmerz wandelt und sich dann Resignation auf seinem Gesicht zeigt. Dann trete ich einen Schritt auf ihn zu, strecke meine Hand aus halte meine Handfläche nach oben. „Du siehst so aus, als würdest du dich an dieser Tür festhalten, um nicht umzukippen. Du kannst durch ein Auge kaum etwas sehen, und wahrscheinlich hast du eine Gehirnerschütterung. Ich steige auf gar keinen Fall in ein Auto mit dir – es sei denn, ich fahre!" Der Mann beißt wirklich die Zähne aufeinander und ich stelle meine Füße fest auf den Boden. Ich bin bereit für eine Diskussion, wenn es sein muss. „Also, welcher ist es? Entweder gibst du mir die Schlüssel, oder ich laufe." Ich wippe mit dem Fuß, als sei ich ungeduldig, aber tatsächlich halte ich damit nur meine Nervosität in Schach.

Caerus gegenüberzutreten ist definitiv nichts für schwache Nerven, vor allem dann, wenn er aussieht, als hätte er gerade zehn Runden mit Rocky Balboa hinter sich gebracht.

Ich kann den Moment erkennen, in dem er seine Niederlage akzeptiert. Resignierend lässt er die Schlüssel in meine Hand sinken. Seine Fingerspitzen fahren über die empfindliche Haut und ich erschauere.

Ohne nachzudenken strecke ich meine Hand aus und berühre ihn mitten an der Stirn, an einer der unverletzten Stellen. „Fabelhaft! Ich bin froh, dass noch ein paar Gehirnzellen da drin funktionieren." Seine Augen schließen sich kurz flatternd, als hätte er meine Berührung aufgesogen. Mir stockt der Atem, als ich die Emotionen in seinen Augen sehe. Ich räuspere mich. Meine Stimme ist plötzlich rau von all den Gefühlen darin. „Nach dir." Ich bedeute ihm, vorwärts zu gehen und es gelingt ihm beinahe, sein Zusammenzucken zu verbergen, als er einsteigt. „Brauchst du Hilfe?"

Er dreht seinen Kopf gerade weit genug, um mir einen vernichtenden Blick zuzuwerfen, und ich halte ergeben die Hände in die Höhe. „Ich will dir nur helfen!" Ich behalte einen unverfänglichen, ausgelassenen Ton bei, aber ich hasse es, zu sehen, dass er Schmerzen hat, hasse es, wie sehr es gerade wehtun muss.

Ich atme tief durch und laufe zur Fahrerseite hinüber. Ich starte den Motor und frage mich, wie ich mich aufs Fahren konzentrieren soll, während ich mich in einem engen Raum mit einem Mann befinde, bei dem ich schon dahinschmelze, wenn ich ihn nur ansehe.

Reiß dich zusammen, Tiffany! Du bist doch schon ein großes Mädchen!

Als ich endlich den Mut zusammengenommen habe, um aus dem Augenwinkel nachzusehen, wie es ihm geht, hat er den Kopf zurückgelegt und die Augen geschlossen. Seine Brust hebt und senkt sich. Er ist eingeschlafen. Ich weiß, dass man Patienten mit

Gehirnerschütterung eigentlich am Reden halten sollte, aber er ist so erschöpft und sieht so friedlich aus, dass ich es nicht übers Herz bringe, ihn aufzuwecken. Außerdem bin ich ja da, um dafür zu sorgen, dass ihm nichts passiert, um auf ihn aufzupassen.

„Alles in Ordnung, Baby. Ich bin bei dir." Ich lege meine rechte Hand auf seine, die in seinem Schoß ruht. Ich muss ihn berühren, mich daran erinnern, dass er immer noch hier ist. Dass er noch heile und bei mir ist.

Ohne die Augen zu öffnen, als wäre es eine automatische Reaktion, legt er seine andere Hand auf meine und hat mich in der Falle. Aber es ist eine Falle, in der ich gerne gefangen bin. Ich danke Gott im Stillen für Automatismen.

Die Wärme seiner Hand fließt in meinen gesamten Körper. Aber es ist nicht nur die Hitze, die in meinen Körper übergeht. Es ist ebenfalls das Gefühl von Zufriedenheit, das so ergiebig auf mich wirkt, dass ich beinahe all die Gründe vergesse, aus denen wir nicht zusammen sein sollten - all die Gründe, warum wir nicht zusammen sein können. *Beinahe*.

Caerus

„Ich brauche mal meine Hand zurück."

Ihre Stimme ist das Erste, das ich durch den Dunstschleier in meinem Kopf höre. Einen Moment lang bringt mein Hirn Traum und Realität durcheinander und ich greife nach ihrer Hand. Warum ist sie so weit weg? Meine Augen sind noch immer geschlossen, als meine Finger durch ihr seidiges Haar gleiten und sie in meine Richtung führen.

„Cae!" Sie klingt ein wenig außer Atem und ich schmunzle darüber, wie stark sie reagiert.

Mein Schwanz zuckt, als ich ihren Duft einatme – Jasmin, Sonnenschein und etwas, das sie einzigartig macht. Ich will nichts lieber, als in sie einzudringen und sie nicht wieder loszulassen. Mein Mund sucht nach ihrem, ich kann die Hitze ihrer Lippen spüren und ich beuge meinen Kopf hinunter, um hineinzutauchen, sie zu schmecken. Aber eine feste Hand auf meiner Brust hält mich auf.

„Caerus!" Diesmal klingt ihre Stimme fester, und schließlich öffne ich blinzelnd die Augen. Ihr Gesicht ist nur ein paar Zentimeter von mir entfernt. Ich sehe sie an. Ihre Augen sind tiefblau, ihre Pupillen geweitet, und ihr Herz flattert in ihrer Kehle. Sie will das hier, das kann ich sehen. Also was hält sie auf?

Sie schließt die Augen und es ist, als hätte jemand das Licht ausgemacht. Sie holt tief Luft und setzt sich wieder auf ihren Sitz zurück. Sie wird rot. „Du hast geträumt."

Die Erinnerungen an den Abend schwappen langsam in meinen Kopf. Der Kampf, Iceman, *sie*, dass ich getroffen wurde und auf dem Boden lag. Wieder *sie* und dann der Schmerz, der in meinem Kopf explodiert ist. *Sie*, Iceman, der sich auf dem Boden gewunden hat, *sie*, Bolokov – der schleimige Bastard, *sie*, der Sieg. *Sie, sie, sie*. Meine Gedanken kehren immer wieder zu ihr zurück. Sie ist mein

Mittelpunkt. Aber jetzt sieht sie mich unruhig an, und ich kann es ihr nicht verübeln. Schließlich habe ich gerade versucht, sie im Wagen meines Kumpels zu bespringen.

„Es war ein guter Traum," sage ich, ohne den kleinsten Anklang eines Bedauerns und lasse meine Hand aus ihrem Haar sinken. Das lässt sie wieder erröten und in mir rührt sich etwas, bei dem Gedanken, dass sie ebenfalls nicht ungerührt von unserem Beinahe-Kuss ist.

„Du hast mich nach Hause gebracht." In der Garage ist es vielleicht dunkel, aber ich bin nicht schwer genug getroffen worden, um das nicht zu bemerken.

„Ich dachte mir, dass du dich hier vielleicht wohler fühlen würdest und, naja, bei mir gibt es keinen Fahrstuhl, und ich bin mir ziemlich sicher, dass ich dich nicht rauftragen könnte. Außerdem ist mein Bett viel kleiner als deins …" Sie verstummt und weicht meinem Blick aus, als ihr bewusstwird, dass sie gerade daran gedacht hat, mich mit zu ihr zu nehmen.

Ich kann mein Lächeln nicht verbergen, als ich sie ansehe. Sie starrt aus dem Fenster. „Es gefällt mir, dass du dir mich in deinem Bett vorstellst," flüstere ich leise und mit vor Begierde schroffer Stimme. Fasziniert beobachte ich, wie ihre Atmung vor mir immer schneller wird. Es kostet mich all meine Willenskraft, sie nicht auf meinen Schoß zu ziehen und wie ein Besessener zu küssen.

„Okay, also, gehen wir." Sie springt aus dem Wagen und eine Schrecksekunde lang denke ich, sie würde gehen. Aber stattdessen öffnet sie mir die Beifahrertür, als sei ich ein Pflegefall, und wartet geduldig, bis ich mich aus dem Sitz hochgeschunden habe.

Auf dem Weg zum Fahrstuhl sagt keiner von uns etwas. Ich tippe meine Geheimzahl für das Penthouse ein. Als wir nach oben zum Dachgeschoss fahren, zuckt mein Mund vor Belustigung. Sie scheint die Bewegung wahrzunehmen.

„Was?“ Tiffany sieht mich misstrauisch an und verschränkt schützend ihre Arme vor der Brust.

„Ich hab gerade daran gedacht, wie du versuchst, mich die Treppen zu deiner Wohnung raufzutragen.“ Sie würde es schaffen – mit schierer Willenskraft.

Sie lacht schnaubend, und etwas von der Anspannung, die sie festgehalten hat, seit ich aufgewacht bin, weicht aus ihr. Unsere Blicke treffen sich, und plötzlich fühlt der Fahrstuhl sich viel zu klein an. Ich will sie packen und gegen die Wand drängen, sie küssen, berühren, bis wir beide nicht mehr klar denken können.

Ihre Augen weiten sich, als könne sie sehen, wohin meine Gedanken wandern, und als die Türen des Fahrstuhls sich zu meiner Wohnung öffnen, scheint sie einen Seufzer der Erleichterung auszustoßen.

„Verbandskasten?“ Sie sieht mich nicht an, als sie die Frage stellt.

„Im großen Badezimmer. Aber du brauchst mich nicht zu ...“

Ich hätte genauso gut die Luft anhalten können – sie läuft schon davon.

Das Adrenalin aus dem Kampf hat sich vollständig aus meinem Körper verflüchtigt und die Schmerzen treffen mich wie ein Schlag.

Mein Kopf fühlt sich an, als wäre ich von einem Baseballschläger getroffen worden, und mein rechtes Auge ist beinahe komplett zugeschwollen. Ich nehme mir einen Kühlakku aus dem Gefrierfach und lege ihn fluchend auf mein Auge. Dann gieße ich mir ein Glas Whisky ein und stürze es hinunter. Allerdings mindert das Brennen den Schmerz nicht im Geringsten. Trotzdem wage ich es nicht, noch mehr zu trinken. Tiffany ist hier, und ich muss mit ihr reden. Ich muss nüchtern sein, um das hier nicht noch mehr in die Scheiße zu reiten, als ich es eh schon getan habe.

Die Minuten ziehen langsam vorbei, und ich vermute, dass sie den Verbandskasten nicht finden kann. Also folge ich ihr durch mein Schlafzimmer hindurch und bleibe in der Tür stehen. Der Verbandskasten steht neben ihrer Hand, mit der sie sich am Waschbecken festhält, als würde sie sonst in den Abfluss fallen.

Ihr Blick ist gesenkt und sie atmet tief ein und aus. Mir ist klar, dass sie mich nicht gesehen hat. Ich denke darüber nach, hineinzugehen, aber ich weiß, dass sie nicht will, dass ich sie so sehe – nicht, solange die Dinge zwischen uns so unklar sind. Also weiche ich zurück und nähere mich wieder mit lauten Schritten, bevor ich an die halb geöffnete Tür klopfe.

„Alles in Ordnung?"

Die Tür schwingt so schnell auf und sie sieht so ungerührt aus, dass es leicht wäre, zu glauben, dass ich mir die Szene gerade nur eingebildet habe. Aber ihre Augen verraten sie – so, wie sie es schon immer getan haben. Das Leuchten ist aus ihnen verschwunden, und ich würde alles dafür tun, dass es zurückkehrt.

„Setz dich, bevor du noch umfällst." Sie sieht mich nicht direkt an, als sie auf den Badewannenrand zeigt.

Ich setze mich. Es liegt zwar nicht in meiner Natur, mich Befehlen zu unterwerfen, aber ich will mich nicht mit ihr streiten. Für heute habe ich genug gekämpft.

Sie wuselt herum, schneidet Wundverband zurecht, hantiert mit dem Jod-Fläschchen herum und murmelt dabei etwas von idiotischen Männern. Ich sehe ihr einfach nur zu und bade mich in ihrem Anblick.

„Tiffany ..."

Was auch immer ich sagen will: sie ist noch nicht bereit, es zu hören.

„Lass mich mal sehen." Sie hebt vorsichtig den Kühlakku an und betrachtet mein Auge. Sie atmet scharf ein.

Ich lege eine Hand auf ihre. „Alles in Ordnung. Es sieht schlimmer aus, als es ist."

„Das bezweifle ich." Sie sieht mich mit verengten Augen an und legt den Kühlakku behutsam zurück auf mein Auge. Dann drückt sie sanft meine Hand.

Sie kniet sich vor mich, nimmt meine freie Hand und tropft etwas Alkohol darauf.

„Gottverfluchte Scheiße, Himmel noch mal!" Ich beiße die Zähne zusammen, um nicht noch Schlimmeres zu sagen.

„Tut mir leid." Sie zuckt zusammen und zögert.

„Mach weiter, schon gut!" Ich bedeute ihr mit einem Nicken fortzufahren und lächle sie ermutigend an – mehr noch, weil ich nicht will, dass sie aufhört, mich zu berühren, als deshalb, weil ich etwas auf meine verletzten Knöchel gebe.

Die Stille dehnt sich zwischen uns aus, während sie meine Wunden säubert. Irgendetwas an dem Bild, wie sehr sich um mich kümmert, macht mich fast wahnsinnig. Die Lust steigt in mir empor und droht, mich zu überwältigen. Ich schlucke schwer. Ich habe sie gebeten, mit mir zu kommen, damit wir reden können. Zeit, sich Eier wachsen zu lassen und anzufangen zu reden.

„Warum bist du da hingekommen?" Ich habe nicht vorgehabt, das Gespräch damit zu beginnen, aber das ist die erste Frage, die mir in den Sinn kommt.

Tiffany unterbricht ihre Zuwendungen und setzt sich auf die Hacken, als wolle sie etwas Abstand zwischen uns schaffen. Ich bereue die Frage jetzt schon. Und ich habe noch nicht mal ihre Antwort darauf gehört.

„Phillip hat mich darum gebeten." Sie fummelt mit dem Ende der Bandage herum, die sie in der Hand hält.

„Erinner mich daran, dass ich dem Kerl eine Gehaltserhöhung zukommen lasse!"

Daraufhin lächelt sie zu mir auf, und ich könnte schwören, dass mein Herz bei diesem unfassbar schönen Anblick einen Schlag aussetzt.

„Er macht sich Sorgen um dich." Sie fährt damit fort meine Hand zu verbinden und wendet sich dann den Schnitten und Blutergüssen in meinem Gesicht zu. Ich ermahne mich dazu, mich nicht in ihre Berührung zu lehnen, sie nicht auf die zarte Haut an ihrem Halsansatz zu küssen, nicht in ihre verdammt volle Unterlippe zu beißen, die mich höhnisch dazu verführt, genau das zu tun.

„Mir geht's gut," antworte ich reflexartig, verteidigend. Es ist eine Lüge, und ihrem Gesichtsausdruck nach zu urteilen weiß ich, dass ich hier niemanden an der Nase herumführen kann. Nicht einmal mich selbst. „Hast *du* mir nicht gestern dasselbe gesagt?" Der einzige Grund, warum ich sehe, wie die Panik über ihre Züge huscht, ist der, dass ich sie zwinge, mich anzusehen.

„Ich werde dich nicht darum bitten, mir etwas zu erzählen, das du mir nicht erzählen willst." Ich rede leise, ruhig, beruhigend auf sie ein, wie ich es mit einem erschreckten Tier tun würde.

Sie nickt langsam und ich atme still und erleichtert ein. Ich sehe fasziniert dabei zu, wie sie sich wieder auf die Aufgabe vor ihr konzentriert, Desinfektionslösung auf meine Wunden tropft und mein schmerzempfindliches Fleisch kühlt.

Ihre Zunge schnellt hervor, um ihre Oberlippe zu befeuchten, und eine Hitzewelle durchfährt mich bis zu meinem Schwanz. Ich beiße die Zähne aufeinander, ergreife ihre Ellbogen und löse sie vorsichtig von mir, um etwas Raum zwischen uns zu bringen. Täte ich das nicht, würde ich sie auf der Stelle bespringen. Sie sieht stirnrunzelnd zu mir auf und fragt sich offensichtlich, warum ich auf einmal keuche wie ein verdammtes Rennpferd nach dem Kentucky Derby.

„Ich muss dir ein paar Dinge sagen." *Jetzt oder nie, Caerus!*

Sie sieht mich erwartungsvoll und gleichzeitig argwöhnisch an.

„Es… es tut mir leid.“ Die Entschuldigung fühlt sich fremdartig in meinem Mund an. „Ich glaube, ich werde mich nie daran gewöhnen, so etwas zu sagen. Ich hoffe nur, ich werde nie wieder einen Grund dazu haben, es noch einmal zu *dir* zu sagen.“ Tiffany will etwas erwidern, aber ich bin noch nicht fertig. Und wenn ich nicht alles loswerde, werde ich wahrscheinlich dichtmachen und alles versauen. „Ich will nicht, dass es irgendwelche Lügen oder irgendwelche Geheimnisse zwischen uns gibt. Ich will, dass du alles weißt, dass du mich alles fragen kannst. Ich will, dass du weißt, wer ich bin, was ich tue und dass du mich kennst. Den Menschen, der ich wirklich bin. Also, frag mich alles, was du willst.“ Zeit, mutig zu sein.

Sie sieht zu mir herauf und dann auf ihre Hände hinunter. Dann wieder zu mir.

„Hast du jemals jemanden umgebracht?“

Also geht es direkt mit den großen Fragen los. Na klasse. Dabei sollte es mich eigentlich nicht überraschen, zumal Tiffany nie um den heißen Brei herumredet. Das ist nur eines der tausend Dinge, die ich an ihr mag.

„Nein.“ Ich bin froh, dass ich in dieser Sache nicht lügen muss. Ich bin kein Pazifist, aber ein Menschenleben zu beenden ist eine zu endgültige Sache, mit der ich nicht leben könnte. Nur bei Bolokov würde ich eine Ausnahme machen. Wenn er unter meinen Händen stirbt – damit könnte ich leben.

„Luda ist nicht …“ Sie verstummt und senkt ihren Blick.

„Nein, er atmet noch.“ Eine Tatsache, die mich immer noch nicht sonderlich freut. „Er wird nie wieder jemandem wehtun können.“

Tiffany nickt schnell und ich frage mich, ob der Funke in ihren Augen von ungeweinten Tränen herrührt oder eine Sinnestäuschung ist. Ich habe keine Zeit, darüber nachzudenken, bevor sie mich mit ihrer nächsten Frage bombardiert.

„Du bist er, nicht wahr? Du bist K. O. – der Typ, der Bliss herstellt und hinter dem mein Vater und jeder weitere Cop in dieser Stadt her ist." Ihr suchender Blick sagt mir, dass sie die Wahrheit bereits kennt, sich aber trotzdem sehnlichst wünscht, dass es nicht stimmt. Aber ich habe ihr versprochen, dass ich nicht lügen werde.

„Ja." Sie lässt enttäuscht die Schultern hängen.

„Ich weiß gar nicht, wieso mich das überrascht," erwidert sie kopfschüttelnd. „Ich glaube, ich habe schon immer gewusst, dass da vieles ist, was du mir nicht erzählst."

„Ich dachte, ich würde dich damit beschützen, wenn ich dir nicht sage, wer ich wirklich bin." Das ist zur Hälfte wahr. Es hat mir dabei geholfen, nachts schlafen zu können. „Die Welt, in der ich lebe ... ist nicht gerade ein schöner Ort."

„Aber mich darüber im Dunkeln zu lassen hat dir auch nicht wirklich geholfen, oder?" Sie sieht mich schief an, bevor ihr Blick sich an die Decke heftet.

„Nein. Nein, das hat es nicht. Ich habe deshalb das Einzige verloren, ohne das ich nicht leben kann." Ihr Blick schnellt zu mir zurück, als hätte ich sie geschockt.

„Sag so etwas nicht," flüstert sie flehentlich.

„Nichts als die Wahrheit, richtig? Du hast gesagt, das sei es, was du willst. Wer das eine will, muss auch das andere mögen."

„So ein bescheuertes Sprichwort!" Sie atmet schwer. „Warum tust du das? Warum kämpfst du?" Sie sieht mich an, aber ich weiß, dass sie nur die Verletzungen sieht, die Iceman mir zugefügt hat.

Ich atme schwer aus. „Das ist ... eine lange Geschichte." Sie wartet und weigert sich, sich mit dieser beschissenen Antwort abspeisen zu lassen. „Mein Dad ist im Ring gestorben." Meine Stimme bricht. Es ist so viel schwerer, es auszusprechen, als ich dachte. Mit dieser Tatsache habe ich so lange gelebt, dass ich dachte, es wäre inzwischen einfacher diese Worte auszusprechen.

„Caerus, es tut mir leid, du musst nicht …"

Ich halte meine Hand in die Luft und bedeute ihr, dass es schon in Ordnung ist, dass ich ihr das anvertrauen möchte. Ich bin überrascht, wie sehr ich das tatsächlich möchte.

„Er wurde hintergangen. Von jemandem, den er für seinen Freund gehalten hat. Ich kämpfe, weil ich auf diese Weise an die Person herankomme, die dahintergesteckt hat. Aus demselben Grund habe ich auch angefangen Bliss herzustellen." Das alles habe ich getan, um an Bolokov heranzukommen.

„Dann geht es also um Rache." Ihre Worte klingen, als würde sie sie probeweise auf ihrer Zunge schmecken, bevor sie sie vollends ausspucken will.

Ich schüttle den Kopf. „Es geht um Gerechtigkeit."

„Dann glaubt der Kriminelle also an Gerechtigkeit?", spöttelt Tiffany kopfschüttelnd.

„Klar tue ich das! Ich glaube an Gerechtigkeit für die, die sie verdienen. Und glaub mir, dieser Kerl verdient sie! Für wie schlimm auch immer du mich hältst – *er* ist schlimmer." Der Mann ist ein verdammter Irrer, der nicht zweimal darüber nachdenkt, wen er verletzt oder wen er umbringt, solange er dadurch bekommt, was er will. Es bringt mich um, zu glauben, dass Tiffany mich so sieht wie ich ihn.

„Ich glaube nicht, dass du ein schlechter Mensch bist." Ihre Worte sind beinahe zu leise für mich, um sie zu hören. „Genau da liegt das Problem."

Die Hoffnung flackert in meiner Brust auf. Ich muss sie hinunterschlucken, um mich nicht von ihr überwältigen zu lassen.

„Tiffany." Sie sieht mich blinzelnd an, als hätte ich sie aus ihren Gedanken gerissen. „Warum bist du heute Abend dorthin gekommen?"

„Das habe ich dir doch schon gesagt – Phillip hat mich darum gebeten. Er hat gedacht, ich könne dir irgendwie wieder Vernunft beibringen.“ Sie steht auf, läuft zum Waschbecken hinüber, kehrt dann zu mir zurück und räumt betont gründlich den Verbandskasten zusammen. „Obwohl mir das wahrscheinlich genauso gut gelungen wäre, wie mir plötzlich Flügel wachsen zu lassen und durchs Zimmer zu fliegen.“ Sie lacht schnaubend, aber ich kann sehen, wie ihre Hände zittern. Sie ist nicht so draufgängerisch, wie sie glaubt, und allein das gibt mir Hoffnung.

„Dann hättest du das also für jeden getan – ist es das, was du mir damit sagen willst?“ Ich stehe auf und suche ihren Blick im Spiegel.

„Caerus.“ Es klingt wie eine Warnung, aber ich höre nicht auf. Ich kann nicht. Ich *muss* es wissen.

„Bei dem Kampf hast du geweint, als du dachtest, dass ich nicht wieder aufstehen würde. Warum?“ Jetzt dränge ich sie, tue genau das, was ich mir nicht zu tun vorgenommen habe. Aber ich kann nicht anders. Ich muss es hören, egal, ob es nun gut oder schlecht ist.

„Weil ich nicht wollte, dass du verletzt wirst! Ich wollte nicht, dass du stirbst!“ Nun schreit sie mich wütend an.

Gut. Ich spüre lieber ihre Wut, stelle mich lieber ihrer Wucht, als glauben zu müssen, ich sei ihr gleichgültig.

„Warum, Tiffany? Was kümmert es dich, ob ich lebe oder sterbe? Nach allem, was passiert ist – warum?“

„Weil ich dich *liebe*, deshalb!“ Sie schreit die Worte heraus, wirbelt herum und sieht mir ins Gesicht. Ihr rotes Haar fliegt hinter ihr her, ihre Wangen sind rot vor Wut, und sie ist die verflucht umwerfendste Frau, die ich je gesehen habe.

Ich brauche einen Moment, um zu begreifen, was sie da gerade gesagt hat, und als sich die Worte setzen, strecke ich die Hand aus, um mich an irgendetwas festzuhalten, weil meine Beine sich anfühlen, als würden sie gleich unter mir zusammenbrechen. Meine Hände schließen sich um ihre Schultern und ich wappne mich dagegen, dass sie mich wegschiebt. Aber stattdessen schlängeln sich ihre Arme um meine Hüften und bleiben dort liegen.

Wir atmen schwer, als wären wir gerade einen verdammten Marathon gelaufen. Ich kann durch ihre Kleidung hindurch spüren, wie ihr Herz schlägt, wie ihre Brust sich an mir hebt und senkt. Das Gefühl ihres Körpers dicht an meinem fühlt sich so verdammt richtig, so verdammt gut an. Ich könnte ewig so hier stehenbleiben. Aber das ist nicht genug. Das wird nie genug sein.

„Sag das noch mal," flüstere ich in ihr Haar. Ich atme sie ein und bete zu Gott, dass ich mir nicht nur eingebildet habe, was sie gerade gesagt hat.

Sie regt sich, ihr Kopf hebt sich von meiner Brust und sie sieht mich eindringlich an.

„Du hast mich schon verstanden." Ihre Stimme klingt fest, aber es liegt kein Anzeichen der Wut mehr darin, die sie noch vor ein paar Sekunden geschüttelt hat. „Wenn du es noch einmal hören willst, musst du mir etwas verraten."

„Alles." Ich atme dieses Wort aus, ohne darüber nachzudenken. Ich bin wie hypnotisiert von ihren blauen Augen. „Ein Blick von ihr würde genügen, um meine Seele dem Teufel zu verkaufen. Und ich würde es mit einem verfluchten Lächeln auf meinen Lippen für sie tun.

„Sag mir, was das bedeutet." Sie krallt ihre Finger in meine Hüfte. „Du hast ‚Agape mou' zu mir gesagt. Sag mir, was das heißt."

Ich hätte wissen sollen, dass sie das nicht vergessen würde. Dass sie meine Irreführung nicht vergessen würde, die ich ihr als Antwort gegeben habe, als sie mich das schon einmal fragte.

„Absolute Offenheit, richtig?" Tiffany zieht eine Augenbraue hoch und sieht mich herausfordernd an.

Ich hole tief Luft und fühle mich wie ein Mann, der nicht schwimmen kann und gleich ins Meer geworfen wird. Das hier ist Neuland für mich. Ich habe so etwas noch nie zu jemandem gesagt, der nicht zu meiner Familie gehört. Selbst in meiner Familie habe ich es nur selten verwendet.

Komm schon, Champ! Sei tapfer!

„Es bedeutet ‚*meine Geliebte*'." Ich streichle über ihr Kinn, über ihren anmutigen Hals. Jetzt, wo ich sie berühre, kann ich nicht wieder aufhören. „Agape mou, meine Geliebte."

Ihre Augen weiten sich für den Bruchteil einer Sekunde, als hätte sie nicht erwartet, dass ich auf ihre Frage antworte. Dann lächelt sie, so rein und breit, dass es ihr ganzes Gesicht erstrahlen lässt. Genau so – so will ich sie immer sehen. Und ich werde alles dafür tun, damit sie öfter so lächelt.

Aber jetzt im Moment habe ich selbstsüchtigere Bedürfnisse. Mein Kopf schießt hinab, bis unsere Lippen sich treffen. Mir ist schwindelig vor Verlangen nach dieser Frau.

Ihre Lippen liegen zart auf meinen. Sie sind so verdammt weich und genau so, wie ich sie in Erinnerung habe. Sogar noch besser. Ich betaste ihre Lippen mit meiner Zunge und sie öffnet sie wie eine Blüte, lässt mich sie schmecken und – fuck! – sie schmeckt genauso gut, wie ich es erwartet habe.

Meine Hände versinken in ihrem Haar und halten sie fest, während ich mit meiner Zunge in ihren Mund tauche, sie aufsauge und mir nehme, was ich will. Ihre Hände schlüpfen unter mein T-Shirt und wandern an meinem Rücken auf und ab. Ich erschauere. Zwischen uns sind viel zu viele Klamotten.

„Ich will dich spüren. Alles von dir," flüstere ich an ihren Lippen und beobachte, wie sich ihr Blick verschleiert. Eine Hitzewelle strömt zu meinem pulsierenden Schwanz.

Sie leckt sich über die Lippen und sieht einfach zu sexy dabei aus.

„Worauf wartest du dann noch?“

Ich grinse sie sündig an und mache mich an die Arbeit. Ich reiße ihr das Tanktop vom Leib, küsse sie wild, stelle sie mit dem Rücken an den Waschtisch, während ich ihre Jeans aufknöpfe. Ihre Hände ziehen an meinem T-Shirt, genauso ungeduldig wie ich es bin, alles zwischen uns loszuwerden. Der einzige Klang, der neben unserem schweren Atmen zu hören ist, ist das Klingeln der Armreifen an ihren Handgelenken. Ich will jeden davon von ihr abziehen, aber noch nicht. Nicht, bis sie bereit dazu ist.

Ich sauge an dem empfindlichen Punkt unter ihrer Kehle und schmunzle, als sie atemlos aufstöhnt. Ich beiße hinein, will sie dort markieren, jeden wissen lassen, dass sie mir gehört.

Meine Finger folgen meinen Lippen und streicheln ihr Schlüsselbein, bis hinunter zu ihren milchweißen Brüsten. Sie atmet schwer, drängt ihre Brust gegen meine Hand, fordert mehr.

„Der ist schön.“ Meine Finger zupfen an dem pinken Spitzen-BH. Ihre harten Nippel kreisen zwischen meinen Daumen und Zeigefingern. „Aber der muss runter.“

Ich warte gar nicht erst, bis er auf dem Boden landet, und mein Mund ist auf ihrer Brust, meine Hand auf der anderen, widme mich beiden mit voller Aufmerksamkeit. Ich lecke an ihrem Nippel, puste dann und lecke wieder und bringe sie dazu, sich unter mir zu winden.

„Caerus!“ Sie wirft ihren Kopf zurück, und ihre Hände wandern in mein Haar. Sie drängt mich, lässt mich mit ihr tun, was immer ich will.

Ihre Brüste sind feucht und schlüpfrig von meinem Mund und ihre Hüften schieben sich auf eine Weise gegen mich, die mir sagt, dass sie zwischen ihren Beinen genauso feucht ist. Aber es reicht mir nicht, das zu wissen. Ich muss es spüren, muss sie überall schmecken. Und sie hat immer noch verdammt noch mal zu viele Sachen an. Mit einem frustrierten Knurren ziehe ich ihre Jeans herunter und sehe sie an, wie sie in nichts außer ihrem pinken Höschen vor mir steht.

„Herr im Himmel, du bist wunderschön!“ Aber sie ist so viel mehr als das – dieses Wort beschreibt sie nicht einmal annähernd.

Ich packe sie bei den Hüften und hebe sie auf den Waschtisch. Meine Lippen suchen wieder ihre, als meine Hand zu ihrer Muschi wandert. Sie stöhnt an meinem Mund, als ich meine Hand unter ihren Slip schiebe und spüre, wie heiß und feucht sie ist. Ich komme beinahe auf der Stelle.

„Cae.“ Sie flüstert meinen Namen so voller Verlangen, dass mein Schwanz sich anfühlt, als würde er gleich explodieren.

Ich streichle ihre schlüpfrige Spalte, während ich meine Aufmerksamkeit wieder ihren Nippeln zuwende, die strammstehen und mich anflehen, an ihnen zu saugen. Ihr Griff in meinen Haaren wird reflexartig fester, als ich eine der zarten Knospen in meinen Mund nehme und sie sich unter meiner Hand windet. Ich lasse meine Zähne über ihren fordernden Nippel gleiten, während meine Finger in ihre herrliche Fotze tauchen.

Sie sieht zu mir herunter. Ihr Blick ist hungrig, und sie lässt sich von ihren Empfindungen davontragen. Gott, ich will, dass das hier gut für sie ist. Aber ich weiß nicht, wie lange ich mich noch zurückhalten kann. Sie reagiert so stark, und sie ist so verdammt sexy, dass ich kaum klarsehen kann. Ich weiche zurück, um sie anzusehen, während sie auf meinen Fingern reitet, ihre Hüften sich heben und senken, ich sie streichle und sie in Besitz nehme.

Sie beißt sich auf die Lippe, wirft ihren Kopf zurück und ich weiß, dass sie gleich kommen wird.

„Halt es nicht zurück, Tiffany. Komm für mich!“

Mehr braucht es nicht, um ihr den Rest zu geben, und als sie aufschreit, liegt mein Name auf ihren Lippen. Es wird immer mein Name sein, es wird niemals einen anderen geben. Dafür werde ich verdammt noch mal sorgen!

Ihr Blick legt sich trübe wieder auf mich, während ich ihre

Muschi sachte umkreise.

„Komm her." Sie zieht mich behutsam hinauf und küsst mich mit dem gleichen Verlangen, das ich empfinde. „Ich will dich."

Ich hätte ein Leben lang darauf gewartet, diese Worte zu hören. Ich werde ihr zeigen, wie dankbar ich bin, dass ich das nicht tun muss.

Ich küsse sie langsam, intensiv, liebevoll, bevor ich ihren durchtränkten Slip über ihre Beine streife und vor ihr auf die Knie sinke. Dort gehöre ich verflucht noch mal hin, auf meine Knie, Gott dankend, oder wer auch immer mich erhören wird, dass er mir diese wundervolle Frau geschickt hat.

Meine Hände wandern zu ihren Knien und spreizen sie behutsam. Ein Anflug von Verlegenheit blitzt in ihrem Gesicht auf.

„Tiffany, lass mich dich sehen."

Ich frage nicht, ich bettle.

Sie lächelt scheu und so verdammt sexy, bevor sie die Kontrolle abgibt und ihre Beine spreizt, sich vor mir entblößt, sich mir darbietet.

Das Vertrauen in ihrem Blick lässt mich bis in mein Innerstes erbeben und ich tauche mit meinem Kopf zwischen ihre Beine, mache mich an die Arbeit und zeige ihr, wie viel mir das bedeutet.

Meine Zunge weiß, was sie zu tun hat, weiß, was sie will, leckt, schmeckt, saugt. Sie schmeckt so verdammt gut, dass ich kaum genug bekomme. Sie atmet stoßweise und meine Finger tun es meiner Zunge gleich, finden das Bündel Nervenenden, das sie aufschreien lässt, wenn ich sie streichle.

„Caerus!" Sie schreit auf, als sie kommt, und ihr Körper bäumt sich auf, bevor er am Spiegel in sich zusammenfällt.

Sie wirkt benommen und sieht zu mir herunter. Und dann kehrt das verführerische Lächeln zurück. Sie macht eine lockende Geste mit ihrem Finger und ich stehe auf. Ich bin ihr völlig ausgeliefert. Ich ziehe meine Shorts aus und stehe vor ihr. Mein Schwanz ist eisenhart.

Sie streckt ihre Hände nach mir aus. Eine Hand gleitet über meinen Bauch, bis hinunter zu meinem Schwanz, ergreift ihn, kreist um ihn und reibt ihn so langsam, dass es sich qualvoll anfühlt. Die andere Hand wandert hinter meinen Kopf und führt mich zurück zu ihrem Mund. Diesmal übernimmt sie die Oberhand über den Kuss. Ihre Zunge schnellt aus ihrem Mund und zurück hinein. Sie stöhnt, als sie sich selbst auf meinen Lippen schmeckt. Bei dem Klang wird mein Griff um ihre Hüften fester und ich löse mich einen Moment lang von ihr, lege meine Stirn an ihre und versuche, wieder zu Atem zu kommen. Ich wollte das hier langsam angehen, wollte, dass es andauert, aber jetzt kann ich mich verdammt noch mal nicht beherrschen.

„Caerus, ich will nicht länger warten!“ Als sie mich ansieht, sind ihre Augen dunkelblau und voller Verlangen. „Ich brauche dich. Jetzt.“

Dagegen kann ich nichts erwidern. Ich strecke meine Hand nach der Schublade aus, in der ich Kondome zu finden hoffe, aber sie hält meine Hand auf und schüttelt den Kopf, als ich sie fragend ansehe.

„Ich will, dass nichts zwischen uns ist. Ich will dich spüren.“ Sie streichelt mich vom Ansatz bis zur Spitze und ich erschauere unter ihrer Hand.

„Bist du sicher?“ So etwas habe ich noch nie getan – nicht nur aus Selbstschutz, sondern auch, weil die Vorstellung, Vater zu sein, mir grundsätzlich Angst einjagt.

Als sie mich jetzt ansieht und nickt, erwarte ich, dass das Gefühl sich wieder in mir regt, aber da ist nichts. Ich spüre nichts als Verlangen, Lust, Begierde, und etwas, das stärker ist, als all die anderen Dinge zusammen: Liebe.

Tiffany führt mich an ihre feuchte Pforte, und als ich dort bin, als ich diese feuchten Lippen an meiner Spitze spüre, bewegen sich meine Hüften wie von selbst, und ich stoße in sie, versenke mich mit einem einzigen Stoß in ihr.

„Tiffany… So gut... So eng…“ Ich kann kaum atmen, ganz zu schweigen zu sprechen. Sie fühlt sich so verdammt perfekt an!

Ihre enge, kleine Muschi umklammert meinen Schwanz und macht es mir unmöglich, an irgendetwas anderes zu denken, als daran, wie unglaublich sie sich anfühlt. Ihre Hüften heben sich bei jedem meiner Stöße. Ich fahre wieder und wieder in sie hinein, koste es aus sie zu spüren, nur sie zu spüren, dass nichts zwischen uns ist.

Ich ziehe sie näher zu mir heran, dränge mich gegen ihre Muschi, tauche noch tiefer hinein. Ihre Augen schließen sich langsam, als sie auf der Welle ihrer Lust reitet, aber ich halte ihren Kopf fest, streichle ihr schönes Gesicht.

„Sieh mich an, Baby! Ich will sehen, wie du explodierst!“ Bei meinen Worten fliegen ihre Augen auf. „Genau, sieh mich an, Agape mou!“

Ich stoße hart in sie hinein und ihre Augen weiten sich, als sie ihren Höhepunkt erklimmt. Sie schreit auf, als sie meinen Schwanz melkt und ihre Muskeln sich um mich anspannen. Ich folge ihr nach, stoße ein letztes Mal in sie, bevor ich mich fallenlasse. Ich erschauere, als ich mich in ihr entlade.

Mein Kopf fällt an ihre Halsbeuge und ich atme tief ein und sauge ihren Duft ein. Sie schlingt ihre Arme um mich, hält mich fest, und so bleiben wir ich weiß nicht wie lange stehen.

Alles, was ich weiß, ist, dass ich nicht von ihrer Seite will. Ich will sie nie wieder gehenlassen. Ich glaube nicht, dass ich dazu überhaupt in der Lage wäre. Ich würde nicht überleben ohne sie. Und das will ich auch gar nicht.

Kapitel Acht

Tiffany

Die Minuten vergehen, und ich klammere mich immer noch an ihn. Ich kann ihn nicht loslassen. Mein ganzer Körper ist von der Zufriedenheit durchströmt, die zu fühlen ich niemals erwartet hätte. Ich weiß, sobald wir uns voneinander lösen, wird der Rest der Welt mit aller Wucht wieder auf uns einprasseln. Dazu bin ich noch nicht bereit. Aber das Leben ist kein Wunschkonzert.

Caerus erschauert, als er sich entzieht und das Bewusstsein darüber, was wir gerade getan haben, trifft mich wie ein Schlag. Ich habe jahrelang die Pille genommen – eher aus Gewohnheit als aus Notwendigkeit – aber ich hatte nie zuvor ungeschützten Sex. Noch nie. Ich habe noch nie jemandem genug vertraut, noch nie das Risiko eingehen wollen, schwanger zu werden und mich an einen Mann zu binden, den ich nicht liebe. Aber bei Caerus habe ich keinen Gedanken daran verschwendet. Ich wollte es, wollte vollständig mit ihm zusammen, verbunden sein, und ich kann einfach keine Reue in mir finden.

„Dein Hirn ist schon viel zu früh wieder wach," murrt Caerus an meinem Hals. Seine Stimme ist eine polternde Vibration aus seiner Brust.

Er weicht zurück, um mich anzusehen. Die Wunden in seinem Gesicht lassen ihn auf eine grobe Art sogar noch hübscher aussehen, als sonst schon.

„Tut mir leid." Ich lächle ihn scheu an.

Er legt seine Hände an meine Wangen und sieht mir tief in die Augen, sieht alles darin, was ich zu verbergen versucht habe. „Tut es dir wirklich leid?"

Ich schüttle verneinend den Kopf und eine Anspannung, die ich vorher gar nicht bemerkt habe, weicht aus seinen Schultern. Ich strecke meine Hand aus und lege sie auf seine Wange und er beugt sich in meine Berührung. Seine Bartstoppeln kratzen an meiner Handfläche. Ein Strom des Bewusstseins durchfährt meinen Körper und eine Hitzewelle schlägt zwischen meine Beine. Wir sind gerade erst beide gekommen, und ich bin schon wieder bereit für ihn. Ich glaube, ich werde nie genug von ihm kriegen.

„Es tut mir nicht leid. Nichts tut mir leid." Ich sehe ihm in die Augen und lasse ihn in meinem Gesicht nach der Antwort suchen, die er braucht. Etwas daran, dass ein so starker, unabhängiger, grimmiger Mann wie er so verletzlich vor mir ist, lässt mir das Herz übergehen.

Er lehnt mit seiner Stirn an meiner, während seine Finger über meinen Rücken streicheln und meine Nervenenden in Flammen setzen. Aber ich muss ihn etwas fragen, bevor ich abgelenkt werde, bevor ich mich fallenlasse und vergesse, was ich sagen wollte.

„Der Mann bei dem Kampf – über den du und Phillip so wütend gesprochen habt: Das war Bolokov, oder?" Und warum habe ich das Gefühl gehabt, als sollte ich ihn wiedererkennen? Vielleicht habe ich schon einmal ein Bild von ihm in der Zeitung gesehen und es tief in meinem Unterbewusstsein vergraben.

Caerus' Körper spannt sich an meinem an, als ich den Namen des Russen nennen. „Keine Lügen, nicht wahr?"

Caerus stößt einen tiefen Seufzer aus und seine Finger halten in ihren geschickten Bewegungen an meiner Wirbelsäule inne. Er sieht mir in die Augen und nickt einmal. Auf seinem Gesicht zeichnet sich deutlich die Wut ab.

„Er hätte nicht in der Lage sein dürfen, in deine Nähe zu kommen. Wir haben dich im Stich gelassen." Caerus lässt beschämt den Kopf hängen. Aber ich werde auf keinen Fall zulassen, dass er das auf seine Liste der Dinge setzt, wegen derer er sich schuldig fühlt.

„Nein, das habt ihr nicht." Ich schüttle ihn sacht, bis ich sicher bin, dass er mir zuhört. „Du hast nichts getan. Er hat es getan, genau so, wie du mich nicht in einem verdammten Warenlager festgehalten hast, sondern Luda." Ich hole tief Luft und sage, was ich ihm sagen wollte, was ich schon hätte sagen sollen, bevor wir unsere Klamotten ausgezogen haben: „Was mir passiert ist, ist nicht deine Schuld, Cae. Du musst damit aufhören, dich dafür verantwortlich zu machen. Denn das tue ich auch nicht."

Caerus sieht mich an, aber in seinem Blick liegen noch immer Zweifel. Als könne er sich einfach nicht dazu durchringen, zu glauben, was ich ihm sage. Möglicherweise kann er gerade nicht wirklich hören, was ich gesagt habe, aber ich werde es ihm den Rest meines Lebens lang immer wieder sagen, wenn nötig. Meinetwegen glaubt er, dass ich seinetwegen verletzt wurde und dass es seine Schuld war. Ich werde alles dafür tun, um das richtigzustellen.

„Aber wir müssen trotzdem darüber reden. Wir können nicht so tun, als sei das nicht passiert." Ich sehe ihn forschend an, aber er wirkt so distanziert wie immer, wenn er nicht will, dass jemand weiß, was er empfindet. Ich denke, auch daran werden wir arbeiten müssen. Vielleicht sollte ich eine Liste aufsetzen. „Er wird nicht aufhören, mir hinterherzujagen, oder?"

Caerus' Züge verhärten sich. Sein Blick erinnert mich an den, den er im Ring hatte. „Ja, das wird er. Und ich werde ihn aufhalten."

Ich lächle ihn an. Sein Wille, mich zu beschützen, tröstet mich. „Aber du kannst nicht den ganzen Tag bei mir sein, Cae. Bolokov hat bei dem Kampf Eines bewiesen: dass er überall in meine Nähe kommen kann, selbst mitten in einer Menschenmenge."

Caerus' ganzer Körper spannt sich unter meiner Berührung an und mir wird klar, dass ich nicht Wut in seinem Gesicht sehe, sondern Angst. Angst davor, dass mir etwas zustößt.

„Ich kümmere mich darum, Tiffany. Du musst mir vertrauen! Ich kenne Bolokov besser als irgendwer sonst, besser als er selbst. Ich beobachte ihn schon, seit ich ein Kind war. Seit mein Dad …“ Sein Mund zuckt bei dem Gedanken an die Worte, die er nicht aussprechen kann. „Er wird dir nicht noch einmal wehtun.“ Das ist ein Versprechen, das er ehrlich halten will. Aber er ist nicht unfehlbar, auch, wenn er das gern glauben würde.

„Ich weiß.“ Ich nicke. „Ich weiß, dass er mir nicht wieder wehtun wird. Denn du wirst mir beibringen, wie man kämpft.“ Diese Entscheidung habe ich bewusst oder unterbewusst getroffen, als ich Caerus im Ring gesehen habe.

Caerus sieht mich ungläubig an, als sei mir gerade ein zweiter Kopf gewachsen. Ein paar Sekunden lang sagt er nichts darauf und wartet ab, dass ich ihm gleich sage, dass das nur ein Witz war. Er lehnt sich zurück, als würde er mich so besser ansehen und besser ausmachen können, was in meinem Kopf vorgeht.

Schließlich gibt er sich einen Ruck. „Du meinst es tatsächlich ernst.“

„Todernst.“ Ich nicke. „Ich will kein Opfer mehr sein, ich will nicht mehr die ganze Zeit Angst haben und bei jedem Schatten aufschrecken und ständig darüber nachdenken, was der nächste Luda mit mir anstellen wird.“ Ich habe nicht vorgehabt, all das zu sagen, aber jetzt, wo ich einmal damit angefangen habe, scheine ich nicht wieder aufhören zu können. „Issy denkt, es sei eine posttraumatische Belastungsstörung. Ich … Ich weiß nicht wirklich, was ich glauben soll. Ich fühle mich nicht mehr wie ich selbst, seit, na ja, seit das alles passiert ist. Ich fühle mich nirgendwo mehr sicher, nicht mal in meiner eigenen Wohnung. Wir wissen nicht, wie lange es dauern wird, bis die Sache mit Bolokov … erledigt ist.“ Ich schlucke schwer bei dem Gedanken daran, was dieser Euphemismus wirklich bedeutet. „Ich kann so nicht länger weiterleben. Sonst werde ich verrückt! Ich muss mich verteidigen können, wissen, wie ich jemanden verletzen kann, der mir wehtun will. Ich will lernen, wie man so kämpft wie du.“

Ich verstumme, aber Caerus hört nicht auf, mich prüfend anzusehen. Er scheint alles genau zu durchdenken, was ich gerade gesagt habe und ich erwische mich dabei, wie ich an den verfluchten Armreifen um meine Handgelenke spiele. Ich warte ängstlich auf das, was jetzt kommt.

„In Ordnung."

Mir bleibt der Mund offenstehen. Ich glaube irgendwo tief in meinem Inneren habe ich erwartet, dass er sich mir gegenüber wie ein Alphamännchen aufführen und darauf bestehen wird, dass er mich schon beschützen wird, dass ich nicht zu lernen bräuchte, mich gegen Bolokovs Schergen zu behaupten.

„Wirklich?"

„Wirklich." Dieses sexy Lächeln legt sich auf Caerus' Gesicht und ich bin froh, schon zu sitzen. „Ich werde es dir beibringen. Aber du wirst nicht über Nacht zu einem Profikämpfer, Kleines! Und nur unter folgender Abmachung: Wenn wir trainieren, tust du, was ich dir sage, stellst keine Gegenfragen und stellst nicht infrage, was ich dir beibringe oder wie ich es dir beibringe. Im Trainingsring bist du in meiner Welt, und du wirst dich mir unterwerfen. Ist das klar?"

Seine Stimme ist rau geworden und ich frage mich, ob er immer noch vom Kämpfen spricht oder von etwas anderem.

„Klar wie Kloßbrühe." Ich bringe die Worte nur mühevoll heraus. Seine Nähe, sein Lächeln und die trägen Kreise, die er auf meiner Schulter zieht, senden einen Hitzestrom zu meiner Vagina. Ich rutsche unruhig auf dem Waschtisch hin und her. Caerus bemerkt es, und seine Augen leuchten vergnügt auf. „Irgendwie fühlt es sich ein wenig seltsam an, diese Unterhaltung völlig nackt zu führen." Ich versuche, die sexuelle Spannung mit ein wenig Humor zu lösen, aber Caerus' Blick verfinstert sich nur, als er mich flüchtig betrachtet.

„Wirklich? Ich würde sagen, so sollten wir alle unsere Unterhaltungen führen!" Gott, seine Stimme ist purer Sex, und meine

Muschi pulsiert wie zur Antwort darauf. „Dann ist es also abgemacht." Das ist nicht wirklich eine Frage. Und er lenkt mich mit seinen Fingern ab, die begonnen haben, meine Arme entlangzustreifen und mir eine Gänsehaut bescheren.

„Abgemacht," antworte ich keuchend.

„Gut. Ich glaube, das wird mir Spaß machen." Er lächelt mich wölfisch und hungrig an. Ich strecke meine Hand nach ihm aus, um seinen Mund auf meinen zu ziehen, aber er schüttelt den Kopf, während seine Finger zart wie eine Feder an meinen Armen auf und ab wandern. Wir haben eben erst miteinander geschlafen, und ich will ihn schon wieder. Ich frage mich, ob es zwischen uns immer so sein wird. Wird immer diese brennende Begierde zwischen uns herrschen, die keine Grenzen kennt?

Ich atme scharf ein, als seine Hand zu den Armreifen an meinen Handgelenken wandert und versuche, seiner Berührung zu entweichen. Aber ich bin zwischen dem Waschtisch und seinem Körper gefangen. Ich kann nirgendwohin.

„Ruhig, Kleines." Caerus' Stimme ist sanft und beruhigend, als seine Hände zu den Armreifen zurückkehren.

„Cae, bitte." Ich hasse diese Male, mehr als ich je etwas gehasst habe. Ich dachte, ich würde diese Armreifen tragen, um andere die Male nicht sehen zu lassen, um schwierige Fragen zu vermeiden, die sie stellen würden. Fragen, auf die ich keine Antwort hätte. Aber das ist nicht der wahre Grund. Ich trage sie meinetwegen, weil *ich* sie nicht sehen will und nicht daran erinnert werden will, wie sie dahin gekommen sind. Die feinen Linien von den Handschellen werden Narben bilden. Das weiß ich. Sie werden für immer an mir haften und mich immer an diese Nacht erinnern, an meine Angst, an alles, was passiert ist, an alles, was hätte passieren können.

„Komm zurück, Tiffany," befiehlt Caerus leise, aber bestimmt, und mein Blick fällt ruckartig zu seinem Gesicht zurück. „Du bist nicht mehr dort."

Woher zum Teufel weiß er, dass ich in Gedanken zum Warenlager zurückgekehrt bin? Es verärgert mich ein wenig, dass er mich so gut kennt, aber auf der anderen Seite tröstet es mich auch. Mehr als ich es je zu glauben gewagt hätte.

„Du bist hier bei mir," flüstert er leise, als würde er beruhigend auf jemanden einreden, der vorhat Selbstmord zu begehen. „Und ich will dich sehen. Alles von dir."

Ich beiße mir auf die Lippe. Einerseits will ich ihm zeigen, dass die Male mir nichts anhaben können, dass sie keine Bedeutung haben. Andererseits will ich ihm die Wahrheit zeigen: Dass sie mich jedes Mal an diesen kalten, dunklen Ort zurückbefördern.

Er sucht in meinem Blick nach einer Erlaubnis. „Darf ich, Tiffany?"

Die Behutsamkeit in seiner Stimme lässt mich zustimmen, das Bewusstsein darüber, dass er mich nicht drängen wird, wenn ich nein sage. Er wird mich nicht zwingen, irgendetwas zu tun, bis ich bereit dazu bin. Die Wahrheit ist: Ich bin nicht sicher, ob ich jemals bereit für das hier sein werde. Aber ich werde dieser Sache, dieser Angst nicht weiter so viel Macht über mich haben lassen. Ich werde nicht weiter etwas vorschützen. Also nicke ich und gebe ihm mein Einverständnis.

Sein zärtlicher Gesichtsausdruck sagt mir, dass er genau weiß, wie schwer es für mich ist und was es bedeutet, dass ich ihm hierin vertraue. Mit meiner traurigsten, dunkelsten Seite.

Ich halte den Atem an, als er zuerst meine rechte Hand nimmt und vorsichtig, so vorsichtig, einen Armreifen abzieht, und dann den nächsten, und sie auf den Boden neben all unsere anderen weggeworfenen Kleider fallen lässt.

Als das eine Handgelenk schließlich entblößt ist, fährt er mit seinem Daumen an seinem Inneren entlang, zieht die verblassende Spur nach, hebt es dann an seine Lippen und küsst es. Die Hitze seines

Mundes entfacht ein Feuer in meinem ganzen Körper. Ohne innezuhalten, als würde er glauben, ich würde ihn bitten aufzuhören, nimmt er meine linke Hand und wiederholt den Vorgang, bis der Boden mit Armreifen übersät ist. Er haucht einen Kuss auf den Puls an dem einen Handgelenk, und dann auf den anderen. Die Zärtlichkeit in seinem Gesicht lässt mich mich völlig selbst vergessen und ich spüre, wie sich die Tränen, die ich zurückgehalten habe, in meine Augen stehlen.

Diesmal halte ich sie nicht zurück. Ich kann nicht. Auf Caerus' Gesicht liegt ein Schatten, als er mich an sich zieht, und ich vergrabe mein Gesicht schluchzend an seiner Brust.

„Alles in Ordnung, Kleines. Ich bin hier." Er streichelt meinen Rücken und macht tröstende Geräusche, während ich alles herauslasse. Nicht nur die Nacht in dem Warenlager, sondern alles, was ich zurückgehalten habe: Die Sorge darum, wo ich wohnen soll, wenn ich aus meiner Wohnung zwangsgeräumt werde, die Kippe, auf der mein Unternehmen steht, das Desinteresse meines Vaters; wie sehr ich mir wünschte, meine Mutter wäre hier, um mir zu sagen, dass alles wieder gut wird. Und immer und immer wieder der Anblick von Caerus auf dem harten Fußboden des Rings, davon, wie er reglos daliegt und die Angst, dass er nie wieder aufstehen wird. Die Schleusen sind geöffnet. Zeit, alles herauszulassen.

Als ich fertig bin, ist Caerus' Brust nass von meinen Tränen und ich bin ziemlich sicher, dass meine Augen genauso geschwollen sind wie seine. Und dabei ist er derjenige, der einen Schlag nach dem anderen eingesteckt hat. Die Erinnerung an den Ring, an das, was hätte passieren können, daran, was ihm beinahe zugestoßen wäre, ist etwas, das ich für den Rest meines Lebens nicht wieder loswerden werde.

„Besser?" Caerus weicht ein Stück zurück und sieht mich an. Und obwohl ich sicher bin, dass mein Gesicht furchtbar aussieht, sieht er mich an, als sei ich wunderschön.

Ich nicke und wische die Spuren meiner Tränen mit meinen Handrücken fort. Ich fühle mich irgendwie leichter, und das nicht nur, weil ich von dem Gewicht der verdammten Armreifen befreit bin.

„Gut, denn ich glaube, ich kann nicht länger warten." Seine Stimme ist ein Knurren, als er über meinen Mund herfällt und mich zärtlich küsst. Aber ich will es nicht sanft, ich will ihn außer Kontrolle und von Verlangen getrieben. Ich beiße ihm in die Unterlippe und er stöhnt an meinem Mund. Sein Kuss wird wilder, und seine Hände berühren flüchtig meine Brüste und meine Taille.

Ich küsse seine Bartstoppeln und lecke über seine Kehle, schmecke ihn. Sein Körper schmeckt salzig und moschusartig vom Kampf, und als meine Finger über den Schnitt an seinem Wangenknochen fahren, atmet er zischend aus.

Ich weiche zurück und ignoriere den frustrierten Ton, den er macht.

„Tut das weh?"

Er lächelt und ich weiß, dass er einen Witz machen will, aber ich sehe ihm tief mit einem Blick in die Augen, der sagt: ‚Verarsch mich nicht!', in dem ich offenbar ziemlich gut geworden bin: Sein Blick wird sofort wieder ernst.

„Ich hatte schon Schlimmere. Als ich noch ein Kind war und gerade erst gelernt habe wie es im Ring aussieht, habe ich gegen die älteren Jungs gekämpft, die doppelt so groß waren wie ich. Wenn ich gut sein wollte, musste ich besser sein als sie. Gegen die Kinder in meinem Alter zu kämpfen, brachte mir nichts. Ich wusste, dass ich so niemals das erreichen würde, was ich wollte." Er zuckt mit den Schultern. „Ich hab damals eine Menge Schläge kassiert. Aber so habe ich dazugelernt."

Ich muss an den jungen verwundeten und blutenden Caerus denken, der wieder und wieder mehr will, und ein Kloß bildet sich in meiner Kehle. Ich schlucke schwer. Ich will ihn beschützen und wünschte, ich könnte in die Vergangenheit reisen, als er ganz allein war und jemanden brauchte, der ihn einfach nur festhält.

„Würdest du aufhören zu kämpfen, wenn ich dich darum bitten würde?“

Caerus sieht mich einen Moment lang forschend an, dann leuchtet Verständnis in seinem Gesicht auf. Er weiß, wie es sich anfühlt, Angst um den Menschen zu haben, den du liebst - fürchten zu müssen, dass man ihn unwiederbringlich und für immer verliert.

„Wenn du mich darum bitten würdest,“ sagt er vorsichtig und wägt dabei jedes Wort ab.

„Okay.“ Ich stoße einen Atemzug aus und bemerke, dass ich die Luft angehalten habe. Das zu wissen, genügt mir fürs Erste. Ich möchte mir gar nicht vorstellen, dass er wieder in den Ring steigen wird. Aber ich weiß, warum er es tut. Ich weiß, warum er das braucht. Und ich kann ihn nicht darum bitten, nicht zu kämpfen, nicht er selbst zu sein, nicht, solange er es noch braucht und es noch will.

„Okay?“ Caerus sieht mich stirnrunzelnd an, als warte er auf das Aber.

Ich zucke mit den Schultern. „Okay. Gespräch beendet.“ Ich besiegle das mit einem Kuss, aber bevor Caerus' eifrige Finger mir meinen Verstand rauben, gibt es noch eine Sache, die ich sagen muss. „Du stinkst.“

Seine Augen weiten sich und er sieht so schockiert aus, dass ich einfach lachen muss. Er fällt mit einem dunklen Kichern in mein Lachen ein.

„In Ordnung, ich verstehe einen Wink mit dem Zaunpfahl.“ Er hält abwehrend die Hände in die Luft und entfernt sich weit genug von mir, um die Dusche anzustellen. Ich nutze die Gelegenheit, um vom Waschtisch zu rutschen, aber in Sekundenschnelle steht er wieder vor mir. „Aber ich hab dich auch völlig schmutzig gemacht.“ Seine Hand wandert zu meiner Brust, dreht und zieht an meiner Brustwarze. Ich wünschte, ich hätte mich nicht so schnell auf meine Beine gestellt.

„Also, ich glaub, dagegen sollten wir was tun," erwidere ich mit belegter, rauer Stimme, in der das heftige Verlangen liegt, das ich nach ihm empfinde.

Er grinst mich zärtlich an. „Ich denke, das sollten wir." Ohne zu zögern beugt er sich zu mir herunter und hebt mich hoch. Ich quieke überrascht. Er stellt mich in der Dusche ab.

Ich lächle ihn einladend an. „Irgendetwas sagt mir, dass das nur ein durchtriebener Plan war, um mich zu dir unter die Dusche zu kriegen."

Seine Daumen streifen meine harten Nippel und ich werfe meine Brust gegen ihn. Ich will mehr, immer mehr.

„Beschwerst du dich etwa?" Caerus' Hände sind überall auf mir. Unsere Körper glänzen feucht unter dem Wasserstrahl.

„Niemals." Ich packe seinen Kopf und ziehe ihn zu mir herunter, küsse ihn wild und unnachgiebig, und er erwidert den Kuss auf die gleiche Weise. Ich habe das hier vermisst, habe ihn vermisst.

Seine Berührung auf meinem Körper ist behutsam. Er wiegt meine Brüste in seinen Händen, drückt sie, und ich bin geil und will ihn. Er zieht sich einen Moment zurück und sieht auf mich herab. Mein Herz macht einen Satz, als ich die Verehrung in seinem Blick sehe.

„Gottverdammt, Tiffany, du bist so schön!" Caerus flüstert, als sei das ein Gebet. „Jedes Mal vergesse ich das. Jedes Mal vergesse ich, wie schön du bist, und dann ... dann sehe ich dich wieder wie zum ersten Mal."

Bei diesen Worten fühlt sich mein Herz an, als würde es gleich vor Glück zerspringen. Sie klingen nicht wie die einstudierten Koketterien, von denen ich weiß, dass er sie schon zu anderen Frauen gesagt hat. Sie sind eine Wahrheit, die aus ihm heraussprudelt, als könne er sie nicht für sich behalten, und ich werde wahnsinnig vor Begierde nach ihm.

Ich stürze mich wieder auf ihn, lege alles, was ich habe, in meinen Kuss – all die Gefühle, all die Liebe, die in meinem Herzen ist. Seine Arme schlingen sich um mich und er drückt mich fest an seinen Körper. Wir sind uns so nahe, wie wir nur sein können. Seine Erektion ist hart an meinem Bauch und ich winde mich an ihm. Ich will ihn ganz spüren.

Ich will ihm mit meinem Körper zeigen, wie sehr ich ihn will, wie viel er mir bedeutet. Mir kommt ein Gedanke und ich grinse in mich hinein, als ich den Kuss unterbreche, ihm in die Augen sehe und mich langsam an ihm herunterbewege.

„Tiffany." Als ihm klar wird, was ich vorhabe, schluckt er schwer und der Kampf um die Kontrolle flackert in seinem Gesicht auf.

„Sch-sch, lass es einfach zu." Ich knie mich vor ihn und sehe verträumt zu ihm auf.

Aber ich bitte nicht um Erlaubnis. Ich werde mir nehmen, was ich will.

Ich sehe ihm in die Augen und beobachte verzückt und zufrieden, wie seine Pupillen sich weiten, als ich ihn in den Mund nehme.

Ich wende meine volle Aufmerksamkeit seinem Schaft zu, lecke ihn, sauge an ihm, schmecke den Saft auf seiner Spitze. Er erschauert. Seine Hände fahren in mein Haar und treiben mich an. Ich nehme ihn noch tiefer in den Mund, bis er an meine Kehle stößt. Sein Stöhnen fährt direkt in meine Mitte und ich greife hinunter und berühre mich selbst, während meine Lippen immer wieder über seinen Schwanz fahren.

„Tiffany. Komm her." Er packt mich an den Schultern und zieht mich hinauf.

„Ich bin noch nicht fertig!“ Ich drücke seinen Schwanz, spüre, wie er in meiner Hand zuckt.

Seine Augen werden so dunkel, dass sie beinahe schwarz erscheinen. Er beißt die Zähne zusammen und kämpft verzweifelt darum, die Kontrolle zu behalten. „Ich will in dir kommen, Baby!“

Bevor ich auch nur die Möglichkeit habe, zu antworten, hebt er mich mit dem Rücken an die Wand der Dusche. Ich schlinge meine Beine um seine Hüfte und neige mein Becken so, dass seine Schwanzspitze direkt vor meiner Pforte schwebt.

„Halt dich fest!“

Ich weiß nicht, ob er zu mir oder zu sich selbst spricht, aber ich packe seine Schultern, als er mit einem Stoß in mich eindringt. Ich schreie auf, als er mich dehnt und mit seiner köstlichen Fülle in mir ist.

„Hast du eine Ahnung, wie ich mich fühle, wenn dein Mund auf meinem Schwanz ist?“, fragt er keuchend, während er immer und immer wieder in mich hineintaucht.

Ich werfe meinen Kopf zurück. Seine Worte und sein Körper bringen mich wie nichts anderes in Ekstase. Ich weiß, dass Caerus mich ein für allemal für alle anderen Männer verdorben hat. Niemand anderes wird jemals in der Lage sein, mich so fühlen zu lassen – als wäre ich absolut vollständig, absolut komplett.

„Ich liebe dich, Tiffany.“ Er küsst mich wild, und sein Gelübde treibt mich zu einem atemberaubenden Orgasmus.

Mein Körper explodiert in einem Ausbruch der Sinne, weißes Rauschen tritt in meine Ohren, und das einzige Geräusch, das hindurchdringt, ist Caerus' erstickter Schrei, als er in mir kommt. Meine Muskeln spannen sich unwillkürlich um ihn an, als wolle jede einzelne Zelle meines Körpers ihn so nahe wie möglich halten.

Zu meinem Bedauern tritt er ein Stück zurück und sein Schwanz schlüpft aus mir heraus. Das Gefühl ist so stark, dass mir die Knie weich werden. Aber schon ist er da und hält mich fest.

Er seift seine Hände ein und langsam, zärtlich, wäscht er mich. Seine Hände wandern über meine Schultern, über meine Brüste, hinunter zu meiner Taille, zwischen meine Beine.

Ich sehe hinauf, in seine dunklen, verschleierten Augen, und ohne diese Verbindung zwischen uns zu brechen, stößt er zwei Finger in mich hinein. Meine Hand liegt um sein Handgelenk, treibt ihn an, drängt ihn tiefer und er lächelt sanft und küsst mich zärtlich, während seine Finger mich von Neuem alles um mich herum vergessen lassen.

Er fängt meine Schreie mit seinem Mund auf; sein Arm liegt um mich herum und hält mich auf meinen plötzlich tauben Beinen aufrecht. Dann wäscht er mich weiter, als sei es das Natürlichste der Welt.

Ich strecke meine Hand nach ihm aus. Meine Finger tanzen auf seinem perfekten Schwanz. Aber er schüttelt sanftmütig, aber bestimmt den Kopf.

„Das war nur für dich."

Wir stehen unter der Dusche und lassen das Wasser auf uns herabprasseln. Unsere Hände erforschen unsere Körper, gleiten über Kanten und Ebenen, Kurven und Wellen und übergeben sie ganz dem Gedächtnis. Erst als das Wasser langsam kalt wird, hebt mich Caerus vorsichtig wieder hoch. Ich schlinge meine Arme um seinen Hals und lege meinen Kopf an seine feste Brust.

Er trägt mich zum Bett. Mein Körper ist so entspannt, so erschöpft, dass ich mich kaum bewegen kann. Und trotzdem: Sobald er mich hingelegt hat, sich neben mir ausstreckt und seinen Arm um meine Taille legt, spannt sich mein Körper wieder an.

„Was ist los?" Er kennt mich einfach zu gut.

Ich hole tief Luft und sehe zur dunklen Decke hinauf.

„Ich hab nicht so gut geschlafen." Und der Preis für die Untertreibung des Jahres geht an ...

„Ich auch nicht." Caerus zieht mich dichter an sich heran und ich lege meinen Kopf an seine Brust, wo ich das stetige Schlagen seines Herzens hören kann.

Ich frage nicht, ob er schreiend aus einem Albtraum aufwacht, der ihn nicht loslässt. Etwas in seiner Stimme sagt mir, dass er seinen eigenen Albtraum durchlitten hat.

„Du hast auch Träume gehabt," riskiere ich die Vermutung, und die Hand, die mein Haar streichelt, bleibt eine Schrecksekunde lang liegen, bevor sie weitermacht.

„Ja," gibt er mit rauer Stimme zurück, und ich bereue beinahe, ihn gefragt zu haben. „Darin geht es immer um dich, wie du wegläufst, ohne dich umzudrehen. Es geht immer darum, dass ich dich verliere." Sein Griff um mich wird reflexartig fester und ich kuschele mich tiefer an seine Brust.

„Jetzt bin ich hier," flüstere ich gegen seine warme Haut. „Ich gehe nirgendwohin."

„Es wird kein normales Leben sein, das solltest du wissen," bringt Caerus widerwillig heraus. „Es wird nicht einfach, solange das Sondereinsatzkommando und dein Vater hinter mir her sind."

Ich zucke mit den Schultern. Der Gedanke ist mir auch schon gekommen. „Ich weiß. Aber nichts, das es wert ist, ist einfach." Das habe ich auf die harte Tour lernen müssen. Einfach ist überbewertet. Normal ist überbewertet. Das hier, er und ich, das ist alles, was ich brauche, um glücklich zu sein. Das weiß ich jetzt.

Mir entfährt ein Gähnen und Caerus kichert leise. Der Klang vibriert in meinen Ohren. „Schlaf, Süße. Du brauchst eine Ruhepause. Ich beabsichtige nicht, dir noch mehr Pausen zu gönnen, wenn du wieder wach bist."

Ich lächle schläfrig. Ich bin von der Wärme seines Körpers umhüllt und zum ersten Mal seit einer gefühlten Ewigkeit schließe ich die Augen und träume nicht.

Am nächsten Morgen erfüllt Caerus sein Versprechen. Zweimal.

Kapitel Neun

Caerus

Wir haben versucht, zur Küche zu gelangen, um uns was zu essen zu holen. Nach einer Nacht und einem Morgen, den wir ineinander verschlungen verbracht haben, waren wir beide ausgehungert. Aber sobald Tiffany aufgestanden ist und das Laken von ihrem perfekten Körper hinabglitt, musste ich sie wieder haben. Ich hungerte sowieso viel mehr nach ihr, als nach Essen.

Wenn es nicht an der Tür geklingelt hätte, hätte mich wahrscheinlich nichts, das keiner Naturkatastrophe nahekommt, aus diesem Bett mit Tiffany herausbekommen. Ich denke, ich hätte deshalb wirklich dankbar sein sollen. Aber das war ich nicht.

„Ich hoffe wirklich, dass das verflucht noch mal wichtig ist!" Ich öffne die Tür mit einem Ruck und stakse in Richtung Küche.

„Dir auch einen guten Morgen – oder Nachmittag." Phillip sieht mit hochgezogener Augenbraue auf seine Rolex, bevor er die Tür hinter sich schließt. Der Kerl springt die Treppenstufen buchstäblich herunter.

„Was ist denn in dich gefahren?" Ich sehe ihn prüfend an.

„Nichts." Er zuckt mit den Schultern, weicht aber meinem Blick aus. „Aber ich hätte gedacht, dass ich dich besser gelaunt vorfinden würde." Er beugt sich um mich, als würde er hinter mir in Richtung Schlafzimmer spähen, und ich versperre ihm die Sicht. „Oder hast du es wieder geschafft, alles zu vermasseln?"

Ich will ihm sagen, dass er sich verdammt noch mal verpissen soll, aber ich werde daran gehindert.

„Nein, er hat's ganz gut gemacht." Als ich Tiffanys vergnügte Stimme höre, drehe ich mich um, und mein ganzer Körper heizt sich auf, als ich sie in den Raum schreiten sehe.

Sie hat meine Boxershorts und ein T-Shirt von mir an, das ihr beinahe bis zu den Knien geht. Sie hätte genauso gut in Unterwäsche herauskommen können. Sie stellt sich auf die Zehenspitzen und küsst mich unschuldig auf die Lippen. Ich gebe mich damit nicht zufrieden und küsse sie leidenschaftlicher. Ich sehne mich danach, sie zu schmecken, obwohl ich gerade erst mit ihr fertiggeworden bin.

Ihr Gesicht wird von einer hübschen Röte überzogen, als sie sich wieder auf ihre Füße stellt. Sie wirft Phil ein Lächeln und ein kleines Winken zu. „Hi Phillip, schön, dich wiederzusehen!“

Ich sehe ihr nach, als sie in die Küche schlendert, den Kühlschrank öffnet und etwas herausnimmt, das so aussieht wie die Zutaten für ein Omelett. Sie scheint sich absolut wie zu Hause zu fühlen. Sie barfuß in meiner Küche zu sehen, fühlt sich verdammt gut an.

„Schön, dass du zurück bist, Tiffany!“ Phil lächelt sie an, und ich kann gerade so dem Drang widerstehen, ihn aus dem Haus zu werfen.

„Hey, hier spielt die Musik,“ knurre ich ihn an. Offensichtlich bin ich unglaublich besitzergreifend. Aber ich werde mich nicht dafür entschuldigen. „Was ist so wichtig, dass es nicht auf sich warten lassen kann?“

„Wir müssen reden.“ Phillip sieht mich mit einem bedeutungsschwangeren Blick an. Er will, dass Tiffany aus dem Raum geht, bevor er mehr erzählt.

„Was auch immer du sagen willst: Tiffany kann es ruhig hören.“ Ich zucke mit den Schultern. „Sie steckt da jetzt genauso drin wie ich.“

Ich rechne damit, dass Phil diskutieren wird. Das tut er nicht. Guter Mann.

„In Ordnung. Ich denke sowieso, dass es sie auch betrifft.“ Phillip zieht ein Blatt Papier aus seiner Jackentasche. „Ich hab mich ein wenig umgehört. Es muss einen Grund gehabt haben, dass Bolokov gestern Abend wiederaufgetaucht ist, und er kann auf keinen Fall gewusst haben, dass Tiffany gestern dort sein würde. Das war nur ein Sahnehäubchen für ihn."

Ich unterdrücke ein weiteres Knurren bei dem verhassten Gedanken daran, dass Bolokov Tiffany benutzt hat, um an mich ranzukommen.

„Irgendwoher hat er gewusst, dass du gestern Abend kämpfen wolltest und in letzter Minute den Russen auf die Liste setzen lassen. Außer dir, mir und den Organisatoren wusste keiner, dass du in den Ring steigen würdest. Und weil von uns keiner Bolokov angerufen hat ..."

„Er hat die Organisatoren in der Tasche." Ich fahre mir unwirsch mit den Händen durchs Haar. Es ist nicht gerade eine große Überraschung, aber es macht mich trotzdem stinksauer. „Finde heraus, wer das ist und überzeuge sie davon, dass es ihnen nicht zugutekommt, nicht auf meiner Seite zu stehen."

Phillip nickt. „Bin schon dran."

„Das musstest du mir erzählen?" Sicher, das sind Neuigkeiten, aber keine dringenden. Und Phillips Gesichtsausdruck nach zu urteilen ist das noch nicht mal die Spitze des Eisbergs. „Was noch?"

„Das wird dir nicht gefallen." Er deutet auf das Blatt und sieht flüchtig zu Tiffany.

„Klar, weil alles, was du mir sonst erzählst, so gute Neuigkeiten sind." Ich sehe ihn mit hochgezogener Augenbraue an. „Raus damit!"

„Mr. Bates." Tiffanys hebt ruckartig den Kopf. „Sagt dir der Name etwas?"

„Er ist mein Vermieter, mein außergewöhnlich unheimlicher Vermieter." Sie sieht stirnrunzelnd zu uns herüber und tritt ein Stück von den Eiern zurück, die sie gerade an einer Schüssel aufschlagen wollte. „Was hat er damit zu tun?"

„Macht er dir Probleme?", fragt Phil auf eine Weise, die verrät, dass er die Antwort schon kennt.

Tiffany sieht mich nervös an und ich gehe zu ihr und drücke ihre Hand.

„Keine Geheimnisse," ermahne ich sie.

Sie seufzt und murmelt irgendetwas davon, dass ihre eigenen Worte gegen sie verwendet werden. „Na gut." Sie holt tief Luft und spricht, so schnell sie kann, um es hinter sich zu bringen. „Er hat gedroht, mich zwangsräumen zu lassen. Zuerst dachte ich, er will mir nur an die Wäsche. Und als ihm klar wurde, dass das niemals passieren wird, hat er aufgehört sich wie ein Arsch aufzuführen. Aber es hat sich herausgestellt, dass das nicht nur eine leere Drohung war. Er hat mir eine Kündigung geschickt. Ich muss innerhalb von zwei Wochen raus sein, und er hat gesagt, er würde schlecht über mich bei all den anderen Vermietern im Bezirk reden. Ich werde in so kurzer Zeit unmöglich eine neue Bleibe finden." Sie zuckt zusammen. Sie kann meinen wütenden Protest schon beinahe hören.

„Und du hast nicht daran gedacht, dass du mir diesen kleinen Umstand vielleicht schon eher hättest erzählen können?" Ich beiße die Zähne aufeinander und versuche, mich zu beherrschen. Aber ich habe das Gefühl, als würde ich auf verlorenem Posten kämpfen.

„Wir waren ... beschäftigt." Sie wird rot, und mein Schwanz pulsiert bei der Erinnerung an das, womit wir beschäftigt waren. „Wie auch immer. Was hat das damit zu tun? Meine Wohnung hat doch nichts mit deinen ... Geschäften zu tun?"

„Lass mal die Geschäfte beiseite. Es hat mit mir zu tun!" Ich ziehe sie in eine feste Umarmung. „Du ziehst bei mir ein. So wie du es eigentlich schon beim letzten Mal vorgehabt hast. Und ich werde ein kleines Gespräch mit unserem Freund Mr. Bates führen."

Ich nicke Phil über Tiffanys Kopf hinweg zu. Wir wissen beide, wie diese Unterhaltung verlaufen wird.

„Da ist noch mehr." Phillip räuspert sich und ich entlasse Tiffany aus meinem eisernen Umarmung.

„Sag schon!"

„Bates ist einer von Bolokovs Leuten." Phillip erlaubt der Enthüllung sich zu setzen, bevor er weiterspricht.

„Dann ging es also immer nur darum, Tiffany das Leben schwer zu machen. Warum? Um an uns heranzukommen?" Irgendetwas passte nicht, und ich habe Puzzle schon immer gehasst.

Tiffany schüttelt den Kopf. „Meine Probleme mit Bates haben schon angefangen, bevor ich dich kennengelernt habe."

„Wer dann? Um wen geht es hier?" Ich reibe meine Schläfen. Mein schmerzender Kopf erinnert mich an den Kampf von gestern Abend. Aber mein Hirn greift nach irgendetwas, etwas, das es noch nicht zu fassen kriegt. Dann trifft es mich wie ein Schlag. „Dein Vater."

Sie sieht mich verwirrt an. „Mein Dad? Aber das ergibt doch gar keinen Sinn! Er leitet das Sondereinsatzkommando über Bliss. Er hat überhaupt nichts mit Bolokov zu tun!"

„Soweit du weißt, nicht." Ich sehe sie eindringlich an. „Wie viel erzählt er dir von seiner Arbeit?" Ich hasse es, ihren verletzten Blick zu sehen, bevor sie ihn verschleiert.

„Nicht allzu viel." Bei diesem Eingeständnis lässt sie die Schultern sinken.

„Er hätte dir sowieso nicht viel erzählen können, Tiff." Ich streiche mit meiner Hand über ihren Arm, beruhige sie. Ich wünschte, ich könnte den Schmerz lindern, den ihr verfluchter Vater ihr angetan hat. „Er ist zur Verschwiegenheit verpflichtet."

„Das ergibt Sinn." Phillip läuft nickend in der Küche auf und ab, während sich die Teile vor ihm zusammenfügen. So haben wir immer am besten zusammengearbeitet – uns gegenseitig den Ball zugespielt.

„Bolokov würde mit den Cops zusammenarbeiten wollen. Auf diese Weise stünde er nicht die ganze Zeit auf dem Radar vom LAPD."

„Und wie kann man AC Burns besser unter Kontrolle haben, als wenn man seine Tochter benutzt?" Ich drücke reflexartig Tiffanys Hand.

„Warte, was sagst du da?" Sie sieht zwischen mir und Phillip hin und her und sucht nach einer Antwort.

„Bolokov hat dich benutzt, um Einfluss auf deinen Vater zu haben. Er weiß, dass er über dich an den Assistant Chief des verdammten LAPD herankommt." Ich hasse es, derjenige sein zu müssen, der ihr das sagt. Niemand will hören, dass sein Vater Dreck am Stecken hat. Vor allem dann nicht, wenn man so zu ihm aufschaut wie Tiffany.

„Willst du damit sagen, dass er korrupt ist? Dass Bolokov ihn in der Tasche hat?" Sie schüttelt den Kopf und will es nicht glauben. „Nein, mein Dad ist so ehrlich, wie man nur sein kann! Er würde niemals so etwas tun!"

Phil räuspert sich erneut und ich weiß, dass da noch mehr ist.

„Was hast du?" Ich bedeute ihm nickend, fortzufahren.

„Tiffany, du hast mir erzählt, dass dein Vater gestern Abend plötzlich weggerufen wurde. Dass es einen Durchbruch in dem Fall gegeben hat." Phil holt Luft. Er will es ihr offensichtlich schonend beibringen.

„Sag es einfach," erwidert sie schroff. Sie steht kerzengerade da, aber ich kann sehen, welches Chaos hinter ihren grauen Augen herrscht.

Phil seufzt und wirft ihr einen entschuldigenden Blick zu. „Es wäre ein ziemlich großer Zufall, dass es in der gleichen Nacht einen großen Durchbruch im Bliss-Fall gibt, in der Bolokov wieder auf der Bildfläche erscheint, oder?" Aber er ist noch nicht fertig. „Und was ist mit dem Grund, aus dem dein Vater aus seinem Amt geworfen wird?"

Tiffanys Augen sprühen Funken. „Was soll damit sein? Woher weißt du das überhaupt?"

Ich beschließe, dass es sicherer für Phil ist, wenn ich diese Frage beantworte. „Bolokov ist nicht der einzige, der Freunde bei der Polizei hat."

Sie sieht mich an, als würde sie mich nicht kennen, und mir verkrampft sich das Herz in der Brust. Nein, sie kann mich nicht schon wieder verlassen. Sie muss sehen, was in meinem Kopf vorgeht, denn sie legt ihre Hand auf meinen Arm. „Ich bin noch hier. Ich gehe nirgendwohin." Ich lasse ihre Hand nicht los, als sie sich neben mich auf einen Barhocker setzt. „Ich denke, ich muss mich an all das hier einfach erst gewöhnen."

Tiffany holt tief Luft und sammelt sich. „Also, was hat deine Quelle bei der Polizei dir erzählt?"

Sie stellt die Frage mit fester Stimme und ich bin so verdammt stolz auf sie, weil sie sich so zusammenreißt, während alles, was sie zu wissen glaubte, sich vor ihr in Luft auflöst.

„Dass es noch einen Grund gibt, warum dein Vater zum Rücktritt gezwungen wird. Und er hat nichts mit seinem Alter zu tun." Phillip versetzt den Todesstoß und tritt dann einen Schritt zurück, um uns ein bisschen Privatsphäre zu lassen.

„Sie glauben, dass er korrupt ist und versuchen ihn still und heimlich loszuwerden, ohne einen Skandal auszulösen. Dieses Jahr wird der Bürgermeister gewählt." Die Erkenntnis trifft sie wie ein Schlag und scheint sie zu überfahren. „Deshalb habe ich ihn gestern Abend wiedererkannt. Ich habe ihn schon mal gesehen!"

„Du hast was?" Ich hätte nicht überraschter sein können.

„Ich hab versucht, es herauszufinden. Ich hatte eine Art Déjà-vu, als ich ihn gestern Abend beim Kampf gesehen habe. Als hätte ich ihn schon mal irgendwo gesehen und als würde ich ihn kennen." Sie blickt abwesend vor sich hin, als wäre sie in einer anderen Zeit und an einem anderen Ort. „Ich glaube, er hat uns schon mal bei uns zu Hause besucht, als ich ein Kind war." Ihre Stimme klingt düster, als würde sie all das betäuben. „Das geht schon Jahre so, oder? Er hat meinen Vater schon seit *Jahren* in der Tasche. Mein Vater ist der Grund, warum Bolokov nie hinter Gitter gekommen ist, oder? Er ist der Grund, warum er so lange mit so vielem durchgekommen ist." Sie schüttelt den Kopf. „Seine ausgezeichnete Verhaftungs-Bilanz. Was für ein Witz!" Aber sie lacht nicht. „Ich denke, es ist einfach, zur rechten Zeit am rechten Ort zu sein, um den bösen Kerl zu schnappen, wenn einem gesagt wird, wo er sich befindet. Er hat einfach nur einen Wettkampf ausgetragen und im Namen des Gesetzes Bolokovs schmutzige Arbeit gemacht." Als das Ausmaß all dessen in ihr Blickfeld gerät, sieht sie einfach nur geschlagen aus.

Ich nehme sie in die Arme und wünschte, ich könnte einfach eine Geste mit der Hand machen und die ganze Scheiße wegzaubern.

„Wir stehen das durch, Tiffany. Du und ich." Ich nehme ihr Gesicht in meine Hände und lasse sie nicht los, bis sie mir in die Augen sieht und nickt.

„Es gibt nur eine Sache, die ich nicht verstehe. Wenn Bolokov meinen Vater im Griff hat, indem er droht, mir wehzutun oder was auch immer, warum ist das Einsatzkommando dir dann noch nicht auf die Spur gekommen?" Sie sieht stirnrunzelnd zu mir auf und stellt mir genau die Frage, über die ich auch schon die ganze Zeit grüble.

Dann trifft es mich wie ein Schlag. „Jahrelang war ich keine große Bedrohung für ihn und er hat sich nicht für mich interessiert. Aber dann ist Bliss aufgetaucht und jetzt will Bolokov ein Stück vom Kuchen abhaben. Er will nicht nur, dass wir von der Bildfläche verschwinden, er will das Geschäft mit Bliss übernehmen. Und um das zu tun, muss er vorsichtig vorgehen. Denn sobald das LAPD uns erwischt, werden wir ihn den Wölfen zum Fraß vorwerfen." Dann kommt mir ein Gedanke. „Was war denn der Durchbruch in dem Fall?“

Phil tritt nervös von einem Fuß auf den anderen. Großartig: noch mehr gute Neuigkeiten.

„Sie haben einen Tipp darüber bekommen, wo sich unsere Warenlager befinden. Ich bin hergekommen, sobald ich davon erfahren habe. Wir haben noch ein bisschen Zeit, aber nicht wirklich viel.“

„Wie viel?“

„Bis sie die Verbindung zwischen dem Warenlager und deinem Immobilienbestand gezogen haben? Bis sie all die Briefkastenfirmen durchhaben. Ein paar Tage.“ Phil sieht mir direkt in die Augen, und ich weiß, was er sagen wird. „Es wird Zeit, Cae.“

Tiffany meldet sich zu Wort und sieht zwischen uns hin und her, als würden wir eine Fremdsprache sprechen. „Zeit? Zeit wofür?“

„Für uns, aus der Sache auszusteigen.“ Ich habe immer gewusst, dass das eines Tages passieren würde. Ich dachte nur, es würde ein bisschen später geschehen.

„Woraus auszusteigen? Könntet ihr beide aufhören, in Geheimsprache zu sprechen, und mir mal sagen, wovon zum Teufel ihr da redet?“ Tiffany steht auf. Schmerz und Resignation sind verschwunden, stattdessen zeigt sich Ärger und Wut. Gut, Wut ist jederzeit besser als Schmerz.

„Wir müssen den Laden dichtmachen, die Unternehmen abwickeln, den Jet auftanken und so schnell wie möglich aus L.A. und den U.S.A. verschwinden.“ Ich dachte, ich würde Reue spüren, wenn ich alles zurücklassen müsste, wofür ich gearbeitet habe, aber das Einzige, was ich wirklich brauche, steht neben mir. „Wirst du mit mir kommen?“

Tiffany blinzelt mich an und lässt die Informationen, die eben auf sie eingeprasselt sind, auf sich wirken. Ich fühle mich wie das größte Arschloch auf der ganzen Welt, weil ich sie in diese Situation gebracht habe. Das sollte keine Entscheidung sein, die sie so treffen sollte. Sie sollte Zeit haben, sich an Dinge zu gewöhnen, Zeit, darüber nachzudenken, ob es das ist, was sie wirklich will. Ob ich derjenige bin, den sie will.

„Ja." Ihre Antwort klingt so sicher, dass ich ein paar Sekunden brauche, um zu realisieren, was sie gerade gesagt hat.

„Bist du sicher?" Ich beuge meinen Kopf und unsere Blicke treffen sich. „Du könntest nie wieder in die U.S.A. zurückkehren. Wenn herausgefunden wurde, wer wir sind, wirst du mit uns über einen Kamm geschert. Du wirst alles hinter dir lassen und jeden verlassen müssen. Was ist mit deiner Arbeit? Mit deinen Freunden?"

Tiffany holt tief Luft, drückt ihren Rücken durch und wirft ihren Kopf zurück. Ihr rotes Haar fängt das Licht und sieht aus, als stünde es in Flammen. Sie sieht aus wie eine Kriegerin, und ich will nichts mehr, als sie an meiner Seite zu haben.

„Was mein Unternehmen betrifft: Ich kann überall auf der Welt ein Yogastudio aufmachen. Meine besten Freunde werden mich verstehen. Und ich glaube, ich werde Isabelle hin und wieder sehen, egal, wohin es uns verschlägt."

Sie wirft einen verstohlenen Blick zu Phil und ich bin mir ziemlich sicher, dass seine Ohren rosa anlaufen. Ich habe ganz offensichtlich etwas nicht mitbekommen, wozu ich sie später noch befragen muss. „Es ist mir egal, was andere Leute über mich denken. Wenn sie denken, ich sei eine Kriminelle: Na und? Ich weiß, wer ich bin, und ich weiß, wer du bist. Und solange wir zusammen sind, ist nichts anderes von Bedeutung."

In diesem Moment wird mir klar, was für ein verdammtes Glück ich habe. Es haut mich beinahe um. Ich stürze mich auf ihren Mund und küsse sie fast zu Tode und sage ihr ohne Worte, was sie mir bedeutet. Wenn Phillip nicht hier wäre, hätte ich sie auf den Fußboden gelegt und wäre direkt über sie hergefallen.

„Später." Sie hat meine Gedanken gelesen und zwinkert mir zu.

„Leute, wenn ihr damit fertig seid, euch das Gesicht abzuschlecken, können wir uns dann bitte wieder aufs Wesentliche konzentrieren?" Phillip klingt beinahe gelangweilt.

„Neidisch?" Ich sehe ihn mit hochgezogener Augenbraue an.

„Mein Leben ist mir viel zu lieb, als dass ich diese Frage beantworten möchte." Er muss grinsen und schüttelt den Kopf.

„Also, was passiert jetzt?", meldet sich Tiffany zu Wort, setzt sich wieder und wartet geduldig darauf, den Plan zu hören.

„Phil wird jetzt so viel Geld aus den Unternehmen ziehen wie möglich, ohne irgendwelche Aufmerksamkeit zu erregen. Wir haben seit Jahren Geld in Offshore-Konten abgezweigt. Wir haben also eine Menge, um davon leben zu können," versichere ich ihr.

„Und was ist mit Bolokov?", stellt sie die Eine-Million-Dollar-Frage, von der ich gehofft hatte, sie wäre zu abgelenkt, um über sie nachzudenken. Ich glaube nicht, dass ihr meine Antwort gefallen wird.

„Ich werde mich um ihn kümmern," gebe ich grimmig zur Antwort.

„Und wie?" Sie lässt nicht locker.

„Auf jede Weise, die notwendig ist, um sicherzugehen, dass er für das bezahlt, was er getan hat." Die Drohung in meiner Stimme ist deutlich. Wir wissen alle, was ich damit sagen will. Ich werde nicht zulassen, dass Bolokov am Leben bleibt.

Bei meinen Worten senkt sich Schweigen im Raum herab.

„Das wird nicht einfach sein, Cae. Du weißt genauso gut wie ich, dass er zu gut beschützt wird. Das hat er schon mehrere Male bewiesen. Nahe genug an ihn heranzukommen, um ihn zu ..." Phil hält inne, bevor er das Wort ausspricht. „Um *das* zu tun, ist reiner Selbstmord."

„Nein", erschallt Tiffanys Stimme. „Nein, das wirst du nicht tun, Cae. Du wirst nicht *seinetwegen* dein Leben riskieren!"

„Hast du so wenig Vertrauen in mich, Baby?", versuche ich, unbekümmert zu entgegnen, aber sie ist nicht beeindruckt.

„Ich hab dich eben erst zurückbekommen. Ich werde nicht riskieren, dich wieder zu verlieren!" Sie verschränkt die Arme vor der Brust, als wäre das das Ende der Unterhaltung. „Es muss einen anderen Weg geben." Sie tippt mit ihrem Zeigefinger gegen ihre Unterlippe und ich sehe fasziniert dabei zu, wie es in ihrem Kopf rattert. Das Fingertippen wird langsamer und ihre Augen leuchten auf. „Bolokov ist ein Drogendealer. Du hast gemeint, er sei der gefährlichste Mann im ganzen Land. Die Cops wollen einen Drogendealer, mit dem sie vor der Presse wedeln können, um zu beweisen, dass der Bürgermeister sich immer noch darum bemüht, gegen Verbrechen vorzugehen. Genau zur rechten Zeit im Wahljahr…"

„Geben wir ihnen Bolokov." Ich beende den Gedanken und frage mich, ob es wirklich so einfach sein könnte.

„Ich mag es, wie du denkst, Tiffany!", sagt Phil mit deutlicher Bewunderung. „Aber die Cops wollen nicht einfach nur irgendeinen alten Drogendealer; sie wollen den Kerl hinter Bliss."

„Dann legen wir Bolokov rein," sage ich mehr zu mir selbst und denke darüber nach. Könnte es wirklich so einfach sein?

„Wir müssen die Aufmerksamkeit des LAPDs von uns weg und auf Bolokov lenken." Phillip fängt wieder mit seiner gottverfluchten Angewohnheit an, auf und ab zu laufen.

„Wir schlagen ihn in seinem eigenen verfluchten Spiel." Ich schnipse mit den Fingern. Verdammt, ich liebe es, wenn ein Plan ins Rollen kommt. „Er gibt den Cops Tipps über uns, und wir tun dasselbe mit ihm. Wir geben unserem Mann bei der Polizei ein paar falsche

Beweise, die darauf hindeuten, dass Bolokov mit Bliss handelt. Er ist ein bekannter Verbrecher. Er war nur zu vorsichtig, um geschnappt zu werden. Bis jetzt."

Phil nickt. „Ich häng mich dran." Er läuft schon in Richtung Tür und bleibt dann stehen. Aber er sieht nicht mich an, sondern Tiffany. „Sobald sie Bolokov festgenommen haben, wird trotzdem alles ans Tageslicht kommen. Das weißt du, oder?"

Tiffany schließt die Augen und nimmt ein paar Atemzüge, um sich wieder unter Kontrolle zu bringen. „Du meinst, er wird meinen Vater verpfeifen? Scheint, als sei das sowieso nur eine Frage der Zeit, wenn seine Chefs schon versuchen, ihn rauszuwerfen." Sie seufzt tief. „Ja, ich weiß es. Aber wenn mein Vater Unrecht getan hat, wenn er all die Jahre einen Mann wie Bolokov beschützt hat ..." Sie beendet ihren Gedanken nicht. Das muss sie nicht. „Vielleicht hat er mich deshalb immer gehasst. Ich hab immer gedacht, das liege daran, weil wir so verschieden sind, weil ich kein Cop werden wollte. Aber jetzt ist es mir klar. Er hasst mich, weil ich die Schlinge bin, die Bolokov um seinen Hals gelegt hat. Jahrelang." Sie lacht, aber es klingt hohl. „Das ist lustig: Ich hätte nie gedacht, dass ich ihm genug bedeute, um mich so zu beschützen. Dass er meinetwegen seine Moral und seine gesamte Karriere opfern würde. Ich wünschte, ich hätte es eher gewusst." Eine Träne läuft ihre Wange hinunter, und ich bedeute Phillip mit einem Blick, dass er verschwinden soll.

Die Tür schließt sich leise hinter ihm und ich halte Tiffany noch fester. Ich halte sie aufrecht, als sie von Schluchzern geschüttelt wird.

„Er hat es getan, damit du in Sicherheit bist, Tiffany. Er dachte, das wäre das Richtige." Was für eine abgefuckte Welt ist das, in der ich den Mann verteidige, der meinen Kopf auf einem Spieß will?

„Er hätte es jemandem sagen können, es seinem nächsten Vorgesetzten berichten können. Wir wären nicht die erste Familie eines Polizisten gewesen, die bedroht wird. Wir wären unter Zeugenschutz gestellt worden." Sie schüttelt den Kopf und sieht aus, als wäre gerade ihre gesamte Welt auf den Kopf gestellt worden. „Vielleicht hat er anfangs aus dem rechten Grund nach Bolokovs Pfeife getanzt, aber irgendwann ging es nur noch darum, seine Beteiligung zu vertuschen. Er tut das schon lange nicht mehr meinetwegen." Ihre Augen sind jetzt trocken, aber sie sieht immer noch gequält aus.

„Du solltest mit ihm reden, bevor wir verschwinden." Ich wische ihre Tränen mit meinem Daumen von ihren Wangen und wünschte, ich könnte ihr einfach so all ihren Schmerz nehmen. „Ich weiß, wie es ist, seinem Vater Dinge sagen zu wollen und die Gelegenheit zu verpassen. Ich will nicht, dass du das durchmachen musst."

Sie lächelt mich an, und als ich meinen Vater erwähne, wird ihr Blick weich.

„Ich denke darüber nach." Das ist zwar kein Ja, aber auch kein Nein. Und das reicht mir fürs Erste.

Der Moment wird von einem unfassbar lauten Grummeln durchbrochen, und Tiffanys Hände fliegen zu ihrem Bauch. Sie wird rot, und es ist so hinreißend, dass ich laut auflachen muss, bis sie mir auf den Arm boxt.

„Okay, also ich denke, das ist mein Stichwort, um diese Eier fertigzukriegen." Ich schiebe sie rückwärts, bis sie wieder auf dem Barhocker sitzt und küsse sie zärtlich.

„Du kannst kochen?" Nach allem, das sie heute gehört hat, ist es ein Wunder, dass sie wirklich noch etwas schockieren kann.

„Ich denke, ich kriege ein Omelett hin, ohne die Hütte abzufackeln." Und es ist wirklich gar nicht so schlecht, auch wenn meine Meinung vielleicht etwas Voreingenommen ist.

Wir haben schon fast zur Hälfte aufgegessen, als Tiffanys Gabel auf ihren Teller fällt und sie sich zu mir umdreht. Ihre Augen weiten sich bei der Erinnerung.

„Moment. Hast du gesagt, du hättest einen Jet?"

Kapitel Zehn

Tiffany

Es ist ziemlich seltsam, in einer Blase der Glückseligkeit zu leben, wenn alles um dich herum in die Brüche geht. Caerus und Phillip arbeiten im Hintergrund daran, ihren Plan in die Tat umzusetzen. Sie streuen die Beweise, die das LAPD zu Bolokov führen sollen und sorgen dafür, dass alles nach Plan verläuft, damit wir schnell verschwinden können, wenn es notwendig wird. Ich sitze mit den beiden bis spät in die Nacht da und werfe Ideen ein, die ich für hilfreich halte. Selbst Phillip meint, dass ein paar davon ziemlich gut sind. Es geschehen also doch noch Wunder!

Ich schlafe in Caerus' Arbeitszimmer ein und wache erst auf, als er mich ins Bett trägt. Als er sich von mir entfernt, halte ich ihn auf und ziehe ihn auf mich hinunter. Ich bin unfähig, mich den Empfindungen zu widersetzen, die nichts als seine Nähe in mir entfacht. Wie ich schon sagte: Meine ganze Welt steht Kopf; alles, was ich zu wissen glaubte, alles, was ich für wahr oder falsch hielt. Mein Vater ist nicht der heldenhafte, ehrliche, unantastbare Mann, den ich zu kennen glaubte. Caerus, der mutmaßliche große Bösewicht hat mehr Ehre und Liebenswürdigkeit als jeder andere Mann, den ich kenne. Und trotzdem: Obwohl ich denke, das Gefühl für oben und unten verloren zu haben, bin ich so glücklich wie noch nie.

Den folgenden Tag verbringen wir damit, meine Wohnung leerzuräumen und meine Sachen in sein Penthouse zu bringen. Caerus meint, wir müssten den Schein wahren. Es muss so aussehen, als würde das Leben wie gewohnt weitergehen, und da ich zwangsgeräumt werde, muss ich also auch aus meiner Wohnung ausziehen.

„Weißt du, wir hätten auch eine Firma damit beauftragen

können," erklärt Caerus schnaubend, als er einen weiteren Karton zum Escalade schleppt.

„Ich hab noch nie Möbelpacker engagiert, und wir sollten uns ‚normal' verhalten." Ich genieße es mehr, Anführungszeichen in die Luft zu zeichnen, als ich es sollte. „Und außerdem finde ich es ganz schön … männlich, wie du schwere Sachen trägst."

Dieser Kommentar hat den weiteren Auszug verzögert, weil Caerus mich quer durch die Wohnung gejagt hat, bis ich zugelassen habe, dass er mich fängt. Und dann mussten wir selbstverständlich den Küchentisch einweihen.

Das Summen meines Handys hindert uns an Runde zwei, und als ich sehe, wer da anruft, drücke ich ihn weg.

Caerus beobachtet meine Reaktion mit Neugier. „Wer war das?"

„Joseph. Schon wieder." Ich muss ihm gar nicht erst ins Gesicht sehen, um zu wissen, dass ihm das ganz und gar nicht gefällt.

„Zum wievielten Mal hat er jetzt angerufen?" Ich kann hören, wie er die Zähne aufeinanderpresst. Er macht gar keinen Hehl aus seiner Eifersucht.

„Ein paar Mal." Ich winke seine Bedenken ab und ziehe mich wieder an. Ich habe gerade keine Lust auf diese Unterhaltung.

„Du weißt, was er will." Caerus fängt meine Hand ab, als ich mir mein T-Shirt anziehen will und versucht, die Diskussion zu einem Abschluss zu bringen. „Er will dich."

Ich schüttle den Kopf. Ich weigere mich, schon wieder mit ihm darüber zu sprechen. Das hatten wir schon, und wir haben größere Sorgen als Josephs unangebrachte Zuneigung. Seit dem furchtbaren Abendessen, bei dem er seine Absichten offengelegt hat – zumindest gegenüber meinem Vater – haben wir nicht mehr miteinander gesprochen. Und ich bin immer noch nicht sicher, ob ihm überhaupt klar war, dass er, statt mit meinem Vater, mit mir über seine Gefühle hätte reden sollen.

„Du willst es vielleicht nicht wahrhaben, aber es ist so!" Caerus kann manchmal einfach nicht lockerlassen. Offenbar vor allem dann, wenn Joseph im Spiel ist.

Ich werfe ihm einen Blick zu, der unmissverständlich ‚Ach was?' sagt und küsse ihn, weil er süß ist, wenn er eifersüchtig ist.

„Versuchst du gerade, mich mit deinen sinnlichen Lippen vom Thema abzubringen?" Ich spüre, wie er an meinen Lippen grinst.

„Vielleicht ... Funktioniert es?" Ich quieke, als er mich an der Taille packt und an mir zieht, bis ich auf ihm sitze.

„Vielleicht."

Ich winde mich auf seinem Schoß, spüre seinen Ständer durch seine Jeans hindurch und beobachte, wie sein Blick dunkel vor Verlangen wird.

Dieses Mal ist es die Türklingel die uns unterbricht.

„Verpiss dich!", ruft Caerus, bevor ich meine Hand auf seinen Mund legen und ihn zum Schweigen bringen kann.

„Hey, benimm dich!" Ich wackle gespielt ernst mit einem Finger vor seinem Gesicht.

„Geh einfach nicht zur Tür." Er legt seine Hand auf meinen Finger und zieht mich wieder auf sich rauf.

„Ich muss. Denk dran: ‚normal'." Ich erhebe mich von ihm und laufe zur Tür.

„Neue Regel: wenn wir abhauen, werden wir, wo auch immer wir landen, keine Türklingel haben!"

Ich lache über Caerus' Murren und stolziere ein wenig – nur für ihn. Ich ernte ein Stöhnen.

„Dafür wirst du später bezahlen, Burns!"

Ich lache immer noch, als ich die Tür öffne. Aber mein Lächeln fällt augenblicklich in sich zusammen.

„Joe!" rufe ich mit etwas falscher Freude aus und halte die Tür nur einen Spaltbreit offen, damit er nicht in die Wohnung hineinsehen kann.

„Tiffany, es geht dir gut!" Er sieht so besorgt aus, dass ich mich schlecht fühle, weil ich nicht ans Telefon gegangen bin.

„Klar, mir geht's gut!" Ich reibe mir den Nacken und meine Haut kribbelt, als ich bemerke, dass Caerus hinter mir angelaufen kommt. „Ich wollte dich zurückrufen, aber es sind ein paar verrückte Sachen passiert."

„Ich hab schon gehört. Dein Vermieter hat mir erzählt, dass du ausziehst. Warum hast du mir nichts gesagt?" Josephs Züge verhärten sich und geben ganz genau preis, was er davon hält.

„Wie schon gesagt: Es sind ein paar verrückte Sachen passiert." Ich beiße mir auf die Lippe, als mir der Gedanke kommt, dass ich vielleicht gerade zum letzten Mal mit Joseph spreche und ich ihm das nicht sagen kann.

Trotz allem, was passiert ist, waren Joe und ich seit unserer Kindheit immer zusammen. Er ist ein so großer Teil meines Lebens, und ich kann mir einfach nicht vorstellen, dass er nicht mehr da sein wird. Aber sobald die Wahrheit über Caerus und meine Beziehung mit ihm ans Licht gekommen ist, wird Joseph anders über ihn denken. Seine Schwarzweiß-Sicht auf die Welt wird kein gutes Haar mehr an mir lassen.

„Okay." Joseph versucht an mir vorbeizuspähen, als wüsste er, dass ich ihm etwas verheimliche.

„Ich würde dich ja reinbitten, aber meine Bude ist gerade so ein Schweinestall, und ich versuche gerade, alles in Kisten unterzubringen." Ich hasse es, ihn anzulügen, aber das letzte Mal, als Caerus und er im gleichen Raum waren, waren sie ganz kurz davor, sich zu prügeln. Ich hab nicht die geringste Lust darauf, dass sich das wiederholt.

„Ich könnte dir helfen ..." Er verstummt, als er mich den Kopf schütteln sieht.

„Danke, aber mir geht's gut. Wirklich." Wir stehen da und schweigen uns an und ich frage mich, wann die Sache zwischen uns so angespannt geworden ist.

„Hör zu, ich weiß, dass die Situation ziemlich ... schräg ist." Joseph gestikuliert zwischen ihm und mir hin und her und deutet die Anspannung in der Luft an. „Aber ich will nicht, dass es so ist." Er seufzt und ich strecke meine Hand aus, um seine Hand beruhigend zu drücken und ihm deutlich zu machen, dass es mir genauso geht. „Und ich weiß, dass es vielleicht noch viel schlimmer wird. Ich muss dir etwas sagen, und ich weiß, dass es dir nicht gefallen wird. Aber ich muss es dir trotzdem sagen. Ich könnte nicht damit leben, wenn dir etwas zustößt, wenn du in Gefahr wärst und ich nichts tun könnte."

In meinem Kopf schrillen die Alarmglocken, als ich die Ernsthaftigkeit in seiner Stimme höre. Könnte er schon von Bolokov wissen? Nein, das ist unmöglich. Unsere Information wird erst in 24 Stunden bei dem Einsatzkommando durchsickern.

„Es geht um Wolff." Mein Herz fühlt sich an, als würde es in meiner Brust eingequetscht werden.

„Caerus? Was ist mit ihm?" Ich bin stolz darauf, wie überrascht ich klinge. Ich signalisiere Caerus mit meiner freien Hand, hinter mir zu bleiben. Das Letzte, was ich jetzt gebrauchen kann, ist, dass er auf der Bildfläche erscheint und ich mich Joseph gegenüber erklären muss.

„Die Ermittlungen laufen noch, deshalb kann ich dir nicht viel sagen, ohne sie zu gefährden." Joseph stützt sich mit einer Hand am Türrahmen ab und trommelt mit den Fingern auf dem Holz, während er versucht, Worte für das zu finden, was er sagen will. „Versprich mir einfach: Wenn du Wolff siehst, wenn du ihn auch nur auf der Straße triffst, dass du dann in der entgegengesetzten Richtung davonläufst."

„W-wovon redest du da?" Die Polizei sollte Caerus noch nicht auf die Spur gekommen sein – das geht alles zu schnell! Was haben wir übersehen?

„Wolff. Dein Vater hat die ganze Zeit recht mit ihm gehabt." Ich kann mein Schnauben gerade noch zurückhalten. „Er ist kein guter Mensch, schlimmer, als einer von uns sich das vorstellen kann. Er ist gefährlich, Tiff. Halt dich von ihm fern, versprich es mir!"

Es ist eine Sache Joe anzulügen, indem ich ihm etwas verheimliche. Aber es ist etwas anderes, ein Versprechen an ihn nicht zu halten. Das will ich nicht, also sage ich nichts darauf. Joseph scheint anzunehmen, dass ich zu erschüttert bin, um etwas zu sagen. Er spricht weiter. „Ich habe jemanden vor deiner Haustür postiert. Nur für den Fall, dass er hier auftaucht. Hier bist du sicher."

Ich nicke. Jetzt muss ich nicht mehr so tun, als sei ich verstört und durcheinander.

„Aber es wird sowieso nicht mehr lange dauern, bis er hinter Gittern sitzt. Die besten Anwälte der Welt werden ihn nicht aus dem Gefängnis rausholen können." Joseph klingt so sicher und so glaubwürdig, dass ich keine Zweifel daran habe, dass er absolut glaubt, was er sagt. Was auch immer passiert ist, welche Informationen das LAPD auch immer über Caerus herausgefunden hat – sie werden nicht ausreichen, um ihn zu verurteilen.

„W-wann wird er denn verhaftet?"

Joseph scheint mein Stammeln als Zeichen zu verstehen, dass ich nicht etwa Angst vor ihm, sondern Angst vor Caerus habe. Er erzählt mir mehr, als er sollte.

„Er wird innerhalb der nächsten 24 Stunden hinter Schloss und Riegel sein." Joseph streckt seine Hand aus und drückt meine Schulter. Es ist eine freundschaftliche Geste, für die ich ihm dankbar wäre, wenn er nicht so falsch mit allem liegen würde.

„Wie kannst du dir so sicher sein, dass er getan hat, was du glaubst?“ Ich habe keinerlei Zweifel daran, dass Bolokov dahintersteckt. Aber wie? Wie hat er das geschafft?

„Dein Dad.“ Joseph plustert stolz seine Brust auf. „Eine seiner Quellen hat Daten über Wolff geliefert – Namen, Daten, Überwachungsmaterial. Wir haben genug Beweise, um ihn für den Rest seines Lebens hinter Gitter zu bringen. Du solltest stolz auf ihn sein, Tiff. Dein Dad ist ein Held!“

Ich sacke an der Tür zusammen, dankbar, dass ich mich an etwas festhalten kann, als meine Beine unter mir nachgeben wollen. „Klar, ein Held.“

„Ich weiß, dass ihr beiden eure Probleme habt …“

Ich spüre, dass Joseph sich für eine weitere Tirade darüber rüstet, wie großartig mein Vater ist. Ich schneide ihm das Wort ab.

„Ich muss wirklich weiter packen, Joe,“ unterbreche ich ihn und lächle ihn besänftigend an. „Danke, dass du mir das über Caerus gesagt hast.“ Ich muss die Dankbarkeit darüber gar nicht spielen. Ihm ist nur nicht klar, dass sie von meinem Willen rührt, Caerus zu schützen, nicht aus Angst vor ihm.

Joseph nickt kurz und wendet sich zum Gehen. Dann überlegt er es sich noch einmal anders. „Es gibt da … ein paar Dinge, über die wir reden sollten, Tiff. Dinge, die gesagt werden müssen. Es scheint einfach nie der rechte Zeitpunkt dafür zu sein.“

Und jetzt ist er definitiv nicht, vor allem, da Caerus hinter mir alles mithört. Wenn er hört, was Joseph sagen will, wird er womöglich die Tür eintreten und sich verhalten wie ein Höhlenmensch.

„Nein, es gab nie den rechten Zeitpunkt.“ Wenn es ihn gegeben hätte, wenn Joseph mir seine Gefühle anvertraut hätte, bevor ich Caerus kennengelernt habe, vielleicht … Aber nein, das hat nicht das

Geringste mit Cae zu tun. Joseph ist für mich wie ein Bruder gewesen, solange ich denken kann. Ich glaube nicht, dass es je den rechten' Zeitpunkt für uns gegeben hätte. Er hat einfach keinen solchen Platz in meinem Herzen, den Platz, an dem ich mir nun nur Caerus vorstellen kann. „Manche Dinge sollten lieber einfach so bleiben, wie sie sind." Ich sehe zu ihm hinauf und hoffe, dass er versteht, was ich ihm damit sagen will.

Er sieht mich eine ganze Weile lang forschend an und ich beobachte, wie er die Schultern hängen lässt, als die Bedeutung meiner Worte zu ihm durchdringt.

„Ja, ich denke auch." Er weicht meinem Blick aus und ich hasse es, dass unser Gespräch so endet. Vor allem, da es das letzte Mal sein könnte, dass wir uns sehen. Zumindest in absehbarer Zeit.

„Mach's gut, Joe." Ich trete einen Schritt vorwärts und umarme ihn schnell. Das überrumpelt ihn. Er hat kaum Zeit, meine Umarmung zu erwidern, bevor ich wieder zurücktrete.

„Du auch, Tiff. Pass auf dich auf." Er sieht mich ein letztes Mal an, und dann läuft er davon, den Gang hinunter.

Ich sehe ihm nach und wünschte, ich könnte mich ordentlich von ihm verabschieden. So, wie er es verdient. Aber das geht nicht. Ich seufze tief und gehe wieder hinein. Ich wappne mich dafür, Caerus Rede und Antwort zu stehen, aber als ich mich umdrehe, ist er nicht da. Ich folge dem leisen Murmeln seiner Stimme und finde ihn in meinem Wohnzimmer, wo er konzentriert und stirnrunzelnd auf und ab läuft. Unsere Blicke treffen sich, und ich weiß, genau in dem Moment, dass es schlechte Neuigkeiten gibt.

„Bereite alles vor, Phil. Wir haben nicht viel Zeit. Wir müssen am besten sofort in der Luft sein." Er legt auf und holt tief Luft. Dann kommt er zu mir.

„Wir verschwinden jetzt gleich, oder?" Ich hätte gedacht, dass uns mehr Zeit bleibt.

Caerus nickt.

„Wie viel von dem, was Joseph gesagt hat, hast du gehört?"

„Genug." Er hält sein Handy in die Luft. „Phil hat die Bestätigung unserer Quelle, dass heute Morgen plötzlich neue Beweise gegen uns, gegen mich aufgetaucht sind." Caerus wirkt ruhig, aber die Worte stößt er zwischen zusammengebissenen Zähnen hervor. „Dreimal darfst du raten, wer die dem LAPD zugespielt hat."

Bolokov. Er hat die Cops erfolgreich auf Caerus' Spur gesetzt. Und er wird damit durchkommen. Er wird am Ende ungeschoren davonkommen, während wir uns schleunigst aus dem Staub machen müssen.

Mein Mund fühlt sich mit einem Mal trocken an. „Was machen wir jetzt?"

„Wir fahren so schnell wir können zur Landepiste. Phil wird uns dort treffen." Er sieht mich entschuldigend an. „Es tut mir leid. Tut mir leid, dass es so läuft."

„Das muss es nicht." Ich schüttle den Kopf, lege meine Hand auf seine und drücke sie. „Ich hab doch gewusst, auf was ich mich einlasse." Ich sehe mich nach den Kisten um, in denen meine Sachen sind und weiß, dass ich all das zurücklassen muss. Ich weiß, dass es das letzte Mal ist, dass ich irgendetwas davon sehe.

„Joseph hat mir erzählt, dass unten ein Cop vor der Tür steht."

„Gibt's hier einen anderen Weg raus?" Caerus hat seine Jacke und etwas anderes geschnappt, das er mich nicht sehen lassen will. Ich will ihn schon dazu auffordern, es mir zu zeigen, aber jetzt scheint nicht der richtige Zeitpunkt dafür zu sein. Noch dazu läuft er schon zur Tür und zieht mich hinter sich her.

„Bei den Müllcontainern führt eine Hintertür auf die Straße. Aber die ist verschlossen. Bates schließt sie immer erst in der Nacht auf, bevor sie am nächsten Tag rausgestellt werden." Ich beiße mir auf die

Unterlippe und frage mich, wie zum Teufel wir hier rauskommen, ohne gesehen zu werden. Wenn es stimmt, was Joseph gesagt hat, wird jeder Cop der Stadt gerade nach Caerus suchen.

„Ich wäre kein waschechter Krimineller, wenn ich nicht mit einer verschlossenen Tür umgehen könnte!“ Er grinst mich wölfisch an und wird damit ganz und gar seinem Namen gerecht. „Geh voran.“

Ich werfe einen letzten flüchtigen Blick durch meine Wohnung. In dem Moment fällt mir eine Sache ein, die ich nicht zurücklassen kann. Ich laufe zur Kommode und ziehe das einzige Foto heraus, das ich von uns dreien habe: Meine Mom, mein Dad und ich, als ich noch ein Baby war. Wir lächeln alle drei und sind so verdammt glücklich. So will ich sie in Erinnerung behalten, so will ich mich an meine Familie erinnern. Ich löse das Foto aus dem Rahmen und falte es vorsichtig. Dann stecke ich es in meine Tasche.

Caerus beobachtet mich dabei und nimmt dann meine Hand. Seine Stabilität und seine Nähe versichern mir, dass alles gut gehen wird. Er lässt mich vorangehen, und ich laufe aus eigener Kraft von meinem alten Leben davon. Er muss sich keine Sorgen machen; ich bin fertig mit alldem. Was hinter mir liegt, ist nicht wichtig. Nur die Zukunft zählt, die Zukunft, die wir uns gemeinsam aufbauen werden. Aber zuerst müssen wir hier raus.

Ich laufe durch die Tür und zeige ihm, dass ich bereit bin. „Gehen wir!“

Caerus

„Wo zur Hölle steckst du?" Phils Stimme am anderen Ende der Leitung klingt überhaupt nicht nach seinem sonst ruhigen, gefassten Selbst.

„Wir mussten ein paar Umwege nehmen." Dass wir den Escalade bei Tiffanys Wohnung zurücklassen mussten, war nicht gerade hilfreich. Das Auto ist zu auffällig und kann zu schnell mit mir in Verbindung gebracht werden. Jeder Fahndungsaufruf nach mir wird eine Beschreibung der Wagen beinhalten, die auf meinen Namen angemeldet sind. Es war sicherer, Taxis zu nehmen und alle paar Kilometer in ein anderes zu steigen, um sicherzugehen, dass uns niemand auf den Fersen ist. Aber das hat uns Zeit gekostet, die wir eigentlich gar nicht haben.

„Wir sind jetzt auf dem Weg zur Landepiste. Sag Paulo, er soll den Motor starten." Ich helfe Tiffany aus dem Taxi und werfe dem Fahrer ein paar hundert Dollar zu. Er hat uns in Rekordzeit zum Privatflughafen gebracht und damit jeden einzelnen Cent davon verdient.

„Beeil dich, verdammt noch mal, Cae! Die Cops sind schon auf dem Weg!" Die Panik in Phillips Stimme ergibt jetzt Sinn.

„Was?" Das passiert gerade alles viel zu schnell.

„Sie wissen, dass du ein Flugzeug hast, Cae! Sie sind auf dem Weg hierher, um den Flughafen zu schließen!"

„Fuck!" Ich packe Tiffanys Hand und sage ihr mit einem Blick, dass wir uns beeilen müssen. „Kann unser Mann sie nicht aufhalten? Frag, ob er uns ein bisschen Zeit verschaffen kann!"

„Er tut, was er kann, aber das wird langsam zu groß für ihn, um noch Kontrolle darüber zu haben." Phillip seufzt, und ich kann seine Sorgen hören. „Schwing einfach deinen Arsch hierher, Mann! Jetzt!"

„Wir sind in zehn Minuten da! Wenn nicht, dann hau ab! Mir fällt schon was anderes ein." Ich drehe mein Gesicht von Tiffany fort, damit sie diese Worte nicht hören kann. „Es nützt niemandem, wenn wir beide geschnappt werden."

„Vergiss es!", erwidert Phil knurrend. „Ich lasse dich nicht zurück, Cae!"

„Das wirst du nicht müssen, wir werden da sein. Aber sollten wir nicht da sein… warte nicht!" Ich lege auf, bevor Phil erneut Protest erheben kann. Ich weiß, dass die Vorstellung, ohne uns zu verschwinden, gegen alles verstößt, woran er glaubt. Aber ich hoffe, dass er nicht dumm sein wird, wenn es darauf ankommt.

„Wie viel Zeit bleibt uns noch?" Tiffany sieht mich an. In ihren Augen flackert die Angst auf.

„Zehn Minuten." Mittlerweile gehen wir im Laufschritt. Jede Sekunde zählt, aber zum Jet zu rennen, würde Aufmerksamkeit erregen, die wir gerade überhaupt nicht gebrauchen können.

„Wie weit ist es noch?", fragt sie, völlig außer Atem. Aber sie beschwert sich nicht und bittet mich nicht, langsamer zu gehen.

„Durch den Hangar und dann noch mal knapp 400 Meter." Ich sehe sie mit einem Blick an, von dem ich hoffe, dass er beruhigend wirkt. „Mach dir keine Sorgen, wir schaffen das!"

„Ich weiß. Ich vertraue dir." Sie lächelt mich an, aber es gelingt ihr nicht, ihre Nervosität zu verbergen. Wenn du um dein Leben rennst, ist das ein bisschen schwierig.

Wir sind durch den Hangar und ich kann den Jet auf der Landebahn sehen, bereit loszufliegen, sobald wir an Bord sind. Wir sind in Sicherheit.

Fast.

„Tiffany!"

Fuck!

Sie bleibt stehen, als sie ihren Namen hört, und ihre Hand rutscht aus meiner heraus, als ich ruckartig angehalten werde.

„Dad?"

In Ihrer Stimme liegt echtes Entsetzen, als sie ihren Vater sieht, der mit dem Rücken am Hangar steht. Er hat auf uns gewartet, und er ist nicht allein.

„W-was tust du hier?" Ihre Stimme zittert, als sie die Waffe sieht, die ihr Vater in der Hand hält und mit der er direkt auf meine Brust zielt.

„Geh zur Seite, Tiffany." Aber Burns sieht nicht sie an, sondern mich. Kluger Mann. „Heben Sie die Hände hoch, Wolff. Es ist vorbei!"

„Ist es das?" Ich sehe an ihm vorbei. Burns ist nur eine Marionette. Der Mann, der die Fäden zieht, steht hinter ihm. „Ziemlich gefährlicher Ort für dich, oder, Bolokov? Die Cops werden jede Minute hier sein! Wie wirst du denen erklären, was zum Teufel du hier machst?"

Der Russe verzieht das Gesicht zu dem zu ihm passenden Haifischgrinsen. „Ich werde schon lange weg sein, wenn sie hier sind. Ich wollte nur an Ort und Stelle sein, um zu sehen, wie AC Burns hier den großen K. O. festnimmt. Ach, es tut so gut, dem Gesetz bei der Arbeit zuzuschauen. Findest du nicht auch?"

„Dad, was hast du getan?" Aus dem Augenwinkel sehe ich, wie Tiffany mit dem Kopf schüttelt. Ihre Stimme ist voller Emotionen.

„Das ist meine Pflicht, Tiffany!" Burns' schmerzerfüllter Blick huscht zu ihr und – einen Moment lang – tut mir der Kerl beinahe leid. Aber das hält nicht lange an. „Hände hoch, Wolff! Sie können nirgendwohin!" Seine Waffe schwankt nicht.

„Warum lassen wir diesen Scheiß nicht einfach, Bolokov? Wir wissen beide, dass du mich nicht im Gefängnis haben willst. Du kannst doch das Risiko nicht eingehen, dass all die Informationen, die ich über dich habe, zu den Cops gelangen, oder?" Seine Miene zeigt keine Regung bei meinen Worten. „Du bist doch nicht hierhergekommen, um dabei zuzusehen, wie die Cops mich festnehmen. Du bist hergekommen, um mich umzubringen!" Genauso, wie du meinen Vater umgebracht hast, du verfluchter Bastard!

„Nein!", haucht Tiffany entsetzt. Ich will sie trösten, ihr sagen, dass alles wieder gut wird. Aber ich kann nicht riskieren, dass die Aufmerksamkeit auf sie gelenkt wird. Außerdem habe ich geschworen, dass es zwischen uns keine Unehrlichkeiten mehr geben wird. Und ihr zu sagen, dass ich alles unter Kontrolle habe, wäre eine Lüge.

„Niemand ist hier, um irgendwen umzubringen, Wolff." Ich sehe Burns forschend an. Seine Stimme klingt zu ernst, um etwas vorzutäuschen. „Jetzt kommen Sie langsam mit erhobenen Händen zu mir. Je einfacher Sie das hier gestalten, umso einfacher wird es für Sie vor Gericht werden. Sie werden sich nicht auch noch wegen Widersetzens gegen die Festnahme verantworten wollen."

Ich lache schallend auf. Der Kerl ist tatsächlich naiv genug, um zu glauben, was er da sagt.

„Dad, nein!" Tiffany wirft ihre Arme in die Höhe und stellt sich vor mich.

„Tiff, was zum Kuckuck?"

Zu sehen, wie sie sich so für mich in die Schusslinie stellt, macht mich rasend. Angenommen, ich komme lebend aus dieser Sache heraus, werde ich ein ernstes Wörtchen mit ihr darüber reden müssen, welches Verhalten akzeptabel und welches verdammt noch mal inakzeptabel ist. Aber wenn ich lange genug leben will, um diese Diskussion zu führen, kann ich keine Gelegenheit verstreichen lassen, uns aus diesem Schlamassel rauszuholen. Sie verstellt ihrem Vater effektiv die Sicht auf mich, und so nutze ich den Moment und ziehe die Achtunddreißiger aus meinem hinteren Hosenbund. Ich stehe nicht gerade auf Waffen. Das habe ich noch nie, aber ich bin auch kein Idiot – ich weiß sehr wohl, dass es besser ist in Sicherheit, als tot zu sein. Ich halte die Pistole in niedriger Höhe fest und verstecke sie hinter meinem Bein.

„Tiffany, *geh* aus dem Weg!" Burns' stößt den Befehl zwischen den Zähnen hervor und lässt seine Pistole sinken, wenn auch nur ein kleines Stückchen.

„Nein, Dad!" Tiffany drückt ihren Rücken durch und stellt sich zu ihrer vollen Größe auf. Sie sieht aus wie ein verdammter Racheengel und ist dabei so schön, dass mir das Herz in der Brust wehtut. „Du kannst ihn nicht haben!"

„Er ist ein Verbrecher, Tiffany, ein Killer! Du weißt gar nicht, wozu er fähig ist!" Er spuckt die Worte förmlich aus.

„Doch, das weiß ich. Und ich weiß, dass er *kein* Killer ist. Im Gegensatz zu dem Mann, für den du seit Jahren arbeitest!" Tiffany macht keinen Hehl aus dem Abscheu, den sie über dieses spezielle Körnchen Wahrheit empfindet.

„Sei doch kein Dummkopf, Tiffany! Geh verflucht noch mal aus dem Weg!"

„Hüten Sie Ihre verdammte Zunge!" Wenn Burns glaubt, ich werde einfach nur danebenstehen, wenn er so mit ihr redet, dann ist er auf dem Holzweg.

„Ich werde mich nicht bewegen!" Tiffany stellt sich mit gespreizten Beinen fest auf den Boden, und mit ihren Händen auf den Hüften macht sie sich zu einem großen Ziel. „Wenn du ihn willst, musst du erst an mir vorbei!"

„Nein, das muss er nicht." Meine Stimme ist so leise, dass nur Tiffany sie hören kann. „Denn du wirst zur Seite gehen und so schnell du kannst zum Jet rennen. Und dann wirst du Phil sagen, dass ihr verdammt noch mal verschwinden sollt."

„Ich werde dich *nicht* verlassen!“ Verflucht, diese Frau ist so ein Dickkopf!

„So sehr mir das auch das Herz erwärmt: Die Zeit bleibt nicht stehen, und ich habe wirklich noch ein paar andere Dinge auf meiner Terminliste.“ Bolokovs Stimme schneidet durch die Luft und meine Augen fokussieren sich wieder auf ihn. Ich habe einen Fehler gemacht, für den mein Vater mich verprügelt hätte, wenn ich ihn im Ring gemacht hätte: Ich habe meinen Blick vom Feind abgewendet. Ich war so beschäftigt mit Tiffany, wollte so unbedingt dafür sorgen, dass sie in Sicherheit ist, dass ich nicht mitbekommen habe, wie er seine Pistole gezogen hat.

„Was tun Sie da?“ Burns riskiert einen flüchtigen Blick auf den Mann neben sich, der eine Waffe auf seine Tochter hält.

„Ich tue, was getan werden muss, Chief.“ Bolokov zuckt mit den Schultern. „Wir wissen beide, dass Sie nicht Ihre eigene Tochter erschießen werden. Ich allerdings bin da nicht so zurückhaltend.“ Er grinst, und mir ist klar, dass ich keinerlei Reue oder Schuldgefühle spüren werde, wenn ich ihn umbringe. Wenn das überhaupt jemals in Frage stand.

„Das war nicht unsere Abmachung, Bolokov!“ Der Chief fängt an, zu schwitzen. „Wir haben vereinbart, dass ich ihn ins Gefängnis bringe. Sie werden seine Geschäfte bekommen und ich die Verhaftung. Darüber waren wir uns einig. Wir haben eine Abmachung!“

Armer, naiver Burns.

„Ich treffe keine Abmachungen, Mr. Burns. Das sollten Sie mittlerweile wissen! Ich bekomme, was ich will, alles andere interessiert mich nicht,“ spricht Bolokov langsam, als würde er das einem Kind erklären. „Ich habe wirklich gedacht, dass Sie mehr Grips hätten.“ Er schüttelt den Kopf, als wäre er ein bisschen enttäuscht.

„Atmen, Tiffany, atmen!“, flüstere ich in ihr Ohr. „Nicke, wenn du mich hören kannst." Sie nickt beinahe unmerklich. Gutes Mädchen. „Wenn ich runter sage, dann gehst du in Deckung. Du stellst keine Fragen, du zögerst nicht, du tust es einfach. Hast du mich verstanden?" Sie nickt erneut. „Keine Heldentaten, Tiffany. Das ist mein Ernst!" Diesmal bewegt sie sich nicht und ich bin nicht sicher, ob sie mich nicht gehört hat oder ob sie diesen letzten Teil einfach nur ignoriert. Ich glaube, ich weiß, was davon zutrifft, und das macht mich rasend.

„Die Cops werden jede Minute hier sein. Also, legen wir los?" Ich füge meiner Stimme eine Zuversicht hinzu, die ich nicht empfinde.

„Richtig so, Caerus." Bolokov nickt zustimmend. „Es ist wichtig, zu wissen, wann es vorbei ist. Das hat nicht mal dein Vater begriffen. Weißt du, er hat bis zum Ende gekämpft, selbst dann noch, als er wusste, dass er nicht mehr gewinnen kann."

„Er war ein Kämpfer," bringe ich hervor.

„Er war ein Idiot." Bolokov wedelt mit seiner freien Hand abwinkend in der Luft.

„Er hat dir *vertraut*! Du hast ihm gesagt, es sei sein letzter Kampf, und dass er seine Schuld getan hat, und dann hast du ihn betrogen! Du hast ihn mit einem wahnsinnigen Schläger in den Ring gestellt, der so mit Drogen vollgepumpt war, dass er meinen Dad buchstäblich in Stücke gerissen hat!" Ich ringe die Emotionen hinunter. Ich weiß, dass er mir das nur ins Gesicht schleudern und mich aus der Reserve locken will. Es funktioniert.

Bolokov zuckt mit den Schultern, als sei ihm das scheißegal. „Das ist so lange her, Caerus. Ich kann mich kaum noch daran erinnern." Er grinst erneut, und ich will einfach nur meine Pistole heben und ihm zwischen die Augen schießen. Aber sie ist mein Ass im Ärmel. Sobald sie wissen, dass ich bewaffnet bin, ist es vorbei. „Tiffany, ich zähle jetzt von fünf herunter. Dann solltest du aus dem Weg sein. Ich habe keine große Freude daran, schöne Frauen umzubringen, aber manchmal müssen wir eben Dinge tun, die wir nicht mögen … fünf!" Seine Hand zittert mitnichten, als er auf Tiffanys Brust zielt.

„Wenn Sie abdrücken, erschieße ich Sie, Bolokov," bringt der Chief erstickt hervor. Er wurde betrogen, das ist ihm jetzt auch klar.

„Nein, das werden Sie nicht, Burns. Wir wissen beide, dass Sie nicht die Eier dazu haben. Vier!" Bolokovs Augen verengen sich zu Schlitzen, als er sein Ziel ins Visier nimmt.

„Tiffany, geh verdammt noch mal aus dem Weg!" Burns Stimme klingt jetzt panisch.

„Drei."

„Den Teufel werde ich tun!" Ihre Stimme klingt so fest, dass ich beinahe das Zittern ihrer Hände übersehe.

„Atme, Baby. Gleich ist es vorbei." Ich bete, dass ich derjenige sein werde, der das hier beendet.

„Zwei … eins. Leb wohl, Tiffany."

In diesem Augenblick spielt sich alles langsamer ab. Der Russe packt seine Pistole fester und bewegt seine Finger am Abzug. Burns dreht sich zu ihm um.

„Tiffany, runter!" Ich gebe mir gar nicht erst die Mühe, leise zu reden. Das muss ich nicht mehr. Die Hölle ist losgebrochen. Sie geht in Deckung, als meine Pistole auftaucht und Bolokovs losgeht und auf die Stelle zielt, an der Tiffany noch vor einem Moment gewesen ist.

„Nein!" brüllt Burns und bewegt sich schneller, als man ihm in seinem Alter zugetraut hätte. Aber ich höre ihn kaum. Ich weiß, dass eine Kugel zu mir unterwegs ist, aber ich habe keine Zeit, mich zu bewegen. Tiffany ist aus der Schusslinie, das ist alles, was zählt. Ich warte darauf, dass der stechende Schmerz eintritt, aber nichts passiert.

Mein Hirn braucht ein paar Sekunden, um mit dem aufzuschließen, was sich vor meinen Augen abspielt. Burns liegt in einer Blutlache auf dem Boden, und Bolokov starrt schockiert auf ihn hinunter. Burns hat sich vor die Kugel geworfen, die seine Tochter treffen sollte. Er hat sich für sie geopfert.

„Daddy! Nein!“ Tiffany steht auf und rennt zu dem hingestreckten Körper ihres Vaters. „Dad, bitte!“ Sie kniet neben ihm und versucht, den Blutfluss auf seiner Brust zu stillen. Aber da ist zu viel Blut. Selbst aus dieser Entfernung sehe ich, dass er es nicht schaffen wird.

„Oh, also das ist bedauerlich.“ Bolokov klingt beinahe ein wenig reumütig, aber er schüttelt es innerhalb von Sekunden ab. Verfluchter Bastard.

„Sie haben ihn umgebracht!“ Tränen laufen Tiffanys Wangen hinunter, als sie ihren Vater an sich zieht und Bolokov ansieht, als würde sie sich gerne revanchieren.

„Diese Kugel war für dich gedacht, Liebes. Du bist nicht aus dem Weg gegangen, als du dazu aufgefordert wurdest. Wenn man es recht überlegt, hast *du* ihn also umgebracht.“ Bolokov lächelt sie gütig an.

„Einen Scheiß hat sie getan!“ Ich packe die Pistole fester, die jetzt auf Bolokovs Kopf zielt. „Hör nicht auf ihn, Tiffany.“

„Also, es sieht ganz danach aus, als stünden wir jetzt in einer Sackgasse.“ Er scheint den Gedanken unterhaltsam zu finden. Er lacht in sich hinein, während wir knapp 100 Meter voneinander entfernt stehen, beide mit erhobener Waffe, beide mit dem Ziel, zu töten. „Du knallst mich ab, ich knalle dich ab. Wir werden beide sterben.“

„Damit kann ich leben. Und du?“ Ich hoffe, Tiffany wird mir vergeben.

„Oh, ich werde nicht heute sterben.“ Bolokov lächelt selbstzufrieden. „Du bist nicht gerade ein Waffennarr, oder, Caerus? Wie treffsicher bist du?“

„Treffsicher genug, um dich umzulegen.“ Hoffe ich.

Tiffanys leise Schluchzer erfüllen die Stille. Der Klang geht mir an die Nieren.

„Und was, wenn ich stattdessen sie erschieße?“ Bolokov nickt ruckartig in Richtung der Frau, die mein Herz in ihren blutverschmierten Händen trägt. „Was dann?“

„Du wirst sie nicht erschießen. Das hat überhaupt keinen Nutzen für dich.“ Ich klinge verflucht noch mal sicherer, als ich mich fühle.

„Vielleicht nicht. Aber ich weiß, dass es dich zerstören wird, wenn du ihr beim Sterben zusiehst und weißt, dass du schuld daran bist.“ Der Russe grinst und ich wünschte, ich könnte ihn mehr als einmal umbringen. „Das sollte doch ein Anreiz sein.“

„Wenn du sie umbringst, dann erschieße ich dich und du stirbst.“ Ich muss mich zu diesen Worten zwingen. Die Vorstellung von Tiffany mit einer Kugel in der Brust ist keine, mit der ich mich länger aufhalten will. „Auch dann verlierst du.“

„Wie schon gesagt: wir stehen in einer Sackgasse.“ Bolokovs Blick huscht zwischen Tiffany und mir hin und her, während seine Pistole weiterhin auf mich zielt. Gut, daran will ich gar nichts ändern.

„Runter mit den Waffen!“

Was zum Teufel?

„Joseph?“ Tiffany klingt so verwirrt, wie ich mich fühle.

Dieses Arschloch von einem Cop hat es geschafft, sich an uns heranzuschleichen und tritt aus dem Hangar heraus. Er betrachtet die Szene vor sich und sieht mit verengten Augen zu Burns' leblosem Körper.

„Runter mit den Waffen, alle beide!“ Seine Aufmerksamkeit ist zwischen mir und Bolokov gespalten. Er kann nicht gleichzeitig auf uns beide zielen. Er beobachtet uns, seine Pistole wandert von Bolokov zu mir und zurück, während er in sein Funkgerät spricht. „Officer am Boden, ich wiederhole: Officer am Boden. Erbitte sofortige Unterstützung.“

„Er ist tot, Joe! Er ist tot," wiederholt Tiffany mit glasigen Augen. Sie steht unter Schock, und im Moment kann ich verdammt noch mal nichts dagegen tun.

„Wolff, werfen Sie verdammt noch mal die Waffe weg!" Joseph sieht ein bisschen panisch aus. „Und Sie", er zielt mit der Waffe auf Bolokov. „Ich weiß verflucht noch mal nicht, wer Sie sind, aber werfen Sie Ihre Waffe weg!"

Bolokov macht sich noch nicht einmal die Mühe, zu antworten. Er lacht nur schnaubend, als sei Joseph nicht bedeutend genug, um seine Aufmerksamkeit oder Angst zu erregen. Stattdessen schwenkt er die Waffe auf Tiffany. „Wirf die Waffe weg, Wolff, oder ich erschieße sie."

Plötzlich fällt es mir schwer, zu atmen. „Wenn ich die Waffe wegwerfe, wirst du sie trotzdem erschießen."

Bolokov sieht mich forschend an. „Willst du ihr Leben darauf verwetten?"

Nein, das will ich nicht.

„Cae, glaub ihm kein Wort!" Die Tränen in Tiffanys Stimme brechen mir das Herz.

„Ich werfe die Waffe weg und du lässt sie in Ruhe. Abgemacht?"

Bolokov nickt selbstgefällig. Ich atme ein, halte meine Hände in die Höhe und lasse die Waffe auf den Boden fallen. Sein Grinsen erweckt den Drang in mir, auf etwas einzuschlagen.

„Will mir mal jemand erklären, was zum Teufel hier vor sich geht?" Joseph hält seine Waffe noch immer. Jetzt, wo ich meine weggeworfen habe, scheint er nicht mehr zu wissen, wer hier der Bösewicht ist.

„Er hat es getan, Joe! Er hat Dad umgebracht!" Tiffany deutet in Richtung Bolokovs. Ihre Stimme ist voller Schmerz.

„Wo bleibt Ihre Unterstützung, Officer?" Bolokov sieht Joseph nicht an, als er diese Frage stellt. Seine Aufmerksamkeit liegt noch immer auf mir.

„Keine Sorge, die ist unterwegs." Ich will Joseph auffordern, verdammt noch mal seinen Mund zu halten, aber ich denke nicht, dass er mir zuhören wird. Und so spare ich mir die Worte lieber.

„Gut." Bolokov grinst. „Wie würde es Ihnen gefallen, AC Burns' Posten zu bekommen? Der ist plötzlich freigeworden!" Er grinst boshaft, und Tiffany unterdrückt ein Schluchzen. „Ich kann das für Sie arrangieren!"

Joseph runzelt verwirrt die Stirn. Ich kann es dem Kerl nicht verübeln – er ist gerade in einen Haufen Scheiße getreten, von dem er absolut nichts versteht. „Wovon reden Sie da?"

„Ich könnte Sie dahin befördern." Bolokov schnippt mit den Fingern. „Sie müssen nichts weiter tun, als wegzugehen. Gehen Sie einfach weg!"

„Joe!" Das Flehen in Tiffanys Stimme ist deutlich zu hören, aber Joseph scheint das Angebot zu überdenken.

„Und was passiert mit ihnen, wenn ich weggehe?"

Der Russe zuckt mit den Schultern. Eine ungezwungene Geste, die ihm nicht recht gelingen will, während er weiter mit seiner Waffe auf mich zielt. „Das ist nicht deine Sorge."

„Da irren Sie sich." Joseph zieht die Schultern hoch, als hätte er eine Entscheidung getroffen. „Jetzt werfen Sie Ihre Waffe weg! Sie haben das Recht, zu schweigen ..."

„Joseph, halt dich hier raus!" Ich bin vielleicht nicht der beste Freund dieses Kerls, aber das heißt noch lange nicht, dass ich will, dass er erschossen wird.

„Denk darüber nach, was du tust, Junge! Denk darüber nach, was ich dir angeboten habe!" Zum ersten Mal höre ich einen Anschein von Nervosität in Bolokovs Stimme.

„Das habe ich, und ich bin nicht interessiert. Alles, was Sie sagen, kann vor Gericht gegen Sie verwendet werden."

„Wenn du nicht gleich dein verdammtes Maul hältst, werde ich *sie* erschießen, und danach dich!" Bolokovs Gelassenheit ist endlich verflogen. Das passiert, wenn zwei Leute um einen herumstehen, die einen erschießen wollen.

„Nein, das werden Sie nicht!" Tiffanys Stimme ertönt über dem fernen Krach der Martinshörner. Sie hebt die Waffe ihres Vaters. Damit sind es drei.

Tiffany

Ich kann mich nicht daran erinnern, dass ich die Waffe aufgehoben habe. Ich kann mich an nicht viel erinnern, nachdem ich gesehen habe, wie mein Vater zu Boden gestürzt ist. Da war so viel Blut. Viel zu viel. Ich habe versucht, Druck auf die Wunde auszuüben, aber es war zu spät. Ich glaube, ich wusste das schon in dem Moment, als ich sah, wie er fiel.

Er hat meinen Vater umgebracht. Er hat ihn erschossen, und es war ihm völlig gleichgültig. Und jetzt würde er Caerus erschießen. Mein Hirn hat gut genug funktioniert, um zu wissen, dass das hier nicht gut ausgehen würde.

In dem Moment sehe ich die Waffe. Sie liegt einfach da, neben dem Körper meines Vaters. Er muss sie fallengelassen haben, als er stürzte, und jetzt liegt sie da.

„Wenn du nicht gleich dein verdammtes Maul hältst, erschieße ich zuerst Wolff, dann *sie* und dann erschieße ich dich!“

Nein! Nein! Ich kann nicht zulassen, dass das passiert. Ich kann nicht zulassen, dass er Caerus etwas zuleide tut, dass er noch jemandem wehtut.

„Nein, das werden Sie nicht!“ Ohne darüber nachzudenken hebe ich die Waffe. Sie ist schwer und unhandlich, aber ich schaffe es, sie gerade zu halten und auf Bolokov zu zielen.

„Tiffany!“, brüllt Caerus hinter mir, aber ich drehe mich nicht um. Ich kann nicht. Ich weiß, sobald ich meinen Blick von dem Russen abwende, wird er genau das tun, womit er gedroht hat.

„Tiff, tu das nicht!“ Joseph, wie immer die Stimme der Vernunft. Aber ich bin fertig mit der Vernunft. Die Vernunft hat sich in Luft aufgelöst, sobald mein Vater blutend auf dem Boden lag.

„Er hat meinen Vater umgebracht, Joe! Er hat ihn *umgebracht*, und es ist ihm völlig egal!“ Die Wut sickert langsam durch die

Benommenheit, in der ich gefangen bin.

„Was hast du vor, Kleine? Wirst du mich erschießen?“ Bolokovs Stimme könnte nicht herablassender klingen. Er fokussiert sich wieder auf Caerus. „Keine Sorge, ich mach es schnell.“

Aber ich bin schneller als er. Ich drücke den Abzug mit beiden Händen und sehe dabei zu, wie Blut aus seinem Bauch schießt und der Schuss, der Caerus galt, danebengeht. Bolokov fällt auf die Knie und legt seine Hände an seinen Bauch.

„Du Schlampe! Du verfluchte Schlampe! Du hast auf mich geschossen!“ Er klingt so überrascht, dass es lustig wäre, wenn ich nicht gerade neben dem Leichnam meines Vaters stünde.

Dann ist Caerus bei mir und nimmt mir vorsichtig die Waffe aus der Hand.

„Ruhig, Liebling, ruhig! Alles ist gut.“ Er fährt mit seinen Fingern an meinem Rücken auf und ab und ich entspanne mich unter seiner Berührung. Erst als er sicher ist, dass ich nicht umfallen werde, geht er zu Bolokov hinüber und befördert die Pistole mit dem Fuß aus seiner Reichweite.

„Du verfluchter Bastard!“ Bolokov windet sich vor Schmerzen auf dem Boden und drückt seine Hände gegen die Wunde in seinem Bauch. „Glaubst du wirklich, du kannst dich verstecken? Ich werde dich finden! Wohin auch immer du gehst: Ich werde dich finden!“, japst er. Ich glaube, seine Wut ist das Einzige, das ihn bei Bewusstsein hält. „Das hier ist noch nicht vorbei!“

Caerus steht aufrecht über dem Mann. Er sieht ungerührt aus. „Doch, das ist es. Es ist endlich vorbei.“

Caerus hält immer noch die Waffe meines Vaters in der Hand, die er mir abgenommen hat. Ich sehe auf meine Hände hinunter. Die Erkenntnis, was ich da gerade getan habe, trifft mich wie ein Schlag. Ohne zu zögern hält Caerus die Waffe an Bolokovs Kopf und schießt. Bei dieser kurzen Entfernung explodiert Bolokovs Kopf wie eine

Melone und sein Gehirn verteilt sich überall auf dem Boden.

Ich sehe benommen dabei zu, wie Caerus die Waffe mit seinem T-Shirt abwischt und sie Joseph überreicht. Joseph steht einfach nur da und sieht so aus, als sei ihm gerade der Boden unter den Füßen weggezogen worden. Aber er ist so geistesgegenwärtig, die Waffe zu nehmen.

„Sein Name ist Alexander Bolokov, er ist russischer Staatsbürger. Er ist ein Drogendealer, Mörder, Dieb, Betrüger und Besitzer eines Underground-Fight-Clubs, an dem, soweit ich weiß, das FBI interessiert ist. Er hat AC Burns jahrelang erpresst, indem er Tiffany gegen ihn benutzt hat." Caerus zählt Bolokovs Verbrechen mit ruhiger, beherrschter Stimme auf, als hätte er dem Mann nicht gerade aus nächster Nähe den Kopf von den Schultern gepustet. „Er hat Burns umgebracht, und dann habe *ich* auf ihn geschossen. Zwei Mal."

Bei diesen Worten schnellt mein Kopf in die Höhe. Er schützt mich. „Nein."

Caerus ignoriert meinen armseligen Protest und sieht Joseph bedeutungsvoll an. Der scheint aus seiner Schockstarre zu erwachen. „Tiffany hat hiermit nichts zu tun. Ihre Fingerabdrücke sind nicht auf der Waffe. Nur meine und die von AC Burns. Verstehen wir uns?"

Joseph nickt langsam.

Die Martinshörner sind jetzt lauter zu hören. In wenigen Minuten werden wir vom LAPD umzingelt sein.

Caerus hat sie auch gehört. Ich rufe seinen Namen, aber er will mich nicht ansehen. In diesem Moment weiß ich, dass etwas nicht stimmt.

„Du lässt sie gehen, und du wirst Tiffany nicht in deinen Berichten erwähnen. Dann komme ich mit." Caerus hebt seine Handgelenke, bereit, Handschellen angelegt zu bekommen.

„Cae, nein!" Ich kann nicht zulassen, dass er das tut. Ich werde es nicht zulassen!

„Lauf zum Jet, Tiffany. Sag Phillip, dass es mir leidtut." Er sieht mich immer noch nicht an. Der Mistkerl will mich immer noch nicht ansehen!

„Sag es ihm verdammt noch mal selber!" Ich verschränke die Arme vor der Brust. „Wenn du bleibst, dann bleibe ich auch. Ich gehe nirgendwohin, und ich werde nicht zulassen, dass du für mich lügst!"

Joseph blickt zwischen mir und Caerus hin und her, und ich kann sehen, wie etwas in seinen Augen sich bewegt.

„Lauft!", sagt er so leise, dass ich einen Moment nicht sicher bin, ob ich ihn gehört habe. „Alle beide, los!" Joseph tritt einen Schritt von Caerus zurück.

„Was?" Ich kann immer noch nicht glauben, was ich da höre. Joseph sieht alles schwarz und weiß, es gibt keine Grauzonen. Er ist der Mensch, der sich immer streng an die Vorschriften hält und immer nach den Regeln spielt. Er geht noch nicht mal bei Rot über die Straße! Und doch ist er bereit, das zu tun. Für mich.

„Lauft! Jetzt! Bevor ich es mir anders überlege!" Joseph beißt die Zähne zusammen und sieht Caerus an, obwohl ich weiß, dass seine Worte für mich bestimmt sind.

„Danke." Caerus nickt anerkennend und ich frage mich, ob die beiden zu einer anderen Zeit, in einem anderen Leben, Freunde hätten sein können.

Er entfernt sich langsam von Joseph, als wäre er immer noch nicht davon überzeugt, dass der Mann vor ihm ihn nicht bei der nächsten Gelegenheit in den Rücken schießen wird. Dann ist er bei mir, nimmt meine Hand und zieht mich vorsichtig zum wartenden Jet.

Ich sehe Joseph in die Augen, dem Mann, der so lange mein Freund gewesen ist, und hebe die Hand. „Leb wohl, Joe."

Er lächelt traurig. „Wir sehen uns, Tiff."

„Wir müssen los," entschuldigt sich Caerus dafür, mich aus dem Moment zu ziehen, aber es wurde alles gesagt.

Der Lärm der Martinshörner wird immer lauter, während wir zum Jet sprinten und die Stufen zu Phillip hinaufeilen.

„Ich hab dir gesagt, du sollst abhauen, wenn wir nicht in zehn Minuten da sind!", fährt Caerus den Mann auf der Stelle an.

Phillip hebt nur eine Augenbraue, eine Geste, die er sich sicher von Caerus abgeschaut hat, und ruft dem Piloten zu: „Paolo, bring den verdammten Vogel in die Luft!" Als er sich wieder zu uns umdreht, wirkt seine Miene wieder sanftmütig. „Schön, euch beide zu sehen! Schön, dass ihr's doch noch zur Party geschafft habt!"

„Wir sind ein bisschen aufgehalten worden." Caerus klingt beherrscht, aber seine Augen sagen etwas anderes. Der gehetzte Blick, der dort war, seit ich ihn kennengelernt habe, ist fort. Als sei ihm eine Last abgenommen worden. Er nimmt meine Hand, zieht mich auf dem Sitz auf seinen Schoß und meinen Kopf an seine Brust. Ich weiß nicht, wer von uns beiden den anderen mehr tröstet. Ich weiß nur, dass das solide, stetige Schlagen seines Herzens zu meiner Seele spricht.

„Das habe ich gesehen," sagt Phillip gereizt. „Und ich war zu weit weg, um irgendetwas dagegen zu unternehmen."

Das Schweigen senkt sich über uns, als der Jet sich in den Himmel erhebt und ich beobachte durchs Fenster, wie winzig kleine Polizeiwagen mit heulenden Sirenen vor dem Hangar anhalten, in dem wir vor nur wenigen Minuten noch gestanden haben. Ich stelle mir vor, wie Joseph dort steht und die Geschichte erzählt, die Caerus ihm gegeben hat. Ich frage mich, wie er sich fühlt, und ob er mir jemals vergeben wird.

„Das mit deinem Vater tut mir leid, Tiffany." Phillip räuspert sich. In emotionalen Situationen fühlt er sich nicht wohl, und ich nicke nur dankend, weil ich meiner eigenen Stimme nicht traue. Ich bekomme das Bild von meinem Vater, wie er auf dem Boden liegt, nicht aus meinem Kopf. Ich schließe die Augen, als würde es dadurch verschwinden.

„Und Bolokov?", fragt Phillip leise, als würde der Mann einfach verschwinden, wenn man seinen Namen sagt.

„Er wird nie wieder jemandem wehtun." Ich spüre, wie Caerus' Körper sich entspannt. „Es ist vorbei."

Ich höre, wie Phillip durch den Jet läuft. Er lässt uns allein, und Caerus hält mich ein wenig fester.

„Was du da für mich getan hast … Was du für mich tun wolltest …" Sich selbst aufzugeben, alles aufzugeben – seine Freiheit, sein Leben. Ich weiß nicht, wo ich anfangen soll, um ihm zu sagen, was mir das bedeutet.

„Sch-sch, Süße. Es ist vorbei," flüstert er an meinem Ohr. „Und ich würde es wieder tun, wenn ich müsste. Ohne zu zögern."

„Wehe." Ich schniefe. Ich habe noch nicht mal bemerkt, dass ich wieder weine. „Wenn dir irgendetwas passiert wäre – ich weiß nicht, was ich …"

„Ich bin hier. Du bist hier. Wir sind zusammen. Nur das zählt." Er wiederholt die Worte, während er mir übers Haar streicht und mich festhält, und ich schließe die Augen und lasse ihre Bedeutung über mich hinwegspülen, während das Flugzeug hoch in den Himmel steigt.

Drei Monate später…

Kuba

„Bist du sicher?" Isabelle sieht mich mit ihrem typischen, abwägenden Anwaltsblick an. „Du siehst gar nicht so aus!"

Ihre Blitz-Prognose lässt mich laut auflachen. „Na ja, ich denke, dafür sollte ich mich bedanken." Ich werfe ihr einen Blick zu, während ich an meinem Getränk nippe und sehe dann hinüber zum Sonnenuntergang in der Ferne. „Und, was die Tests angeht: Ja, ich denke, aller guten Dinge sind zwölf."

„Scheiße, herzlichen Glückwunsch!" jauchzt sie. Ihre Hand schlängelt sich hinter meine Schultern. Sie zieht mich in eine einarmige Umarmung, wobei sie Acht gibt, ihren Cocktail nicht zu verschütten.

„Danke." Ich lache über ihren Enthusiasmus und wünschte, ich würde nicht diese nagende Nervosität in meinen Eingeweiden spüren.

„Was ist los?" Obwohl wir uns gerade zum ersten Mal seit drei Monaten sehen, kann ich meine Gefühle einfach nicht vor ihr verbergen.

„Ich hab es Cae noch nicht erzählt." Ich beiße mir auf die Unterlippe und wende meine Aufmerksamkeit wieder dem Meer unter uns zu.

„Und? Hast du Angst, dass er sich nicht darüber freuen wird?" Isabelles Gesichtsausdruck schreit förmlich: ‚Sei doch mal realistisch!' „Der Typ *vergöttert* dich! Auch, wenn er das noch nicht mit einem Ring besiegelt hat." Ihre Stimme sagt mir genau, was sie davon hält.

„Du weißt doch, dass mir das nicht wichtig ist," winke ich ihre Bedenken ab.

„Ich rede von einem juristischen Standpunkt aus, Tiff. Ein kleines

'Ja, ich will', und die Hälfte von all dem hier gehört dir!" Sie macht eine ausladende Geste, die die gesamte Strandvilla einfasst, eines von Caerus' Grundstücken.

„Danke, Frau Anwalt. Ich werde das in meine Überlegungen mit einbeziehen." Ich rolle mit den Augen. Ich weiß, dass sie es nur halb ernst meint. „Bist du deswegen mit Phillip zusammen – weil du an sein Geld willst?" Ich schubse sie spielerisch und bin überrascht, wie ernst ihre Miene mit einem Mal wird.

„Ich bin nicht mit Phil zusammen." Sie schüttelt den Kopf und hätte mich nicht mehr überraschen können, wenn sie sich vom Balkon erhoben und verkündet hätte, sie könne fliegen. „Wie kann ich denn mit jemandem zusammen sein, den ich so selten sehe? Mit jemandem, der den Fuß nicht in die U.S.A. setzen kann, ohne verhaftet und für den Rest seines Lebens hinter Gitter gesperrt zu werden?" Sie sieht hinauf zum Himmel und ich sehe, wie traurig sie ist. In ihrem Gesicht liegt eine Resignation, die dort völlig fehl am Platze ist. Die Frau, die ich kenne, resigniert niemals.

„Liebst du ihn?" Warum sollten wir um den heißen Brei herumreden? Entweder du weißt es, oder du weißt es, dazwischen gibt es nichts. Sie schweigt, als würde sie ihre Antwort überlegen. „Lass mich dir einen Tipp geben: Du wärst nicht hier, wenn du ihn nicht lieben würdest. Und eine Woche wird dir nicht reichen, glaub mir." Ich werfe ihr einen verständnisvollen Blick zu. „Hast du es ihm gesagt?"

Issy schüttelt den Kopf und sieht verlegen aus.

„Lass mich dir eine hart erkämpfte Lebensweisheit erzählen: Ich hab gelernt, dass Zeit kostbar ist, und du weißt nie, welche schlimmen Erfahrungen an der nächsten Ecke auf dich lauern. Du musst den Leuten, die dir etwas bedeuten, sagen, wie sehr du sie liebst, bevor es zu spät ist." Ich verenge meine Augen und wackle mit dem Zeigefinger. „Warte nicht, bis es zu spät ist!"

Isabelle nickt, als würde sie mir tatsächlich mal zuhören, anstatt sich an den Ort in ihrem Kopf zu verkriechen, den sie normalerweise bei meinen Belehrungen aufsucht.

Wir stehen schweigend da und beobachten den Sonnenuntergang. Ich lächle und winke, als Caerus und Phillip am Strand auf uns zukommen, zurück von ihrer Schwimmrunde. Mein Puls beschleunigt sich jedes Mal, wenn ich Caerus sehe – er besteht aus nichts als Muskeln und flachen Ebenen, und seine Haut ist sonnengebräunt. Er sieht zum Anbeißen aus, und meine Gedanken wandern in den späten Abend, wenn ich genau das tun werde.

„Ich hab neulich mit Joseph gesprochen," wirft sie mir diesen kleinen Informationsbrocken vor die Füße, als sei das nichts, was wert genug wäre, eher darüber zu sprechen.

„Echt? Wie geht's ihm?" Ich ringe meine Hände, bis ich bemerke, was ich da gerade tue und damit aufhöre. Ich habe darüber nachgedacht, ihn anzurufen oder ihm zu schreiben. Ich hab sogar einige Male damit angefangen, aber ich weiß gar nicht, was ich sagen soll. Außerdem glaube ich nicht, dass er irgendetwas von mir hören will. Irgendwann, sage ich mir. Irgendwann.

„Es geht ihm gut. Zumindest scheint es ihm gut zu gehen. Aber er vermisst dich." Isabelle schubst mich leicht. „Er gibt dir keine Schuld an dem, was passiert ist."

Sie spricht die Worte nicht aus, aber das muss sie auch gar nicht. Das ist das andere Problem, das ich mit Joseph habe: Ich kann nicht an ihn denken, ohne diesen Nachmittag auf der Landebahn vor Augen zu haben. Die Bilder fluten alle auf einmal auf mich ein – mein Vater auf dem Boden, die Pistole in meiner Hand, Bolokovs Gehirn, das über den Asphalt verteilt liegt. Ich kann das Blut meines Vaters an meinen Händen riechen und würde mich am liebsten übergeben.

Warum zur Hölle nennt man es morgendliche Übelkeit, wenn sie den ganzen Tag über passiert?

„Tiffany?“ Sie Sorge in Caerus' Stimme und seine Schritte folgen mir, als ich zum nächsten Badezimmer renne, ein paar tiefe Atemzüge nehme und es gerade so schaffe, mein Mittagessen in mir zu behalten.

Ich halte mich am Waschbecken fest, atme durch die Nase ein und durch den Mund wieder aus.

„Tiff, was ist denn mit dir?“ Ich spüre Caerus' festen Körper hinter mir und lehne mich mit dem Rücken an seine Brust. Ganz automatisch legen seine Arme sich um mich. „Du bist blass. Bist du krank?“

Ich lächle ihm im Spiegel zu. Dieser Mann hat Gegner im Ring niedergemacht, die doppelt so groß waren wie er; dieser Mann zuckt mit keiner Wimper, wenn eine Waffe auf ihn gerichtet ist, aber wenn ich ein bisschen unpässlich bin, wirkt er panisch.

„Nein, nicht krank.“ Ich hole tief Luft. Ich hatte nicht vorgehabt, es ihm auf diese Weise zu sagen. Ich wollte es perfekt machen. Aber ich weiß genau, dass es keinen perfekten Moment geben wird.

„Was dann?“ Er dreht mich sachte zu sich um, um mir ins Gesicht zu sehen. Sein Blick fliegt suchend über mein Gesicht.

Ich lege eine Hand auf seine, ziehe sie hinunter zu meinem Bauch und warte darauf, dass der Groschen fällt.

Seine Augen weiten sich vor Überraschung und ich halte den Atem an.

„Du bist ... Du bist ...“ Er scheint das Wort nicht herauszubringen, also helfe ich ihm.

„Schwanger.“ Ich beiße mir auf die Lippe und warte darauf, dass er mir sagt, dass er dafür noch nicht bereit ist, dass wir immer noch über all das hinwegkommen müssen, was passiert ist, dass wir noch nicht lange zusammen sind, dass keiner von uns beiden eine Ahnung hat, wie man ein Elternteil ist. Aber er sagt nichts davon und mir wird klar, dass das daran liegt, dass das *meine* Ängste sind, und nicht seine.

„Du bist schwanger," wiederholt er ehrfurchtsvoll, als sei das das Wundervollste, das er je gehört hat. Ich nicke. In meinem Herzen lodert die Hoffnung auf. „Du bist schwanger!" Diesmal springt er buchstäblich auf und ein Grinsen zieht sich über sein Gesicht. „Bist du sicher?"

Ich nicke, denn ich traue meiner Stimme nicht, und es ist schwierig, gleichzeitig zu weinen, zu sprechen und irgendetwas Sinnvolles von sich zu geben.

Caerus schreit freudig auf, hebt mich hoch und wirbelt mich herum. Dann bleibt er stehen und sein Gesichtsausdruck zeigt Sorge.

„Verdammt, ich sollte vorsichtiger mit dir umgehen." Er stellt mich vorsichtig wieder auf dem Boden ab.

„Ich werd' schon nicht zerbrechen, Cae." Ich strecke meine Hände hinter seinen Nacken. „Und ich will nicht, dass du zu vorsichtig mit mir umgehst." Ich unterstreiche die Bedeutung meiner Worte, indem ich ihm mit meinem Blick sage, welche Pläne ich mit uns beiden für heute Abend im Kopf habe. Ich stelle mich auf die Zehenspitzen, und er kommt mir auf halbem Wege entgegen und besiegelt den Moment mit einem Kuss, bei dem sich mir genüsslich die Zehen kräuseln.

Er legt seine Stirn an meine und sieht mich an.

„Du bist unglaublich, weißt du das?"

„Natürlich weiß ich das," antworte ich säuselnd und zucke mit den Schultern.

Er legt seine Hände an meine Wangen. „Ich meine es ernst." Er sieht mich an, sieht mich wirklich an, und sieht mich so wie niemand sonst. „Du bist die tollste Frau, die ich kenne."

Ich spüre ein leichtes Zittern in seinen Fingern und sehe stirnrunzelnd zu ihm auf. Hat er schlechte Neuigkeiten für mich? Müssen wir weg von Kuba? Wir haben uns hier niedergelassen, weil Kuba niemanden an die U.S.A. ausliefert. Warum sollten wir also wegmüssen?

„Warte," befiehlt Caerus leise, aber bestimmt. „Denk dran: dein Hirn ist ganz schön laut!" Er tippt mir an den Kopf. „Es geht uns gut. Alles ist gut, Kleines." Er streicht mit seinen Händen über meinen Rücken, so wie nachts, wenn ich nicht schlafen kann, weil die Erinnerungen mich einholen. „Kann ich jetzt mal zu meinem großen Moment kommen?" Er krümmt eine Augenbraue und ich rolle mit den Augen und bedeute ihm, fortzufahren. Er holt tief Luft, als würde er sich allen Mut für etwas zusammennehmen.

„Ich will das schon seit Wochen tun, eigentlich sogar schon länger. Ich denke, ich habe mich darauf vorbereitet, seit wir uns an diesem Abend auf dem Ball das erste Mal getroffen haben. Erinnerst du dich?"

Ich nicke. Wie könnte ich das vergessen? Ich denke, er ist das Beste, das meine Augen je erblickt haben. Daran hat sich nicht viel geändert. Aber jener Abend scheint eine Ewigkeit her zu sein. Es ist schwer vorstellbar, wie wenig Zeit seitdem vergangen ist.

„Seit diesem ersten Abend wusste ich, dass du anders bist, dass ich nicht mehr derselbe sein würde, nachdem ich dich getroffen habe. Ich glaube, ich wusste schon dann, wohin das führen würde." Er hakt seine Finger in meine ein und ich sehe auf unsere miteinander verbundenen Hände hinab. Mir stockt der Atem, als ich sehe, was er dort festhält. „Tiffany, Agape mou, willst du mich heiraten?"

Mein Mund bewegt sich, aber ich bekomme kein Wort heraus.

„Tiffany?"

Als ich wieder in sein schönes Gesicht sehe, sehe ich, wie nervös er ist. Kann er wirklich daran zweifeln, was meine Antwort sein wird?

„Ja." Ich atme das Wort aus. „Ja, natürlich!" Ich hüpfe auf und ab wie ein Kind an Weihnachten.

Er steckt mir den Diamantring an den Finger, hebt meine Hand an seine Lippen und küsst sie zärtlich.

„Gefällt er dir?"

„Er ist wunderschön, Caerus!" Und das reicht noch nicht im Mindesten, um ihn zu beschreiben.

„Nein. Das hier ist nur ein Stein. Du bist wunderschön, alles an dir!" Er beugt seinen Kopf herunter und küsst mich zärtlich. Mein Herz fühlt sich an, als würde es vor Glück zerspringen wollen.

„Lass uns gehen und es ihnen erzählen." Caerus nickt in Richtung des Balkons und unserer Freunde. Er sieht so begeistert aus, so ... befreit.

„Lass uns ihnen einen Moment geben." Ich sehe ihn bedeutungsvoll an. Wir wissen beide, dass Phillip und Isabelle ohne Zweifel gerade heftig aneinander herumfummeln und das meiste aus ihrer Zeit miteinander herausholen. „Ich will dich eine Minute für mich allein und den Moment genießen. Nur du und ich. Nur wir beide."

Caerus lächelt und zieht mich fester an sich heran, nimmt meine frisch geschmückte Hand und legt sie an sein Herz. Ich kann das stetige Trommeln unter meinen Fingern spüren.

Er inspiziert meine Augen und nickt zufrieden. „Hellblau."

Ich lache laut auf. Es scheint ihn immer noch zu faszinieren, wie meine Augen bei einem Stimmungswandel ihren Farbton ändern.

„Und warum wirkst du so selbstzufrieden bei dieser Farbe?"

Er lächelt auf mich herab. „Weil es bedeutet, dass du glücklich bist, Agape mou. Es bedeutet, dass du glücklich bist." *Und das bin ich.*

The End

Ich hoffe, Dir hat das Lesen von „Fight for Love" genauso viel Spaß gemacht, wie mir und Cassie das Schreiben. ❤ Wenn ja, dann würden wir uns riesig freuen, wenn du uns hier bei Amazon folgen würdest (klicke einfach auf die Schaltfläche +Folgen unter unseren Profilbildern).

Und wenn du dir genauso gerne bei *Facebook* die Zeit vertreibst, wie Cassie und ich es tun, dann schau doch auch einmal auf unseren Seiten vorbei. Dort werden wir dich auch immer über neue Bücher und tolle Gewinnspiele informieren. ;D

Wir hoffen schon bald von Dir zu hören. =)

18724844R00235

Printed in Poland
by Amazon Fulfillment
Poland Sp. z o.o., Wrocław